厦门大学百年校庆系列出版物·编委会

主　任：张　彦　张　荣

副主任：邓朝晖　李建发　叶世满　邱伟杰

委　员：(按姓氏笔画排序)

　　　　王瑞芳　邓朝晖　石慧霞　叶世满　白锡能　朱水涌
　　　　江云宝　孙　理　李建发　李智勇　杨　斌　吴立武
　　　　邱伟杰　张　荣　张　彦　张建霖　陈　光　陈支平
　　　　林　辉　郑文礼　钞晓鸿　洪峻峰　徐进功　蒋东明
　　　　韩家淮　赖虹凯　谭绍滨　黎永强　戴　岩

学术总协调人：陈支平

百年校史编纂组　组　长：陈支平

百年院系史编纂组　组　长：朱水涌

百年组织机构史编纂组　组　长：白锡能

百年精神文化系列丛书编纂组　组　长：蒋东明

百年学术论著选刊编纂组　组　长：洪峻峰

校史资料汇编(第十辑)与学生名录编纂组　组　长：石慧霞

厦门大学百年校庆系列出版物

百年精神文化系列

我和我的母校

叶文振 著

图书在版编目(CIP)数据

我和我的母校/叶文振著.—厦门:厦门大学出版社,2020.12
ISBN 978-7-5615-7923-7

Ⅰ.①我… Ⅱ.①叶… Ⅲ.①随笔—作品集—中国—当代 Ⅳ.①I267.1

中国版本图书馆CIP数据核字(2020)第191881号

出 版 人	郑文礼
责任编辑	刘 璐
美术编辑	蒋卓群
技术编辑	朱 楷

出版发行	厦门大学出版社
社　　址	厦门市软件园二期望海路39号
邮政编码	361008
总　　机	0592-2181111　0592-2181406(传真)
营销中心	0592-2184458　0592-2181365
网　　址	http://www.xmupress.com
邮　　箱	xmup@xmupress.com
印　　刷	厦门集大印刷厂

开本　720 mm×1 000 mm　1/16
印张　18.75
插页　2
字数　270千字
版次　2020年12月第1版
印次　2020年12月第1次印刷
定价　78.00元

本书如有印装质量问题请直接寄承印厂调换

厦门大学出版社
微信二维码

厦门大学出版社
微博二维码

总　序

厦门大学	党委书记　张　彦
	校　　长　张　荣

2021年4月6日，厦门大学百年华诞。百载风雨，十秩辉煌，这是厦门大学发展的里程碑，继往开来的新起点。全校师生员工和海内外校友满怀深情地期盼这一荣耀时刻的到来。

为迎接百年校庆，学校在三年前就启动了"百年校庆系列出版工程"的筹备工作，专门成立"厦门大学百年校庆系列出版物编委会"，加强领导，统一部署。各院系、部门通力合作，众多专家学者和相关单位的工作人员全身心地参与到这项工作之中。同志们满怀高度的责任感和紧迫感，以"提升质量，确保进度，打造精品"为目标，争分夺秒，全力以赴，使这项出版工程得以快速顺利地进行。在这个重要的历史时刻，总结厦大百年奋斗历史，阐扬百年厦大"四种精神"，抒写厦大为伟大祖国所做出的突出贡献，激发厦大人的自豪感和使命感，无疑是献给百岁厦大最好的生日礼物。

"百年校庆系列出版工程"包括组织编撰百年校史、百年组织机构史、百年院系史、百年精神文化、百年学术论著选刊、校史资料与学生名录……有多个系列近150种图书将与广大读者见面。从图书规模、涉及领域、参编人员等角度看，此项出版工程极为浩大。这些出版物的问世，将为学校留下大量珍贵的历史资料，为学校深入开展校史教育提供丰富生动的素材，也将为弘扬厦门大学"自强不息，止于至善"校训精神注入时代的新鲜血液，帮助人们透过"中国最美大学校园"

的山海空间和历史回响，更加清晰地理解厦门大学在中国发展进程中发挥的独特作用、扮演的重要角色，领略"南方之强"的文化与精神魅力。

百年校庆系列出版物将多方呈现百年厦大的精彩历史画卷。这些凝聚全校师生员工心血的出版物，让我们感受到厦大人弦歌不辍的精神风貌。图文并茂的《厦门大学百年校史》，穿越历史长廊，带领我们聆听厦大不平凡百年岁月的历史足音。《为吾国放一异彩——厦门大学与伟大祖国》浓墨重彩地记述厦门大学与全国34个省级行政区以及福建省九市一区一县血浓于水的校地情缘，从中可以读出厦门大学在中华民族伟大复兴征程中留下的深深烙印。参与面最广的"厦门大学百年院系史系列"、《厦门大学百年组织机构史》，共有30多个学院和直属单位参与编写，通过对厦门大学各学院和组织机构发展脉络、演变轨迹的细致梳理，深入介绍厦门大学的党建工作、学科建设、人才培养、组织管理、社会服务等方面的发展历程，展示办学成就，彰显办学特色。《厦门大学校史资料》（1992—2017年）和《厦门大学学生名录》（2010—2019年），连同已经出版的同类史料，将较完整、翔实地展现学校发展轨迹，记录下每位厦大学子的荣耀。"厦门大学百年精神文化系列"涵盖人物传记和校园风采两大主题，其中《陈嘉庚传》在搜集大量史料的基础上，以时代精神和崭新视角，生动展现了校主陈嘉庚先生的丰功伟绩。此次推出《林文庆传》《萨本栋传》《汪德耀传》《王亚南传》四部厦门大学老校长传记，是对他们为厦大发展所做突出贡献的深切缅怀。厦大校友、中国共产党早期会计和银行业奠基人高捷成的传记《我的祖父高捷成》，则是首次对这位为中国人民解放事业做出杰出贡献的烈士的事迹加以宣扬。新版《陈景润传》，把这位"最美奋斗者"、"感动中国人物"、令厦大人骄傲的杰出校友、世界著名数学家不平凡的人生再次展现在我们眼前。抒写校园风采的《厦门大学百年建筑》、《厦门大学餐饮百年》、《建南大舞台》、《芙蓉园里尽芳菲》、《我的厦大老师》（百年华诞纪念专辑）、《创新创业厦大人2》、《志愿之光》、《让建南钟声传响大山深处》、《我的厦大范儿》以及潘维廉《我在厦大三十年》等，都从不同的角度，引领我们去品读厦门大学的真正内涵，感受厦门大学浓郁的人文精神和科学精神。

此次出版的"厦门大学百年学术论著选刊"，由专家学者精选，重刊一批厦大已故著名学者在校工作期间完成的、具有重要价值的学术论著（包括讲义、未刊印的论著手稿等），目的在于反映和宣传厦门大学百年来的学术成就和贡献，挖掘百年来厦门大学丰厚的历史积淀和传统资源，展示厦门大学的学术底蕴，重建"厦大学派"，为学校"双一流"建设提供学术传统的支撑。学校将把这项工作列入长期规划，在百年校庆时出版第一辑共40种，今后还将陆续出版。

"自强！自强！学海何洋洋！"100年前，陈嘉庚先生于民族危难之际，抱着"教育为立国之本，兴学乃国民天职"信念，创办了厦门大学这所中国历史上第一所由华侨独资建设的大学。100年来，厦大人秉承"研究高深学术，养成专门人才，阐扬世界文化"的办学宗旨，在实现中华民族伟大复兴的征程上书写自己的精彩篇章。我们相信，当百年校庆的欢庆浪潮归于平静时，这些出版物将会是一串串熠熠生辉的耀眼珍珠，成为记录厦门大学百年奋斗之旅的永恒坐标，成为流淌在人们心中的美好记忆，并将不断激励我们不忘初心继承传统，牢记使命乘风破浪，向着中国特色世界一流大学目标奋勇前行！

张彦　张荣

2020年12月

序

刚在《福州日报》整版推出《情系南方之强、花开福厦之滨——记厦门大学与福州市的校地情缘》，校友叶文振教授又送来《我和我的母校》作为百年校庆献礼之作，深厚的母校情结和恩念情怀溢于言表，流淌在字里行间，令人感佩。我以为，这是百年厦大"四种精神"文化的一个生动体现，是厦大感恩教育涌流出的一朵温暖浪花。

初识叶文振校友是我 2014 年 11 月刚刚履新厦门大学、代表学校会见由全国妇联厦门大学妇女／性别研究与培训基地举办的"海峡两岸：妇女／性别研究与社会发展"学术研讨会参会学者的时候，知道他还是从厦门大学走出去的全国知名的妇女研究专家。后来又在福州校友会承办的厦门大学 95 华诞全球校友专场文艺晚会的过程中，在厦门大学 2016 届毕业典礼的现场，在出席厦门大学福州校友会 2016 年年会暨迎新迎春联谊会的时候，进一步加深对叶文振校友的认识。他拥有厦门大学学生证、毕业证、教师工作证、校友卡，可谓"证卡齐全"，他所服务的福州校友会已成为厦门大学校友事业发展中的一个亮点。特别是在这次协作推出厦门大学和全国各省市区"校地情缘"系列报道中，他积极承担福州篇的调研和写作任务，用一个长篇纪实生动地记录了厦门大学和福州市历经百年的校地情缘，不仅丰富了对福州人在厦大、厦大人在福州的历史再现，而且还为未来的校地合作发展奠定了一个情怀基础和工作起点。如此背景之下，走进文振教授的新作《我和我的母校》，他的写作初衷、他对女性研究的执着、对校友工作的热心，还有对厦大与省会福州校地情缘的共鸣，都跃然纸上、洞然心里。

他在多篇随笔中深情地提到，没有在改革开放恢复高考的第一次考试后，厦门大学录取了他，也就没有现在的叶文振；没有厦门大学当年在包分配的计划体制下，挤出名额给予留校任教，后来又选送出国深造，也就没有后来的叶文振教授；没有厦门大学当年在福建省新办高校需要领导干部时的鼎力推举，也就没有后来的叶文振校友。在文振校友的内心，他能够从一个村镇家庭的孩子、从一个高山茶场的知青，顺利地实现一个个历史转身，走上甚至连自己和整个家庭都没有想到的发展路径，是厦门大学不仅在人生的关键时刻提供难得的机遇，而且更为重要的是在人生的漫长过程注入母校的"四种精神"、"感恩意识"和"自强不息、止于至善"的校训。所以，他的写作初衷是一个动态的、细水长流式的情感积淀，是和学校的感恩教育一脉相承的，也是和学校所倡导的捐赠文化实践同步并行的：在学校80周年校庆嘉庚广场建设的捐赠中，他踊跃捐款；在学校95华诞的时候，他带领福州校友会承办了文艺晚会；在迎接学校百年校庆的今天，他又满怀深情地推出这本献礼之作。

《我和我的母校》回望了叶文振校友从事女性研究的过往路径，那是从《人口研究所》的学术起步，到《妇研中心》的厦门大学福建女性发展研究中心的平台构建，再到后续铺开近20年的持续投入，在为学校获得全国妇联妇女/性别研究与培训基地殊荣做出重要贡献的同时，自己也光荣地当选为中国妇女研究会的副会长。在书中，他还讲到，是《布衣教授》黄良文老师的学科意识和责任、《经济研究所》胡培兆老师的学术精神与志向，还有《创所所长》黄志贤老师所营造的相对自由的学术氛围和《一片红叶》叶品樵书记所传递的重在鼓励的学校期待，一起成就了他在妇女研究领域、在女性学学科建设和人才培养方面的发展。实际上，叶文振校友的学术实践，还勾画出这样一个值得我们去发扬光大的厦大育人传统，除了宽口径、多学科知识背景的建构，教师这个集体所拥有的敢争一流的学科发展意识和立志创新的学术理想的示范，还努力引导学子把对社会弱势群体的人文关怀和守护国家利益的家国情怀融入自己的成长、成才和成就之中。我在与不少厦大教授交流中都提到，教书育人是教师的天职，"得天下英才而育之"为君子之乐，这一乐既乐在学生在读时的课堂上，更乐在他年之后学生成才立业之时。后一乐既是为学生做出成就而高兴，也是为自己的付出得到间接的社会承认而高兴。文振教授自己本身就是一位优秀的人民教师，他对教书育人有自己深刻的理解，所以他关于自己的成长、发展与母校和老师之间关系的深情记叙读来让人不忍释卷，也特别发人深省。

校友工作的感恩情结、校地情缘的互惠关系，以及二者之间的良性互动，在《我和我的母校》一书中得到诗意的展示。把校友工作的起点前移，并贯穿到人才培养的全过程，甚至延伸到毕业离校后的发展跟踪，是叶文振校友在书中与我们分享的一个重要体会。的确，和未来校友的第一次接触——录取通知书的纸质设计、文字表达和落款方式等等，都会留下一生都不可能忘却的记忆和对母校一生情感的起步，还有开学典礼、迎新晚会、毕业论文答辩和毕业典礼等几个最重要活动的仪式感，以及不轻易拆除和改变承载校友对母校情感依念和归宿的建筑楼群和校园环境，动员所有教职员工全员参与到育人的全过程等等，都会增加校友对母校的情感积淀和对母校多元化、立体式的情感嵌入。陈景润学长和胡培兆教授毕业后又被调回母校、得以知人善用和重用，从而成为闻名全球的顶尖数学家和提升厦大经济学科地位的著名经济理论家，都表明校友工作的后延也是非常必要的。人才培养与校友工作同步并行意识的加强，加上把服务校友的工作收获及时转化为对母校的服务和对当地的服务，也一定会带来对校地情缘的历史挖掘和现代深化，并再转化为对校地优势互补、利益互惠合作发展的进一步推动。

　　一个好大学通常让我们首先联想到大师或大楼，其实，在校学子和毕业后校友这两个群体也是标识一个大学好不好、办的成功不成功的重要力量。叶文振校友用近半个世纪和厦门大学结成的缘分，用情感和生命一起介入的对厦门大学的感受，以及用多学科的视角和多重身份的经历对厦门大学百年办学进程的思考，为我们提供了一个透视学校与学生（校友）关系的生动个案，将有利于去深化对这个问题的讨论、去形成更多具有时代价值的共识，也有利于去总结、提升和推广厦门大学历久弥新、行之有效的实践经验和理论认识。从这个意义上来说，一个大学的历史书写，不仅是学校档案馆的主要任务，也应该是每一个师生和校友的共同责任，这种书写不仅是聚集在某几个人生的重要时点上，更应该贯穿到学习期间和毕业离校后的整个生命历程。所以，我特别希望，能够有更多的在校同学和离校校友像叶文振校友那样，一起把厦门大学放在心上，随时随地地记录和她在一起的生命经历和情感收获，相信我们会阅读到越来越多像《我和我的母校》一样的对厦门大学的用情纪实和用心书写！这样的作品是母校总结反思教育历程和成效所需，或许还是厦大学子对中国高等教育研究的特别贡献。

　　在这里，再一次感谢叶文振校友用这种温馨的方式迎接母校百年校庆的到来！

　　是为序！

张彦

2020 初春于厦门

目录

第一章 我的校园 1
摘一束春花献给母亲 3
圆梦的 1977 5
难忘的 80 年代 8
向 40 年致敬 12
建南大会堂 14
情人谷 16
厦大幼儿园 19
西村 20
白城海湾 21
红土地 23
学位礼服 25
毕业典礼 26
厦大人的幸福 28

第二章 我的老师 31
班主任 33
布衣教授 39
创所所长 44
教师节 48
第一次讲学 49
经济研究所 51
一片红叶 55
元山里子 58

第三章　我的同学 61

一次决定命运的高考 63
海比山浪漫 65
老冰糖 67
爱与被爱 70
30年的想望 74
再过30年，我们再相会 78
北京大团圆 85
1977计统的又一个春天 90
新泽西送书记 108
从新春聚会说起 112
感谢生命中有你 114
生命的主旋律 115
榕城欢乐颂 116
长泰秋意长 118
永远高飞的燕子 122
入学40年 124
鼓浪屿之波 126

第四章　我的同事 131

写作雅趣 133
人口研究所 135
望海红 137
春暖花开 139
妇研中心 142
经济系，我们爱你 144
不忘初心 149

难忘的 2004 151
　　感恩开年 158
　　风采依然 160
　　百岁母亲 161

第五章 我的学生 165
　　教学互惠 167
　　翔安调研后记 168
　　一次久违的聚会 169
　　望海学村年会 174
　　湖湘大学堂 180
　　克雷门 182
　　生日的意义 183
　　新疆红梅 185
　　黑龙江曹睿 189
　　仙游静雅 194
　　漳州严静 199
　　福州陈颐 203
　　南平海峰 207
　　南安琼如 212
　　龙岩魏丹 216
　　泉港渝霞 220
　　河南王慧 225

第六章 我的校友 231
　　接棒有感 233
　　不忘初衷 235

法律之最	237
三喜同庆	239
乘着歌声的翅膀	241
茉莉琴声	243
鼓岭读书	246
花红鲤鱼洲	248
闽江之夜	255
外文德贞	257
纯真年代	259
老校友	260
重阳节	262
与凤凰花一起盛开	263
再逢青春	265
难忘2016	267
握别2018	269
全球同庆	270

后记 281

第一章 我的校园

摘一束春花献给母亲

圆梦的 1977

难忘的 80 年代

建南大会堂

情人谷

厦大幼儿园

红土地

学位礼服

西村

毕业典礼

入学 40 年

厦大人的幸福

白城海湾

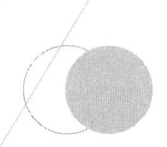

摘一束春花献给母亲

在《我是演说家》的讲坛上,作家陈岚这样深情地形容母亲:"对于婴儿来说,母亲是背后温柔的双手,而对于一个家来说,母亲是遮风挡雨的屋顶;对于一个国来说,母亲是亘古的大地,而对于一个民族,那是生生不息的江河。"

是啊,天下社会角色千千万,母亲则是这个世界上爱的成色最纯、责的付出最大、利的成分最少的亲人!

大女儿搬回美国后,职业与家庭的角色冲突似乎更加激烈了,但是再忙碌的职场也没有侵入为母爱而守护的那一份情怀与坚韧,出差卢森堡两周后返回的风雪之旅衬托出这份情怀的超人热度,这是女儿的微信记录:

"2018年3月的暴风雪,神奇地在几乎所有航班都取消的情况下我居然安全降落了。20分钟的车程变成2小时的磨炼,接我的车两次卡在雪里,电线杆倒了,树折了,路封了,最后女汉子扔下行李冒雪徒步回到一个停电、没暖气、没网络的家……钟凌因为火车全线停运借宿朋友家……然后,半夜一声巨响,早上发现院子里倒了三棵树,其中一棵砸在了房子上。女汉子铲了一上午的雪,最终才发现其中一辆车后的玻璃也被砸碎了,现在继续停电、没暖气、没网络。What a crazy crazy storm!!! What a crazy 48 hours... to be continued..."母亲归来了,没电没暖气的家不冷了,秋秋和秋弟两个小孩欢乐了。

从生身母亲到育人母校,这份情怀在延伸。在每一个学子的心里,母校都是一个神圣的、一生都不会放下的情感。如果说,母亲的十月孕育生长出一辈子的血脉,那么母校的四年培养却构筑了一辈子的学缘,最后都转化为用不同方式呈现出来的一辈子的感恩:

"狗年新春,厦门大学1977级与1978级两级恢复高考制度后入学的学子,义无反顾地背起行囊,马不停蹄、风餐露宿地从全世界各地,风尘仆仆地回到朝思暮想、曾经哺育他们四载的母校,隆重纪念恢复高考制度暨入学40周年。

　　1977—1978级中文还特意制作了人手一条的红围巾,以表达学子对母校对师长的无限感恩之心……一时间,母校芙蓉湖畔、上弦场与集美、群贤、颂恩等建筑楼堂之前,感恩的红围巾随处挥洒……春风一掠,随即舞动,恍然如天边一道道红彤彤金灿灿的祥云徐徐飘过。"

　　1977—1978级学兄学姐的红围巾还在跳跃,1988级学弟学妹又吹响了入学30周年返校集结号。"人间四月天,重聚芳菲时。全球的厦门大学1988级校友们,让我们在2018年五一小长假,开启我们的返校校友周活动!

　　犹记30年前,凤凰花开衣袂翻飞,我们当时青春年少,负笈南强囊萤映雪。从此,那些曾经同窗共读朝夕相处的日子,那些身手相牵的过往,那些洒落在岁月中的人生初识,即便隔着荏苒光阴,隔着千山万水,也会长留心底,温暖一生。亲爱的母校,我们想回家了。到时,我们将献给母校:

　　一场成立大会——厦门大学1988级校友联盟成立大会;

　　一个捐赠仪式——厦门大学大楼冠名捐赠仪式;

　　一场文艺会演——国家领导人大为赞赏的厦门大学音乐系执导的文艺会演;

　　一个缅怀活动——前往集美鳌园深切缅怀校主;

　　一场游轮大团聚——别开生面的海上走游轮,云帆沧海,明月婵娟……"

　　从对母校的依恋再到对祖国母亲的热爱,让我特别能感受到影片《战狼2》把五星红旗高高举起的祖国分量与生命意义,能体会到一次西域之行所唤起的把国家利益扛在肩上的国民自觉与民族共识。

　　为了纪念三八国际妇女节第108个周年,新疆维吾尔自治区妇联隆重举行表彰大会,授予99个单位为自治区巾帼文明岗、52个家庭为自治区五好家庭、140个家庭为自治区"最美家庭"荣誉称号,在这些单位和家庭当中传扬出许多民族团结、相亲相爱的动人故事。尤其温馨感人的是,会后区妇联邀约获奖单位与家庭代表回娘家,妇联领导、干部和数十个民族的兄弟姐妹,亲切地围坐在一起话幸福、拍合照、包饺子,还纷纷起来深情致辞开怀献歌,一同跳起欢乐抒怀的民族舞蹈,区妇联党组书记还给各位获表彰妇女代表披上一条红色围巾,在一片红色闪耀之中,我们不约而同地站立起来,一起放声高唱《歌唱祖国》,在歌声里,我们听到民族一家亲、祖国大家爱的中华民族传统,听到"家是最小国、国是千万家"的家国一体情怀。

是啊,有母可孝敬、有家可归来、有校可感恩,特别是有国可自豪可报效,这才是一个现代人的幸福,这才是我们中国人的骄傲!

当大家都纷纷涌向春暖花开的大自然怀抱里的时候,我则在心里摘一束盛开的春花,献给敬爱的母亲!

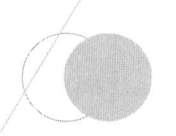

圆梦的 1977

我 23 年的求学生涯虽然断断续续,却是完整的、中西兼有的。然而,没有 1977 年那场恢复高考招生的第一次考试,我是绝对无法走完从中国乡村幼儿园小朋友到美国普林斯顿大学博士后的求学历程,1977 年的高考是我所经历的所有校园考试中最重要的考试,是决定人生命运的一场考试,是整个家族圆梦的一场考试。

"文革"十年的废学致使 3000 多万个知识青年被隔阻在大学校门之外,作为这个特殊集体的一员,我是在闽侯县祥谦公社山后大队位于五虎山上的茶树丛里听到关于在全国恢复高考的消息的,记得那是 1977 年 10 月下旬的时候。我知道后心情很复杂,想得最多的是大队党支部会不会让我去参加考试,如果有幸参考了,我能考上吗?出人意料的是,大队党支部不仅同意我们这些知青报考,而且允许在不耽误农活的前提下回家复习迎考。谢谢山后大队党支部老书记和委员们,是你们的开明之举让我们迈开了圆大学之梦的第一步。

我带着能否顺利考上的压力回到了位于闽侯县尚干小镇的家。这个家其实是母亲担任会计的单位,两层旧式小木屋的一楼是母亲和同事们工作的场所,楼上则是我们几个兄弟姐妹居住的地方。母亲一生都在生孩子,14 个孩子夭折了 7 个,当

我和我的母校
—— 献给厦门大学百年华诞

年参加考试的有 2 个,我和二弟。大姐是老三届的高才生,但是母亲的多育却拖累了她,她早早就结婚生育,上大学的梦想早就被辛苦的生计磨碎了;二弟学业一直不是很好,这次报考希望不大,所以我的成败就是整个家庭的成败,甚至还是我们这个家族的成败,因为我们家族直到那时还没出过一个大学生。就这样,我开始了时间并不是很长的复习迎考。我每天早起晚睡,读书声和母亲的算盘珠子拨拉声交相呼应;母亲还为我订了一份新鲜牛奶,每当接过母亲递过来温热的鲜牛奶,我都情不自禁地想起从前读书的事:小学的时候,母亲总是在灯下一边把我父亲穿旧的衣服翻新为我的小外衣,一边陪我读书做作业;"文革"期间复课闹革命的时候,如果没有母亲的坚持,我就可能永远告别学校,成为以做饼手艺为生的人;高中的时候,母亲省吃俭用尽可能满足我求学的物质需要。谢谢母亲,是您的母爱之恩让我迈出了圆大学之梦的第二步。

1977 年冬季,我和全国 570 万考生一起走进了久违的考场。那天母亲起大早为我和二弟各煮了一碗太平面,并用十分期待的目光看着我们把最后的一根线面吃下去,母亲没有考前的叮咛,但那慈爱的目光却给了我信心与希望。高考的考场离家不远,是设在我念高中的祥谦中学,现在的闽侯第二中学。在这里我度过了最快乐,也是最学有所获的两年半求学时光,具有很强第一意识的班主任林桐藩老师,是我们心中的一面旗帜,他对语文的专业热爱和富有人格与知识双重魅力的教学,让我越发喜欢上语文,学习之余还有学校举行征文比赛,我都不停地弄笔,我希望像老师那样考上大学,学习中文,今后一边教书育人,一边写作发表。现在是实现人生梦想的时候,也是报答母校和老师培育之恩的时候,我一定要竭尽全力,把这次高考考好。谢谢恩师,是您的知识之手让我顺利地迈出了圆大学之梦的第三步。

高考之后是达到分数线的政审与志愿填报,此时我既兴奋又不无担忧,我家庭成分是工商业主,属于黑七类,"文革"期间就是因为这个成分被扯下红卫兵的红袖章的,这次政审会因此有变吗?记得是在山后大队的知青点楼上,党支部老书记再次对我开绿灯,他说,这次村里只有你一个人考上线,希望你不要辜负全村村民的期待。我握紧老书记的手，感激地说不出话来。填报志愿时，我还是冲着高中时养成的兴趣，首先选择福建师范大学中文系为第一志愿，北京广播学院编采系为第二志愿，同时把厦门大学经济系的计划统计专业作为第三志愿，这是采纳毕业于厦门大学经济系、家族关系较远的一位堂舅的建议。为了能上福建师大中文系，特别不能坐车的母亲不顾晕车，陪着我四处找相关的亲戚朋友，甚至都找到了师大艺术系的一位教授，希望能帮忙圆孩子学中文的梦。结果上福建师大中文系的愿望还是落空了，上北广也一直没有消息，在圆梦的最后一刻可能遭遇前功尽弃之时，远房的堂舅及时地伸出援助之手，我幸运地上了厦门大学，从此与这所南强学府结下了不解之缘。谢谢堂舅，是您的助人之力让我终于迈进了大学的殿堂。

如果说1977年给了我十分难得的人生机遇，那么是厦门大学的录取才把这次人生机遇变成了一个幸福的事实。我珍惜厦门大学给予我的这份人生厚礼，从迈进校门之后，就希望能成为这个家园的一个永久居民，并能以自己的尽力所为给母校带来荣誉。因此，我大学毕业后幸运地没有按分配去北京大学，而改为留校任教；在美国拿到博士学位、做了博士后以后，还是再回到母校执教；2002年母校为建造嘉庚广场向全校师生募捐，我成为捐款数额最多的厦大人；2005年奉命北上福州的福建金融职业技术学院任职，我依然不顾行政的忙碌，每隔一两周就回到母校，继续在那里指导和培养研究生……

现在我写下这篇文章，是想在表达对邓小平、对所有帮助我圆梦的亲朋好友感激之情的同时，告诉正在美国念高中的小女儿，告诉现在以及未来都要参加高考的同学以及你们的父母，一定要好好珍惜党和国家为大家提供越来越多的求学成才的机会，用最扎实的知识和能力的准备，坦然而乐观地迎接各种美好的人生机遇，并把这些机遇转变成报效国家、感恩父母以及答谢恩师的一次次成才、成功和成就的生命实践。

我和我的母校
——献给厦门大学百年华诞

难忘的 80 年代

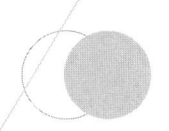

旅美作家查建英在新书《80 年代》前言中写道："我一直认为 20 世纪 80 年代是当代中国历史上一个短暂、脆弱却颇具特质、令人心动的年代。"

还有人在与 90 年代以来巨大社会变迁中出现的那些艰辛、冷漠的社会生态对比后，用十分怀念的心情表示，那是"黄金的十年"。甚至连去年 5 月落幕的第五届华语音乐传媒盛典也向 80 年代致敬，歌手周启生还专门为此创作充满怀旧的主题歌，《我们的 80 年代》。

但也有人认为，"80 年代虽然是一个伟大的年代，但那里头也有一些腐旧的东西，比如追求造型美，过分计较、认真；因为过于理想，也容易愤怒；每个人都在追根究底，急吼吼地问，为什么？这到底是为什么？我从哪里来？要到哪里去？——相对于稍后 90 年代的松弛和疲软，它显得有些紧张了，也似乎莫名其妙"。

相反，著名作家、理论家李陀则冷静地感叹，80 年代是一个太大的话题，这十年太复杂了。

是啊，这是一个令人心动、几许怀念、紧张又复杂的年代。再加上每个人在描写这个年代的时候，在力争"价值中立"地反映历史真实的同时，又情不自禁地带上来自与这个时代或多或少联系的个人色彩，80 年代就有更多的版本了。现在也来说说我自己的版本。

从个人经历而言，80 年代是我人生出现最多也是最大的转折，它也许和以前的生活没有明显的延续性，却对我这个年代以后的生活产生巨大的影响。对 80 年代，我是心存感激的。

80 年代的大学校园，几乎集聚了当时中国的所有精英。在 80 年代的头两年，我作为"文革"后恢复全国高考的第一代大学生，继续在厦门大学里学习。在年龄差距十分显著的班上，我属于"中年人"，一边认真学习，争取考高分评三好生；一边积极向党组织靠拢，期待能在毕业前成为党的新鲜血液。我还记笔记，流水账地记录着每天的学习生活及内心感受、每月 17.5 元助学金的日常花销，还有想恋爱又不敢轻举妄动的心理挣扎。而今偶尔翻看还保存下来的大学日记，我心里涌动的不仅是年轻岁月的热情，还有那只有经历80年代才会产生的想望。

建立在物质缺乏上的安全感是80年代给我的第一个印象。那时学费全免，还有助学金，数额虽不大，但足够维持日常的校园消费；还有毕业包分配，也少了一份焦虑和担忧。付出自由代价的计划经济减少了未来的不确定性，确实给人增添了一份安全感。然而，我们又被不富裕，甚至贫乏包围着。夜自修完，偶尔奢侈一下在寒风中吃碗一毛五的汤面，年轻的心就很欢愉；几个舍友靠好几个月省吃俭用同时买来平生第一双皮鞋，大家欣喜若狂，中午不睡觉，一起从这个宿舍走到那个宿舍，期待着被发现新大陆后引起更多同学的惊喜；毕业留校后没有房子，白天上班的人口研究室成了夜晚从事人口再生产的两口之家；物质缺乏养成的节约习惯还被我带到留学的美国，在那里什么便宜吃什么，还经常逛二手货店，等到三年回国探亲时，我居然买回3台彩电、3个电冰箱和3台洗衣机，全是一色的日本货。去涉外商店提货时，我在那些羡慕的眼光中，不由自主地格外满足和张扬。

1982年初，我从厦门大学毕业后被留校任教，一下子成为大学助教，骄傲得不得了，整天佩戴着红色校徽，张扬地出入校园和出差异地。那时的知识分子工资不高，却有着很高的社会声誉，尤其是得到社会大众的尊重和爱护。这种非物化的职业荣誉又反过来激励着大学教师把教好书和做好学问当作立身之本，去做一个名副其实的学者。而且，知识的增加还提高了我们在婚姻市场上的行情，我那些去北京国家各部委还有高校工作的男同学都很快当上了"班长""排长"，甚至"连长"，联姻的机会相当多。尊重知识尊重人才是80年代一种十分真挚的社会风气。

到了我恋爱生育的时候快接近80年代的中期了。那时的择偶方式单一，主要还是通过亲缘、地缘，以及同学和同事的介绍。在计划生育政策的强约束下，生育模式也表现出极大的趋同性，大家都只能生一个，而且都希望能生个儿子。我还是没能自由地自己恋爱一把，同学介绍、父母认可、简单操办婚事、一年后完成计划配给的生育指标，整个过程按部就班，是80年代最没有创意的生活画面。然而，

我和我的母校
——献给厦门大学百年华诞

谁也没想到80年代制造的独生子女一代,却是世界上独一无二的人口群体,这个群体不仅影响中国,还波及整个世界,其中也包括我在美国留学期间超计划又生了一个可爱的女儿。小女儿的可爱与美好彻底改变了我从母亲那里传承下来的生男偏好,让我情不自禁地撰文宣告:"生女儿真好!"

1985年10月,我得益于当时的开放政策,加入日益涌动和扩大的出国潮。那时的出国分为纯公派、公派自费和全自费,而且多数以拥有纯公派的身份感到自豪。到了国外以后,也不会忘记学成后及时归返,报效祖国。我在美国多年,还一直请同事帮我按期交纳党费。热爱祖国、振兴中华是80年代一个比较突出的时代旋律。

由于出国留学,我在国内只拥有一半的80年代,现在回想起来,这可能是人生的一大遗憾,也是我留学美国所付出的机会成本。还好不少关注和偏爱这个年代的人用他们的文字把我因出国而错过的80年代后期逐步找了回来。以下我将以一个研究者的身份,把80年代当作一个完整的历史时期和一个综合的社会变迁,做一番自成一说的评价。

如果说一个时代都是以自己特有的表征区别于其他的年代,那么我喜欢用"回归、开放与碰撞"这6个字来表述80年代的时代特征。在80年代,我们从被"文革"扰乱的意识和行为生态中逐渐清醒过来,进入一种相对比较理智和平静的生存状态;我们还恢复了包括高考在内的许多制度,制度性的回归和重建恐怕是这个年代最明显的特征;对科学知识、文学艺术和悠久的历史遗产,甚至对"文革"前的生活方式和人际关系等的重新肯定和恢复原有的价值,也是当时一道令人为之振奋的风景线;还有远离城镇远离父母多年的知识青年对都市生活的回归,不知给多少家庭带来亲情欢聚的喜悦。在回归的同时,改革开放又逐渐汇聚成这个年代的生活主流,四个特区的建设相继拉开帷幕,港澳台在资本流动中拉近了与祖国大陆的血脉关系,还有一批又一批的留学生被送到世界的各个地方。长年封闭的中国在惊叹外面的世界真精彩真发达的过程中,在不断接受外来文化的影响中,也不知不觉地把自己置放在一个碰撞的年代,继续回归与改革开放、西方生活方式与中式生活习惯、国外富裕的诱惑与国内岗位的吸引、多元化的无所适从与单一性的雷同乏味，以及社会变迁的欣喜与社会稳定的踏实都在不时地较量着、冲突着，甚至互相侵袭和取代着，80年代也就是通过这样的存在形式和发展态势，给人一种紧张的体验，一种复杂的感受。

但是，再有自己特色的时代，也要和其他年代发生承前启后的联系。反思60年代、70年代，我们会加深认识80年代回归的历史根源；现在站在新世纪的初始之年，我们免不了又会去探寻80年代的时代意义，或者对中国、对世界发展的意义。我以为，80年代的时代意义主要体现在：

给我们一个对过去两个时代的认真反思，以及在反思基础上的加紧对意识、文化和制度等方面的整顿和重建，特别是从偏执政治走向重在实践的社会变革，使中国第一次能够把带领百姓脱贫致富作为最大的政治。

给我们一个关于改革开放的初始实践，为中国发展成为一个真正的开放社会进行了十分必要的思想与经验的准备，同时还以从实践中获取的成功与成就证明这样一个道理，开放是中国社会继续进步与发展的必由之路。

给我们一个从趋同转向多元的变化过程，既为后续的多元化社会出现拉开了序幕，又给和谐社会理论的建构提出实践的要求。

还给我们一个孕育一代新人的历史机遇，80年代出生的人现在已经长大成人，他们的人生作为将在很大程度上决定着中国乃至整个世界的未来。

80年代，你是我最难以忘却的时代记忆！

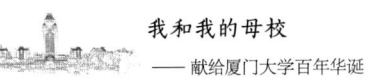

向 40 年致敬

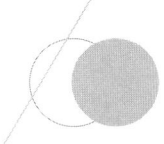

在5000多年的历史长河中,从1978年到2018年的改革开放的40年只是一个时光的波浪,但也就是这一个波浪,把一个悠久的古国送进一个全新的时代:

握住一个轻巧的手机,我们就可以互联东西南北,把神州大地拥在怀里,所有的需要都在轻轻地触摸之中得到满足。

跳上一列舒适的高铁,我们就可以在一两个小时内穿越过去要用几天几夜才能拉近的空间距离,所有的乡愁都在片刻的移动之中得到消解。

尤其是打开一扇礼仪的国门,我们还可以随时走向世界,向国际友人在一杯茶香里在一段京剧中讲述中国的故事,所有的自信都在友好的分享中得到回升。

在5000多年的历史长河中,40年只是一个时光的波浪,但也就是这一个波浪,把一个平凡的家族推向一个未曾期待的时期:

一个生育政策的变化既结束了重男多孩的家族生育观念,又在新生代当中形成都生二孩的生育风尚,人口年龄金字塔底座的加大增强了整个家族潜在的养老实力。

一个高考制度的恢复彻底改变了她从来没有过大学生的家族知识结构,接着还改变了家族后代的职业构成,从医从教、以知识和医术服务社会成了家族职业分布的主流。

一个留学文化的形成突破了家族常年不变的就地绵延格局,国外教育和生育、跨省跨国联姻,以及家族单一的乡土文化向多元的国际文化转变,都在形式和内容上改变着一个传统家族的现时结构和未来走向,在多元化、融合性的发展中提升家族的幸福感。

在5000多年的历史长河中,40年只是一个时光的波浪,但也就是这一个波浪,把一个普通的个体带入一个不敢奢望的人生:

如果没有那一场考试,也许我就是一个从村镇饼店学徒长成的乡下饼业私营者,或者从公社文化站志愿者转身的接替父母职位的供销社职工,然后步入婚介成家、生儿育女、娶媳嫁女的这样人生轨迹。幸运的是,在我22岁的时候遇上了那一场考试，并在大队党支部的开明支持下、在母亲的蛋面祝福中，不仅顺利地走进设置在母校祥谦中学的考场，而且还被厦门大学录取了。也就是这样一次未曾想望，却千万不能错过的考录，彻底地扭转了我的人生路径。

从 1978 年到 1988 年的 40 年的第一个 10 年，厦门大学四年的计划统计专业的学习，以及留校后在人口研究所从事专职研究的经历，让我幸运地接上联合国人口活动基金 P01 项目二期资助，在北京语言学院一年人口英语强化培训之后，就去美国"洋插队"了，并在 1988 年拿到犹他大学的社会学硕士学位和考过攻读博士的资格考试，基本上奠定了未来要与教育结伴的人生历程。

在 1989 年至 1998 年的第二个 10 年，我先拿下犹他大学社会学博士学位，完成了普林斯顿大学人口学博士后研究计划，然后回国任教，在 1998 年成为母校厦门大学的教授。在学校下达的职称晋升文件里，虽然在我的名字后面括号里注明破格，但我还是觉得有点不好意思，因为回国后的进步和对学校的贡献确实还是慢了和少了。

进入 1999 年至 2008 年的第三个 10 年，在母校的爱护和鼓励下，我做了三件事：在母校建校 80 周年的时候，我在捐建嘉庚广场中，成为在校师生捐款最多的老师，以表达对母校当年招录我入学的感恩；在 2002 年的三八妇女节，当选为福建省妇联和厦门大学共建的厦门大学福建女性发展研究中心主任，从此进行了教学和科研更全面的学科转向；在 2005 年的春天，离开母校来福州任职，在靠近和照顾已经年迈的母亲的同时，从事一份更有服务价值的高校行政管理工作。

在 40 年的后 10 年，我把更多的时间放在女性研究和校友工作上，以更多元的方式，感恩母亲、感恩母校和感恩包括我的两个女儿在内的天下女性。没有我母亲和大姐，没有母校和老师，没有所有同窗、同事、好友、学生和女儿，真的就不可能拥有以上所回望的我的 40 年。

而所有这些个人人生的拥有，又都和我们党领导下的历经 40 年的改革开放大业紧紧相连，正是有了国家这 40 年的改革开放浪潮，我才有可能拥有这么多的爱

护和信任、机会和平台,才有可能扭转人生际遇、抒写不一样的人生纪实。我想,把家国情怀和时代使命贯穿到个人追求和家族延续之中,用更多的个人进取、家族进步,特别是对社会的贡献,感恩伟大的祖国、感恩伟大的时代,将是我从纪念改革开放40年中留下的温暖启迪。

建南大会堂

在这里,曾经和30多万毕业生一样接受母校的祝福和送别,去年还是在这里我和全球校友一起为庆祝母校95华诞献上一台校友专场文艺晚会,今晚仍是在这里——厦门大学建南大会堂,和母校师生们一起把《大地之爱》拥进怀里……

《大地之爱》诗会是由中国演讲协会杨晓东副会长创始发起,他希望用诗会这样形式,唤起公众对国家的爱、对社会的爱、对家人的爱。2014年5月11日母亲节,《大地之爱》诗会从四川成都出发,到福建厦门推出《新时代、新诗篇,走进厦门大学》,历经近4年,走过全国22座城市,公益演出26场,培养和带动了数十万观众,热爱诗歌、热爱生命、热爱生活。也就是在这场演出中,我们遇到以前在多部国外译制片里听到他迷人声音的乔榛老师。虽然是靠着手杖缓缓地走到舞台的中央,虽然曾经经历8次和癌症的殊死抗争,虽然已经是75岁的老人,他却推开手杖,直直地站立着,气势依然,声泽如初……

从1975年任上海电影译制片演员、导演以来,乔榛曾担任《安娜—卡列尼娜》《叶塞尼亚》《寅次郎的故事》《廊桥遗梦》等200余部译制片的主要配音演员,和《湖畔奏鸣曲》《三十九级台阶》等10余部译制片导演,同时还是叶芝《当你年老时》、雪莱《印度小夜曲》、普希金《致凯恩》、李白《蜀道难》等20余部作品的朗诵者,他那浑厚磁性、富有感染力的嗓音被誉为"最有魅力的声音",也是真正的"中国好声音"。他既"声形合一、驾轻就熟",又因人和声、栩栩如生,如在"《斯巴达克斯》中赋予克拉苏一种收敛后的霸气,又如在《寅次郎的故事》里把寅次郎的憨厚而富有喜感加以逼真呈现"。

但是,就是这样一位"电影百年百位优秀电影艺术家",却经历了跨越几十年、此起彼伏的生命劫难,1985年底乔榛开始感觉身体没有力气,脸色发黄;1986年2月确诊泌尿系统恶性肿瘤;1996年癌症复发;1999年癌细胞扩散到骨髓;2009年5月又患脑梗半边脸部面瘫,一度不能说话……庆幸的是,有两只手一次又一次把乔榛从生命和艺术的"鬼门关"拉了回来,并赋予他坚韧的毅力,傲然站立在艺术人生的殿堂里。

这其中的一只手是乔榛妻子唐国妹的爱情之手。从当初去各个医院找专家咨询,到确诊手术后表现出积极情绪、报喜不报忧、乐观以对,再到放疗化疗期间,一直陪在丈夫身边,除了不时回家做乔榛喜欢吃的菜和汤,送到医院给他增加营养,还帮他熬了长达5年之久的中药……硬是用相濡以沫、患难与共的爱情感动了上苍,让他们携手走过漫长的病痛折磨、越过7次生死难关!乔榛说:"没有妻子,我根本活不到今天。"

还有一只手是乔榛的金牌搭档丁建华的友谊之手。1976年春上海电影译制厂招生,还是海军女战士的建华也来报名应试,乔榛恰好是面试老师,就这样以师生关系开场的乔丁组合绵延了近30年,已为上千部影视剧(集)配音,成为中国配音界的传奇与佳话。如同中国名家出版社欧阳社长所述:"在许多观众心目中,有乔榛就必有丁建华,有丁建华也必有乔榛,他们在影视中的配音合作可以说,是浑然天成、相得益彰。"当得知乔榛病倒,她是从医院一路哭着回家,此后一直为乔榛病情忧伤、焦虑,无法全身心投入配音工作,更不适应与别的演员搭档合作,甚至推掉所有的演出,把两人重返舞台的希望,都寄托在乔榛的康复上,还把电话打到病房,告诉乔榛,一定要好过来,因为还有我这个合作者等着再跟你搭档演出。丁建华深深扎根于和乔榛共同热爱的配音事业的友谊也感动了上苍,让乔榛一次次转危为安,回到建华身边,即使后来不再搭档演出,乔榛也都好好活着,或来到现场或立足远方为丁建华的一次次精彩再现送上最美好的祝福！

让我们依依不舍的2017年即将过去，崭新的2018年已经进入时光隧道，正向我们走来！谨以这一篇小文，衷心祝福各位亲朋好友，我的厦大老师和同学，流逝的是光阴，沉淀的是健康、爱情和友谊，有了它们，你我一起很快就要拥抱的2018，一定会被诗意和幸福充满！宏伟的建南大会堂，我们还会带着爱的期待再来的，也会带着被您充满的爱走向远方。

情人谷

情人谷之一：

这是刚刚醒来的厦大情人谷，虽然岁月荏苒，但她却一直碧波舒缓，温情依旧，只为纪念那已经远去的校友青春，记录正在这里铺开的学子们的初恋！

对于1976级中文的杨主编学兄来说，从三家村到这里，区区几百米的路程却成就了他和同班女同学持续一辈子的爱情；而对他的学弟海文来讲，这里留给他的全部记忆都与爱情无关，他只记得那是给厦大师生供水的水库，那是为站海防哨练习枪法的靶场，那还是他从美国回来授课效果最好的讲台。

两位厦大人的区别显著：主编的诗情画意，海文的中规中矩；主编丰富的幸福实践，海文抽象的幸福研究都和当年如何走近情人谷，怎样接受她的浇灌有着密切的关联啊！

而今追思，只叹初识学兄太晚了！

情人谷之二：

一早经过芙蓉隧道、沿着1921咖啡馆拾级而上，很快就到了有点久违的母校情人谷。

在漫山遍野的烟雨中，情人谷显得更加温柔可人，微微的波光、浅浅的新绿，还有一片片的红黄花儿时隐时现、时浓时淡，更多了一份与往常不一样的风情，也把我情不自禁地带入时光的隧道，回到在母校读书和教书的时候，回到母校送我到福州高校任职不时往返两地校园的时候……

情人谷自然与厦大学子的爱情有关。感谢你的包容与爱护，在那个不能谈恋爱的时代，依然还有一些同学在你这里悄悄地迈开相爱的脚步，拨开和你的绿波一样轻柔的情感涟漪，为自己的青春岁月勇敢地留下最有色彩的一页。

还要感谢你的关注与提醒，在可以谈情说爱的今天，当学子为爱而忘情的时候，因为你的白鹭拍翅而过，他们安放好燃烧的激情又回到一起读书共同进取的空间；因为你的卧舟并驾启航，他们也认真地把今天的爱情与明日的婚姻一线相连……

出生于20世纪50年代的那几届学子，因为不能与不敢，没给情人谷的校园爱情屏幕上留下太多的记录，但敢于在那时起步自己爱情的，也都在今天还坚定地走在由情人谷延伸出来的那一条爱情之路，并一如既往地把婚姻进行到底，这是那个时代学子对校园地下恋情的珍惜与持守，更是对见证他们爱情的情人谷的感恩与回报！

而以后的学弟学妹，尽管生活在婚恋观发生大变迁的时代，但毕竟在自己的文化血脉里一样流淌着情人谷的水源，相信他们不会随性处置在情人谷收获的比他们学长丰富许多的情感，随意加上所谓享受年轻人生或者实现市场利益的个性注释，反而能够在每一个爱情面前担当起应有的责任，善待一起燃烧感情的爱人，并把情感的力量转化为更加积极的、更加富有爱心的人生历练！

亲爱的情人谷，有你的相伴相随，有你的呵护与祝福，厦大学子的爱情是可以天荒地老、止于至善了！

情人谷之三：

"今天邀请几位中学同学逛情人谷和芙蓉园，他们制作了视频，转给大家分

我和我的母校
—— 献给厦门大学百年华诞

享……恭候大家一起重返母校，欣赏新景象！可惜当年没有这样的闲情逸致。"

"情人谷就是水库，现在改称思源谷。何必改呢?!情人谷多好，有情有义，才可能去思源。想必曾同学当年轻而易举寻得白马王子，没有经历过厦大恋爱三部曲的磨炼！"

以上是我大学老班长在同学群里的分享，没想到几十年不讲风花雪月，刚强了有点偏执的老班长在情人谷湖边，也柔情似水，遗憾当年啊！

老班长的视频和感叹也把我从榕城的乌龙江边带回那一辈子都离不开的母校，一头扎进那一直碧波荡漾着的芙蓉园里的最高水域……

从当年的厦大水库，到南强学子向往的情人谷，再到学校官方改名的思源谷，这一汪碧水流动着我们的春华秋实，积聚着我们越发深重的对过往的依恋和对母校的眷念，同时也把情人谷变成我们心中最动人心怀的一支歌……

当年你是我们的生命之源，我们感恩并惊奇你的自然净化和积聚能力，源源不断地用最好的水质满足我们生命和生活的需要，把我们的那段岁月浇灌得那么滋润与健康！

当年你也曾是我们的遗憾之泪，趴在你的坝上，我们一字排开，手里拿着的不是追求和平的书本，而是一支支敌对的钢枪，我们在瞄准练枪法，因为我们还要站海防哨。

其实，当年你更多的是我们的青春之波，涌动的是我带着研究生来上课的没有传统教室环境约束的快乐和效率，成全的是一个个连跳三级的年轻学子的爱情：白城海边广泛接触，芙蓉湖畔小组讨论，情人谷里你我牵手！

直到十年前，因为一次的人生选择，你才真正成为我心中永远流淌着的思念之水，每每回到母校，几乎都要来到你的身边，细细端详你的容貌，静静聆听你的声音，甚至把双手放入你那轻柔的微波里……那是多么难忘而幸福的时刻啊，堆积的精神负担放下了，离去的青春活力回来了，渐远的诗情画意又充满了，特别是迷失的回家之路又找到指示牌了……

当然，随着时间的推移，我们现在也多了一份忧虑和担心，因为白城海滩的宁静已经不复存在了，芙蓉湖畔的田园也被大量的车辆挤占了……在这里，让我们一起为心中的情人谷祈祷吧，海与湖的命运将永远不会漫延到你那里，因为你是我们的最爱！

厦大幼儿园

前天突然间非常想念女儿，就临时打车到福州北站，跳上最早一班去厦门的动车，向刚考上美国宾夕法尼亚大学牙科学院研究生、正在鹭岛度假的小女儿叶菁迅速靠近……20年前，小女儿在厦大读幼儿园，大女儿在厦大演武小学念5年级。那时的我尽量把更多的时间留给小女儿和她的姐姐，一年和林擎国教授合作才发了一篇论文，可那时却是我至今最充实、最幸福，也是最有收获的美好时光啊！

我们住在离厦大幼儿园不远的新白城教师公寓，每天接送女儿的路上都留下她那柔柔的轻声笑语，分享着她和小朋友在一起的童年快乐！有一次幼儿园临时闭园，我带女儿来到我授课的教室，我一边讲课，女儿一边听着，一会儿就睡着了！到了夏天海水不凉了，我带她下海学游泳，有一次没有看好女儿，一个大浪把她整个人打到水底，不仅吓坏了她的父亲，还让她从此不喜欢近水，很有体育天赋的她至今还不会游泳。还有女儿完整复述给她讲过的故事的非凡记忆力、房门后面张挂着她模仿姐姐出七彩报的充满童趣和想象的图画、一起到中山路上的肯德基她一个我两个香辣鸡腿汉堡的父女同乐……都让我对那段日子有着越发浓烈的情感回归！谢谢这一切都发生在美丽的厦门大学！

亲爱的女儿，每每想你或者和你在一起的时候，爸爸都感到无限的幸福，但又心存无法弥补的内疚，因为你给了我爸爸这个伟大而深情的称呼，而我却没有尽好与爸爸相匹配的爱的责任！爸爸希望能继续得到你的谅解，并且还希望你能把对爸

爸的爱的渴望和今后将得到更多的父爱,融入你即将开始的学医和从医的生涯之中!你和爸爸都相信,只有爱才能让这个世界温暖、健康与幸福!

亲爱的女儿,爸爸祝愿你这四年的学医生活快乐美好、收获满满!待你下次回来的时候,我们一定重返你的幼儿园,现在应该是全国高校当中最大的,也是最漂亮的幼儿园,拍几张好看的照片!

西村

下午两个弟子博士学位论文开题,一早又跳上开往南向的动车,再次回到熟悉的厦门。

离开题报告会还有一段时间,我信步走进厦大教师居住区之一的西村部落……

先在兰州拉面小店吃一盘过去经常吃的牛肉拌面,没想到上周兰州一行,让我变得挑剔了,这味道不正宗啊!地域文化的流动和扩展是不是一定会不同程度地丢失原汁原味呢?

告别兰州拉面的味道,我一头栽进旧厦大学生街拆掉后的新学生街,一路走过的是:"初见"的纪念品小卖部、"真爱"的路间小歇、"书适生活"的灵巧书店、悬挂"柴米油盐酱醋茶、琴棋书画诗酒歌"对联的树荫里的小亭、更有国际风味的"德之稍歇聚"洋吃店和"小点联合国"点心铺……真是小巧玲珑、情调各异啊!突然间,我还感觉到,只有很放松地漫步在这条小街,才是真正的过周末啊!

我还路过已不复存在的当年念书时在厦大建南大会堂放电影的老乡老陈的家居和旁边的菜园子,那里曾经是诉说乡愁、偶加小灶的温馨地方,有时忘了买票,晚饭后就直接跟着老乡去放映室,通过小窗口观看电影。

我又停立在大女儿叶丰的母校——厦大附属演武小学的校门口,看着里面已经拓宽的大操场,我似乎还听见女儿不愿意去美国上学的理由陈述:我就要当少先队的大队长了!

我还走进现在是母校医学院的近海区域,两座高耸云端的姐妹大厦就在身边站立着,有人说这是插在厦大背上的一对利剑,破坏了厦大的风水……但是当你站在医学院门口时,你才发现它们只不过是厦大医学院学生在临床教学中操用的小小手术刀!

告别西村,又进春意依然的芙蓉园,到处还是鲜花绿草、教室书香、学子游客……变与不变,一切都在你的意识里,都在你的观念里,更在你的爱与被爱里!

亲爱的母校,我们把这些都留在您这里了!

白城海湾

一位好友提醒说:今天是一个适宜倾诉的日子!

还附上一个截图,上面还有一句话:请你出来坐在月光里,我要听你说你的海!落款是小一号字体的冰心。查了一下,冰心大姐写过一篇散文,题名《月光》,里面好像没有这句话,也许是我读得不全?

不过经这一提示,却让此时坐在乌龙江边初冬阳光里的我,情不自禁地来到那一片海……

虽然生在近海福州,但第一次看到海,还是坐了好几个小时的长途汽车,到几百里以外的鹭岛,这还得感谢改革开放后高考的恢复,感谢厦门大学最后录取了我。

鹭海留给我的感觉,是好奇、是温馨、是海鲜,更是儿女情长……

在母校厦门大学上学的时候,海峡两岸还处于敌对状态,而今的文艺村——曾厝垵还是军事要地,不能随意出入,厦大还负责白城那段海岸线的安全,我们隔段时间还要背着真枪站海防哨。每每站哨时,除了耳听海浪拍岸声,鼻闻作为点心的馅饼香,所有的对海的感觉就是好奇,真的会有人跨越海峡吗?如果是真的,是东

岸过来的,还是海西过去的?他们都出于什么动机越海而来或跨海而去呢?到时我真的要动枪吗?想着想着,竟然好奇全被紧张包围了。

温馨的感觉来自1981年的中秋节,班级体育委员吴国培同学带着我和礼平去鼓浪屿日光岩赏月,那时的鼓浪屿还黑灯瞎火的,整个海域除了天上明月,就是被波浪轻轻推开的海上月光,多安静的世界啊!可是平静很快被打破了,我们的体委一到日光岩脚下一位鼓浪屿小学英语女教师住的地方,就翻箱倒柜把好吃的东西都拿出来,那种熟悉、那种随意、那种喧宾夺主,到知道她是体委的恋人后,我才明白这是一种爱情的表现形式,顿时也对涌着鼓浪屿之波的那片海域有了温馨的触动。

海鲜之海是起早讨海的勤劳渔民给我留下的亲切记忆。那时的白城海滩很清新、很静谧,也很干净,特别是在太阳初升的清早更是没有人,沙滩上少有的脚印都是早起健身的厦大学人留下的。唯一多起来的一串串的脚印都是从海里来的,讨海渔民把渔船开到开不动的地方后,就手提一桶桶小鱼小虾,还有若干贝类,跳入海中,踩着滩涂上来,沿着海滩一线排开,那还生猛游动的海鲜,还可以友好议价的交易,还在晨曦中轻轻摇动的渔舟……人生安好不过如此吧!

大海给予的儿女情长虽然短暂但刻骨铭心!记得也是中秋时节,大学老班长一家请我和两个女儿一起去白城海边过节,刚从福州钱塘小学转学过来的大女儿忽然非常撒娇地依靠在老爸的肩膀上……虽然我潜意识地把她轻轻推开,但心里着实被感动了,并很快转为做父亲的内疚,对女儿的关爱显然供给不足啊!白城那片海还提醒我为人父亲的另一个责任,那就是确保女儿的安全!我在前面提到过,有一次带着正在上幼儿园的小女儿下海教她游泳,没想到一个大浪汹涌而至,一下子把小女儿打翻到水底,还好很快她又浮起来了,不过真的把我吓坏了,以至于在后来的成长中,我始终把女儿的安全放在首位,不时隔洋传递做父亲的叮嘱!

沿着鹭海一直往西而去,在高出2000多米的地方,那里也有一片我非常喜欢的海域,即与苍山牵手相伴的洱海!虽然只去过两次,但她五彩缤纷的外颜、波轻浪漫的内柔,还有水绿两岸的情怀,都装满我的手机,都留在我的心里,并随着时间的推移,越发离不开这片高高扬起的、四季如春的海域!

也许大海只是大自然的一个地理构件,她的所有表现都只是一种自然现象和地质特征,但是,不可否认的是,一旦我们依海而居,成了近邻以后;我们讨海而生,成了收益者以后;尤其是我们靠海而思、拥海而诉,成了我们的智慧朋友、情感伴侣以后,她就和我们一样了,都是一种文化,都是有痛感有喜乐有生命意义和价值的精神存在。

所以在走向海洋时代的今天,把海洋作为人类的命运共同体、作为互相善待彼此呵护的幸福共同体,应该成为我们的普遍共识和自觉行动了!

让大海流入我们的心里,流向人海美美与共、和谐共好的新时代吧!

红土地

在过去两个月,居然连续三次走进龙岩这块光荣的红土地,为宣传习总书记的"三个注重"家庭思想,走区下县甚至进企业,一路脚步匆忙,一路感怀深长……

其实,我对龙岩并不陌生,很久以前的两次闽西行,都刻骨铭心。一次是大约20年前,我还在厦大经济系任教,同事们相约一起走访红色闽西,可是不胜酒力的我,却贪杯红军可乐,最后是酒还没醒来,大部队却已经浩浩荡荡过了长汀!还有一次是11年前参加福建省社科联组织的百村调研活动,在上杭作为优秀调研报告作者在座谈会上发表感言,得到时任省委宣传部副部长、省社科联主席陈俊杰的表扬,认为我不仅把调研报告做得非常规范,而且还展示出一个社科学者对乡村对农民应有的情怀。尤其是返程的时候,我们可是一路风尘一路歌,大巴车里始终荡漾着学者们的欢声笑语,我还自告奋勇,站在导游的位置上,扮演起主持人的角色。

今天再次亲近闽西,忽然发现,光荣依旧的红土地,却发生着几个平静却深刻的变迁:

环境净化,这是我首先感觉到的一个令人愉悦的变化,不论是大厦还是小店,不论是大街还是小巷,到处都很洁净,几乎没有死角。那些公共绿化的花草树木,修整精致,不染灰尘,就连那根部的培土也是干净松软的,不缺养护……如果不是这里的人民深爱着这片红土地,如果不是人人把环保转化为不分家里家外的一种生活自觉和行为习惯,我以为,一个城市是很难能够全方位地保持这样的整洁面貌!

也许还是老区的一个传统吧,我发现的第二个变化是这里的人们做事都很用心,一个涉及好几个区县的庆祝三八妇女节的巡讲活动,是以下达文件的形式,加以细致而严密地组织,从会场设置、主持说词,到听众组织、报告人接送,再到异地接应、场次衔接都做了精心设计与周到安排。还有不顾夜里寒凉一直在车站外面等待因为动车晚点很晚才到的讲课学者;某区地税局一首歌、一段视频和一场报告生动组合的道德讲坛;尤其在龙岩会堂隆重举办的、红土地上的姐妹不论职务高低、跨界聚集的高规格报告……都让我看到闽西苏区人民认真做事,并把事做到极致的工作作风,看到他们想做事、能做事,并扎实做好事的岗位责任与能力,还看到他们既分工又合作、集体利益为上的团队精神。红土地人民的爱岗敬业和努力作为无形当中还带动了我们,把课讲好、让老区人民满意始终成为这几次龙岩之行的最高目的!

引我注目的第三个变化是红土地上的文化建设,红色文化、客家文化、土楼文化、冠豸山水文化等,都愈发显示出与以往不一样的文化底蕴、文化内涵和文化形式,不论是历史的、宗族的,还是建筑的、自然的,苏区人民通过文化建设,或挖掘、梳理,或注入、提升更多的文化含量与要素,让这些独特的区域资源连接起来、丰满起来、生动起来,并运用这种文化的深加工来扩张红土地的魅力与力量,推动苏区经济社会更好更快地发展!

这些传承和变革并行,这些资源与文化融合,都让所有来过苏区、关心苏区的人们对这片红土地的未来充满信心和期待,相信再次到来的时候,勤劳智慧的苏区人民一定会把龙岩建设成为既光荣又美丽、既富裕又文明的幸福之区!

值得一提的是,在这片红土地上的长汀古城,还坐落着抗战时期厦门大学异地办学 8 年之久的旧址。所以要完整地呈现百年厦大的版图，我们应该拥有 5 个校区的概念。2019 年岁末，我实地考察了厦门大学长汀校址和第三任校长萨本栋博士的故居，看到从国外新聘的 54 位教授的名册，看到创办增办土木工程、机电工程和航空工程 3 个系的艰辛过程，还看到校长在紧张的行政管理之余，不仅做学问、编教材、亲自授课，还关心学生亲临婚礼主婚……以萨本栋校长为代表的艰苦办学的自强精神确实不愧于长汀社会各界人士授予的"南方之强"之美誉！

学位礼服

一年一度的毕业季又到来了！穿学位礼服拍摄毕业照、准备笔记本互留离别赠言、摆上一桌谢意浓浓的谢师宴，还有给校园爱情的最后一个吻……而今的毕业季要比我们那个时候丰盛多彩啊！

在这里要诉说的第一张相片是我 1982 年的大学毕业照，那时还没有学位服。等到第一次穿学位服留影时，已经是 6 年后在美国犹他大学的校园里，那时我获得社会学的硕士学位，再 3 年后还是在这个校园里我穿上了博士学位礼服，庆祝自己顺利获得社会学博士学位。谢谢厦门大学把我送往海外，谢谢犹他大学给了我非常难忘的，也是受益终生的研究生教育！1994 年我学成回到读本科的母校厦门大学，没想到 10 年过后我才穿上导师服，和指导的硕士研究生留下师生同喜的毕业照！也是没想到，再一年后我是作为福建金融职业技术学院院长，在一天里分别和近 800 位毕业生合影祝贺他们学成毕业，毕业生们尽情地笑着，激动地和院长相拥，他们还记住了我的一句话："你们都把生命当中最美好的三年给了学校，作为一校之长难道不应该在毕业之际给你们一些时间合影同庆和握手祝福吗？！"

2014 年我转任的福建江夏学院终于迎来了第一届本科生的毕业季，试穿教授礼服的时候，我请同事帮忙拍了又一张照片！其实，我一边庆祝本校大学生学成毕

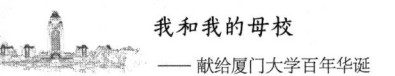

业,一边却心怀深深的内疚,因为可爱的小女儿过几天也要在美国穿上本科学位礼服了,可我却不能带上一束鲜花前往祝贺,给女儿一个拥抱和祝福,和女儿留下一张父女同欢乐的毕业照……但我知道,从厦门大学幼儿园走出去的你,是老爸心中最美丽的大学毕业生!

几十年的美好岁月,弹指一挥间!人生易老天难老,知识易老我们的学位服永远不老,授课解惑的教师易老我们的学子永远不老啊!亲爱的毕业生们,穿着不老的学位盛装,带着不老的青春年华,快乐地迈上人生的新航程吧!我们的美好祝福将永远陪伴着你们!

毕业典礼

6月12日,一个平常的日子,但是却接到一个不平常的来电。

母校校友总会秘书长在电话里告知,学校将邀请我出席19日上午举行的2016届毕业典礼,并作为校友代表给2016届社会科学学部毕业生致辞,希望15日之前把讲话稿发给校友总会。当时,我第一个反应是激动,这是我从来没有过的想望啊。接着是质疑,我够格吗?比我优秀的校友太多太多了。最后是紧张,我要讲什么、怎么讲呢,而且时间这么紧?

感谢秘书长,通话后立即把我的计统专业学弟、国家统计局原副局长徐一帆在母校毕业典礼上的讲话稿发过来供我参考,还在14日下午2点42分在微信上留言,提醒要从经济学的学科角度展开,以显示毕业于经济学院的本科背景,以便与来自公共事务学院的社会学教师代表讲话内容错开。

最后是放弃原先的反复构思,在大约一天的时间里,选择以幸福为主题,写出讲话初稿,并于15日下午2点34分发给校友总会。

17日上午,去认真理个头发。18日一早进城,想买一件新的长袖衬衫,没想到购物广场要到10点才开门。12点40分跳上6225次动车,边默记着讲话稿,边从福州往厦门赶。到厦大后,立即找周边的干洗店,把带来的西服熨了一遍。晚上工作过的厦门大学人口研究所师生聚会,我只喝水,不沾酒;第二天,我也没去吃早饭,为了上台致辞时有个清亮的嗓子。

7点40分,在校友总会工作人员的陪同下,来到建南大会堂左侧的候演厅,8点10分在主席台上入座。看着台下全部坐满的毕业生和他们的亲朋好友,我是紧张,还是紧张啊!

高唱国歌、朱崇实校长致辞、教师代表讲话,终于轮到校友代表了。我来到台前,先给台下的应届毕业生鞠躬,又转身给主席台上的校院领导鞠躬,才接近讲台!我抬头从左到右,好好看了一看学成毕业的学弟学妹,突然间一直积聚的紧张都消散了,换之而来的是亲切与放松,还有如同那年去美国宾夕法尼亚大学参加大女儿毕业典礼时的光荣与满足!

谢谢学弟学妹给我的致辞至少5次掌声;谢谢讲话结束后,母校张彦书记和朱崇实校长起身和我握手致意;谢谢在冷餐区把我认出来的毕业生请我和她们合影留念⋯⋯

不过现在想起,还是有一点点遗憾,至少有三句话忘记说了:一是,我的幸福是能在中国最美丽的母校校园谈一场恋爱,因为当初四年本科,还没谈过恋爱,唯一一次拉过女同学的手,是跳集体舞的时候;二是作为一个研究女性和婚姻家庭的学者,相信学妹们的性别自信与至善,将给你们带来职场风采与婚姻市场行情的交相辉映,我们厦大的学妹不仅好嫁,而且嫁好;三是作为福州校友会会长,我将和榕城的校友在有福之州欢迎学弟学妹的到来,因为你们的加盟,福州校友会将会变得更加年轻和富有朝气!

一次毕业典礼的致辞,一生学脉相连的光荣!今天我终于明白了,母校对于一个学子的意义,是不变的青春、是任性的爱恋、是毕业告别时的承诺,更是愿意用终生的努力去回报的感恩!

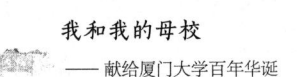
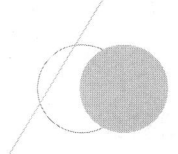

厦大人的幸福

非常荣幸今天能够来到喜庆满满的建南大会堂，见证和分享2016届学弟学妹毕业典礼和学成光荣，我要特别感谢母校给予我如此宏大的荣誉，感谢在座的老师和同学们给予我一生难忘的时刻，同时也允许我代表所有社会科学部校友们，把我们最热烈的祝贺与最美好的祝福送给你们！

此时此刻，我情不自禁地又回到38年前的春天，已经23岁的我提着爷爷留下的旧藤箱，坐上7.6元一张票的福厦长途汽车，只身来到厦门大学报到入学，成为1977级经济系计划统计专业的一名新生。我要感谢母校的一份录取通知书，改变了我的命运，也改写了我那从来没有大学生的家族史；我还要感谢母校从此关爱有加、教诲相随，不论是从厦门大学到美国的犹他大学、普林斯顿大学，再到福州的福建金融学院、福建江夏学院；从经济学到人口学、社会学，再到女性学；从本科到硕士、博士，再到博士后；还是从大学生到大学教授，再到大学校长，母校总是在我身边、在我心里！所以我理解学弟学妹们的依依难舍，因为这里留下了不仅是你们一生当中最美好的青春岁月，还有你们要用今后的人生向母校深情表达的感恩与思念！

今天，我还想和学弟学妹们一起回到我当年求学的学科起点——经济学，谈谈幸福问题，因为我更希望明天就是校友的你们继续做一个幸福的人，以便不管走多远，不管做什么，都与幸福厦大一手相牵，让更多的人分享母校传递给我们的幸福。

众所周知，幸福是一个多学科的话题。苏格兰哲学家休谟说："一切人类努力的伟大目标在于获得幸福。"那么什么是幸福呢？我母亲的幸福是要生数量可观的儿子，所以我是我妈的第十个孩子、第一个儿子。易中天的幸福是一个大萝卜，可以给在物质极度匮缺年代怀孕的妻子增加营养。于丹的幸福感来自一个人在成长和变化的时候。周国平的幸福就是让生命和精神处在一个好的状态。而持续时间最长、耗费经费最多的哈佛大学格兰特研究却发现，幸福就是爱。那么幸福产生的动力因素又是什么呢？哲学"完善主义"学派指出，幸福源于精神上的完善。伦理学阐明，幸福在于合德性的实现活动，幸福即至善。心理学活动理论认为，幸福产生于活动本身而非活动目标的达成。而社会学更强调，幸福来自体现社会公平、尊重与开放的文化传统、制度结构与公共政策设计。

其实在幸福研究当中，经济学是最有学科优势的，因为经济学最初兴起的学科使命就是"使人幸福"。经济学家萨缪尔森认为，幸福是效用与欲望的函数，当人们获得的效用越大、持有的欲望越小，就越幸福。经济学研究还发现，一味追求GDP增长或边际财富增加并不会给我们带来一个充满幸福的社会。尤其是幸福经济学在新世纪的日趋活跃，更是改变了经济学在好长一段时间里只教人怎样增加财富，但不教人怎样幸福的学科偏离。建立在对称经济学和价值经济学理论基础上的幸福经济学，以人的幸福最大化为经济学和经济发展的最终目标、以对称思维方式和整体论思维方法为方法论取向、以诚信合作为经济发展的根本动力，解决了原有经济学所面临的"幸福悖论"，使经济学的理想与现实得以统一，使财富增长和人的幸福与全面发展得以对称。著名的幸福经济学家安尼尔斯基甚至推出"真实财富"的实用经济模型，重新定义经济增长，使之与影响生活质量的最重要因素，如相互支持、有意义的工作、健康的环境以及精神方面的康乐等保持一致。经济学因为对幸福的回归，而让自己再次充满人文情怀和科学魅力，素有经济学南方之强的母校，加上近百年对幸福教育的成功实践，理所当然地成为我国最美也最幸福的大学之一。

在这里，我要向经济学的学弟学妹们表达一个发自内心的期待，请你们在未来的工作之余，携手其他社会科学的同学，以你们自己为调查对象，以所学的经济学为学术基础，协同其他社会科学，对幸福展开多学科研究，努力构建比哈佛大学格兰特研究更富有科学价值和现实意义的厦门大学幸福学。

当然，今天我也乐意和学弟学妹们分享我自己关于幸福的理论思考与实践经验，并把这些思考和经验作为我私人的贺礼送给大家！我非常赞同周国平的观点，我们每个人都有两个身份，一个是"自然之子"，你要顺应自然，让你的生命保持一种

单纯的状态，如简约的物质生活与和谐的人际关系；另一个是"万物之灵"，人是有思想、有灵魂的精神性存在，人的精神属性或素质，如智力、修养、道德、性情与情感等，是人之所以幸福更加重要的源泉。只要我们在保持生命单纯的同时努力追求精神的富足，那么幸福就会和你牵手相伴！

我的幸福体验是：把精神与物质结合起来，但更注重在诗意当中愉悦人生；把过程与结果结合起来，但更注重在过程当中收获快乐；把过往与未来结合起来，但更注重在回味当中珍惜当下；把奉献与获得结合起来，但更注重在奉献当中体现价值；把自我与他人结合起来，但更注重在和谐当中感受温暖；把工作与爱好结合起来，但更注重在修养当中追求美好；把爱情与婚姻结合起来，但更注重在相爱当中分享幸福。在这七条体验当中，我更在意富有诗意的生活、充满感恩的回味、体现价值的奉献，以及对爱与被爱的珍惜。如奉献体现人生的社会意义，在被别人需要中显示存在的价值，赠人玫瑰，手有余香；奉献还是一种锻炼与升华，在与他人的互动中，提升服务社会能力，接受爱与被爱的沐浴；更重要的是，奉献还是感恩的一种形式，注重回报与反哺会强化一个社会的情感结构，让所有的社会成员分享温暖。

最后，作为你们的学长，我恭请学弟学妹们细心存放好母校给你们的爱与被爱，用心记录好母校教给你们的幸福秘诀，有母校的爱相伴，有母校的福相随，你们一定会情系南强、花开四海，成为既幸福又成功的又一代无限荣光的厦大校友。

再一次衷心祝福你们，亲爱的学弟学妹！谢谢！

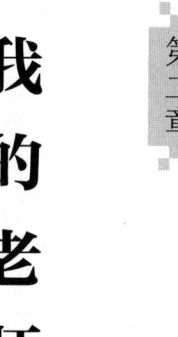

第二章 我的老师

班主任 布衣教授 教师节 第一次讲学 创所所长 经济研究所 老支书 大家 元山里子

班主任

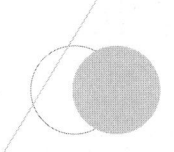

打开朋友圈,有一段于 2019 年 1 月 24 日收到的微信:"文振,听方平说你的腰不舒服,是吗?甚念。要注意身体健康,尤其是一个人生活,身边没有人照顾,工作又忙,就一定要自己照顾好自己,身体真的是人生的本钱喔。"发送这段微信的是我一生中第四位班主任——大学班主任,敬爱的徐兰芳老师。这段如同家人一般的亲切叮嘱,把我带回到 40 年前的大学生活中,带回到徐兰芳老师留给我们的爱生如手足的感动里。

第一次见到徐老师时,可以说惊艳了我们全班同学,首先是我们惊讶,班主任是那么年轻、那么静好、那么可亲!转而我们又感到幸运和感恩,未来的四年,我们不仅置身如花园般的校园,还有如此美好的班主任一路携手相伴。

翻开徐老师送过来的用繁体字书写的个人简历,还有从网上搜索到的相关信息,我终于有机会更加全面地走进老师的生命历程和主要的生活场景,特别是那永远留在我们青春记忆里的厦大芙蓉园的 4 年时光。

原籍福建平潭岛的徐老师在她 20 岁的时候,就从大海边一路西上进山,来到当时的福建建阳地区邵武拿口公社南溪大队桥下生产队插队落户,在后来 4 年的知青生活中,徐老师用自己的出色表现,从一个单薄的女学生成长为一个大队的民兵营长、共产党员,还有省地县三级先进知青,最后又回到海岛,走进厦门大学,先学习后执教,才 26 岁就成为我们的班主任。在徐老师的简历上有一句附言:"我真切认为,担任厦门大学经济系 1977 级和 1981 级计统专业的班主任,能和他们成为兄弟姐妹,是我一直以来最大的成果。"

是啊,在我们 1977 级计统 55 位同学心目中,徐老师不是我们的兄弟姐妹却胜似大家的兄弟姐妹。老师比我们班年龄最大、后来接任班长的林擎国同学还年轻,而且那时老师还没结婚,班长却是背着孩子来上学的,所以老师总是很自然地叫班长大哥。就像老师在一篇文字里写道:

我和我的母校
——献给厦门大学百年华诞

虽然我是老师,但是年龄上,比你们的班长大哥还小2岁,与你们班大多数男生、女生的年龄相差无几,而且经常和大家谈心,如果今天大家依然如故地把我当成"知心姐姐"的话,我和1977级计统的同学就有兄弟姐妹情。

再说深一层,我们全家与1977级计统都有着珍贵难忘的情谊。当年,你们班的不少男生、女生曾经在我的背后悄悄地对正在和我"拍拖"中的我先生评头论足过,你们见证了我和我先生校园之恋的过程。

我和我先生结婚的那天,你们集资从厦门新华书店买回了几本当年难得的世界爱情名著,作为送给我们的祝贺礼物,并亲自送到我们寄居"厦门大学人类博物馆"、贴着红双"喜"字的新房。至今我家的书柜里还保存着《安娜·卡列丽娜》等几本你们送给我们的书籍。你们班的不少同学曾经亲手抱过我的小女儿。从她1979年出生,到你们1982年毕业的那年,你们看着她从牙牙学语到姗姗学步,长达近3年时间。

90年代初期,有一次我从香港中银集团回榕城休假,1977级计统在福州的同学借此机会,一起在薛美芳同学家里聚会,我和我的女儿也一同赴约,非常开心。记得那次散会后,孙苏榕和宋小佳、唐斌轮流用自行车送我和女儿回家,此情此景依然历历在目。

最让我感动的是,30年后,这次在北京和你们相聚时,你们依然记挂着我先生和女儿,那么亲切的问长问短、嘘寒问暖。

老师把我们因为厦大结成的手足情缘写得如此温暖亲切,更是让我感同身受,联想到我也有一个和老师同年出生的大姐,我总觉得,上大学拉开了和我家里众多姐姐(我是家里第一个男孩,前面有9个姐姐)的空间距离,但因为有你,我似乎还依然生活在姐姐的深情呵护之中,就像当年十分不情愿大姐出嫁一样,也舍不得你被李老师的手牵走。

第二章
我的老师

在我们的记忆里，与其说徐老师是班主任，不如说是我们众多同学中的一员，不是同学胜似同学。徐老师自己也承认这一点："与你们相处4年中，随你们听课，跟你们一起参加活动，我们又有同窗之情。"翻开为毕业30年编辑的《三十年的想望——献给厦门大学77计统》一书的第29页，跃然而来的是老师和团支部班子成员在万石岩植物园一起合影所引发的同窗共读的那种感觉，团支书中间而坐，老师你却站在左侧，左手还很自然地搭在团支书的肩上，那着装和我们一样都是那个时代的颜色和款式，那脸上的笑意和我们一样都是那个年龄的明快与纯朴。

老师留给我们的同窗感觉，还特别体现在即使流年似水、时过境迁，你笔下的我们，一个个都还那么栩栩如生，都还那么真实地被还原与再现，没有那4年的用心嵌入、用情相处，哪有如此经年不褪的对我们的清晰记忆啊！厦大中文校友谢如意学长曾经写了一篇文章，以"涌情海文风柔韧、扬善波师品从容——捧诵徐兰芳老师佳作偶得"为题，特别赞美了徐老师以前对学生们的关怀备至、了如指掌和一往情深，只有这样，才能数十年后还"如数家珍地倾诉他们当年在校园里的美闻趣事"，才能"写了五十五个人，三十年的事，容量很大，而篇幅又不太长，必经锤炼而后出"。我们一起来摘阅几段徐老师在《品读厦大77计统这本"书"》这篇近一万字的美文中对学生的深情细描:

亲爱的厦门大学77计统全体同学，曾经作为你们大学四年的班主任，当我荣幸地参加了在北京举行的77计统全体同学毕业三十年聚会之后，回到香港，用心、用情，含着泪水、带着微笑读完了你们《三十年的想望》纪念册，那些年和你们在一起学习、生活的一幕幕、一页页、一章章清晰如影片般浮现眼前。

在77计统这本"书"中，我读出了蕴含创造、灵魂和精神的无数个3字……3位才女。77级计统女生当年不仅美貌冠盖全校，而且绝顶聪慧，是真正美貌与智慧并存的一族。张忠平同学秀外慧中，在学期间虽然拥有众多倾慕者，却毅然决然埋首书堆，认真学习，坚定自己的人生目标，走自己的路；她的学习成绩一路名列

我和我的母校
——献给厦门大学百年华诞

前茅,尤其是让许多女生深感畏惧的数学,凭着她的聪明才智,每次考试总是高分,让有"数学王子"之称的林擎国班长也敬佩三分;天道酬勤,她最后倾心于她的"清华王子",过着自己喜欢的美满平静生活。林艳同学人如其名,五官长得十分标致,很有立体感,她真的像静静地开放在山林中的一朵艳丽奇葩;她能歌善舞,还会乐器,她如今服务于国家住房和城乡建设部,属国家级别高级研究员,对我国前所未有的一些建设项目进行高难度的可行性研究,并取得丰硕成果;她写的一篇《丰庭楼忆》美文,撩开了曾经居住在丰庭楼的女生尘封了多少年的记忆,那么真实,那么细腻;那般情境,那般怀念,丰庭情结系住了所有丰庭女生的心。还有张巧玲同学,不但能文善诗,而且心灵手巧,她可算是真正出得厅堂、进得绣房、裁缝房之美丽达人;她待人诚恳朴实,很多同学都因穿过她巧手制作的衣服,而得享美丽和温暖。

一曲《同桌的你》,让我回想起好几位学生时代的"你"。善良、对同学和朋友一片真诚,不论过去、现在,或将来,永远是77计统最称职的副班长黄巍,她现在是成功的银行界领导、成功的外交官夫人、名副其实的贤妻良母。当年害羞寡言的黄美珠同学,在不违反计划生育、独生子女的相关政策下,生下双胞胎女儿,喜获两颗掌上明珠,名正言顺地多了一个千金,看来她的数理统计中的概率学得最好,谢谢她为77计统创造了唯一的奇迹。

在毕业30年的北京聚会上,我们给老师献礼谢恩。而徐老师却这样描写当时的场景与感受:"当我接过那款题为:'师恩如山'的纪念礼品时,真有一种沉甸甸得喘不过气、受之有愧、却之不恭的感觉。"其实,在55位1977级计统的同学心里,徐老师是一位最称职,也是我们最喜爱的班主任。老师用心用情对我们学习生活、心理状态,甚至情感走向的深度嵌入和了解,是为了更好地实践"因材施教"的现代培养模式;老师没有简单地按照班主任只管学习、辅导员负责生活的二分法来处理工作,而是把二者有机地结合起来,帮助每一个同学用健康积极的生活状态来推进日常学习任务的良好完成;老师还让我们永远心存感激的是,不管是在老师主讲的"统计学原理"课上，还是在举办的各种班级活动当中，我们都可以感受到，老师对我们非常真诚的信任和勉励。我至今还记得很清楚，那是开学不久在一次上原理的课上，我带着比较重的福州地方口音回答了老师的提问，老师面含善意地微笑，先把我的回答完整地叙述了一下，然后还表扬我回答得不错，有自己的独立理解。对一个刚入学的大学生来说，老师的这种友善和肯定无形当中给了我自信，并激励自己用更大的努力去争取在下一次上课时的更好表现。

最为难得的是，老师担任班主任不是作为四年一期的阶段性任务，你把这种为人师表的责任与关怀贯穿到学生毕业后的成长和成功过程，一直陪伴在学生的岁月推进之中。所以毕业40年以后，我还能收到在前面提到的那一个关爱有加的微信，还有在毕业30年聚会后，老师还留下那么长那么温暖的品读话语，无不聚集着老师对学生的一辈子牵挂与祝福：

李美满，前三十年坎坎坷坷考验历练你的美满，期望后三十年能真正实现你理想中的美满人生。

"滚滚长江东逝水，浪花淘尽英雄。……一壶浊酒喜相逢，古今多少事，都付笑谈中。"是的，人生的道路从来就不平坦，在人生的经历中会有许许多多你知道的和你不知道的、你愿意的和你不愿意的事情发生。人生就像潮水般，通常会有规律地潮起潮落，有时却会如海啸突然爆发，让人措手不及。顺境或逆境从来不以个人意志来决定，人生的晴雨天也很难计划和预报。面临人生经历所发生的一切，唯有平常心对待。只要坚定一个信念：与人为善，就能不管风吹浪打，胜似闲庭信步。"天生我才必有用"，风雨过后见彩虹。你是77计统的才子之一，是不可多得之人才，相信以后的路会走得更顺畅，前程似锦，等待着你。

三位美丽天使。三位温柔美丽、天使般的女生，数十年的人生征战，曾经赢得过多少烂漫的鲜花，却也留下了累累病痛；至今，人过中年，依然坚强地面对人生，勇敢地与病魔斗争，她们的感人故事，令全班同学除了心痛和牵挂之外，更期盼着

她们早日康复。让全班包含我在内56颗心连在一起,形成一股不可抗拒的力量来保护我们的小燕子、星星和美芳。

亲爱的厦门大学77计统全体同学,荣幸地作为当年你们班主任的我,将永远是你们最诚挚的朋友,永远是77计统这本"书"的粉丝读者!"让我们的笑容充满着青春的骄傲,让我们期待明天会更好",衷心祝愿你们快乐未来三十年!

留校任教13年以后,班主任徐老师于1988年作为统计专业高级人才,借调到香港中银集团港澳管理处工作,从此在香江展开一样善良、精彩与奉献的人生。到香港后,就在母校陈可焜教授的推荐下,参加了厦门大学旅港校友会的工作,先后担任理事、副理事长、监事长,并于2012—2016年连续两届担任理事长,现为名誉会长和名誉理事长,为厦门大学旅港校友事业做出巨大的贡献。没想到后来我提拔到福州某高校履职,也从厦大教授转换为福州厦大校友,和老师一同走在为厦大校友事业奔忙的路上。值得一提的是,福州校友会在2016年承办了"厦门大学95周年校庆全球校友专场文艺晚会",我有幸担任这台晚会的总监制,而由老师作词、音乐系段永纯老师作曲的厦门大学旅港校友会之歌《扬帆香江》的大合唱被选中,参加在建南大会堂的晚会演出,真的非常高兴和荣幸,能和班主任在那非常有时代价值的舞台上相遇,共同为母校的华诞载歌载舞!

毕业后与老师不多的相聚,却给我留下十分深刻的印象,我满心欢喜地看到,老师发生了两个非常巨大的变化,一是老师的着装从过去的单一转化为今天的多彩,每每出现在校友活动的现场,都是引人注目的一道风景线;二是老师的专业从过去的图表数据转化为今天的诗意文字,创作了大量的诗歌和散文,老师不仅在2009年,主编了旅港校友会建会60周年的纪念特刊《甲子风采》,后来又参与主编了旅港校友会特刊《扬帆香江》《圆梦香江》《放歌香江》,而且在2019年,还编辑了纪念旅港校友会成立70周年纪念特刊《同舟共进》,在这些刊物中,一共发表了60多篇报道、散文,为宣传母校、记录校友会活动留下了浓浓的一笔。与此同时,在我们的班级群里,甚至在我发到朋友圈里的留言板上,都经常可以读到老师的作品。就在本月 26 日我在《福州日报》发表了一篇长文《情系南方之强、花开福厦之滨——记厦门大学与福州市的校地情缘》,徐老师还赋诗一首鼓励学生:

情系南方之强,
嘉庚精神发扬。
花开福厦之滨,
人杰地灵缘亲。

我想,就以徐老师的这首诗来寄托学生对老师的远方思念,传递来自有福之州的对老师的最美好祝福:学生恭祝老师有南方之强的健康、有福厦之滨的风采,还有香江之水的诗意!

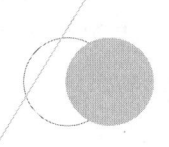

布衣教授

师母陈金菊教授说过,良文就是一个布衣教授。

1978 级学弟、国家统计局原副局长谢鸿光在一篇回忆文章中写道:"老师是我们心中的佛。"

是的,在所有教过的我们学生心里,黄良文老师就是一位身着布衣、性情温厚、笑口常开、令人敬重的"弥勒佛"。

1927 年生于福州近郊永泰的我国著名统计学家黄良文教授,在 19 岁的那一年考入厦门大学经济系,随后拜著名经济学家王亚南、郭大力为师,继续专攻经济学,1952 年研究生毕业于厦门大学经济研究所,并留校任教。1953 年任统计系讲师,当我考上厦门大学经济系的 1978 年老师已经是副教授了,在我留校任教的第二年,

我和我的母校
—— 献给厦门大学百年华诞

即1983年老师晋升为教授，到了我出国留学的1985年老师经国务院学位委员会评定为统计学博士研究生导师，享受国务院政府特殊津贴的专家。记得入学后一直到大三，我们才拥有机会上老师的课，老师主讲的课程是"基本建设统计"，我们班55人毕业时，只有李礼平同学分配去了国家建设部，做到课程学习与工作性质对口匹配。再后来等我留美学成归来时，我搬进了厦门大学新白城教师公寓，和老师居住的旧白城教师公寓只一路之隔，不时会在路上碰到去白城农贸市场买菜买早点的老师，黄老师总是一脸的和善笑意、和蔼可亲，那俭朴的衣着、和缓的步履、不争不抢的宁静和随和，让你会不知不觉地放慢节奏、礼让正在赶路的路人、感恩起早摸黑在农贸市场摆摊叫卖的菜农渔民。黄老师用他的人格魅力让世界趋于平静，让人与人之间多了一份善意和友好。

在黄老师60多年的执教生涯里，他当过最大的官是计统系副主任，他也不追求拥有更多金钱，就像师母说的，他只是一个布衣教授。但是，老师却以他贯穿一生的和善为人、专心为学和尽职为师，赢得学界、同事，尤其是他的众多学生的敬重与爱戴。1953年考入厦大经济系的师母，也是老师的学生，在数学课上的教学相长中，老师成就了也许是他这一生当中唯一浪漫的事，和自己的学生结成百年之好。

黄老师的和善为人首先表现在，他是师母婚姻关系中的好丈夫。《厦门日报》记者佘峥写道，师母"陈金菊属于那种'路见不平拔刀吼'的急性子，这和慢性子的黄良文老师风格迥异，后者甚至因为做事慢吞吞被同事称为'老蛇'。不过，两人一辈子无'战事'，陈金菊说，他从未对我发过脾气。"黄老师还非常谦和，不事张扬，不咄咄逼人，在他的学生中，还有一位中共中央政治局原常委和3位国家统计局原正副局长，但是，他从不主动提及他们。浙江省统计局原副局长、我的1978级学弟王杰深情地回忆说，"黄老师身为著名统计学家、资深老教授和博士生导师，虽然在学术上取得丰硕成果，却非常谦虚，从不在学生面前夸耀自己……也没有一点大学者的'派头'，他谦虚近人的作风，堪为一代楷模"。即使到了生命晚期，老师不幸查出喉癌，需要切开喉管，通过导管注入营养，整个治疗过程是非常不舒服的，但老师也从不抱怨，安静地配合医生，可想而知这是用多大的人格力量来默默地忍受和化解自己的病痛。

　　为人和善、步履和缓的黄老师却在学术研究和学科发展上不仅治学严谨，而且有着只争朝夕的勤奋，用几十年如一日不走捷径、不计名利的学者操守和学科使命，为我国的统计学科建设和学术研究做出巨大的贡献。作为全国统计学重点学科的学术带头人，黄老师以"统计教材建设是统计学科建设的核心"自勉，"积极组织并参加统计教育的改革和统计学科建设工作，分别担任国家教委组织领导的高等学校财经类核心课程'统计学'教学大纲和教材的主编以及国家统计局组织领导的高等学校统计专业主干课程'社会经济统计学原理'教学大纲和教材的主编，还主持'建设统计学科新体系'的项目研究，并获得国家级优秀教学成果二等奖、福建省优秀教学成果一等奖"。在中国统计学界，黄老师创造了一个纪录，他主编的教材总发行量最大，截至2014年，已经发行了300万册。值得一提的是，早在20世纪70年代末，黄老师就积极参与计量经济学在我国发展的奠基性工作，并倡议发起组织中国数量经济学会，成为我国最早招收计量经济学研究生的导师之一。与此同时，黄老师还是"文革"期间我国第一次GDP统计研究的亲历者之一；"让非统计专业的人都了解统计"的社会经济统计学体系的创建者；以及投资统计学等统计学分支的创立者和推动者。

　　学弟王杰副局长还写道："记得有一次，老师参加《社会经济统计学原理》编审会议后回厦门，在杭州中转，住在杭州火车站附近的红楼招待所。晚上我去看他，分别的时候，黄老师送给我一本他编写的《社会经济统计学原理》中'抽样调查'一章的打印稿。他对我说，我去看他之前，他已把书稿中打字员打错的几处公式符号和错别字都改正好了。看看他端正遒劲的笔迹，我十分激动。他那种老一辈学者一丝不苟、严于求精的学风，使我永远学习，难以忘却。"

　　为了更长远地推动我国统计学科的建设和发展，黄老师还在2012年12月设

立"黄良文统计学科教育基金",随后老师的弟子学生又一起创设"黄良文讲坛"和"良文奖学金",其中"黄良文讲坛"是一个集专业性、开放性、制度性为一体的学术论坛,致力于打造成为具有一定影响力的特色性、品牌性学术论坛,从而达到引领学术前沿、同步社会实践、普及现代经济统计知识的目的。目前,"黄良文讲坛"已经发展为以年会形式呈现的学科和学术高端论坛,越发在学界、教育界和统计金融等部门形成重要的学术进步、学科发展、高级人才培养和相关界别统计管理水平提升的多元影响。

作为师表,黄老师更是受到学生的深深爱戴和敬仰。厦门大学校友总会理事长朱崇实教授在一次年会开幕致辞中,对黄良文教授给予很高的评价,称其是"良师益友堪称楷模,文章道德皆为世范"。是啊,许多让我们倍感亲切与感恩的场景总是历历在目。而在这些场景中,最让我永生难忘的,也成为我自己从教后所追求的一幕是,拿着自己一笔一画写下来的讲稿,满手都是板书后留下的白白的粉笔粉,粉红的脸上挂着随时都会滴下来的汗珠、温和的眼里总是闪现着和学生一样因为不虚此学的满足和欣慰。

住房城乡建设部原副司长李礼平同学也深有同感,他讲述了一个温馨的经历:"大约是1986年的一天,黄老师来北京开会时,还到办公室看我,让我喜出望外又诚惶诚恐,不知如何接待大咖恩师。当时我就是一小科员,好几个人一个办公室,房间里连个像样的沙发都没有。黄老师特理解我的窘境,顺势就坐在我的座位上,目光不经意间转到我办公桌上的一份文稿,老人家看得很认真,那是正在拟稿准备以国家计委(现在的国家发改委)文件印发的《建筑业经济效益综合评价办法》,当看到文稿中的拟稿人是我时,老人家脸上露出欣慰的笑容,并赞许地说'不错不错',让我这个资历尚浅的学生感到莫大的鼓励!当时老人家那慈祥可亲的音容笑貌,至今历历在目(泪目……)!"

也是黄老师的学生、现任厦大嘉庚学院创新创业孵化中心主任庄文韬记得,多年前从国外回来,就冲到黄老师家里,兴奋地向老师介绍准备建立的风险投资模型,他讲了一个上午，没有被打断，午饭时间到了，黄良文老师还留他在家吃完饭，然后才谈自己意见，先肯定，再指出他建模设想需要改进的不足。这就是黄良文教授作为老师的最大特点，拥有一颗倾听和包容的谦逊之心。庄文韬说，无论对谁，他首先是耐心地"听"。黄老师的不少学生认为，他就是笑口常开的"弥勒佛"——任何时候，他都面带笑容；他也是有求必应的"如来佛"——从代购教材到找工作，只要学生提出要求，他都不会拒绝。

在王杰副局长的记忆里，老师"教书很认真，但并不为难学生。当时我们做学生的最怕考试，而黄老师说，考试只是一种形式，只要你们不是太不认真，通过我的考试并不难。黄老师果然说到做到，他的课程考试几乎没人不及格"。"20世纪90年代中期之后，黄老师来杭州的次数越来越少。相反，我去厦门的机会倒是增多了。每次我到厦门，无论是开会、出差，还是参加同学会，都会由老班长恩杰陪同，去老师家看望老师。老师看到我们过去，就泡茶、切水果，很热情地招待我们。其中有两次，黄老师刚送走别的学生，就来迎接我们，坐而小谈，老师红光满面，谈兴甚浓，毫无倦意。"

记者佘峥了解到，甚至到了这次病重住进医院，学生们在他的病房里讨论起学术，失声的他还用三个固定动作为学生点赞：轻轻拍手，竖起大拇指，或是点头。特别是有一天，黄老师看过去很急，似乎有事要交代，但他已经虚弱得连笔都拿不动了。家人问他，不放心谁吗？他摇头……最后用排除法来破解他的心事，问到第N个：是不是把零散的资金转回"黄良文统计学科教育发展基金"？黄良文点了头，从这以后，他再也没有说过"话"了。老师把生命的最后一刻都维系在对学生的资助上。

2019年11月30日上午，我接到同班同学、刚从中国人民银行福州支行行长任上退下来的吴国培电话，邀我第二天一起去永泰参加一个活动，实在遗憾啊，因为先前已经安排的事宜，最后没能成行。事后从媒体上才知道，在国培同学和多位黄老师学生的一起推动下，我国著名统计学家黄良文教授故居揭牌仪式于12月1

日在大洋镇兴安庄举行，从此山清水秀的永泰县又悄然多了一处文化地标，所有黄老师教过的学生又有一个和老师谈学术、说人生、再听教诲、感念师恩的温馨归处；从此白城海边的波浪与永泰大樟溪的江水汇聚到一起，以久久地寄托我们对黄老师的无限敬意和思念，深深地感谢黄老师在我们心中树立起毕生践行厦门大学"自强不息、止于至善"校训的典范！

创所所长

2015年6月27日收到母校校友总会关于《我的厦大老师》的撰稿邀约时，我一下子觉得，整个身心被一股强烈的感恩热流，拉回到从来没有中断过思念的母校的美丽校园，拉回到受益终生的接受老师施爱传教的美好过往。在这里，我要和大家一起分享的，是关于经济学院经济系黄志贤老师的故事，谨借此难得的机会向德高望重的黄老师表示深深的敬意与感激。

初次和黄老师见面，是我在1982年的春天毕业留校到人口研究所工作的时候。黄老师是第一任所长，我是他领导的第一个专职研究人员。干练、简约和不时露出温厚的笑意，是老师留给我的整体印象，但最打动我的是他一头纯净的白发，让你感受到文化知识的源远流长，感受到作为资深学者的敬业与崇高，我为自己初入学术领域就能够近距离地分享老师的指导与教诲感到十分的荣幸。

从中共厦门市委常委、统战部部长黄菱送过来的关于她父亲的个人履历，我才第一次如此完整地了解到黄老师的政治、教学和学术并重的光荣历程，并为他毫不居功、宁静治学的学者生涯而肃然起敬！黄老师来自一个华侨家庭，1946年夏天回国，进入厦门大学经济系念书，就在学校参加中共地下党。1949年6月来到中共闽粤赣边区游击区，任边区党委机关报《大众报》编辑和边纵支前文宣组组长；同年10月随区党委进入闽西，任《新闻西报》编辑主任，直至1950年夏天重回厦门大学经济系学习，并兼任厦门市学生联合会主席。大学毕业后留校在经济系任助教，1952年还前往北京完成中国人民大学马列主义研究班的两年学业。68年的中国共产党党龄、64年的厦门大学教龄，还有60年的专攻西方经济学说史的学术经历，都集中反映出黄老师最本质的为人品格——忠诚。他忠诚于中国共产党的组织和宗旨，不论处在什么样的境况下，都保持作为一个党员的崇高信念和政治操守。他把对党的忠诚转化为对党的高等教育事业的忠诚与热爱，几十年如一日，用最优质的教学服务，培养出像厦门大学嘉庚学院院长王瑞芳教授、经济学院和王亚南研究院两院院长洪永淼教授等一大批优秀的高层次人才；转化为对学科学术发展的忠诚和全身心投入，几十年不分心，用最严谨的研究投入，在西方经济学的引进、推广、应用和创新方面都做出令人尊敬的贡献，形成了从1983年的论文《斯密以前古典学派的利润理论》到1990年的专著《当代西方经济学概论》再到2006年80岁时的合著《当代西方经济学流派的演化》等影响显著的系列重要成果。

为了写好这篇文章，我还通过电话和短信与黄志贤老师的几个弟子交流。我询问他们，黄老师给你们留下的最深刻印象是什么？厦门大学经济系的郭其友教授简练地回答说："正直。"是啊，我们都感同身受！黄老师亲自填写的简历显示，他在1965年之前就担任中共厦门大学党委委员和经济系党总支书记，近20年后，学校请他出任新成立的厦门大学人口研究所所长，正直的黄老师没有居功邀高，平静地接受组织的安排，并认认真真地为办好人口研究所倾注自己的心血。当时因为国家人口控制的需要，恢复不久的人口学一下子变成了国际化程度很高的热门学科，相反由于市场经济还处于起始阶段，与之相对应的西方经济学也显得比较沉寂，而我们的黄老师并没有弃冷转热，依然延续自己几十年走过来的学科兴趣和学术路径，继续坚守在西方经济学史的学科领域，所展开的人口研究，也基本上都置身在西方经济学的理论框架中，是一种理性的、紧密结合我国人口与经济实际的西方经济学的学科应用。让我心存感动的，还有在我1994年回国任教的20年里，尤其是到福州高校任职的10年间，黄老师还从来没有交代我为他办过任何事情。去年暑假

我和我的母校
—— 献给厦门大学百年华诞

在厦门大学参加省组厅长班学习时，我顺便去东区看望黄老师，对我所表达的一点点感恩心意，他都显得不是很乐意，一再强调能来坐坐就好！对不起黄老师，我来的太少了！

我虽然毕业于母校的经济系，可是由于专业不同，在4年本科的学习中真的还不认识黄老师。但我进入人口研究所工作后，我可能得到比黄老师带的研究生还要多的亦师亦父的关心与厚爱，如今回想这一段的美好，感到非常的温暖！

黄老师从来不给我派活，但总是不断地提供学习和发展机会。我记得，我没有承担过黄老师亲自主持并署名的科研写作任务，他也不喜欢我把他的大名放在我写的文章上，以提高论文发表的概率。相反，黄老师却为我创造了一个宽松的工作、研究和成长的环境，我可以自由地支配每天的精力和时间，自主地规划自己的未来发展，年轻人常见的被领导的压力在我这里却更多的是被信任、被鼓励和对各种机会的独自把握。因为黄老师如此的"领导"，我在人口研究所很快就有了自己学术人生的许多第一次：在《福建日报》发表了第一篇人口文章、在武夷山九曲宾馆福建省人口学会举办的专题培训班上做了第一次人口讲座、在北京中国社会科学院人口研究所参加了第一次学术合作——共同翻译美国人口抽样专家的讲课教程，以及在我毕业留校的第四年就拥有许多教师所渴望的并影响我整个人生的第一次出国深造。没有黄老师，就没有我当年"轻易"获得的由许多第一次组成的良好的事业起步，也就没有我的今天！

与之相反，在生活上，黄老师却给我无微不至的，甚至指令式的关怀和帮助。留校后，还没成家的我自然想家，黄老师和师母却用心让我在远离父母的地方拥有家的感觉。记忆最深刻的是在1982年的中秋节，黄老师把他指导的第一个硕士研究生王瑞芳教授和我叫到家里，参加节日博饼的家庭聚会，一起欢度中秋佳节。黄老师不大的家里一片茶香饼香、欢声笑语，还有窗外从海平面慢慢升起的一轮明月，我们在分享黄老师和师母厚爱的同时，也记住了厦门特有的中秋博饼的文化习俗，以至于后来留学美国犹他大学，社会学系华人教授郭文雄老师请我们中国研究生去他家过感恩节的时候,我就特别想念厦门,想念黄老师家的中秋月饼和掷骰瓷碗!后来成家了,我的蜜月是在厦门大学度过的,黄老师不仅表示衷心的祝福,还同意我把人口研究所的资料存放室整理一下作为新房。同样的,没有黄老师的关心,我是不可能拥有一辈子都不会忘记的既温馨又独特的生命经历,即白天研究人口问题,晚上从事人口再生产!

在这里,我还想说的是,黄老师对家庭的男性责任感和恋家顾家的良好示范。这可能也是我从1996年就开始转向研究女性发展问题的一个重要成因。黄老师是幸福地生活在"女生宿舍"里的男性教授,除了师母,还有三个女儿和一个常年住家的保姆。当然,更为重要的是,黄老师对女性的善待与爱护,也给这个以女性为主的老师家庭带来无限的快乐与幸福!据我观察,师母在黄老师婚姻情感世界里的地位绝对是独一无二的,每每到老师家,我听到更多的是师母动听的话语,而老师脸上总是充满着由衷的快意;我还看到,在黄老师的亲情空间和居住空间里,很大面积是被三个女儿占据的,而且老师愿意被占领和堆积,我以为,如果西方经济学史是老师倾其一生的学术主战场,那么三个女儿一定是老师享受美感的东方代际学史的生活主旋律。除此之外,我还永远忘不了一张非常慈爱、善良的笑脸,以及一个十分勤快的身影,她就是前面提到的黄老师家的保姆,我想,没有黄老师带头形成的善待保姆、视为家人的家风,我们是不会长时间地见到这位保姆,看到洋溢在她脸上的那一种会被深深感染的生活愉悦!

从1926年算起,黄老师今年89岁了,已经光荣地进入高高龄人口群体了,而且非常让人欣慰的是,黄老师还很康健,并热望和女儿们在一起互动互乐!在这里,要向黄老师的三个女儿及其家属对老师长年累月的照顾和家庭快乐的营造,表示深深的敬意和感谢!让我们一起为黄老师祝福,恭祝他在美丽的母校校园、在温馨的"女生宿舍"继续快乐生活、健康长寿!

尊敬的黄老师,我们在四面八方永远爱着您!

我和我的母校
—— 献给厦门大学百年华诞

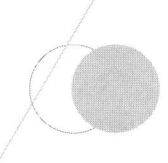

教师节

今年的教师节其实从 6 月 27 日就开始过的。那天我收到厦门大学校友总会的邀约,为将在教师节首发的《我的厦大老师》专辑撰稿。为了写好这篇文章,我向要写的厦大经济系黄志贤教授的女儿和他指导的研究生了解情况,在丰富对老师的历史记忆中,我再一次被老师对教育事业的忠诚、为人的正直,以及对学生亦师亦父的厚爱深深地感动了,对照之下,我现在也为人之师的表现确实还有许多欠缺啊,而且还加深了我的一个主观认知,即教师绝对是一个伟大而神圣的职业,没有一个"燃烧自己、照亮与温暖别人"的饱满爱心与奉献精神,再高的学历与学位也是难以胜任的!

因为这一篇文章的写作,我被邀请出席昨天下午(9 月 9 日)的厦门大学 2015 年教师节座谈会暨《我的厦大老师》首发式,并以校友代表的身份发表感言。碰巧的是,我 8 日在桂林给广西区妇联执委会做专题报告,9 日最早的航班是 11 点 40 分,而且由于厦门机场的流控航班延误了将近 1 个小时,飞抵厦门时离开会只剩下半个小时了,我抢在第一个下了飞机,一路奔跑穿过长长的通往出口的走廊,尽管弟子派来的司机路上紧赶慢赶,到开会地点厦大嘉庚主楼 215 会议室时,还是迟到了 5 分钟。不过我赶上了,赶上了向母校老师表达感恩与祝福的神圣时刻,赶上了朱崇实校长给我们赠书的激动瞬间,赶上了和许多新老教师代表节日共荣的美好时光!真的,多谢各位老师的为人示范、精神引领和知识传递,我家没有大学生的历史才从此改写,我自己才有机会拥有美国的博士学位和成为母校的教授,我两个分别读过厦大演武小学和幼儿园的女儿才能够都入读美国宾夕法尼亚大学……

今年的教师节,虽然我所在的福建江夏学院没有举行活动,但微信、鲜花甚至地方的特产依然把对教育事业和教师职业的敬意与感激表达得令人感动与温暖!感谢各位朋友、同行和弟子通过微信、短信和电子邮件传递过来的节日问候与祝福,不时响起的微信到达的铃声如同一曲曲动听的尊师爱教之歌;感谢在厦大指导的博士小熊和王慧代表他们的师兄师姐和师妹，把鲜花送到老师的办公室，让节日被鲜花与师生情装点得更加温馨暖人；感谢本科生芊羽同学挂在我办公室门把上的一小包来自龙岩红土地的土特产，那是一份质朴的节日问候，更是一个久远的职业期待！

请放心吧，不管我们的教育事业、我们的教师队伍还有许多不尽如人意的地方，教师这个职业都将是一个神圣而光荣的职业，因为我们还有我们的子孙正在建设和传承的世界将越来越文明，越来越离不开书香！

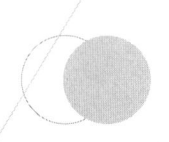

第一次讲学

盛夏时节，我再次走进武夷山。

惊叹高铁，只用85分钟，就把我从持续高温的乌龙江畔送到离第一次到来已经33年之久的九曲溪边。

回想那次的初旅，令人感慨不已！那是福建省计划生育委员会与省人口学会联合举办的人口专题培训班，为我们提供服务的是可以推窗远眺玉女峰的九曲宾馆，在这里刚刚毕业留校任教的我拥有了平生第一次的讲学经历。感谢过早离世的吴矾端教授、感谢已经高龄的黄志贤教授、感谢已经被整合易名的省计生委，没有你们，我的教师生涯也许又是另外一种景象。

这次武夷之旅是从红色大安源起步的，那么完整的一个苏区根据地把我们带进闽北历史的红色年代，也把我们对先烈们的缅怀与崇敬永远留在心里。

接下来的游程丰富多彩，不断增添世界文化与自然双重遗产的武夷山在我心中的旅游资源的分量与美感：

和缓的黄岗山大峡谷，温润的山岩怀里缓缓地流淌着清澈的溪水，在明媚阳光里，变换着色彩，诉说着眷恋……

陡峭的玉龙谷，多级瀑布奔腾而下，如同几只腾云而来的玉龙，携雾气带树绿，

欢乐无限……

有点失修的下梅村，仍然可见当年的辉煌：雄伟的邹氏门楼是收视率很高的电视连续剧《乔家大院》拍摄的主景点、醒目的路口碑岩上书写的《晋商万里茶路起点》，还有高耸的祖师桥下流过的带着古时茶香的溪水，都在静静地把路人和游客带回到繁荣的清代武夷茶叶贸易集市！

从星村出发的竹排，让我们拥有一个半小时与九曲溪一起漂流的浪漫与温馨，你既悄悄地暗示九曲溪的时代变迁，因为站立排头把握方向的已是美丽的排姑，又依然习惯地把漂流行程拉长，不希望我们过早地去打扰矗立你心中近千年的爱神玉女……

一样缺乏保护的五夫镇，藏青色的《紫阳楼遗址》碑石被无序经营的小商小贩所包围，古老樟树的浓翠遮不住朱熹古居的年久失护，隔壁一长排邻里民居也少了理学文化的生机。如此重要的古镇以这样的状态迎接游人有点意料之外。

倒是不远的万亩荷田，花好接青山，叶圆罩绿水，让人目不暇接，流连忘返啊！我来不及擦一下满脸流淌的汗水，也不惜可能会脏了双鞋，甚至整个人落入泥水里，把脚踩在湿软的细细田埂，把握着手机的手尽可能地往前伸展，力图把千姿百态、美艳无比的荷花都收入镜头。

最后是两场演出让我们的武夷印象与夜色共梦幻、与光电同辉煌、与时空齐穿越。张艺谋制作的《印象大红袍山水实景演出》，如同一幅长长的历史画卷，随着观众席的旋转，陆续走进玉女与大王的爱情故事、制茶与泡茶的文化过程，以及朱熹与朱学的精神内涵……而《武夷水秀——梦之泉》的演出，则借助多媒体技术，用9个故事对武夷进行国际化的现代诠释。相比之下，前者具有更多的中华文化元素，更贴近武夷人文风貌，更符合本土游客的阅美口味，因而吸引几倍于前者的游客前来观看！

游览之余，还有幸近距离地听了一场高层次的中医学养身之道，演讲者关于健康的"三不主义"，即不想吃的不吃、不想动时不动、不明白的不猜，关于动态平衡的生活方式，关于顺应自然规律的养身原则，都值得深入理解其意，并转化为更健康的日常生活理念和过程。

就要离开武夷前往上海看望在那里工作和生活的大女儿一家了。在这依依惜别之时,我要特别感谢诸位游伴共同拥有这几天的山水缘分,感谢老王、老刘,以及其他年轻朋友和朴实热情的导游悉心陪伴,都是因为你们,这次的武夷之行才变得如此温暖、如此跨越时空、如此难以忘怀……

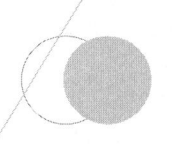

经济研究所

1982年春天,我从厦门大学经济系计划统计专业毕业,留校去了刚成立不久的厦门大学人口研究室,成为第一个也是唯一一个从事人口研究的专职人员。因为只有一个人,研究室创室主任黄志贤教授又隶属政治经济学专业,所以在人事管理上就挂靠经济研究所,参加所里组织的各种教职工活动,同时还兼任教师团支部书记一职。我就是这样,与其说是在人口研究室不如说是在经济研究所,实现了从大学本科毕业生到大学助教的身份转变。

厦门大学经济研究所创办于1950年,由时任厦门大学校长、著名经济学家王亚南教授倡议和筹划,经教育部批准成立并直属教育部的新中国诞生后高校中第一个经济研究机构,王亚南先生亲自兼任所长,同时招收研究生。1958年在研究所师生大兴实地调查研究基础上创办《经济调查研究集刊》,并由中宣部批准于1959年改名为《中国经济问题》正式创刊发行,这是新中国成立后高校中创办的第一个经济学学术杂志。除校内名家外,经济学界的老前辈如于光远、陶大镛、蒋学模、杨坚白、卫兴华、吴敬琏等先生都曾是她的热情作者。直到20世纪90年代中期与《经济研究》并列为全国两大经济学杂志,有北《经》南《中》之美誉。

除了一所一刊以外,最重要的还是拥有一支非常有学科和学术实力的专职研究队伍,我进所的时候,就有以1952年厦门大学经济学研究生毕业留校的谢佑权教授、

1956年考入厦大经济系成为经济学家王亚南弟子的胡培兆教授为代表的10多位在经济学界已经享有一定声誉的研究集体,他们都是我的老师,对新来乍到的我和善友好、关爱有加,这样的人际氛围让我很快融入研究所,并渐渐获得没想到后来能贯穿一生的学术研究的志向与热情。

在我的记忆里,当时的办公室主任陈薏华老师留给我的印象一直是很清晰的,陈老师诚恳的微笑、一样的乡音和不时对我留校后生活的关心,都让我少了身在异地、从此一人拼搏的那种不确定、有点孤单的感觉。最让我感动的是,陈老师特别关心我的政治热情和进步,在上本科的时候,直到毕业55人的班级才有2位同学入了党,在陈老师的帮助下,我继续保持作为入党积极分子的表现,最后在1983年5月1日光荣地加入党组织,陈老师还是我的入党介绍人。后来在美国留学期间,我都通过陈老师,汇报在国外学习情况,一直交纳党费,维持正常的组织关系。1994年学成归国返校,陈老师还给我提供不少帮助,让我很快适应国内环境,转入正常的生活与工作。有陈老师在所里,我好像就如同在自己大姐的身边一样,踏实、温暖,而且充满喜乐。

谢佑权老师的印记是和我的学术研究自信与习惯的确立紧密关联的。我记得,那时我要负责人口研究室那边的各种事务,包括收取和整理由联合国人口活动基金寄来的各类人口外文资料,是谢老师提醒我,要把喜欢科研和做好科研作为留校任教的一种生活方式,要对自己的日常作息做一个合理安排,争取有整块的时间投入到科研当中,而且还要注意选好研究方向和领域。每每开会学习,谢老师都会递过来关心的微笑和温和的询问,让我如同车在路上得到一次又一次的打气和加油。在谢老师的鼓励和指导下,我于1983年3月在《中国经济问题》第2期刊发论文《以农村为重点进一步控制我国人口增长》,这是我在学术刊物上正式发表的第一篇文章,而且还被同年的中国人民大学复印报刊资料《劳动经济与人口》第4期全文转载。如果不是后来去美国留学,我想,自己还会有更多的论文发表,不辜负谢老师对我的期待和帮助。留学归来后,我还在《中国经济问题》1995年第5期、1997

年第 1 期分别发表论文《安居工程可做城镇住宅建设的主攻方向》（与人合著）和《先富政策和两极分化》，并和同年在《投资研究》第 4 期、《人口研究》第 3 期和第 6 期，以及《国际贸易问题》第 9 期分别发表的《国际投资环境评估的评估》《论市场经济对婚姻关系的影响和对策》《当代中国婚姻问题的经济学思考》《论地域文化环境对国际投资的影响》等文章一起，满足了在厦门大学申评正教授职称的论文要求。非常感谢谢老师让我迈开学术生涯中非常关键的第一步。

经济研究所给我留下另一个受益终生的精神财富，应该是来自胡培兆老师的学术影响，这种影响体现在胡老师在生命历程中所展示出来的以研究为乐的境界和以创新为荣的美感。"1960 年毕业分配时，由于成绩优良，胡老师被保送到复旦大学读研究生。但是，到校不久，复旦压缩研究生规模，他被调整为助教。后来又被调回家乡浙江金华一个镇中学教书。"一直到了 12 年后的 1977 年，才被调回母校，专门从事政治经济学教学和研究工作。这一调，中国经济学界多了一位研究数量和品质兼优的重要学者。胡老师一生发表论文 250 多篇，其中在《人民日报》和《光明日报》上发表 25 篇，在《中国社会科学》《求是》《经济研究》《学术月刊》等一流刊物上发表 24 篇，还出版了《胡培兆选集》《马克思与〈资本论〉》《〈资本论〉概说》《〈资本论〉研究之研究》《社会主义政治经济学基本理论研究》《价值规律新论》《改革的经济学思考》《中国社会主义商品经济思想研究》《社会主义国有资本论》等许多重要著作。1985 年，胡老师荣获第一届孙冶方经济科学奖，1986 年被授予"国家级有突出贡献的中青年专家"称号，1997 年被聘请为国务院学位委员会第四届学科评议组成员。可以想象，胡老师在厦大打下多么坚实的经济学基础呀，多年的中学语文教学不仅没有削弱这个基础，而且在写作功力、文章布局和文字表达上如虎添翼。

胡老师在经济理论学上的学术成就与盛誉是和他一生坚持以学为本，平常以所为家，365 天都泡在研究所，长期专心致志埋头做学问是分不开的。我甚至认为，在很大程度上还归功于胡老师立志要做中国人自己的经济学、力求有所超越的创新

精神和对良好学风的自觉持守。就像厦大校报编辑部卢明辉所报道的一样:"胡培兆很有个性,鄙夷虚荣,拒绝入一切商业性名人录,包括世界'杰出'名人录。他珍惜文名,除非特邀,不给非核心刊物撰稿。胡培兆还对抄袭剽窃等不良学风问题深恶痛绝。尤其是胡培兆署名的文章,一定是自己写的。他的学生发现,很少有自己和老师一起署名的文章,他们说,那种你写了让他看看,然后再让他挂个名的事,胡老师是绝对不会做的。"胡老师还担任过厦门大学经济学院院长,我的大学班长林擎国留校任教后曾是他的助理,擎国同学告诉我:"作为胡老师的助理,汇报工作,要言简意赅,他的时间抓得很紧。唯有一次,知道我主动辞去副院长职务,特意约我深谈一次,鼓励我坐好冷板凳,结合实际,写经得起时间考验的文章,不要追求数量的短平快论文。我没料到他走得那么急,他住医院时,我去探望,他还拉住我的手,谈他的研究,给我留下深刻的印象。"

而今虽然不再像胡老师那样埋身于堆积如山的书报稿纸之中,不再像胡老师那样用钢笔一个字一个字写出长篇大论,但我深切地感觉到,胡老师的做人和做学问的影响是一种细水长流的潜移默化,是一种在他身边就会受到科学精神和人文诗意的呼唤、激励和鼓舞,是一种在翻阅他的著述就会强烈感受到的学术之美和超越之好,并产生立即也投身其中的冲动。在我的眼里,胡老师永远是一道别具一格、独领风骚的学术风景线。

从当年的经济学院离开,去了公共事务学院,后来又告别厦门大学,远赴福州高校任职;从本科的经济学走出,去了研究生的人口学、社会学等学科领域,到了今天又进入女性学和妇女研究的学术疆土,我发现,即使时间和空间都发生了巨大变化,好像还不时会情不自禁地回到学术起步的老地方——我已经把它放在心上的经济研究所。

第二章
我的老师

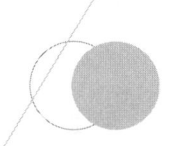
一片红叶

厦门大学党委原书记叶品樵，是我的闽侯老乡、母校经济系的老师，还是一位本家书记。虽然在过往的岁月里接触不多，但叶老师在学生的记忆里，不仅印象深刻，而且每每想起，都觉得心中有一份不会被流年带走的、如同春天般的温暖。

叶老师的老家位于闽侯县荆溪镇店头村，和学生的老家闽侯县青口镇扈屿村只隔着一段闽江支流——乌龙江。从福建省旅游局原副局长，也是厦大经济系校友林炳镛学长那里得知，叶老师的父亲在当地供销社供职，母亲是一位家庭主妇，老叶书记对我们校友和乡亲一直都很和善友好、关爱有加。在父母亲全力支持和自己从小勤奋努力下，叶老师于"1952年9月考入厦门大学企业管理系，次年转入上海财经学院工业经济系学习，1954年5月加入中国共产党，1955年9月毕业留校担任工业经济系助教。1957年9月回到厦门大学，历任经济系助教、党总支副书记、系办公室主任兼任《中国经济问题》主编、经济系革命领导小组副组长、经济系主任，教务处副处长、机关第二党总支书记。1983年3月调往福州任福建省高等教育厅党组副书记、副厅长（主持工作），1986年10月任福建省教育委员会党组副书记、副主任。1994年4月，叶品樵同志任厦门大学党委书记，直到1996年8月退休"。从叶老师走过的生命历程来看，他始终没有离开过教育事业的领导岗位和大学校园的生活氛围，是一位一生致力于教育、努力建功立业的学者型领导人！

叶老师担任经济系系主任的时候，我还没有考上厦门大学；兼任《中国经济问题》主编的时候，我还没有留校任教、归并到负责该刊物编辑的经济研究所的人事管辖。仔细读了我的班主任徐兰芳老师以《白云红叶著秋光——记叶品樵老师》为题写的过往故事，才知道叶老师其实是师爷辈的。和徐老师同感："叶品樵老师在我流年记忆中留下的一些细节，有如白云飘浮在蓝天上，尽管时过境迁四十多年了，仍觉得很美，一直不会忘记。"

"'徐兰芳，你迟到了，呵呵。'应声望去，一位英俊潇洒、学者模样的先生热情走来。虽不知他的身份，但直觉告诉我，他一定是一位令人尊敬的老师。那他为什么会认识我呢？正在我疑惑之际，他和蔼地说：'你很奇怪我为什么认识你，是吗？因为我看过你的档案，还有你的请假电报。'他还笑呵呵地说：'这是当老师的基本功。'要认得人，得事先备好课！他的友善，让我顿时解开了谜团。他就是我在厦门大学认识的第一位老师——叶品樵老师，时任厦门大学经济系主任。"徐老师以上的素描仿佛和我与书记的初见一样。

记得第一次见到叶老师，是我刚回国不久，不知道为何事去了那时学校党委办公的地方——厦大最早的建筑群群贤主楼二楼，在叶老师的书记办公室有了一个简短的交流。书记的办公室比较简约，好像还没有大小组合的沙发，办公桌也不大，但桌面很整洁，我们就这样隔着办公桌说话。书记给我的第一个印象，就是帅，不论是坐着，还是最后站起来送我，都有一种特有的俊朗与伟岸；再就是书记的笑容和声音也特别难忘，他笑的自然奔放，透着一种真诚和热情，甚至还带着一股让人放松的欢乐气氛；书记的说话声音很悦耳，既有男性的阳刚洪亮，又有福州好男人的一种体贴与理解。我觉得与书记不长的交谈却给我带来不少的激励，特别是明晰和增强了对未来发展的方向和信心。书记说，目前像你这样留学归来的年轻老师还不多，你是遇上可以大有作为、有所成就的好时期，特别希望你能立足经济系发挥人口学的学科优势，尽快走出一条于己于学校都有利的学术发展之路。

知道我在追记叶品樵这位师爷辈的老领导后，和我一起留校任教的大学老班长林擎国同学油然想起一件事，那是1996年学校建校75周年庆典期间，在逸夫楼大门前遇见时任厦大党委书记叶品樵，我就过去请学校党委接受我辞去经济学院院长助理职位的请求，让我专心做教学科研工作，叶书记和蔼地笑笑说："这怎么行呢，经济学院教职工对你这几年任职工作是满意的，考核评价比较好，如果我们免去你的职务，不是跟教职员工对着干吗？你还不到50岁，年富力强，就想撂担子，不合适吧！"叶书记就是这样，特别爱护中青年教师骨干的成长，鼓励教师骨干承担更多的服务学校发展的责任。

自从第一次见面后,我再也没有去找过书记。现在想起,真的有点愧疚,我应该不时去报告自己取得的成绩与进步,既表示对书记关怀的感谢,又能接受书记的继续指导。

没想到后来北上福州异地履职,和书记的师生互动却得到恢复和延续,特别是有机会接受书记对开展校友工作的热情指导。叶书记于 1996 年 8 月离任后,就更多地居住在福州,而且还曾经亲自担任过厦门大学福州校友会会长,团结和带领规模不小的福州校友队伍努力推动校友事业的发展。2015 年 5 月接过福州校友会会长的棒子之后,我特意找个时间,在秘书长的陪同下,一起去看望住在温泉公园附近的老会长。10 年过去了,叶老师依然腰身挺拔、精神焕发、笑意盎然,说话的声音还很洪亮,茂密的头发还是梳理得整整齐齐。加上到处干干净净、井然有序的家居环境,可以感受出来,精神状态、生活品质和幸福感受其实不是太分年龄的,叶老师用他的身体力行给了我们非常良好的示范。在我们汇报了校友会顺利换届的情况和未来工作设想后,老会长不仅给予我们很高的评价和肯定,而且还和我们分享了他对校友工作性质和意义的理解、过往积累下来的领导和推动校友会发展的经验和体会。他特别强调,校友会首先要整合各种资源服务好校友的多样化需要,这样才能把校友动员和团结起来,服务好母校的建设和发展,服务好我们所在地区的经济、社会与文化的发展与进步。真没想到,老会长还按照福州闽侯的传统习俗,给我们准备了一碗肉燕加鱼丸的点心。在那升腾起来的家乡香味中,在老会长的和善笑意中,我们的心弦被轻轻地拨动了:哪里有叶老师,哪里就有非常亲切的温暖。

岁月太快地就来到 2019 年 1 月,这本是不久就要春暖花开的时节,可是谁也都没有想到,我们敬爱的老书记、老会长,我敬重的老师爷,却因为心肌梗没有抢救过来,离我们远去了。秘书长陪我代表福州校友会去老师家里吊唁老学长,去位于南台岛的殡仪馆给老师爷送别。厦门大学党委书记张彦代表学校在告别仪式上介绍叶品樵同志的生平。张彦书记说:"叶品樵同志的一生是爱国爱党、忠于信仰的一生,是辛勤工作、献身事业的一生,是情系教育、乐育英才的一生。叶品樵同志的辞世,

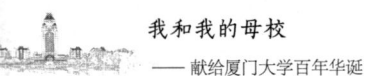

使我们痛失了一位好领导、好师长和一位优秀的好党员、好干部。悼念叶品樵同志，就是要学习他坚定的理想信念、崇高的思想品格和无私的奉献精神，就是要继承他对党和人民的无限忠诚、对祖国的无限热爱和对教育事业的执着追求。"

是啊，感恩和学习叶老师的好就是对他的最好悼念！"秋天因为什么而美？秋天因为收获而美、天高气爽而美，因为白云、红叶而美。叶品樵老师就是为厦大收获季节添光增彩的一朵白云、一片红叶！"让我们一起留下徐老师写的这一句话吧，永远记住老书记、老会长这一片红叶！

元山里子

有福之州、鳌峰坊书城、元山里子、《三代东瀛物语》，一场花城出版社的新书推介，一位厦大数学家的人生传奇，一个双语女作家的情缘叙说……这是上个周六下午茶时分留下的温馨经历。

在年轻的花城编辑小揭的开场推介中，这场活动的嘉宾，也是新书作者，元山里子首先进入大家的视线，她个头高挑，着装淡雅，气质娴静，给人的整个感觉，就是时光未曾流逝、岁月总是静好。她是厦门大学芙蓉园里长大的孩子，身上流淌着中国父亲李文清教授和日本母亲的混合血脉，童年融入了鼓浪屿的三角梅花香、钢琴声与海浪声的交响；她跳出父亲毕生热爱的数学领域，成为厦门大学外文系1978级日专大学生；她东渡留学，以写作为生，嫁日人为婚；她把家族情、父女爱写进了《三代东瀛物语》这本已获大奖的新书里！

作为嘉宾出席的还有同是厦大孩子、外文学子的著名学者兼散文家郑启五教授，元山里子的大学同班女同学李巧云女士，以及好几位厦大外文系、数学系和经济系的校友。

元山里子和缓地讲述了本次著书的初衷，新书的梗概，还有所力图展示的核心观点,简约平实的话语中,表达了对三位亲人和贵人扶助父亲成才所体现出来的"珍惜人才"这个中国传统文化美德的敬仰,对父亲既是"珍惜人才"传统美德的受益者,又是实施者的赞美,对当前用"个人奋斗"精神弥补这种传统美德逐渐淡化的鼓励。

面对其他嘉宾和参会朋友所提出的问题,元山里子也平静有礼地一一予以回答。她以为,中日女性的最大差别在于日本女性的隐忍与包容;她承认,之所以能为父亲著书,是多个缘由的促使,其中包括中国传统代际关系的影响、父爱如山的感动,还有父亲和自己非常奇特的东渡日本求学的人生经历。她还回望了自己爱情,强调一个可以托付终身的男人,最好具有能带领你一起成长与进步的能力。

一向情怀饱满又用心细致的启五教授,用富有弹性的散文语言,添加了好几个李文清教授和儿时伙伴元山里子的重要细节,引发大家一阵阵笑声。同班女同学李巧云女士对当年同窗共学的深情回顾、对新书推出意义的独特解读,也加深了大家对作者元山里子的了解、对阅读这本新书的兴趣。我对比作者迟两年留学美国的经历比较,更加突显出元山里子特别能吃苦、自强不息的外柔内韧的精神气质。在最后签名推新环节,英专学弟陈纪钰一下子抱上来10本新书,元山里子还是静静地认真地一一签上名字和日期,并应大家的请求,分别合影留念,显示出非常自然的礼节与友善!

有根的生命必将枝繁叶茂,这是这次新书推介会期许传递的主题,但如果这根意味着是更多的文化内涵,那么由此引申出来的思考还是很丰富的,如什么是"珍惜人才、爱护人才"中国传统美德的现代价值以及现代化重建的路径?再如经济国际化必将伴随更多的文化国际化,那么我们应该如何把握文化传承与文化融合的关系呢?又如国际交流与合作一定带来情感的跨国流动,不断增加的异国恋婚姻又如何能像元山里子的夫妻关系那样拥有更幸福更稳定的前景呢?甚至我们还期盼有更多的女儿仿效元山里子的做法为父亲写传,那么又要对现有的中国家庭文化与制度,尤其是家教方式实施什么样的变革与改进呢?

在送元山里子、郑启五和花城编辑小揭去厦门举办第二场新书推介的话别中,我们再一次祝贺元山里子新著问世,并希望她再次光临福州时,我们之间会有更加深入的、彼此接近的对以上几个问题的解答!

亲爱的元山里子同学,我们还要请你带去福州校友对你父亲李文清教授的敬意与祝福,恭祝李老师数学人生依然风采、健康长寿!

第三章

我的同学

一次决定命运的高考
海比山浪漫
老冰糖
爱与被爱
一再过30年，我们再相会
30年的祖望
北京大团圆
新泽西送书记
77级的又一个春天 从新春聚会说起
感谢生命中有你
生命的主旋律
榕城欢乐颂
长泰秋意长
永远高飞的燕子
入学40年
鼓浪屿之波

第三章
我的同学

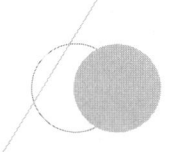 **一次决定命运的高考**

从始于隋朝、历经1300年的科举制，到恢复于改革开放之初、至今才有40年的高考制度，考试已经从一路兼程的京城会考，变化为出门就是考场的就地普考，从一考可能改变命运演化为考试本身就是人生。

而今回望40年前有幸赶上那一场恢复高考的考试，才知道这场考试的时代意义和恰好赶上的人生价值，才知道这场考试对接的是以前的考试、铺开的是以后一次又一次的考试。就像我自己，如果没有恢复高考的第一场考试的成功，也就没有6年以后的出国进修考试，更谈不上再过4年后在美国的博士资格考试。

为了纪念恢复高考40年、入学厦门大学40年，表达对改革开放的感恩、对母校的感怀、对老师的感念，我参加了正月初三重走鹭岛回返母校的大学同学聚会。

我当年入读的是厦门大学经济系计划统计专业。那时的经济系只有政经、财金、会计和计统4个专业，大约录取了200人，其中计统专业55人。在他们当中确实走出一大批优秀的毕业生，以政界为例，政经专业有厦门大学原校长朱崇实、中共福建省委常委原副省长陈桦；财金专业有国家发改委主任何立峰、广东省原副省长刘昆；会计专业有教育部副部长朱之文。我们1977级计统有17位女同学，占比31%；入学时年龄最大的是1947年出生的老班长和年龄最小的1961年出生的女同学，相差14岁，几乎是两代人一起读书，老班长入学时已经结婚妻子怀有身孕，而年轻同学还没长开不谙事情；比起中文、外文等系别，1977级计统的校园恋情不是很活跃，最后牵手成功走进婚姻的只有3对；4年里只有2位同学入党，分别是老班长和另一位同学；毕业后工作区域主要分布在北京、福州和厦门，工作性质基本上集中在政府机关、高校、国有企业和金融机构；还有6人继续深造获得博士学位，8人也走上讲台成为北大、福大、母校等高校的教授；现在大多数同学退休和即将退休，不少转身成为含饴弄孙的爷爷奶奶外公外婆，也有的登上旗袍秀舞台、走进老年大学的国画教室，甚至为了异地创业跨区域流动。

我和我的母校
—— 献给厦门大学百年华诞

作为改革开放的第一届大学生,我们既是改革开放的关键对象,又是改革开放的重要成果,我们对改革开放有着特殊的时代情感,还有从这种情感升华而来的对改革开放的集体责任和全面参与。所以,纪念入学40年,不如说,是忘不了改革开放的40年,是在庆幸赶上这个伟大的时代,并在这个时代进程中留下同步的脚印。

作为厦门大学的一代学子,我们见证了改革开放给百年名校带来百废待兴的关键时期,形成了那一个时期与我们那一代学子对校训"自强不息、止于至善"的特殊理解与诠释,拥有了学弟学妹都不可能经历的那个时期的校园生活与乐趣,如白城海滩站岗放哨、水库坝顶操练打靶、五老峰下挖防空洞、海洋所自带板凳露天看电影、晚自习回来一块馅饼一碗汤面就很满足、跳集体舞时拉一下女同学手还感到紧张与慌乱等。所以,纪念入学40年,不如说是忘不了迟到的、用书香补偿青春的4年,是在珍惜和重温我们还有书读、从读书中找回希望的岁月,是在放大用知识改变人生、为自己也为母校争取一份光荣的幸福。

在一天半的返校活动中,我主持了"纪念厦大77计统入学40年班级聚会"、参加了学校校友总会在勤业餐厅举办的"厦门大学经济系77/78级纪念恢复高考暨入学40年晚餐会"、游览了去年9月3日金砖国家领导人厦门会晤会址和去年7月8日以"国际历史社区"被列入世界遗产名录的鼓浪屿。一路走过既熟悉又不熟悉的鹭岛和母校的一个个场景,一路回味既有当年亲切又有岁月留痕的老师同学和一起留校任教同事的欢声笑语,我更加清晰地感觉到这40年的情感分量和生命厚重,也更加坚定了这几年来从事校友工作的信念和追求。当我们因为年龄的缘故离开改革开放的主战场,再也不能在那里用直接的创造与贡献为母校争光,那么我们还可以进入校友事业的第一线,用服务校友、服务母校、服务当地社会的三服务方式,来间接地为改革开放服务,为母校创建"双一流大学"出力。

感谢改革开放,从此我有了梦想!

感谢母校厦大,从此我有信念和能力把梦想变为现实!

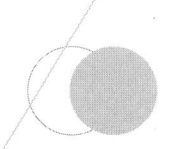

海比山浪漫

16日上午9点7分,我拨通大学同学李礼平的电话,给刚刚离开工作岗位,也是全班倒数第三位退休的老同学送去问候。9点12分,我收到礼平从北京发过来的离任特辑,上面有6张照片,其中3张是办公室的特写,还像当年在学同住时的一样,就他的书桌、双层铺是最干净整齐的。礼平是这样写的:

"38年前的初春,一个刚刚走出大学校园、乡气未脱的渔家子弟,带着对未来的憧憬和忐忑,拿着简单的行李和毕业分配通知书,从福建沿海的一个海岛出发……来到了首都北京百万庄,走进了一幢气势宏伟、中西合璧的国家机关大楼。从此,我的人事关系始终未离开过这幢大楼,它陪伴我从青涩懵懂到逐渐成熟,从青春年华到慢慢变老!

如今,带着几分眷恋、几分感恩、几分不舍、几分离绪,就要和这幢大楼说再见了!以后我再进大楼就是另外一种身份了!"

读着、读着,我的眼眶蓄满了泪水,38年前,我们一样都还没有全面长开啊……

那时我来自农村,准确地说是从种茶的山上下来,而礼平则是从一个海岛来到另一个海岛,待我调整到礼平住的宿舍后,我才知道,他的来处是可以闻出来的,因为每次放寒暑假后返校,他总是带来一大包的小鱼干、虾米,还有紫菜。我们很快成为比较亲近的同学,他也是来自多子女的家庭,加上是长子,念好书不仅是为了自己,还是更好地给弟妹做榜样。他写一手漂亮的钢笔字,还总是保持一种清爽、简洁的生活习惯,在那个不唯美的年代依然把自己打点得有模有样,把头发梳得服服帖帖。最让人感到亲切愉悦的,还是他被海水长期泡过的一脸的朴实,以及值得信赖的与浪涛一样透明的笑声。

同样四年的听涛读书的生活,我在厦大没有真正谈过恋爱,是属于校园情感颗粒无收的缺爱男生,而礼平却把情网悄悄地拉到外文系去了。那时的芙蓉二,每层住那么多学生,只在中厅安放一个电话,铃声响起时都会及时接听和相互呼叫。我

我和我的母校
——献给厦门大学百年华诞

替礼平接过一次来自外文系女生的电话,那声音真的很好听,我都有点舍不得放下话筒。礼平没有错过一次约会,而我还不知道这通电话是和爱情有关,海还是比山浪漫的。

和礼平还有一次现在再也不可能的时光共享。那是离毕业不远的 1981 年的中秋,也是和礼平相处甚好的体育委员把我们约到鼓浪屿的日光岩上,海天月色、海浪月影,让我们忘却了即将到来的离别,收入心思的都是特别时节的那一轮满月和为之欢欣雀跃的一整个海湾的波浪……

一辆路过小车的笛声把我从思旧中拽回,我赶紧给礼平送去一段微信:

"遥祝兄弟光荣退休,进入更加美好的生活建设!有福之州热烈欢迎你载誉归来,共享静好岁月和不老年华!"

"谢谢海文兄!"礼平继续分享:

"早上好,亲爱的同事们,从今天开始,为了不影响大家工作和交流,尽管有几分眷恋与不舍,我还是要退群了!再次感谢大家一直以来对我的帮助支持和上周五以来发自内心、让我暖心的临别感言!和大家一起共事的点点滴滴都将成为我美好的回忆!祝愿大家工作顺利、身体健康!"

我对着手机说:"舍不得啊,如此富有爱心和情怀的好司长!"

"上周五下午,当分管副部长和人事司司长在全司干部会议上宣布新司长上任、我退休之后,好几个同事到办公室来看我,其中有几位眼圈湿润、嗓子哽咽,让我这个有泪不轻弹的人也禁不住热泪盈眶……"

"我主持全司工作一年来,为了达到部领导提出的平稳过渡、稳中求进的要求,我很努力,经常加班加点,每天晚上七八点下班是常态,以身作则,担当作为,带领全司同志切实改进服务态度,提高管理效能,在很大程度上改变了以前我司给部领导和各单位留下的不良印象和看法,达到了预期目标,特别是办成了几件多年想办、该办而没有办成的事情,兑现了我的承诺。现在退下来了,没有遗憾,圆满收官,感到别样轻松!"

"兄弟真是一个好司长!谢谢你给班级和厦大带来荣誉!"

更让我情不自禁地惊呼起来的是,礼平还完好地保存着毕业时,我送给他的一本笔记本,还有写给他的第一封信:"哇,太珍贵了!班级重要史料!"

礼平告诉我:"这是这两天我在办公室收拾东西发现的38年前你送我的笔记本,我一直珍藏着。笔记本的第一页上就记着我参加工作第一天上班的日记。"

"非常感谢!太温暖了!"我立即回复。

"从厦门辗转3000公里到北京,历经38年,是我成长经历的见证者!真是太珍贵了!"还有,"这是你38年前写给我的信,信里还惦记着某个女同学!如今读来,倍感亲切!"

"谢谢礼平兄弟的珍存!我还写了3页多信纸呢!"

亲爱的兄弟,此生有你同窗是一份荣幸!善待过往的每一天,必有静好的未来!

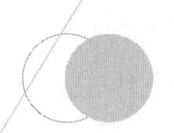

老冰糖

不知道怎么就离开了大学同学群,而且还有一段时间了,竟然没有觉察。

直到14日晚上大学同宿舍的老冰糖(这是班上同学用谐音叫起来的尊称,夸他待人热情和善)发来一条微信:"回福州了吗?"才知道自己脱离班群了。他说:"我还担心你,怎么没了音讯。好了,石头落地。明天傍晚若得空过来茗茶便饭。"老冰糖的关心,让我心里头一阵温暖,"非常感谢老同学的惦记!"

第二天晚上,我们改了一个地方小聚,老冰糖端着一碗亲手烧的地道闽菜粉蒸肉,还有一瓶好酒,从大约一里外的家里走过来,实实在在地又让我感动一番,生命中有这样的同窗,是一生的荣幸和福气!要感谢厦门大学,没有母校当年的录取,这辈子可能就错过了,那是多大的人生遗憾啊。

大学4年老冰糖留下的故事不多,但有两个是值得讲述的。大约是在大三的时候,他接任班级劳动委员,从此每天早上都提早来到芙蓉二学生食堂把全班同学每人一个的馒头都领出来,以保证晚来的同学也能吃上馒头,这种特别服务一直提供到我们毕业离校的那一天;还有一件事就更加温情了,那个年代还不提倡校园恋爱,可是两位班级主要干部却情不自禁地爱上了,为了保密,他们通常都把情感活动放在白城海滩,我们的老冰糖,还有一位年纪比较小的女同学,就一起给他们"站岗放哨",在海滩上不断地从这一头走到另一头,然后再走回来,一共守护了整整三个月,不提倡的恋情瓜熟蒂落了,而他们两个之间却什么都没发生。和老冰糖一开始不住在一起,是后来宿舍调整,我们才一起搬进另一个房间,他的站岗放哨志愿服务是毕业以后才听说的。

我们是改革开放后的第一届大学毕业生,我留在母校任教,老冰糖被分回福州,进了福建省统计局,后来调到福建省体改委,最后在一家省办银行安营扎寨。但不管在哪里,老冰糖总是职业激情满满、声音和手势都极具张力,更为重要的是,过去4年学习好像就是不断地在蓄水,只为了毕业工作以后开闸放水,老冰糖的独立研究兴趣和能力得到前所未有的纵情释放,研究成果得奖、荣获领导批示,特别是和金融业进行政策和实务的双重结合,不断转化为基本上都是国内首创的金融业务的创新与衍生,如创设次级债、混合资本债等金融工具,推动所在银行成为首批优先股试点;创办国内首家赤道银行,力推绿色金融;构建国家首个银行不良资产跨境交易平台;现在又积极推动区块链+供应链在金融业中的实务应用;等等,从一个只是计划统计专业出身的大学生成为国内外金融的业界翘楚,已经多次应邀走上包括中央党校、北京大学、清华大学、浙江大学、兰州大学,还有母校厦门大学在内的讲坛!

在一次邀请他到我服务的学院做讲座的时候,我一边主持,一边在思考,老冰糖怎么能够越来越甜呀?我以为,借用统计学的路径分析来看,这几个"中介变量"是不可或缺的:

母校经济统计学专业出身应该摆在首位,经济是基础学科,统计是工具学科,有了这两样，随时可以转身进入不同的职业岗位，尤其在金融业更是可以发挥统计专业的优势和作用。

另外，省统计局的工作经历和省体改委的体制研究，也为老同学在金融制度改革、服务体系创新和衍生产品与工具创设中，提供了非常契合的统计工具和制度设计的支持。

当然，理论研究兴趣、重在成果转化，还有持之以恒的勤奋、读书和立足理论、政策与实务前沿也都在成就着老同学。多次到过老同学的家，都为他的书房不断添加新书，还有在读的涉及领域广泛的书目而感叹。他后来还辞去服务多年、薪酬丰厚的原省办银行董事职务，只身南下深圳，挑起前海金融交易所总经理的重任，不守旧位，只求先行，独领业界风骚，更让全班同学刮目相看。

最后，作为从三坊七巷走出来、地道的福州好男人，本质上潜藏着一种地域文化的引领。除了地灵人杰的血脉相承以外，福州的"怕老婆、娘家唯大"姻亲文化，还有"好面子"的社会意识等，也在一定程度上激励着老同学，不断地完善甚至超越自我，让自己在实现人生价值最大化的同时，也在以上区域文化当中获得更大的认可与满足！

工作上的成就感，特别是可以把职业作为事业追求后，对业界的持续投入，也反过来影响着老冰糖。他身体很健硕，精力非常充沛，性情也越发包容与温和，福州好男人的顾家、爱妻、上孝父母、下护孩子，在老同学身上都表现得相当突出，尤其难能可贵的是对年轻同事的提携和对同班同学的友善。到福州任职后，老同学对我的关照总是细水长流、细致入微，我们是隔街而居，他说，每每路过国宾大道，看到你那亮着灯光的门窗，就想着什么时候又要举茶一聚了！

谢谢你，我的老冰糖同学！

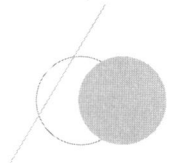

我和我的母校
——献给厦门大学百年华诞

爱与被爱

这些天,在和同学忙着策划毕业30年北京聚会和实施策划方案的过程中,在通过各种方式向同学们为《30年的思念》一书约稿的互动中,我也在为自己写些什么思考着,但一直都还没形成一个可以落笔的主题和思路。

上午下系调研,从9点开始持续到午后半点,结束后匆匆忙忙到学生食堂吃一份炒面,又匆匆忙忙回到办公室,本来中午都会升腾起来的睡意也没有了。坐在窗前,望着窗外10多天来都被浓雾和寒冷折磨着的福州大学城,心绪却随着键盘敲响,进入了一个阳光灿烂、温暖如春的世界,那就是我们1977级计统的QQ家园。刚迎接巾帼英雄丽瑛的到来,又办理我的上铺泽忠同学的报到手续,常住居民巧玲、笑燕、秋碧、启新、瑞銮等同学都为更多的同学入群兴奋不已,家园一下子热闹兴旺起来。瑞銮和启新甚至像小朋友一样为抢先报告"新"同学到来的消息争执起来,启新不无遗憾地说:"阿巧,你的群里诞生了第21个儿子——泽忠,因敲字慢,被技术大臣銮兄抢先报喜了!"瑞銮辩解道:"我是群主委任的群管理员之一,丽瑛、泽忠都是我批准入群的,当然是最先知道、最早向同学报告,怎么是抢先呢?"尤其是我在群里给丽瑛的一个留话:"想念老同学了,大家都说我和亚河长得像(上大学期间同一个宿舍的,后来和丽瑛谈起校园恋爱,毕业后一起分配去北京,在北京结婚安家),可是毕业后见面却不多!怎么样对亚河对你的性别服务态度与质量还满意吧?"却在启新与瑞銮这两位老兄"合谋"下,"刻意"制造了"千古奇冤,江南一'叶'(秋碧同学的揭露)"。正想着怎么清洗这一"奇冤",还我在婚姻家庭、女性发展研究领域辛苦树立起来的不错名声,我忽然就有了写这篇聚会专题文章的灵感,和下笔开篇的地方,同时也就有了"爱与被爱"这个标题。

虽然到了毕业30年后的今日,我可以堂而皇之地以恋爱、婚姻与家庭专家自居,但是回首30年前的昨天,我可是既在理论上不懂什么是爱情,更是在实践上处于颗粒无收的恋情状态。所以如果要历数我自己这30年的变化,最应该涉及的是爱情这个话题，如果我不好好写写在大学期间的感情过往，我就对不起这毕业后的30年！

关于对大学4年爱情的回望，我首先是对我们班有"一帅"之誉的"情圣"伟明同学佩服之极，虽然他给多少班内外女同学写过求爱信，我不清楚，向多少个女同学送过爱情信物，我也不知道，以及有没有在饭后散步时给我们一些关于谈恋爱的指点迷津，我也记不清，但他对美丽女同学始终保持一种喜欢和追求的姿态，而且能够把丰富的感情经历处理得那么平静稳当，真的印象太深刻了。

回味大学爱情，我还想起，多次跑向芙蓉（二）二楼中厅接电话时，我总是很不情愿地尽快放下电话去告诉礼平同学，有个外文系的女同学找他，因为那声音实在太好听了。当然，不愿意放下电话也和心情失落有关系，为什么礼平就有这么丰富的艳福呢？难道同宿舍的舍友就不能沾一些福气吗？

寻找大学爱情，让我还记起来，最近了解到的老冰糖和老酸的爱情故事。去年七月我和唐董在新疆乌鲁木齐不期而遇，我去找不久就要结束挂职回京的礼平同学，用当年我帮他提供接电话服务换取他在当地的一路陪游，而我们唐董则冲着兴业银行新疆分行发展的前景幸福入疆的。也许是美酒加好心情，我们的唐董就很慷慨地与我们分享大学的爱情故事，他说，当年班上一些同学可能都以为我在积极获取丽瑛的好感，因为大家曾经看到我们两个在厦大白城海边散步，今晚告诉你吧，我们确实在海边一起走了许多来回，但我是助人为乐、成人之美的，等到快毕业的时候，丽瑛不就成了亚河的爱人了吗？关于老酸，我所有的记忆就是那个全班最大也是最沉的书包，我一直以为那书包里放的都是书和学习用具，以为他就是一身都散发着天生学者才有的"酸味"，直到听到今年春节朱校长在和厦门同学聚会时揭开的秘密，我才恍然大悟，原来老酸同学书包里也装着和伟明同学一样的随时就要投送出去的求爱信笺，那一身"酸味"里不时还飘出不易察觉的咖啡香！

记录大学爱情，当然还不能落下伟英和东江的幸福牵手，还有志洲对心愉爱情攻关的执着和辛苦。如果从比较经济学来考察，东江的求爱成本要比志洲同学低得

多。据说,伟英对东江在感情上的拱手相让或者更准确地说是爱情防线的失守,是发生在芙蓉(二)食堂里的一次班级活动,那次东江很有气势的几句诗歌朗诵,恰到好处地喊到了她的心坎上。唐董同学每每回想这一幕,都后悔不已,我当初怎么就没有想到把去海边散步换到芙蓉(二)食堂练嗓子呢?!而我们的志洲同学,就没有东江同学那么轻松了,据已经在芙蓉园里消失的丰庭楼里传出的可靠消息,志洲也喊出过震耳欲聋的口号:"我就是要把心愉追下来!"遗憾的是刚开始并没有把心愉同学的芳心打动,而真正产生边际效用的是他锲而不舍的爱情态度与行动,如果说东江是一时造势拿下矜持的团支部书记,那么志洲则是滴水穿石感动了骄傲的学习委员!

说到东江的自信和志洲的执着,我仿佛也找到了自己在大学里之所以没有爱情结果的症结所在,除了几个班干部或者自己忙着谈恋爱,如东江和伟英,或者拖家带口的,如擎国班长,没有精力和时间为大家的爱情去穿针引线以外,主要还是自己没有积极主动地去向伟明、礼平,特别是向东江和志洲请教取经,另外来自农村小镇、一说话就满口福州腔的我还是缺乏必要的自信,以及建立在自信基础上的执着和坚定。

我不知道自己是不是自恋了,或者只是一种错觉,我觉得后来被调整到三组的女同学 Z 好像给我机会了。我忘记了那是在大几的哪一天晚上,是在同安还是集美教学楼的哪一个教室,我刚翻开书不久,就发现有人进来了,而且就坐在我的后面,我扭头一瞥,嗨,居然是我暗暗喜欢着的 Z 同学,我没敢打招呼,身子僵持着,心里却波澜壮阔起来了,她平常不是都和女同学 Y 在一起吗?今晚怎么一个人出来了?而且还跑到这里来,坐在我的后面?!这几个问题一直折腾着我,不仅一个晚上没有好好看书,甚至都没有好好睡觉。第二天我熬过一天的课程,提早吃过晚饭,带着疑问,更带着期待,早早地就来到昨晚来过的教室,还是坐在昨晚坐过的位子,书摆开了,但一个字都没有看进去,几次有人进来,我既想看看是谁,又不敢看,既希望有人坐在我后面,又不希望这个位子被其他人占住了,那种心里的纠结,至今想起还特别紧张。最后终于又有一个人进来，并且坐在我后面，还是很礼貌地一瞥，天啦，又是Z同学！我一下子来了勇气，把她请到教室外面，直截了当地告诉她，我已经喜欢你好久了！没想到Z同学却平静地对我说，我老家在江苏，毕业后我要回去，所以现在不考虑感情问题！不记得当时我说了些什么，还是什么也没说，持续一天一夜的期待就在一片失望和失落中简单地结束了。如果当时，我用东江的自信告诉Z同学，别说去人间天堂的苏杭，只要能和你在一起，就是去西藏我也愿意，也会和你结伴同行；然后再发挥志洲的执着精神，用实际行动穷追不舍，我最终能够求爱成功吗？各位同学请帮我解答这个跨世纪的爱情问题，当然最能给出正确答案的，非Z同学本人莫属！不过在30年都过去的今天，我还是要感谢Z同学，大学期间你没有把爱情给我，但却在大学毕业以后，在我从美国学成归来多年以后，给我回了一封信，也许这是班上其他男同学没有的吧！亲爱的Z同学，一直到今天，我还珍藏着这封信，保存着我在大学4年里仅有的关于爱人的记忆！

在大学后期，爱人不成的我也开始幸福起来了，因为我被告知，班上有个女同学喜欢我，大家都知道这位女同学就是在我为毕业留言准备的笔记本上，写下"大胆地去爱她吧"的H同学。真的，一直延续到今天，我都深深地感激着H同学，是她让我带着被爱的美好感觉告别那永远也不可能再和大家过一遍的大学生活！去年9月20日在我们QQ家园里，我是这样表达对H同学的感激："你来了，也不告诉我，当年在我情感行情走低的时候，好像只有你还对我有好感，所以一直到现在，我想会到永远，我都会对你心存感激，在这里谨向你表示深深的谢意！"

而今30年过去了，我们都在各自的岗位上事业有成，我们都牵手别人组建婚姻并有了孩子，甚至我的大女儿叶丰在今年9月就要成为幸福的母亲，可是那发生在厦门大学里的爱与被爱却没有消失与淡忘，相反却在一回又一回同学相聚时，在一次又一次回到母校怀抱里时，变得更加纯真、厚重和珍贵，因为它已经融入我们不再年轻的生命当中，因为它成为我们1977级计统这个温馨集体的班级精神与文化财富，因为它永恒地留在我们每一个同学都会一辈子眷念的厦大校园里！

好好地爱和被爱吧，我思念分别 30 年之久的同学们，还有好多都还没有见到过的我们的第二代！我总觉得，我们的生活和心灵都要注入更多的爱，我们对校训止于至善的追求更是离不开爱！

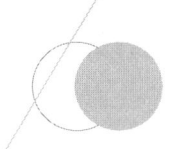

30 年的想望

编写《30 年的想望》一书的动议是在 2012 年 2 月 24 日通过毕业 30 年北京聚会第一个告示提出的。当时是这样表述的："编印以《30 年的思念》为书名的 1977 级计统毕业 30 年再相聚的纪念专册，由各位同学供稿、供老照片。"后来在聚会的第三个告示中（2 月 26 日发出），细化编写内容、搭建篇章结构，并明确征稿要求，即文本格式不限、主题与内容以目录中的 8 个篇章为主，也欢迎有感而发，字数控制在 2000 字以内，截稿日期为 3 月 25 日。最后在充分征求各位同学意见的基础上，对初始的编写设想进行三个方面的修改：一是把书名确定为"30 年的想望——献给厦门大学 77 计统"；二是把原来照片集锦分开展示，同时添加未来遐思与聚会告示，形成由 9 个板块组构的内容体系；三是把截稿日期推迟到 3 月 31 日，以便收入更多同学撰写的文稿。

现在呈现在大家面前的毕业 30 年纪念册，一共九章，外加附录和后记，收入 92 张照片、27 篇文稿、15 个告示、3 个表格，共计 15 万字。序言部分主要以三张珍贵的毕业照开篇，并配上老班长精心采写的涉及每一个同学的 1977 级计统英雄谱。第二板块是"母校颂歌"，以图文并茂的形式，表达我们对母校的挚爱，所收入文章主要包括《厦门日报》著名记者佘峥对丽瑛同学的采访，以及心愉同学与小林艳同学分别以凤凰花与丰庭楼为记忆对象的美文。第三章以新旧照片展示为主，漫忆我们的恩师，对所有在我们身上倾注心血的老师们，寄托我们深深的感恩与祝福。"同窗念想"与"你我过往"这两个章节是纪念册的核心部分，我们一共有

第三章 我的同学

14篇文章，一方面非常深情与细致地梳理与再现对4年同窗的美好记忆，另一方面一起追溯和回放毕业后的人生经历、事业征程、情感路径，还有在时空穿越、一路奔走之中与同学的精神交汇与情感支持。"咱们家人"与"共同家园"分别从姻缘、血缘，以及网缘等维度对1977级计统这个集体进行立体式的拓展，用许多动人的画面和故事，赞美我们的幸福婚姻、和谐代际关系，以及温馨QQ家园，说明每一个伟大男性（包括1977级计统的每一个男同学与女婿）的背后都站着一个更加伟大女性这样一个道理，证实每一个幸福成长的1977级计统第二代背后都活跃着一对充满责任感与爱心、一直默默奉献的称职父母这样一个规律，支持每一处温馨优美的QQ家园的绿草鲜花、亭台楼阁的背后都有一段更加温馨与感人的关于这个家园主人倾情守护与建设故事这样一个观点。"未来遐思"也是一个非常重要的片段，它集聚了我们1977级计统人对进入生命晚年、人生晚季的基本态度与生活经验，特别让人欣慰的是，该章节所传递出来的，依然是春季的浪漫与蓬勃、夏天的活力与热情；年少时的可爱与追求、年富时的成熟与贡献。"聚会告示"收集的是到纪念册付印为止我们所发出的15个聚会通告，这是应同学的要求，其实更多的是同学的厚爱与鼓励，而把我们为毕业30年这个美好纪念日的到来所燃烧起来、涌动出来甚至感动而发起的物质层面、精神方面，尤其是情感领域的变化与行动过程、具体的步骤与细节、单人还是整个1977级计统群体的杰出表现等都作为一个永恒的时代收获珍藏下来，变为我们1977级计统的集体记忆，每一个1977级计统人的生命活水，所有1977级计统后代一起分享、不断传承的文化遗产！

在即将把这本纪念册送到大家手上的时候，在感激分布在世界各地的同学对这本特殊出版物问世的关注、跟踪、爱护、支持、伴随与期待的同时，我们也想和大家分享纪念册所拥有的许多令人欢欣的比较之最。在时间侧面，最早来稿的是我们的老班长擎国同学，他是在3月4日发来本书的第一篇文稿；最迟送稿的是心愉同学，也就是在3月31日23点05分送来我们收书的最后一篇，呵呵，历来都是领先交卷的美丽的学习委员这次谦虚地把先进让给了大家；深夜收稿的有4篇，除了心愉同学以外，还有笑燕、良生和筱文同学，他们分别于23:17、00:27、04:02（凌晨）给我们发稿，每个同学为表达30年的思念笔耕至夜深，甚至快到天亮，此景此情催人泪下啊！还有在一天里收稿最多的是3月31日，筱文、礼平、老冰糖和心愉都是在这一天送出他们的精心之作。

在篇幅维度，擎国同学投稿最多，一共写了3篇；筱文同学的文稿最长，一共6155个字，国培体委的来稿最短，只有21个字，真是一字抵百句啊！这一多、一长、一短形象地把这3位同学当年的班级任职性质展现出来了，对老班长，我们希望他的服务更多元化一些，这样我们的校园生活就可以更加丰富多彩；对筱文同学，我们希望他担任班级妇委会主任的职务时间更长一些，这样我们就有更加充裕的时间了解女同学，也让女同学了解我们；对国培同学，我们则希望早上出操时间更短一些，这样就能够睡晚一点，保持身心健康。也许正是当年同学们的热切期待发生作用，他们今天发的稿才如此特色明显。

在内容结构特色上，礼平同学附上完整的个人简历，让我们一起再走他的人生旅途，尽享他给同学们精心构建的一道道风景线；国培同学以祝福的情感内涵，表达对同学领导式的厚爱与期望；小林艳同学即使毕业30年了，还不忘满足男同学的情感好奇，用十分细腻、真实的笔触，让我们幸福地雀跃在一直等了30年才盼来的丰庭楼一日游所安排的每一个景点里，让我们对早就捷足先游的东江、志洲和亚河3位男同学羡慕之中又有点不满，为什么这么美丽的地方，也不带我们一起前往！

在文中提及人名数量方面，启新同学的《太空狂想曲》与擎国同学的《大学的那些事》都是代表之作，他们最"深入基层、联系群众"，用历史学家的严谨纪事、借诗人的浪漫情怀，把对55位同学的深情厚谊都凝聚到两位同学的笔尖上，贯注到字里行间，所有同学无不为之而感动不已。

在抒写态度和方式上，好多同学都几易其稿，特别是对同学的基本统计资料、对当年的同学过程再现，大家都十分认真，坚持做到准确无误，而且工笔细描，非常精致细腻，其中修改次数最多的是小林艳同学的《丰庭楼忆》。在抒写手段方面，国培体委是通过电话，以领导口述秘书记录的方式完成的，所以他的极短篇还要署上作为记录秘书文振的名字；丽瑛同学是以与《厦门日报》记者访谈的形式，表达她对这份工作的支持和对30年同窗的一往情深；伟英同学、心愉同学，还有丽瑛同学都是以一代二，用二人转的方式，载歌载舞地转出她们对那个时代对母校的感恩，因为这个时代赐予的在厦门大学的求学机会，她们才会这么幸运，不仅掌握知识，还收获爱情。

当然，由于时间紧张，我们没有办法把所有同学的文稿都等到，这也许是这本纪念册的最大遗憾。另外，因为篇幅有限，不能把更多的新旧照片都放上去，期待展示的代表性也不能得到更好地体现。还有为了确保原汁原味，我们没有对大家的文稿进行任何改动。所有这些欠完美情况的存在，都敬请各位同学理解与宽容！

在这里我还要邀约所有的同学一起感谢福建江夏学院学报副主编周海林教授对《30年的想望》这本纪念册的顺利出版所给予的帮助和支持！

在各位同学的亲切陪伴下，我终于可以把这本纪念册的编辑工作告一个段落了。大家在阅读时，一定会发现每一篇章的文稿顺序都是按照收稿的时间来依次编排的。我之所以这样编辑，是希望这本书能和时光并行，与日月同在，将与我们的生命和生活交融在一起，将与我们的同学情母校爱契合在一块，一直书写和编纂下去！所以在这里要向大家表达这样一种愿望：如果各位同学还信任文振同学的话，请让我继续记录收稿情况，再接着编辑毕业35年、40年、50年、60年……的纪念册！我将不胜荣幸与感激！

谢谢我一生都会挚爱与牵挂的大学同学！

（注1：书稿正在印刷厂排版的时候，我又喜收德祥同学的送稿，这是一首以"感怀"为题的诗歌，他发稿的日期是4月2日12点45分。我赶紧联系把稿子挤上去，其他方面就不再作修改了，在感谢德祥同学之余，也请原谅我的不周。）

（注2：书稿已在印刷之中，而我们同学写稿投稿的积极性依然十分高涨，这

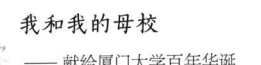

不在昨天 14 点 02 分又收到振强同学的大作,也是一首情真意切的诗歌!但遗憾的是,实在不能再排到相关的章节里去了,只好在这里以结语的形式转达振强同学的心意,对不起老同学,特别感谢你的厚爱与贡献!)

再过 30 年,我们再相会

4月3日我上山给去年5月3日永远离去的母亲送去一束鲜花,还在坟前与亲爱的母亲静静地说了一会儿话。在母爱渐远的这个世界里我倍觉同学情义的分量和价值,特别感谢各位同学,给我这样一份特殊的信任和荣誉,能够不断地整理我们的聚会告示,能够在第一时间里分享你们从四面八方传送过来的深情厚谊,让我在忙碌中、在不时熬夜中,居然还保持着饱满的精神状态,一边迎接一天又一天的明媚春光,一边为一些同学,如美丽的潘李、高个的东龙、文青的德祥等同学,终于发来共享春天的讯息而欢欣鼓舞!

在这里,我要以十分喜悦的心情向同学报告,我们的《30年的想望》纪念册已顺利进入印刷环节。虽然还不能等到更多同学的自撰文稿,还不能收入更多过往的新旧照片,但有了这本首册的美好开始,我们一定会有更多的机会,通过大家的继续书写、不停拍摄、接连编辑,再现和展示源远流长的1977级计统的集体情感、班级理想与代际传承!

为了进一步落实北京聚会的相关事宜,把各方面考虑得更加细致周到,我们过几天还会在厦门召开第二次筹备会议。本次筹委会的议事重点会放在以下几个方面:

(1)敲定北京聚会的具体人数,力争达到"一个都不少"的既定目标;

(2)与北京片区负责人连线,确定接机、住宿、餐饮、出游、现场布置等具体方案;

(3)商定"同窗情贡献奖"的最后获奖人选,以及拟定每个获奖同学的颁奖词;

（4）加大对"1977级计统基金"的宣传力度，设立制度确保做好接收捐赠等基金管理工作。

在这里呼吁大家一起关注和参与这次筹备会议，敬请各位同学继续集思广益，出点子、提建议，甚至告知自己本人的需求和期待，让我们借助1977级计统的集体情感和班级行动，来支持和成就这次北京聚会，来愉悦和温暖每一个同学的流年情怀！

下面是我们从春意正浓的QQ家园里、从电子邮件往来中采集到的精彩瞬间与美好对话，让我们一起分享，把即将飞往北京的翅膀尽情地展开吧！

4月1日：

阅读筱文同学的文稿，不仅让驻班歌手瑞銮同学感受到在我们班贯彻男女平等基本国策的必要性，还把他拉回到30多年前的校园生活情境中，再享当时的美好：

今天抽空上网下载了筱文的回忆文章看了一遍，筱文的记忆力让我惊叹，从高考到现在好多事都记得那么清楚。不过毕业后来北京女同学接待他，他都记得，唯独我特意陪他到世界公园玩了一天却给忘了，真真的重女轻男啊！

回想往事的确有意思，从高考到入学报到期间，我印象最深的有三件事：一是为了高考我从插队的地方回家，在单人床前摆张写字台伏案复习两个月，困了就睡，醒了就背，愣给复习下来了（上中学时从初二到高中毕业都在校办工厂当师傅），由于基础差，报志愿时前两个志愿报的都是中专，最后一个志愿报的是厦大计统，初衷是只要考上，离开插队那个地方就好，幸好当年考得不错（当时查过评分标准卷，各门都在80分之上），而且是按分数录取，我被厦大录取了；二是收到录取通知书那一刻，我正在公社排练厅排练泉州的高甲戏，我扮演生产队长，正和一个扮演党支部书记的女孩争吵着是要抓革命还是要抓生产，一看见通知书我立马脱掉戏服要走，那个女孩还说我不但只抓生产，还是个"白专"；三是我是计统班第一个到校报道的，住到宿舍，当晚陈正国老师来了，还问我一个人睡怕不怕，我告诉陈老

我和我的母校
——献给厦门大学百年华诞

师,我原来在山区生活过,像野孩子一样什么都不怕。哈哈!转眼30多年过去了,回想起来就和昨天发生的事一样。真是光阴似箭啊!"

呵呵,我们共同的小弟弟文华给出更加精确的时间统计:"转眼是34年过去了!"

4月2日:

人在加拿大的子安同学再次跨越太平洋,表达她尽快进入QQ家园的强烈愿想:"谢谢文振同学的第十五个告示!希望你多多保重!老班长的邮件让我想起了那些年到食堂'不劳而获'的馒头。从新的告示中得知瑞銮同学已经发给我安装QQ软件的途径和方法,谢谢瑞銮!很遗憾的是我没有收到。麻烦瑞銮再发一次到 633bay@gmail.com 和 zian.chen@shaw.ca。谢谢!"

我被子安同学的热切所感染,立即回复说:"好的,我会告诉瑞銮再发一遍,请多保重!祝一家周末快乐!"

感谢现代通信工具,更感谢我们的技术总监瑞銮同学,子安同学很快反馈:"谢谢!我已经注册QQ,用的是 633bay@gmail.com,正在下载QQ软件。Hi Wenzhen, My QQ# is 2593559152. Thanks!"

我和子安一样的喜悦:"欢迎子安同学,现在就可以分享我们共同家园的温馨与幸福了!遥祝一切平安!"

心愉同学之所以美丽是因为她让我们一起美丽起来:"文振:第十四个告示已阅。特别赞成咱们的老班长的提议,'同窗情贡献奖'首先必须颁发给文振同学!是你的热情和你无私的奉献感动和激起了同学们的互动,即便不说这一封封告示所流露的浓浓同窗情和飞扬文采,忽视告示中细致的周到的不漏一个细节的对同学互动情况的整理,就是写下这长长的篇幅也是一份多么辛劳的工作啊。不过从中也可以欣慰地看到我们的叶同学依然精力充沛,愿你永远保持旺盛的精力和激情。其次,特别赞成应该把这些告示编入文集。另外,赞成老班长关于外出游玩的提议,不一

第三章
我的同学

定要选著名景点,还是选择僻静之处好,租车较好,不仅同学们可以有更多的时间'亲密接触',而且也更有集体感。基金会的想法也很好。谢谢!"

我敲进以下这些字眼,表达对美丽心愉的谢意:"谢谢心愉的早复,更感谢你的表扬与祝福,一路有北大教授的相随与鼓励,真的是一种幸福与荣誉。我想,你的建议表达了不少北京同学的一致看法,应该沿着这个思路确定一个方案。祝同学假期能够轻松一些!"

我们1977级计统大文豪德祥同学携诗作出现在网上,真是让我喜出望外:"文振你好:很抱歉没能按时交卷。因为我的懒惰,加上久疏文字,笔头生涩,思维亦呆钝,本欲'赖账',却是被你的热情所感动。长篇大论难以卒成,小诗几句勉为充数。祝好!"

而且还是我们那个时代养成的令人感动的认真,让我帮他改个字:"文振你好,发稿后又看了一下,改一个字。第三行'惧登高'登改为'攀'。又及。"

我立即回复,与德祥同学分享我的喜悦:"德祥兄,终于等到你的大作,非常满足与喜欢,代表同学感谢同学!遥祝你假期不忙!"

丽瑛同学一样给我温暖的鼓励和关爱:"谢谢文振发来第十五个告示,完全赞同班长意见,授予文振'同窗情贡献奖'!文振辛苦了!"

对不起丽瑛,我过了一天到4日才回复:"谢谢丽瑛的鼓励!进京聚会的时间越发逼近,越感受到同学情的温馨、厚重与力量,谢谢丽瑛的支持与伴随,强化了这种不可多得的感受!问你和亚河好!文振远方致意!"

在今天这个日子,我们还有一个非常重要的收获,就是巧玲同学发文,向大家展示她和那位傻女婿一起编织的美丽的情感世界:"大学,缘分开始的地方!"巧玲同学还报告,厦门同学正在积极行动之中:"厦门同学已在订购机票,基本是4月28日启程,5月1日回厦。4月10日左右,老林班长拟再召集一次会议,叶导能来吗?"

4月3日:

我和我的母校
——献给厦门大学百年华诞

启新同学分别在 QQ 家园和电子邮件上发出以下文字,我又被太空一星穿透与感动了:

振兄:你好!第十五个告示收悉!至此,我脆弱的心又再次被"无限叠加""无限相乘"的各位兄弟的同学深情所打动、所震撼、所征服了!我的理智又面临着失控了:

首先,你和擎国大哥为本次聚会如此感人表现让我不得不强烈建议要求组委会,把你们俩一并推入"同学情贡献奖"芳名单!你们一样当之无愧!我建议由阿巧撰写擎国简历和事迹;擎国大哥撰写你的简历和事迹。

其次,阿巧的慷慨奉献之诺言也让我甚为震惊和敬佩!两周来,作为北京人我思考万千无语可答!今天,乘着失智的激动之心,表表两句:我赞同擎国大哥的提议,原则上 AA 制,但因外地同学路费昂贵,所以我建议其余费用由北京同学 AA 制;阿巧的爱心若坚持,可作为创建"太空基金"(假定名)第一笔捐款(我一直在想这事,没想到与老大哥不谋而合)。

再次,关于振兄的《爱与被爱》,几周来,更是扰乱了我的思绪!它的问世,在我们 1977 级计统班,堪称是一次不大不小的"地震"!其余震细波,至少要冲击大半班男生女生!从近一段来的无声与有声反应,可见一斑!其震撼力,必然大大强于《太空狂想曲》!几天来,我似乎已慢慢领悟到:它不仅是一篇抒情美文,更反映了"1977 级计统"的一种精神!一种文化!所以我建议,两位女同学芳名现不现,可征求她们的共同意见!既然是一种史实性回忆文章,如实展示会更贴情!当然,最后定夺还是作者自己掌握。振兄,我又要唠叨两句了:尘事就是尘事,其禁锢之广、之多,有时真让人心烦不止,我借此再次呼吁,让我们的"太空理念"尽快占据我们的大半心灵(我不敢说全部)吧!!

"爱与被爱"精神将腾入我们家园最高境界的精神世界!我相信,不管是在过去的 30 年前,还是在未来的 30 年里,她都将在我们幸运与共的"1977 级计统"班里得到弘扬光大!

燃烧的心还未平息！考虑到这是尘世，还是抑制了自己，我一定会请示阿巧，在"太空"里，让我再次舒展翱翔!

潘李同学带着她所特有的气质终于美丽地来到我们中间，欢迎你，我们班好多男同学的梦中情人："可爱的叶同学：满怀激动的心情拜读完你发来的聚会告示，得出一个结论，你尚有一颗年轻的心，太难得了!!!首先谢谢你为这次活动的所有付出，辛苦了!!期待聚会那天的到来！"

真是喜上添喜啊，我们东龙同学也接踵而来了，而且还带来6张珍贵的老照片，一样欢迎你：

文振：冒一泡，顶一下，谢谢了！受你们感染，打开尘封的老照片，翻拍了几张附上，看能否用得着。其中一张，是北京同学到京报到后在颐和园的第一次合影，16人，没凑齐，后来又回去了2人。

最近先后去河北、山西、云南出差，告示是陆续看的。每次看过，都被你那充满激情的文字带回到30年前厦大那段我们共同拥有的美好的学生生活。对于这段珍藏心田的美好记忆，我生怕由于自己文笔的愚钝和30年间养成的八股文风，不经意间伤害了它，所以至今没能完成你的任务。

至于30日出行，我曾在前不久手机短信回复中提醒过，节假日长城可能非常拥堵。北京已是一座名副其实的"首堵"，大家心里可能得有点准备。

再一次对你辛勤的付出表示深深的敬意，也希望通过你转达对同学们，首先是我们美丽、阳光的燕子深深的祝福！

4月4日：

对不起，我隔天才把喜悦的心情送复他（她）们："谢谢潘李同学！为同学做点事不辛苦,能得到你的赞誉,如沐春风啊!衷心希望我们一起年轻与快乐,窗外那么美好的春天与我们所拥有的美丽同学情都不能辜负啊!祝美丽的同学一直美丽!"

"东龙好,能看到你的回邮与老照片,真的很高兴,也很满足!代表班级同学感谢你的贡献!这次不能供稿没关系,我们的纪念册还会继续编辑印发,请随时发稿给我!我们期待着你为我们提供美好的阅读机会!问一家人好!叶文振想念老同学!"

启新同学在我回复之前,又送来让我眼睛一亮、心头一热的7张老照片:"振兄:今天终于翻出了几张旧照片,立即拿去相馆扫描翻新,感觉还行,不知能不能赶上用?现发给你,又辛苦你了!"

我赶紧将对老同学的敬意送出去:"启新兄,你好!特别感谢你的来件与珍贵的旧照片,书稿已在发排,我一定好好争取把它们放上去,不辜负老兄的期待!从家园的太空到通往北京聚会的路上,你不仅让我燃烧与感动,还让我明白,真诚与激情是可以让一个人变得可爱与伟大,你老兄就是这样一个值得大家学习的好同学!我想大家一定和我一样,为能和你做同学感到光荣与幸运!遥祝用二胡拉响我们的《太空狂想曲》!"

4月5日:

宝乐同学发来的邮件也是十分温暖的鼓励,并流露出对绵延30多年同窗的深深念想:"叶导:从3月25日出差到今天上班整十天不在京。上班第一件事就是打开邮箱看我们30年聚会的告示,岂止,实际上一直在惦记着邮箱里的告示。说夸张点,即使不聚会,也能从第十五次告示中看到30年前同学的音容笑貌,寻觅30年各人的行踪轨迹。同时也诱发我想见中学同学的念头。这次在福州两天,还专门安排两场会见了中学年段和班级的同学。随着聚会时间的临近,希望各种方案尽快确定下来。"

我很快回复宝乐同学:"谢谢宝乐温馨一聚,更谢谢一直关注我们的北京聚会,还有所表现出来的令人感动的热情和所提出的合理建议。是的,我们会在10日左右召开第二次筹委会会议,进一步敲定相关事宜,到时会尽快向同学报告!祝快乐!"

启新同学又回邮了,并捎来对同学入微的关爱:"振兄,谢谢你!我只是受你们几位老同学的激情和厚意所感动后做了一些同窗情谊应该做的小事,你太过奖了。最近你太辛苦了,多注意身体,晚安!"

最后,用我在 QQ 家园里留下的话语,结束这一期的告示:

大家好!几天过去怪想念大家的!今天上午去福州大学管理学院主持博士论文开题,感谢在那里当教授的孙秋碧同学提供难得的能和她一起谈论学术的机会!

书稿已经在印刷厂了,想想大家这一个多月的日夜陪伴与用心支持,叶文振更感觉到自己真的很荣幸,因为毕业以来我们还是头一次通过这么密集频繁的沟通交流,把深藏在心里的同学情最饱满、最充分也最淋漓尽致地抒发出来,而我能在这些跨世纪互动当中,在第一时间里分享大家浓浓的同学情愫,再把集聚与叠加起来的这种情感传送给大家,无形当中是被这份情感多次包围所穿透,你说能不幸福吗?真的要谢谢各位同学对我的信任和厚爱!

亲爱的同学,带着我们共有的美丽往事,一起进入春天的梦乡吧!

(注:这是厦门大学 1977 级计统毕业 30 年北京聚会的第十六个告示)

北京大团圆

尊敬的老师、亲爱的同学:

大家下午好!

四月的北京春意盎然、花红草绿。

30 年的同窗笑貌依旧、情深意切。

为了纪念留在芙蓉园里的青春岁月，为了再现 1977 级计统的集体年华，为了讴歌一直引领和感动我们的同窗情缘，我们经过近 100 天的跨区域联动，终于穿越 30 年的难忘岁月，在北京这个伟大的城市实现了空前的班级大团圆。

她是 30 年岁月这个时光堆积的能量转化，她是 1977 级计统这个时代组合的魅力展示，她更是同窗情谊这个独特情感的力量体现。

让我们为 30 年一遇的 1977 级计统北京大聚会，为这次跨世纪盛会如此成功地举办，进行巨大感情投入、写下许多感人故事的所有 1977 级计统人响起我们最热烈的掌声。

现在有请我们班年龄最大，也深受大家敬重的老班长擎国同学为这次大聚会致辞，大家掌声欢迎。

时代给了我们意想不到的命运转换，邓老给了我们不能再错过的历史机遇，然而没有我们感恩的母校，没有我们敬爱的老师，没有他们在我们身上注入的信任与珍爱、投下的心血和汗水，我们就不可能把这个一生难逢的机会变成 4 年的成长和 30 年的成就。

一日之师，师恩难忘！

让我们用最热烈的掌声请出我们当年的班主任徐兰芳老师、辅导员陈正国老师。

我们先请陈星同学给敬爱的老师呈献纪念牌，以表达我们最深沉的感恩。

我们再请林艳和伟民同学向亲爱的老师敬献鲜花，以抒发我们最美好的祝福！

徐老师，您现在最想对您的学生说什么？

陈老师，您呢？

聚会是对过往的依恋，聚会是对当下的珍惜，聚会更是对未来的憧憬！下面让我们一起走进南强同窗的那一个 4 年，毕业后的那一个 30 年，还有即将到来的又一个健康浪漫的 30 年，请分享以"我们"为题的北京大聚会 PPT 演示。

毕业 30 年里，我们之所以能够把同学情这涓涓细流汇聚成情感长河，我们之所以能够把 1977 级计统建设成为凝聚力巨大的光荣集体，我们之所以能够把工具性的网络演化为充满人情味的 QQ 家园，是因为我们每一个 1977 级计统人都拥有与那个时代一起并存的情义意识、感恩传统与集体主义观念。下面我们要给予表扬的同学就是 1977 级计统人的一个光辉缩影。

第一位获得表扬的是罗东江同学，为他颁奖的是郑伟英和俞明同学。

第二位获得表扬的是林擎国同学，为他颁奖的是黄巍和张忠平同学。

第三位获得表扬的是叶重耕同学，为他颁奖的是曾丽瑛和杨怡同学。

第四位获得表扬的是邱毅勇同学，为他颁奖的是陈星和薛美芳同学。

第五位获得表扬的是张巧玲同学，为他颁奖的是蔡启新和严瑞銮同学。

第六位获得表扬的是吴国培同学，为他颁奖的是陈星和唐斌同学。

第七位获得表扬的是侯建国同学，为他颁奖的是潘李和潘德祥同学。

第八位获得表扬的是邢笑燕同学，为他颁奖的是吴国培和李礼平同学。

第九位获得表扬的是叶文振同学，为他颁奖的是李心愉和黄美珠同学。

为了向毕业 30 年大团圆献上一份厚礼，我们精心编辑印制了一本题为《30 年的想望》的纪念册。在全班同学共同关注、期待、支持和参与下，这本纪念册已经摆在我们的面前。下面让我们一起进入庆典大会的最后一个议程，也是这次大聚会的又一个令人期待的高潮：《30 年的想望》纪念册的首发仪式。

让我们用热烈的掌声请出我们喜爱的郑伟英、曾丽瑛、孙秋碧、唐斌、王宝乐和林良生同学，请他们把纪念册呈献给各位老师和同学。

最后，让我们请驻班歌手严瑞銮同学，为大家朗诵由蔡启新同学创作的诗歌《太空》，一起把庆典推向最后的高潮！有请瑞銮同学！

毕业 30 年北京大聚会庆典到此结束，谢谢大家！

附录 1：厦门大学 1977 级计统"同窗情贡献奖"的颁奖词

1. 罗东江的获奖词

30年前他用东江之水撰写了《不爱江山爱美人》的时代名篇，30年来他执伟英之手为京城内外同学准备了无数次"夫唱妇随"的爱情盛宴，30年后他还将继续践行芙蓉园里的美丽诺言和我们都喜爱的书记一起慢慢变老！他是我们1977级计统传统爱情的白马王子！

2. 林擎国的获奖词

来自武平山区的老知青成为我们班年龄最大的同学，他迟到不滞后，他大龄不示弱，不仅用珍惜与勤勉不断抒写计统专业学习成绩的历史奇迹，还在存放馒头的筐里装满他对年轻同窗的深情厚谊。他是我们1977级计统永远发光的一盏油灯！

3. 邱毅勇的获奖词

他始终惦记着1977级计统这个集体，一边对班级活动的参与燃烧着极大的热情，一边为班级荣誉的添加坚持不懈地努力，在入学20年大聚会的时候，他不仅抱来一瓶巨大的洋酒，而且还慷慨解囊奉献巨资，在进入事业旺季的时候，他也给1977级计统挂上一枚闪亮的全国"五一劳动奖章"。他是我们1977级计统一支高飞的恋旧风筝！

4. 叶重耕的获奖词

从鼓浪屿小巷的普通孩子到主政厦门宣传工作的市委常委，职务升迁并没有改变他对同窗学友的一往情深，每次班级活动都不淡忘1977级计统一分子的历史身份，数回返校聚会都少不了作为东道主的温暖服务。他是我们1977级计统不可或缺的海上花园！

5. 张巧玲的获奖词

她提早退出职场，却带着我们进入另一个美丽的事业，用深情为我们1977级计统构建了一个温馨的网上家园：多年不见的老同学在这里幸福相遇、当年没敢说出来的爱情在这里二次相约、毕业30年聚会的重要告示也是从这里向大家传递。她是我们1977级计统心中家园的美丽群主！

6. 吴国培的颁奖词

从服务南强的统计学博士到引领海西的人行行长，从专攻精英女性的婚姻问题名家，到拥有大量粉丝的金融业界麦霸，每次盛宴款待同学时都要坚持演唱一首老式情歌，每个春天到来时都不忘送给同学一套金色纪念币。他是我们1977级计统最有味道的体育委员。

7. 侯建国的颁奖词

从当年承受1977级计统男生之托，进入校艺术团积极寻找爱情，到毕业时出任江西巡抚热情接待过往同学，从入学30年代表福厦同学进京同庆，到毕业30年在长泰新居策划京城大聚会，他作为1977级计统人的风采依旧，激情不减。他是我们1977级计统心态最年轻的文艺老兵。

8. 邢笑燕的获奖词

过去，她的美丽与笑声是我们班的骄傲，更是我们班男同学只能在心中去向往的爱情。而今，她在健康受到挑战时所表现出来的坚强与洒脱，再一次强烈地牵动1977级计统的中枢神经，更点燃了众多男同学积蓄30多年的爱情之火。她是我们1977级计统涛声依旧的一朵浪花！

9. 叶文振的获奖词

他用超人的智慧和情感把1977级计统的荣耀带到太平洋彼岸的名校博士后院，又带着那温情绵绵的"卡内基湖边的小羊"回到了充满"母爱之光"的故乡。他不被"波多黎各岛"的秀美景色所迷惑，一心一意、昼夜不眠地在追溯索求那30年前四载同窗"爱与被爱"的真谛和缘源。他不辞辛苦，编辑《30年的想望》，真情奉献出"30年相聚22个告示"，用他那特有的男子汉的气概和胸怀，柔情似水的怜香惜玉，充分体现着他那"呵护世间妇女"的学术精华和提倡人与人之间博爱的本色思想；他还用他那激情荡漾、纯朴无猜的温暖爱心，强烈撼动、感染、牵系着每一位同窗兄弟。他是我们1977级计统的情感达人！（忘记了是哪一位同学写的。）

我和我的母校
—— 献给厦门大学百年华诞

1977 级计统的又一个春天

2013 年 4 月 24 日是值得我们留意和怀念的又一个温馨的日子,因为她又给我们 1977 级计统这个集体的情感历史添加新的一页,又把我们 1977 级计统人带进一个整个世界都因为复苏而喜乐的春天。亲爱的同学,为了完整地把她保存在我们的记忆之中,请允许我用这篇小文详细记录这个日子,并以此纪念毕业 30 年北京大聚会一周年。

在记录之前,要把感谢首先送给星星,因为她,我们有了第二个分享同学情的平台,也就是现在我们常常聚集在一起的微信上的移动家园。有了这个家园,这次班级聚会才能更加便捷有效地拉近各地同学的空间距离,共享同学聚会给大家带来的对逝去青春的回忆和对未了爱情的向往。现在让我们一起通过回读回看回听越发繁荣起来的微信群里的多元化互动,再次走进这个难忘的日子。

心愿:聚会的动议

2013 年 4 月 17 日晚上 8 点 21 分,海文参加老乡聚会回来,连续给群里发了两个微信,表达对北京同学的思念和相聚的想法:"晚上有个应酬,大家让我喝了一点酒,我想念同学了,特别是远在北京的星星了!""星期天会飞到北京,不知道大家方便吗?真想聚一聚!"

1 个多小时后星星回复:"我 19 日出差到 28 日才回。抱歉,又要错过和同学们的聚会了。"依弟文华立即说服:"星星可以跟领导说不去出差嘛。"学委心愉也善解人意地劝说:"星星,这个消息太残酷了,人家海文就是想见你的嘛。""如依弟所言,请假别去出差了吧!"我们的星星回了两个挂图,没有言语。

海文还在努力,在 18 日下午 4 点多给星星发微信,希望有个惊喜:"星星又要出访了,祝一路平安快乐!"星星回说:"是啊,明一早飞印尼泗水开 APEC 会,直到 28 日才回京呢。遗憾不能在北京见面。"

感谢一直激情飞扬的唐斌同学,他的几乎同期的为金融事业而奔忙的北京之行,把海文和北京同学相聚的心愿转化为一个美好的现实。4月18日下午5点7分，唐斌留下与他性格一致的好声音："嗨，文振你什么时候去北京？我下周三也到北京，如果差不多时间，我们邀请北京同学小聚，这样可以把你的虚拟对话，变成现实的生活，相信面对面的交流会摩擦出更多的火花。"我立即用语音响应："唐斌，真是好主意，不过你能不能提前一天，我们就在星期二晚上和北京的同学们聚一下，你觉得这样安排可以吗？"

行动：聚会的准备

当然，还要感谢启新同学接着下来，为我们班又一次的春天聚会所做的一切，包括和唐总、海文的及时沟通，特别是寻找合适的聚会地点，以及数次发出热情洋溢的通知邀请在京同学前来聚会。

2013年4月19日上午11点21分，老柴发出关切的微信："振兄！海吻！福州亚河！何时来京？日程？我来接你吗？"

海文激动地回复："谢谢启新兄！争取这次好好一聊！"

老柴："周六来吗？"

海文："可能是星期天下午两点的航班！"

老柴："能早一天来吗？振兄，星期六我有时间接你，星期天约好去办点事，怕下午回不来！""其实还有一种办法（按依弟想法而行），你要真想星星，也可等她28日回来后再来，到时再约上阿巧等福厦同学，到北京来过五一，庆祝30年聚会一周年，该多好啊！"

还是可爱的老柴送来的微信："老将！老冰糖！你的帖子贴了4个小时了，怎么还没人理？我是无所谓健康养生的老柴，但是我还是先说话了！你这帖子预防什么？我看不懂！老柴求知！老柴喝了点酒敲乱码，请原谅！现清醒点了，其实我是想问你，哪天来北京与文振共聚？"

老柴："其实老柴知道！我只是想知道你与文振昨天的对话能否实现？"

唐斌："我可以在京待到29日聚会，海文能留下吗？他挺孤单的。"

2013年4月20日下午4点53分，老柴发微信，继续关注北京聚会："振兄！我昨天的问话怎么不理我？来京后的私密日程安排老柴不敢多嘴！但你总得回句话吧？恕我直言！"

海文示歉："对不起启新兄！星期天晚上就可以在一起胡聊了。你不用来接！特别感谢！"

老柴的热心让海文感动："我把明天的事调了一下！你如果没有学生或朋友来接，我可以来接你！"

海文："感谢老同学！那明晚请你一起吃饭，然后品茶海聊！"

老柴："回振兄，所以我让你今天来了！我明白了！你哪天离开北京？我们聊天时间再定吧，祝你明晚幸福快乐！"

2013年4月21日上午10点19分，海文发微信跟踪唐斌的行程："嘿，唐总发短信的速度很快哦！我下午2点的航班，你什么时候到北京？这回不去全国妇联了，和同学们在一起！"

唐总及时回音："文振，你好！到京了吗？是不是和老柴兄弟神侃了一晚！等我，我要加入你们！但是，我的时间只能是周三、周四和周五。你不等陈星了吗？要行动重于口头，请落实！"

海文："那争取周三晚上北京一聚！"

唐斌语音回复："海文，就定星期三晚上吧。但是那天下午我的会议挺满的。我会稍晚一些到，请启新在西北方向、离金融街近一些找个聚会的地方，好吗？""请启新、文振同学多包涵，北京同学尽量都邀请，机会难得啊！"

海文很兴奋："好啊！就这么定了！"

唐斌继续语音建议，其实是给海文设置了一个"陷阱"："海文，你能邀请潘李一起来吗？这样子的话，我们不是可以再续一年前那场永远说不完的话吗？还有你房子的钥匙、你约人家的电影票是否可以拿到北京兑现呢？"

海文笑答："呵呵！那不是得罪北京的女同学了！"

第三章
我的同学

唐斌把海文放到"陷阱"里，又伸手拉他上来："海文，你现在明白了专一专注的重要吗？在那山唱那歌不灵了，诚恳向大家做个检讨吧，都是情景虚拟惹的祸。相信女生们会谅解你的。"

海文终于"忍无可忍"了，义正词严地宣告："嘿，海文从来不存在不专一的问题，情感的专注与质量倒是一直持守的！不过我还是希望大家都能够赞美、善待我们的女同学，她们能和我们一样发展，甚至发展得比我们还好，真的要付出更多，也比我们更优秀，所以我就多了一些对她们的怜香惜玉，都希望在不多见的相聚中，让她们感受真正被我们欣赏的快乐，并表达我们诚挚的敬意！"

唐斌这回给我掌声了！

没想到，他的掌声却把美丽的学委心愉请出来了："我们北京的女生强烈邀请海文带鸟儿一起来。海文来点实际行动吧！"

潜伏在家园里的依弟也冒出来了："支持！"

海文立即拨通鸟儿的手机，遗憾没有接听，难道鸟儿生气了？

善良的潘李回了一个得体的微信："我在开车不能接，谢谢北京同学的邀请！"

老柴真是一个值得尊敬、认真实诚的同学，他发来微信详细报告聚会安排的进展："老将！老冰糖！老柴接受任务！拟定上次你和苏榕来时聚会的四川大厦羌寨渔乡行吗？那儿有一大包间可容20人，可惜晚了一会儿被别人订走了，我只能暂订一间14位左右的，你们要认为可以，我就确定了！或者，北京同学有何其他好建议，请发表！"

海文向潘李同学示好："海文与鸟儿在一起，就是一只美丽的海鸟了！"

唐斌回复老柴："好，辛苦你了。登机了，去上海。"

老柴："客气了！祝一路顺风，北京见！"

海文也从福州机场发微信："启新兄，还在飞机上待飞！"

体委插上一句都不关心同学聚会的话："海文，又去哪？祝一路平安！"

呵呵，海文还回体委一个微信，气气他："向体委报告，海文携鸟儿飞往京城

和同学快乐相聚！"

老柴继续了解海文的航班情况："振兄，晚点多少？"

海文立即回应："大约1个小时20分钟！"

老柴细心交代："起飞时来个讯！"

老柴仍然记挂着海文："耐心等待吧！好事多磨！"

海文又一个微信："启新兄，准备起飞了！晚点1个小时15分！"

晚上6点6分，海文激动地报告："启新兄，飞机安全落地了！"

尤其让海文没有想到的是，18分钟后，星星从印尼发来让海文心存感动的微信："海文：北京欢迎你！"

海文即刻回谢："谢谢星星！要下飞机了！遗憾星星不在京城！"

在首都机场出口处，我很容易看到启新兄那熟悉的身影，并拿出早就准备好的相机，让我随行的同事拍下海文和启新兄再次相见的欢乐场面。一张、又一张，我甚至还叫上我的同事一起分享我们老同学相见的喜悦！

启新兄是开着宝马来接机的，不知是因为老同学相见的激动，还是老柴拥有宝马的时间还不太长，总之我觉得，晋江老师开车的技术不如拉二胡，或者写女性学研究文章娴熟。不过，柴兄对北京的交通路线还是比较熟悉的，我们没有走错方向，就从机场来到到处飘香的、有时还会碰到戴着墨镜影星的北京簋街。当我们在这里的一家四川烤鱼餐馆坐定后，我立即给同学发出来北京后的第二个微信，以及我和启新兄在餐馆用餐的合影："启新和文振在北京簋街向各位同学，特别是女同学问好，想念大家了，还有远在海外的子安、心音和星星！"

亚河最先回复："欢迎福州文振来北京！"

我感谢亚河的欢迎："北京亚河好！福州亚河向你和丽瑛致敬！"

宝乐发来微信提问："文振与启新的照片是何时照的？"

我赶紧回答："就是今晚8点的时候照的，我刚飞到北京，还没向你报到！"

用餐后，启新兄送我们到入住的昆泰国际大酒店，艺宁也很快来到酒店，就在我的房间，我们三人不仅留下同学相聚的欢乐照片，而且还有一个非常深入的，也是十分坦率的交谈，涉及许多话题的交流持续到深夜12点多！

感谢鱼儿也发来微信："欢迎海文！刚看完演出，请接受我这迟到的欢迎！"

海文即刻致意："谢谢学委和志洲！好羡慕你们，是什么演出啊？！"

鱼儿："公益演出，有几个重量级的，戴玉强、谭晶等。"

海文："哇，都想和你们一起去现场感受艺术的美好！"

就在酒店交谈中，启新兄拟好了24日晚上同学聚会的通知："为庆祝唐斌、叶文振两同学北京巧遇，兹定于本月24日（星期三）晚六点半在羌寨渔乡（阜成门桥西北角四川大厦底层）举行同学聚会，请同学们光临，能出席者请短信或微信告知蔡启新。"

离24日的聚会还相隔3天。

2013年4月22日早上6点55分，唐斌在上海向大家发微信问早："将相和在沪向大家问早上好！祝一周工作愉快，并期待周三晚聚会。"

海文也在北京问早同学们："海文在北京向同学们问早请安！祝起早的唐斌、宝乐、伟明，还有体委继续坚持出操身体好！"

启新又通过微信再发一遍聚会通知，他说："群里领导同志们较忙，怕他们没时间通读群文，所以我想半天发一次！振兄昨晚休息好了吗？"海文发微信感谢启新兄："启新兄早上好！谢谢你多次的通告！""呵呵，都在进一步思考老兄提出的重要问题！"

丽瑛一早发来微信说："大家早上好！这几天因为雅安芦山地震，大家都比较忙。救灾部队后勤保障，灾民粮食补助都要拿方案，周三争取参加聚会。"

老柴迅速回应："谢谢中央领导丽丽，百忙中回音这么早！"

礼平也回复："我参加周三聚会。"

海文向他致意："礼平好！欢迎回到祖国！""让我们想起乌鲁木齐的美好夜晚！那美酒、那夜色、那民族风情，还有我们礼平的维吾尔族舞蹈，令人难忘啊！"

我和我的母校
——献给厦门大学百年华诞

礼平补充说:"还有你和唐斌在乌市的巧遇,相互爆料和分享!"

海文至今还耿耿于怀:"唐斌不够朋友,没有手下留情,特别感谢礼平留下照顾兄弟!"

我们的伟英书记也来微信了:"欢迎文振到北京!感谢启新热情安排,我参加周三聚会,东江如没别的特殊安排也会参加。"

海文继续感谢:"谢谢书记,期待家园盛聚!"并对美珠不能来表示遗憾:"遗憾,珠珠不能来,为雅安24小时值班!让我们为雅安的平安祈祷,向所有为雅安平安奔忙的同学致敬!"

宝乐回复:"衷心欢迎两位来京,我参加,谢谢启新的安排!"

学委回复:"晋江老师,我去参加聚会,谢谢你辛苦张罗!"

被北京同学的热情所感染,海文发了一张如同一架大钢琴的艺术照,并感慨:"爱是真挚的,爱也是浪漫的!她是这个世界包括我们所不可或缺的!"

远在福州的体委来个挂贴:"哇!真的啊?"

海文回应说:"难道不是吗?亲爱的体委!"

体委再发微信:"海文,又在干什么?为什么不让我也去?"

泽忠也回复了:"欢迎海文、鸟儿、老冰糖来京。我不能喝酒也不能吃其他东西,在家吃流食后晚点去看看同学们。所以请启新别算我的座位了。"

同学们接二连三的回复,把启新兄的激情充分调动起来了,他发出一个长微信,表达对同学的爱意:"谢谢泽忠!谢谢宝乐!谢谢礼平!谢谢丽瑛!谢谢伟英!谢谢心愉!谢谢珠珠!谢谢鲤诚!谢谢Q群其他同学!谢谢同学们对我工作的竭诚支持!谢谢老将,老冰糖!谢谢海吻,振兄,福州亚河!谢谢你们俩给我们俩群带来的群聚北京欢乐时光!预祝周三团聚晚会圆满成功!"

唐斌从上海发来微信,感谢北京同学:"老柴辛苦了,感谢群友们盛情响应,周三晚上见!"

老柴继续兴奋地报告:"Q群拟参加晚会的还有纪坤、丽水、瑞銮和艺宁。微信群群主星星将在印尼上空远程照耀群聚！Q 群群主阿巧将在鹭岛上空遥相呼应！谢谢二位群主！"

海文的激情也被进一步燃烧起来了："谢谢启新兄！真是：一把柴火烧旧情，两座家园共欢乐！"

柴兄呼应："振兄！晚宴酒兴后，雅诗即成！谢谢！"

Q 群群主阿巧突然送来一盘水果，说："一大碗葡萄留下几颗赏眼！"

老柴欣喜地接上："老柴可喜欢尝樱桃！"

Q 群主借机夸老柴："樱桃火红色，像老柴燃烧的心！"

老柴也有累的时候："阿巧！将兄！我睡觉了，不知做梦吃樱桃好？还是赌股票？晚安！"

海文也致晚安："柴兄晚安！并祝梦里有樱桃！"

老柴又回了一句："振兄也做个好梦吧？或者还等星星？"

唐斌就在老柴想睡觉的时候，又端上一盘红烧肉，阿巧顺便加上她的夜晚致意："将相和奉献鲜花、红烧肉，让老柴和海文带入梦乡！晚安！"

海文即兴回道："唐总还在吃夜宵啊，快收兵移师京都吧！阿巧晚安！我们在京城想念你！"

唐斌分明还很精神："明天在沪还有两场会议，周三去京，会师在望，好好醉一场，掏掏 30 年的心里话！"

海文提醒："那可不能醉啊！"

离 24 日的聚会还有 2 天。

2013 年 4 月 23 日早上 7 点 36 分，唐斌又第一个向同学们问早："早上好！1977 级计统兄弟姐妹们，晚睡早起，银行工作者的生活！谢谢海文的互动，看来商学快接轨了。"

海文一样早起："商学本来就是一条轨道的，学深荣商，商旺助学，学商共进啊！""晚睡早起，依唐精力旺盛啊！这等好身体如何养成的，请分享体会与经

验！""北京现在有两个亚河了，我们一起向同学们问早！心中有同学，每天都快乐啊！"

老柴一直保持互动："文兄！你是留外归国！你回国后手机就显示不了英语？没什么意思，老柴不识英语，想让你翻译一下！"

海文笑答："老柴，明天晚上告诉你！"

伟明兄帅气亮相了："海文兄真幸福开心啊！很快能与美丽的女同学们聚会了是吗？这有柴兄的大大功劳！"

海文依然笑答："伟兄飞过来喝点酒吧！"

老柴认真安排聚会的接送，让海文感到非常温暖："文兄！銮兄给你打电话了吗？明天他来接你！"

海文赶紧回说："打了，请老兄放心！伟兄，飞过来吧！老柴都把我们的老照片挂在这里了，非常亲切，也很冲动！"

一直未改大学期间就很稳健性格的伟明笑曰："这次绝不可以和叶兄争宠！"

老柴在旁边继续劝说："伟兄！不仅女同胞们想念你！男兄弟们更需要你！""酒后伟兄更显英雄本色！"

伟明："柴兄挂上的弟兄照非常珍贵，谢谢了！"

老柴："我们的将哥供我们喝醉！""这也是一种缘分，我也很珍惜！"

伟明："柴兄与叶兄永葆青春之灵性，是我们大家的福分！"

老柴："叶兄可与伟兄相媲美！老柴一棍自愧不如啊！"

伟明："叶兄一枝独秀！"

海文："和柴兄在一起，更想念伟兄了！"

伟明："叶兄是妇女感情专家，有时存在逢迎讨好之嫌，而柴兄则是真性情流露，总之，你们俩都是男同胞的偶像！"

海文："和伟兄相比，小弟有愧啊！还要加强研究和实践！"

老柴："伟兄过奖了，其实，你和叶兄都是男性楷模，女性粉丝！"

海文："对照伟兄的实践创新和柴兄的理论突破，小弟显得太中规中矩了，甚至循规蹈矩了！"

伟明："哈哈！咱兄弟仨在这自吹自擂的，不知毅勇兄现在干啥？"

海文："向伟明学习，继续保持对女同学的性别热情和善待，让她们感受更多的性别关怀和作为女性的特殊的幸福！"

离 24 日的聚会只剩下 1 天了！

2013 年 4 月 24 日早上 6 点 38 分，海文今天第一个跟同学们问早："唐总昨晚肯定喝多了，不然他会早起的！叶文振在京城向各位同学问早，祝今天比昨天更加美好！"

唐总挂上一张他的招牌照片，然后说："在机场候机了，大家早上好。期待晚会！"

依弟也早起："伟明来吧，明天替文振送你回杭州！"

海文接着说："呵，起早摸黑啊！祝唐总一路平安！""唐总笑得非常美丽，请把她带到今晚聚会的现场！""依弟早！欢迎回到祖国回到家园，晚上一定要来哦，还要兄弟面授机宜呢！"

依弟不失淘气的一面："刚返回北京，拿不定主意，今天是开窗还是关窗？"

海文理解空气和北京的关系："开窗！一早出去阳光明媚、空气清新！这是北京难得的好天气！""难为北京同学了，连干净的空气都变得稀缺了！"

宝乐发问："文振：您何时离京？冰糖呢？"

海文回复："我明天回福州，唐总还要几天！谢谢宝乐！"

海文在去颐和园的地铁里："北京同学好！正在地铁里，那人流啊络绎不绝、拥挤不堪！我们都回老家福建吧！"

老柴："妇女专家，多来北京体察体察平民生活！在这里，你才会成为名副其实的文兄！"

海文："是啊！人挤人，背靠背，面对面，人气很旺，体味很重，有点兴奋，

又有点窒息！"

老柴："我老柴天天上下班就是这样过来的！"

书记给家园转发来一首诗，老柴调侃说："书记的小诗好像是临毕业时写给东江的？！"

上午10点42分，唐斌传来留声："文振，我已经到北京了，我们今天有多少位同学啊，你那个环境行吗，还要为拍照留下一个美好的空间！""另外，报告大家，我给同学准备了一瓶茅台酒，一瓶当年我把叶文振弄翻的新疆绿叶，两瓶都是50多度，今晚我和海文再PK一下吧！"

海文立即表示："喂，各位北京的同学，晚上我不是跟唐斌、唐总去PK的，是为班上所有女同学的美丽祝福的！"

礼平一边听唐总和海文的对话，一边还不忘加上一把火："好，期待着今晚的同窗聚会！"

丽瑛也来了："群里好热闹！晚上见！谢谢启新张罗！"

老柴回道："丽丽客气了！应谢谢老冰糖、文振俩的同学情！！"

唐总又来微信："老柴，麻烦你把今晚聚会的地点再发一遍，不然司机找不到路！"

感谢老柴在24日下午1点45分又发了一次聚会通知！还附上餐厅的电话，并准确告知聚会地点的方位："再回将哥，可告诉司机在金都假日饭店南面，阜外医院对面！"

海文还在追求完美："伟明兄不在，甚是遗憾！当年每到周末刮胡子谈恋爱，真的早就方显帅哥本色了！"

老柴报告今晚聚会的最新消息："向老将老冰糖汇报：晚上聚会18~20人，订不到大房间，但可以挤得下！"

海文表达谢意："谢谢柴兄，让你操心了！"

书记来微信告诉："今晚聚会东江可能有事不能来，我肯定来！"

海文表示期待:"哦,能办完事再来吗?"

书记回说:"我问问吧!"

欢乐:聚会的全景

24日北京同学聚会是以学委心愉离开家前往聚会现场拉开的。

2013年4月24日下午5点15分,学委发送微信:"报告启新,我现在就出发!"

唐斌又在微信上发表重要讲话了:"老柴,感谢你的感召力,同学们正从四面八方向聚会地点奔去。哎,我那边还有点事,可能要到7点才走得到,你们先开始吧,别等我!""伟明兄,到北京了吗?上午讲到你刮胡子的故事,真是表现你男子汉的气概,今天想起来,你怎么就这么早熟呢!我呢,是该长的没长,不该长的长了一些,瞧,现在把头发丢光了,却把胡子长出来了!"

晚上6点19分,亚河发来一张照片,上面是3位已经到达聚会现场的美丽女同学:丽瑛、心愉和黄巍。正在关注北京聚会的阿巧从鹭岛送来3朵红玫瑰:"3朵金花!"海文也在去聚会现场的瑞銮同学的车上发微信点赞:"谢谢亚河,把3位女同学拍得非常美丽迷人!"

一直稳健的丽瑛却发微信催促了:"海文、唐斌还没到,10多个北京同学已捷足先登!"

海文赶紧表示歉意:"呵呵,对不起,我们很快就到!"

谢谢礼平到四川大厦门口接我们,可是带我们上楼的时候,他却激动地忘了在哪一层了。当我们3人终于亮相聚会现场,这里已经是涌动着浓浓同学情的情感大海了。唐斌浑身上下已经湿透了,正拿着他的相机拍下不少珍贵的照片。海文还是把热情先给了来聚会的4位女同学,先亲切地拥抱副班长黄巍,再和心愉、丽瑛握手拍照,最后分别和伟英与东江同学、亚河与丽瑛同学合影。和男同学一一热闹一番后,我们开始入席,海文最后和女同学坐在一起,右手边是学委心愉,左手边依次是副班长黄巍、团支部书记伟英,还有丽瑛。现在想起,海文坚持坐在女同学旁边是正确的,不然就没有那么多值得一直回看的照片。感谢几位女同学,不断为海文夹菜盛汤，多次叮嘱先垫些东西再喝酒。

晚上7点4分，海文和唐斌向远在印尼的陈星发出同学一家亲的话语："陈星啊！同学们想念你！我不敢当着所有女同学的面说，就在这里跟你说，我和唐斌也惦记着你！（海文）陈星，我可以证明，现在大家已经讨论很热烈了，叶文振不改英雄本色，说他喜欢你！其实，我们大家都喜欢你！（唐斌）"

唐斌通过微信挂上3张刚拍的照片，一张是参加今晚聚会的4位女同学的合影，一张是被女同学包围得特别幸福的海文！还有一张是海文和心愉的合照，面前还有一个花篮，是黄巍班长临时加放的。

谢谢燕子送来美丽的评说："心愉和海文怎么照得这么和谐，这么般配！"鸟儿也加上一句："海文和桂儿太像一家人，赞！"

远在福州的鸟儿还希望："来个全体的，给福州同学欣赏！"

依弟插嘴了："小潘潘，叶文振喝酒的时候，一直担心今天晚上你是不是忘了关窗户，他现在很忙，好几个女同学要敬他！"

依弟继续连线福州："吴体委，叶文振和唐斌在这里很忙，非常想念你福州的吴体委，希望你说几句话，和北京的同学讲几句话！"我们的学委，还接过手机亲切呼喊："吴行长好！"

刚刚恢复健康，还在吃流质的泽忠也赶来聚会，而且还一直拍照，并连续在微信上发送了5张欢宴时的情景。

在鹭岛的阿巧说话了："鱼儿今晚享受叶海文的女博士生待遇！一定是志洲不在身边？！他该吃醋了！"

书记递过她的手机要海文和珠珠说话，并为她喝酒："美珠哦，特别感谢你！在我行情特别走低的时候，你还出高价收购我，谢谢你！我倒上满满的一杯敬你！谢谢你！"

吴体委伸出双手，为海文的表现鼓掌！他还因为心愉的一句"吴行长好！"，送上一束艳丽的玫瑰花！

丽瑛和依弟分别挂上唐斌和海文，唐斌、海文和老柴的合影。

子安从加拿大发来微信："祝北京同学相聚快乐！"

书记用语音回复子安："你也快乐，你也过来玩吧！"丽瑛也跨洋发微信："欢迎子安回国！"

泽忠又挂上他拍的3张聚会照片！

在杭州的伟明也在分享北京聚会的快乐："向北京欢聚的同学们问好！并请女同学们多给海文一点关心！""平日鲜花拥戴着的海文其实内心最渴望爱，弟兄们说对不对？"

海文回复感动："谢谢伟明兄！"

依弟发布今晚聚会的第一个统计公报："今晚19个同学参加聚会。"

晚上9点25分，学委继续呼唤："今天星群齐聚北京，就缺星光照耀啦！星星快现身！"

唐斌挂上一张海文和班长黄巍、书记伟英的合影！

鹭岛那边的阿巧立即评论："水扎某们甲俊扎BO们：大家好！"

夜深了，可是30多年的同学情之海还在汹涌着，流进每一个1977级计统人的梦里！

回味：聚会的余波

2013年4月25日凌晨4点31分，礼平同学就向移动家园送来乐曲：《欢乐地跳吧》！还告诉大家这是一首欢快优美的新疆民歌，演唱者是美丽公主组合！可见，礼平可能一夜未眠！

凌晨5点49分，唐斌在家园里又挂上心愉和海文的合照，并写下这样一段话："海文，早上好！昨晚喝得尽兴吧。上回是2011年7月11日，新疆；这次是2013年4月24日，北京。我们期待着再重逢再相聚！""北京，你早；兄弟姐妹们，你好！"

海文依然带着聚会的喜乐发送微信："我有点逞强了！不过幸福！谢谢唐总！

谢谢启新！谢谢瑞銮！谢谢各位亲爱的同学！"

清晨6点7分，依弟又把心愉和海文的照片发到微信上，还说："重新编辑一下，效果好多了！"

海文不忘调侃体委："谢谢依弟！把照片弄得那么好看，体委一定吃醋了！"

清晨6点28分，泽忠发来两条微信："唐总、海文、依弟，早上好！""昨晚手机没电了，真可惜，不然可以有很多可爱的镜头。"

海文感动着："谢谢泽忠！祝你健康！"

泽忠："谢谢海文，同学们都要多保重。""书记可爱的闽南话勾起了我对家乡无限的思念！"

海文感谢唐斌的盛情："依唐，你又让我倍感喜乐了！"

唐斌依然充满感情地说："文兄，昨晚你是最幸福的，借酒抒发了对生活对女同学的博爱！"

海文很有同感："那倒是，不然不好意思说出来！我真的很欣赏班上的女同学，只是遗憾当年都不给机会！"

唐斌提醒："多发几张，让依弟整整，贴在群里，让大家时刻念想你。当年错过了，因为还有今天，当下错过了，你就永远没有机会了！"

依弟插话："空谈误国，实干兴邦。振兄深刻领会！"

心愉也醒来了："今天阳光灿烂，各位早起的勤奋的同学早上好！海文早上没有不适吧，祝一路平安！把我的北京同学的祝福带给福州的同学！"

海文提早去了首都机场："海文登机了，谢谢鱼儿，谢谢亲爱的北京同学！""我会把鱼儿的拥抱带给每一位福州的同学！不过我就不拥抱体委了！"

礼平微信挥手："一路平安！"

上午7点42分，海文在机场再发微信："谢谢礼平，等待着你再回福州！"

体委又伸出双手鼓掌，海文告诉他："体委你要感谢我，我代表你拥抱了每一位北京的女同学！"

第三章
我的同学

  远在厦门的阿巧也很勤快:"遥看北京聚会,同学们快乐的情景!海文收获分别与学委和班长的相片,经依弟放大,才发现学委戴着耳环(有备而来),班长笑得酒窝特深特甜美,和海文在一起的女生都开心!"

  海文心怀对阿巧的感激:"谢谢阿巧!你和体委就是不一样,他吃醋了不得了,你是真正的关心海文,希望他过得不孤独,不缺少爱!"

  阿巧发现:"怎么没见到朱朱?"

  上午9点29分,子安从加国发来微信:"对不起,我今早发了对你们聚会的祝愿以后,就离家上班去了,回家才发现你们的问候!""谢谢文华介绍每位参加聚会的同学!""看到你们我很开心!"

  唐斌百喝不醉:"难得北京的好天气、好心情,还有欢迎杨怡这个好伙伴,希望我们的全体同学都在这个群里面,这样我们可以时刻互相关心!"

  上午11点2分,海文从福州发送微信致谢:"托同学的福,海文安抵福州,可是把心、把情都留在北京了!谢谢京城的同学,让我又幸福了一回!欢迎小白杨,回家幸福吧!""体委还在吃醋啊?海文回来,也不说声欢迎!"

  唐斌喜欢在微信上讲话:"文振,看到你已经平安地回到福州,很高兴!昨天晚上,尽兴了一场,你也把放在心里30多年要说的话都说出来了,你是最幸福的人!"

  书记回微信:"文振:应该谢谢你和唐斌,让大家又有机会相聚!"

  唐斌继续动情地叙说:"书记,也要感谢你和东江,在我们心目中,你们永远是我们的书记和班长。虽然大家开玩笑说些淘气的话,兴许还有些埋怨,那都是苦涩的回忆、甜蜜的过往!"

  下午5点52分,我们共同期盼的星星终于闪现了:"遗憾没有赶上同学聚会,你们好开心啊!"

  海文立即回应:"昨晚一直联系星星,遗憾没有得到回应,有点失望!"

  2013年4月26日下午1点19分,没想到宝乐把海文的话又在微信里重复一遍:

105

我和我的母校
——献给厦门大学百年华诞

"昨晚一直联系星星，遗憾没有得到回应，有点失望！"表明宝乐他也在仰望星空！

下午5点49分，唐斌留话告知："海文，我也回到福州了！这两天我们在北京得到北京同学的热情接待，在此向他们表示感谢，同时也希望他们能常回来福建，这里空气好、山水好、人更好，我们欢迎大家！"

海文也留话致意："唐斌，欢迎你回到福州！真的应该感谢启新，感谢所有在北京的同学，让我们度过一个特别美好的夜晚。虽然那天晚上我不胜酒力，但是心情一直是快乐的。我和你一样，热烈欢迎和焦急等待着北京的同学能够经常回到家乡，真的，这里是好山好水，再加上好同学！"

唐斌继续说话："海文你好！唉，这次同学聚会，大家都有些高兴之余，还有一些觉得遗憾，那就是我们的群主星星在巴厘岛的上空，还没见着。希望她回来以后给我们说几句话吧！""还有文振啊，你是不是要特别强调，欢迎女同学回来！"

海文快乐共鸣："是啊，这一次特别地遗憾，美丽的群主星星不能和大家同乐，但奇怪的是我们几次跟她互动，都没有回应，这让我们感到有一点失望。所以下回唐斌要好好安排一下，一定跟我们移动家园的群主星星在一起好好地分享一下同学之情。"

晚上6点7分，丽瑛发送微信："感谢唐斌在北京招待大家，你和文振到来让大家又相聚，虽然那天我感冒状态很不好，还是舍不得提前走，欢迎再来！"

唐斌深情回答："谢谢丽瑛，真的，35年前都没有握手，这次重握，还觉得，也不是相见恨晚，就觉得值得！"

2013年4月27日晚上8点15分，群主星星终于说话了："离京几天里，WiFi时有时无，没有的时候居多，所以中断了和同学们的互动。今儿被迫结束行程提前回京，手机立刻显示上百条信息，真心很激动啊！原来没有微信的日子，就像困在无人岛上那么的孤独！同学们好！想死你们啦！"

我们的伟明兄立即代表班上的男同学，给星星献上999朵红玫瑰！

2013年4月28日下午2点28分，唐总再次把参加这次北京聚会的4位女同学的合影,还有海文和女同学的合照发到微信群上。

子安发来过洋微信:"在这微信上看不到巍巍、秋碧和珠珠的留言,但看到巍巍和同学的合影我挺高兴的!"

青春:聚会的思考

4月24日的北京聚会已经过去10天了。当海文在梳理这些与聚会有关的过程、事件和其他信息的时候,又一次被深深地感动了。如果要对聚会做一个思考的话,海文激动的心里只留下两个字,那就是——青春!

从这次聚会的表象来看,现场参与的多达19人,通过微信连线的一共8人(子安、星星、美珠、伟明、阿巧、燕子、鸟儿,还有体委),加起来接近全班总人数的一半;从延伸的地域来看,基本上覆盖了同学们所分布的地域,几乎每个地方都有我们同学的代表;尤其是大家参加聚会的热情高涨得令人感动,刚刚康复的、还有点虚弱的泽忠来了,因为感冒感觉身体不适的丽瑛来了,百忙中的东江推开一些事务最后也来了……参加聚会的同学不仅精神状态良好,而且个个都穿得很清爽,连班长东江也焕然一新,学委还挂上两个可爱的耳坠,在那里轻轻地晃着,更显得妩媚动人;更让人记忆犹新的是,那同学相聚的场面依然像过去那样,既亲切又热烈、既温暖又欢乐,强烈地表现出对过往的回归、对情感的释放,还有对生命的盘活!

透过这些聚会表象,海文相信,大家都会不同程度地感受到,我们之所以对同学聚会那么向往,我们的每次聚会都那么令人难忘,又都迫切地期待着下一次团聚的到来,是因为我们依依不舍那生命历程中不会再现的青春年华,是因为我们有缘在芙蓉园里用同样的求学方式度过我们的青春岁月,是因为我们用一样年轻的身心悸动和渴望在母校怀抱的各个角落去寻找我们的青春爱情。也正是因为我们长达1424个日夜的同窗共读,我们每一个人对青春的眷念、回忆和致敬,才转化为大家对1977级计统这个集体青春的依恋、珍惜和敬意。这种不约而同地对由55个同学的个人青春组合而成的1977级计统的集体青春的深厚感情,才是每一次聚会所体现出来的真正的强大感召力和凝聚力,才是每一次聚会所焕发出来的真正的欢

我和我的母校
——献给厦门大学百年华诞

乐源泉，才是每一次聚会所揭示出来的真正的活动意义！

亲爱的同学们，随着时间的脚步不断加快，作为一个个体，我们物理生命的青春已经不在了，但是我们心理生命的青春还可以一直很鲜活，我们集体生命的青春更是一种不会消退的永恒！快乐、健康地过好每一天，积极、主动地参加每一次聚会，真诚、和善地对待发生在同学之间的成功与不成功的情感经历……所有这一切都是对我们个体和集体青春的最好的珍惜与厚爱！

亲爱的同学们，让我们一起向青春致敬！

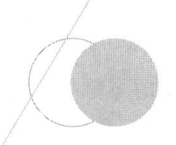

新泽西送书记

定居美国新泽西的心音是我大学同学，而且还是一个小组的。给心音送去由所有参加北京毕业30年聚会同学签名的纪念书集是我这次回美探亲的一个美好插曲。

从7月23日下午抵达费城后，就多次通过QQ和电话，商定走访心音的日程，细心的心音不仅发来详细的路线图，还送来她家的照片，给还未启程的这次走访已经增添了不少温馨与感动。女儿还准备了两个家里种的南瓜，还有我从国内带来的两小罐铁观音和一盒浦城产的香菇，让这次同学走访又多了一份家人团聚般的亲切。

最后我们把相聚的时间定在昨天下午（美国时间8月5日）。我3点半离开家，准时在预定的4点钟开始访问心音的美好之行。这次去心音家的路线引示有三种版本，一是心音详细叙述的，二是搜索谷歌提供的，还有就是GPS的导航。遗憾走时还是忘了把心音提供的路线图带上，而且谷歌和GPS却展示了差别挺大的路线。最后我选择了谷歌，因为我觉得这次同学异国相聚应该不是一次技术性的安排，她更应该是一首年年都想吟唱的同窗之歌。高唱同学歌谣还怕找不到同学吗？！

车子从州际高速的476号右转进入连接宾州与新州的276号，20分钟后从进口6号顺利驶上美国95号高速，这样从出口6号一直到出口70B号，大约40分钟后就可以到达心音所居住的、与纽约曼哈顿一湾之隔、非常富裕的北新州小镇 Cresskill。没想到上了95号高速后，就因为两起车辆故障而导致堵塞，让我们多花了近半个小时。接着下来感觉我的行车受到"干扰"了，一边担心车油快用完了，是不是要下高速进服务区加油，一边也认为，从进口6号到出口70号，这么长的距离哪能40分钟就会走完，谷歌引导可能有误，我是不是要改用GPS导航，按照提示从出口13号即往伊丽莎白镇方向的出口出去。感谢同学的缘分，支持着我没有因为"干扰"而放弃初始的选择，义无反顾地往前快行，很有意思，不久奇迹出现了，我们车一过出口16号，路边的交通提示就告诉我们，出口70B号就在不远的前方，显然，我们已经顺利地接近心音的居住区域。下了高速后，尽管谷歌路示要拐很多弯才能抵达目的地，但是我们居然没有任何迷失与转换，就顺顺当当地来到位于Grant大街399号心音的家。我看一下车上的行程统计，距离210公里，时耗2小时35分。

我们在心音家两个车库前的车道上握手相见了。心音还是30年前那样清新整洁，透着一股知识女性的灵气与矜持，唯一添加的是从丰富的职业阅历当中淘洗出来的从容和沉着，在我们班上女同学当中，如果说岁月手下留情的话，发生不大变化的要数心音、黄巍、伟英、丽瑛等，而且心音所经历的转化可能最小，也就是体态微微扩张一些，变得更加富有女人味。我们班的傻女婿个头很高大，一看就比较可靠和值得信赖，而且对生活随意当中有一种难得的淡定和把握。我兴奋当中不忘在天黑之前在心音夫妇居住18年之久的房子前面留下多年不见的同学欢乐相聚的难得画面。

接下来我们的相聚不由自主地分为三段式，参观心音的居所，前往一家名叫鲤鱼门的中餐馆共进晚餐，然后再回到心音家客厅品茗叙谈。

在心音和她先生的引导下我们进入这栋三层两车库、错层结构的白色别墅。我们首先看到的是换鞋的入户小厅，左手边是几级台阶，拾级而上就可以到达心音和家人最常活动的区域，客厅、餐厅与敞开厨房，右手边是两个门，一个通往车库，

一个通往心音与客户见面、进行商务商谈的工作室,而且这个工作室还连着一个面积不小、通过一排明亮窗户与外面以绿色为主的花园对接的休闲屋。和客厅都处于一层的还有客房与心音的个人办公室。再往上一层是心音先生的工作间以及他们的主卧室。在征得主人同意后,我在每个地方都拍一些照片,希望通过它们能够更直观地向同学介绍心音在美国的生活与工作情景。心音的家给我留下的印象是一简、二多、三兼顾。一简是整个居家环境简约随意,二多是家里电脑多、工作间多,三兼顾是一人独处的宁静、两人世界的温馨,还有对外拓展的忙碌之间统筹兼顾、和谐有序。

我们聚餐的鲤鱼门离家不近。心音先生大郑为我们点的菜很可口,一只加拿大大蟹清蒸糯米,还有青椒鱼片、洋葱牛肉、脆皮豆腐等。我以茶代酒,连续三次举杯敬酒,一是为了我们美国相聚,二是代表同学向心音致意,三是感谢大郑对心音的厚爱与照顾。我还请服务员用照相机给我们的欢宴留下记忆。

从鲤鱼门回来后,我们在心音客厅一直坐到晚上11点才离开。大郑让我们通过由电视机播放出来的照片了解他的家庭背景、他和心音的美好爱情故事、他们宝贝儿子中西合璧的隆重婚礼、他们在福州购置的坐落在公园道一号豪华小区的房子。大郑和心音是近邻,考大学之前就播撒了爱情种子,后来大郑去了福大修学自动化专业,和我们都是1977级大学生,心音在班上没有情感新闻是因为名花有主了。心音还透露,她妈妈和文溥哥哥是福大的同事,平时是以李叔叔相称的,后来没想到和李叔叔的弟弟文溥同学,这辈分就改不回来了。在短短的几个小时接触中,在大郑的举止言谈中和心音望着大郑的眼神里,我明显地感受到,大郑对心音照顾有加和两人持续几十年的深厚情感。由冰箱里端出来切得细致的西瓜是大郑的手艺,从电视机里播放出来的各种系列照片也大部分是大郑的杰作,还有车库里并排停放的两部车,一辆是比较高大的灰色凌志,一辆是小巧可爱的黑色宝马,也可以看出大郑在心音心目中的情感分量,心音在先生厚实肩膀里依人小鸟式的幸福。现在,心音是一周五天每天七点半离家去会计师事务所工作,周末在家还有自己揽下的业务；身为工程师的大郑经常承担外包，需要不时出差，所以在这些独处的日子里，心音还要自我照顾，或者在大郑远程的关心中等待着先生早日归来。已经结婚育女的儿子和媳妇搬出去另立门户后，家里流淌着的都是他们重回两人世界的温馨与快乐。在平静的生活中，他们也多了一份对他们爱情故乡福州的留恋，在那里买房子，以后多在福州住些日子等等安排，与其说是随着年龄的增长而日益加深的对故乡的思恋，不如说是他们对持续几十年、在异国迁移中经受考验的爱情的珍惜，以及把这份爱情进行到底的决心。

在久别重逢的叙谈中，我们还连线一些同学，如我们给老大摇通了越洋电话。我们还想"心心（星）"相印，遗憾陈星没接电话，据心音介绍，我是来心音家里的第二位大学同学，这第一名的金牌是被陈星摘走了；但是，和心愉接上电话了，这两位当年班上学习最好的女同学，都是可望而不可即的巨星啊！不过，心音补充了一个班级爱情史实，心愉最后把芳心给了志洲，不仅是因为他对爱情矢志不移、追求不怠，而且还在于他们之间确实很谈得来。最后连线成功的是在回京路上的李礼平，让他猜猜我们是在哪里给他打电话，真有意思，他居然猜出来，我们是在心音家。我们都祝贺他儿子考上美国斯坦福大学金融工程方向的研究生，并祝福在未来的留学岁月里好好成才有所成就。

心音他们明天还要上班，我不得不告别同学返回费城。我们依依不舍离开时是夜里11点，回到费城家中已是下半夜的1点15分。回程路上一直下着雨，甚至好多次都是暴雨如注，我一边仔细开着车，一边回忆着刚刚发生的同学相聚的场景，一边还不时切换着大学时代的、2000年在北京穿着陈星衣服的，以及今天在新州自己家里的心音同学，在雨水的冲刷下，我似乎又回到上大学的时候，期盼着又一次女同学集中到我们男生宿舍来的小组学习……

当然在心中涌动更多的是对老同学的祝福！我相信，下次和先生出外旅游时，心音一定会换一身较红艳的服装，也会把藏在心里的生活甜蜜变为绽放在脸上的美丽笑容！

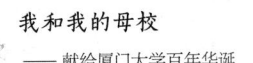

我和我的母校
——献给厦门大学百年华诞

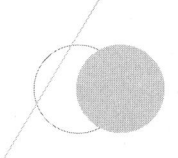

从新春聚会说起

从正月初一到初五,我有两天是和大学同学在一起的。

去年也是过春节的时候,我们相约回到了母校厦门大学,为庆祝入学40年组织了一场聚会。今年初四一早7点10分开车出门,接上同学,再改坐动车,一路向南,去给在厦门工作的一位同学的闺女新婚带去有福之州的最美好祝福!老同学毕业后有很多好事喜事开怀的,但我总觉得,女儿爱有所归、佳缘喜结最让他由衷地笑逐颜开了,一份不露声色的父爱全部释放出来了:女儿的幸福比天大啊!我们的老班长,也是全班的老大,今年已经72岁了,还到火车站接我们,还提前准备了几枚一块钱的硬币,带我们坐公交车去聚会的现场!一位同学的家庭喜事就是我们一整个班级的集体欢乐呀!

昨天初五,我把从北京回家乡过年的同学和部分在榕同学请到太阳座家里,又有了一次小范围的同学欢聚。当年毕业分配工作时,基本上都是福建生源的55个同学几乎一分三拨,3/5去了北京,然后福州和厦门各半。以前在北京工作的同学,还不一定都回来过年,现在可是一定都回来,而且已经退休的同学甚至还住上一段时间,除了过年会亲,更为重要的都有一个家庭责任,就是腾出更多一点时间陪伴年迈的父母,有的还要利用春节这段时间把父母的养老照料做更周全的安排,以老养老扶幼(帮忙照看孙辈)成了我们这一代人比较特殊的代际现象。

昨天早上起来先动手做一个简单的保洁,尤其是把楼上的东南两个阳台拖洗干净,自从洪塘大桥扩建工程铺开后,灰尘一直比较大。然后开车到附近的购物广场采购,还好不是很挤,从熟食、菜蔬,到瓜果、饮料,再到海鲜、肉类,满满的两个自带的购物袋。有一段时间不去超市的我,能有机会推着轻巧的购物车漫步在宽敞明亮的、应有尽有的超市里,感觉挺亲切美好的。记得刚去美国留学时,一位在一份刊物做编辑的美国好朋友开车带我去逛超市,特别提醒我,到那里你会眼前一亮的,多带点钱吧!现在比起来,美国超市不仅规模偏小,而且购物环境也比较陈旧和拥挤。不过国内的物价并不低，尤其是过年的时候，一些货物的价格有比较明显的上扬。

从超市回来，吃个午饭，就开始着手准备晚餐了。为了不给居所留下油烟，准备起来又从容，我选择以火锅接待同学。两根筒骨熬煮做火锅底汤，新鲜牛肉先放冰柜，等冻住一半左右，再拿出来斜刀切片，这样不仅好切，而且还可以切得很薄，海鲜也放入冰箱保鲜，等最后拿出来直接上桌，再就是适合火锅的菜蔬清水洗泡刀切入盘……谢谢老同学，三点左右就约时到来了，我开玩笑提醒男同学把有限的几双冬天厚拖鞋留给女同学。我们握手相拥彼此拜年祝贺新春，围坐一堂泡茶畅叙四年的同窗情谊，一次又一次上到顶楼的阳台，以乌龙江江景为背景留下不同组合的同学合影，我们还不时把聚会现场的情景通过微信在班群里分享，把几个同学的小聚会扩展成整个班级的集体欢乐，特别是上传比较好看的照片后，都情不自禁、不约而同地等待着分布在全球各地的同学来点赞和分享，对个别同学不仅不点赞，而且还在群里插上没有关联的其他微信转帖，都觉得有点不满。

当年经历或见证或传说的校园爱情是每一次同学聚会少不了的温馨话题。大学4年，我们班成了3对，而今40年过去了，他们的婚姻还完好如初。那时还是改革开放之初，大学恋情还不被允许，所以这3对都还是悄悄地谈出来的。班上性别比接近3∶1，一共有17个女同学，机会还是蛮多的，不过那时念中文的很富有吸引力，致使班上丰富的情感资源流失不少，加上信息不通畅，男同学又比较集中地喜欢和追求有限的几位女同学，最后毕业的时候基本上都还是一个人离开学校。我自己一方面在情感方面发育比较晚，另一方面来自农村乡镇，也缺乏谈情说爱的底气和气势，所以在美丽的母校并没有留下美丽的情感经历，基本上是"颗粒无收"，唯一一次拉过女同学的手，是跳集体舞的时候，毕业后居然成为一名研究爱情婚姻家庭的学者，也许是母校对我另外一种方式的厚爱与期待。同学们还希望我为本班的校园情感做一个比较完整的抒写！

随着时间的推移，我们这一代人的人际交往历史基本上是从家庭私域起步，然

我和我的母校
——献给厦门大学百年华诞

后慢慢走向社会场域,从亲缘走向学缘、情缘和业缘,从父母安排、老师指教走向自己设计和选择,从过去书信一邮慢送独传走向而今的微信一触即送广发。也许受将近10年的海外留学的影响,我还是特别喜欢家庭式的人际交往和情谊延伸,每逢节假日和周末,亲朋好友同窗轮流出面在家做东,每人都做一个菜带上,共拥美好时光,放大人生幸福!

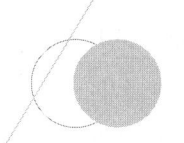 **感谢生命中有你**

亲爱的同学,早上好!

海文正在从高雄去台北的高铁上!这次访台的一幕幕场景如同车窗外一闪而过的美景,又进入记忆的镜头:那向游客平等展示美丽的自然景观,那向来客一视同仁地提供微笑服务的酒店员工,还有那向我们友好谦恭地交流互动的校长同仁……都深深地感动和影响着海文!尊重、友好、真诚、谦逊也许是人间和善的最好诠释,是人格魅力的重要构成。

而今只要置身美景,只要经历愉悦,总想到与大学同学分享,把幸福与快乐放大!此时海文依然首先想到我们1977级计统的女同学:

感谢伟英,你不仅是镇江之宝,而且以你不变的风格与青春还最容易把我们带进那熟悉的岁月,重温书记主持开会学习的那种特殊的美好;

感谢星星,百忙之中不忘为集体建造无时无地不在的精神家园,而且总是全天候地把爱的线路延伸到每一个同学的心灵深处;

感谢丽瑛,虽高居要职,那美丽之心永远那么平和、亲切,使我们心里总存放着和爱睡懒觉女生一起上学的温暖;

感谢鸟儿,过去我们只记住你那不敢贸然亲近的外在美丽,而今最让我们心存感动的是你那一样美丽的心灵,你持续不断地静静陪伴,是燕子面对健康挑战不言败的一大精神动力；

感谢燕子，不论是健康，还是疾病，你始终是那么坚强乐观，是那样胜利在望，依然用你那特别的笑声和美丽丰富我们生命和生活的意义。

对不起，高铁就要开进桃园站了，来不及向也都在海文心中留下美好记忆的其他女同学说说心里话了！哦，海文还要感谢大家的包容和厚爱，因为在和大家在一起的时候，我情不自禁地就把大家当作自己的兄弟姐妹，有时就会玩笑过度，欢乐过头！其实那都是海文对同学深深的爱恋，对我们慢慢逝去的校园青春的珍惜，对大家未来岁月的最美好的祝福！

亲爱的同学，感谢生命中有你！

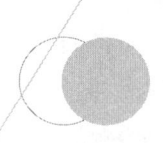 **生命主旋律**

嗨，各位亲爱的朋友早！我把与大学同学这段清晨对话挂在这里共享，恭祝大家也拥有一个爱与被爱的美好周末！

"这个暑假的三次西行，多次和纳西族、白族、蒙古族、藏族朋友在一起，似乎接受了一次全新的生命洗礼和教育！他们敬畏自然、热爱生活、崇尚爱情、不分等级、普天同乐的生命之歌和生活之爱给海文带来的几乎是从未有过的震撼和净化！爱与被爱也再次成为海文生命和生活的主旋律！

亲爱的同学，在西宁有点寒冷的清晨，我只想说，好好地爱与被爱吧！

所以海文欣赏和赞美体委对爱的执着和在爱面前的真实；

欣赏和感动鸟儿对不爱的毅然放弃和对自己情感的起码尊重；

欣赏和学习唐兄对兴业的热爱与忠贞，以及作为兴业人的拼搏和进取；

欣赏和歌颂燕子对生命的珍爱和对疾病总是胜利在握的抗争；

欣赏和敬重启新兄对生命本能的尊重和对男欢女爱毫不遮掩的追求；

欣赏和宣扬鱼儿对爱非常真诚地理解与表达,以及对生活那么高雅而纯朴的点缀与美化!"

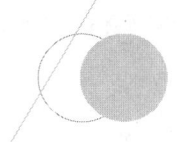

榕城欢乐颂

金秋十月的第7天,居住在福州的大学同学聚集在唐斌同学位于乌龙江畔的爱丁堡双拼别墅,举行在榕同学中秋节和国庆节的"双节"聚会。

其实,这次聚会启动于唐斌来我任职的福建江夏学院做一个金融专题学术报告的时候。记得那是9月初一个夜晚,吃完简单晚餐后,我下楼散步,很凑巧从一楼新开张不久的"闽都汇海海鲜吧"的玻璃橱窗上,看到两个熟悉的身影,那就是唐斌同学正和夫人在那里享用两人世界的"烛光晚餐"。本想不去打扰他们的甜蜜,不过最后还是按捺不住,走进去给幸福的唐斌同学打个招呼,才知道他们在金桥花园的别墅已经精装完毕,今天夫妻俩手拉手过来做卫生。

9月9日中午我请几位帮忙录入"女大学生就业问题研究"问卷调查原始数据的老师在海鲜吧吃饭,又巧遇唐斌夫妇。饭后,唐斌携夫人上楼到我家视察,随后我又去唐斌的别墅。在十分轻松的同学交谈中,我了解到唐斌同学履职兴业的不平凡经历,了解到他所带领的团队创造性的金融研究,以及对兴业银行业务拓展与管理创新的巨大贡献,还了解到他对这个社会所持的态度,以及目前快乐轻松的生活状态和质量。最后还商议安排时间到我们学校给金融学院师生作一个关于商业银行社会责任的学术报告。

没有想到唐斌同学用一种令人感动的认真与重视对待这次讲座,不仅多次和我沟通把题目最后定为"基于战略视角的银行社会责任——以兴业银行社会责任实践的'点、线、面'为例",事先发来报告的完整课件,而且在做报告的9月17日那一天提早来到江夏,还带来分别拥有博士和硕士学位的两个助手。可想而知,那

第三章
我的同学

次的学术报告是非常精彩和成功的,作为主持人我在报告结束时,说了这样一句话,据我了解,我这位大学期间同宿舍的同学的年薪是我的20倍,听完报告后,我觉得,兴业银行应该给唐董如此高的薪酬,甚至还要更高些!

把两节同学聚会定下来后,唐斌还是以做学术报告的那种热情和认真来精心准备这次聚会。两节期间,他主要在北京,但不忘多次来电落实同学参加聚会的情况,还发来到他新居非常详细的路线图示。10月6日一从北京回到福州,他就给我来电,进一步了解有多少同学能参加明天的聚会。尤其让人感动的是,在7日,他起个大早,一个人为同学的到来大做卫生(这次聚会的唯一遗憾是,唐斌夫人出访国外,我们没能看到他们夫唱妇随的美好情景),把宽大的居所整理得洁净、高雅与富有品位,不愧是一个福州好男人啊。

这次聚会我们迎来了在福州的所有美女同学,燕子、潘李、秋碧、俞明和美芳,同时还聚集了除了小佳以外的所有男同学。最让人注目的是我们最斯文的德祥同学把他女儿的大宝马开来了,最后才有那一张燕子和潘李宁可坐在德祥同学宝马车里"哭泣",也不愿意坐在海文旧自行车后座上幸福微笑的照片。

因为在闽都接待唐斌派来的美丽女同事,我就没有参加唐斌引领同学参观他豪宅的过程。我以为,这是一个豪华、高档、功能齐备、格调雅致的居家环境,让人来了以后就想留下多住一段时间,或者产生什么时候也要给自己添加一个这样居所的美丽联想。在我的提议下,同学们在唐斌同学豪宅大门口的阶梯上拾阶而坐合影留念,那种亲密、惬意和欢乐,犹如一个相亲相爱的大家庭。

聚会午宴安排在紧依唐斌同学别墅后花园的锦园居会所五楼大包厢,打开朝南窗户就可以把唐斌家居的美景尽收眼底。我们把唐斌放在主位,燕子和潘李是他的左邻右舍,然后分别展开的是燕子那边的筱文、美芳、俞明、秋碧和振强,潘李这头的老干部、文振、孙苏榕、最有味道的体育委员国培,还有最有文学素养的德祥同学。其间,我多次提出来要和唐斌换个位子,都没有得到大家的支持,最后刚好唐斌有事回家一下,我才有机会坐在燕子和潘李两位女同学当中,留下一张记录又

我和我的母校
—— 献给厦门大学百年华诞

一个秋天同学乐的合影。

唐斌临时回家去的时候是一个人，回来时却是3个人，并把同学聚会推向一个十分温馨的高潮。原来唐斌带来的是他的宝贝儿子和美丽的准媳妇，这是我第一次看到唐公子，个头高大、相貌英俊，比他的老爸、我们的老冰糖要帅气好看多了，准媳妇身材特别修长，那青春、美丽和气质，都和我们的唐公子遥相呼应，真是一对非常般配与优质的组合！我们都高举酒杯，一起祝福一对情真意切的恋人，祝福唐斌同学一家永远美满幸福！

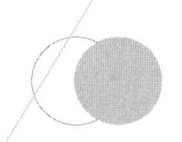

长泰秋意长

陪同燕子和潘李南下，在建国猴哥位于长泰境内的别墅和厦门同学相聚，是一次策划已久的远足。可真正把这个鹭岛之旅放到具体的议程上，则是我带着学院同事前往闽南三个高校调研的路上。上个星期四（10月11日）上午，我在去漳州师院的车上和建国通话，才得知燕子去北京取药，要到明天下午才回到福州，猴子担心燕子太累，建议把这次聚会继续往后推延。考虑到11月和12月事情特别多，而且天气也逐步转冷，我又给潘李打电话，请她征求燕子的意见，如果身体吃得消，我们就定在星期六上午来厦门。下午正在和漳州师院同仁交流时，潘李来电，告知燕子不累，厦门之行就安排在这个周末。

我继续既定的星期五对集美大学和厦门理工学院的调研，晚上进岛，在厦大等待着燕子她们从福州下来。

10月13日上午8点33分，潘李发来短信："我们出发了。"

我立即回复："一路平安，海文在海上花园等候你们！"这时我已经坐在阿巧的车上，她带着式辉、平贵，到厦大来接老大擎国和我，然后过海沧大桥，在沈海高速的海沧出口与建国会合。一路上虽然有导航，还有坐在副驾驶座上的式辉指引，

第三章

我的同学

但阿巧却好几次迷失方向，车也开得不很平稳，我开玩笑说，看来车上这四个老头的魅力并没有彻底消失，至少还在一定程度上影响阿巧车技的正常发挥和方向的准确辨识。金秋送爽和同学欢聚并没有给式辉兄添加一些宽容，他一针见血地指出，海文说这些话其实是一种"自恋"的表现，总以为自己有足够的吸引力让我们的女同学动心与失态。

到了约定的高速出口，我们选了一个树荫等候。也不知车上的4加1怎么就把话题转到关于安乐死的社会问题上来，最后经擎国从"优生"推延到"优死"，再加上我提出的"优活"，竟然总结出人生的"三优"，即"优生"、"优活"与"优死"，我们都觉得今天一起出来，在乡下别墅和同学聚会，就是一种特别好的"优活"。虽然我们不能掌控自己能不能优生，但却有机会和能力做到好好地"优活"，到我们老到不能再老的时候，再选择一个洒脱的"优死"！

大约11点时分，出来带路的建国，把从福州下来的燕子、潘李接来了，不久心铭载着爱妻小罗也赶到了。就这样，在猴哥大车的引领下，由4部车组成的同学车队经过大约20分钟的行驶，浩浩荡荡地开进与连氏大酒店遥遥相望的别墅区。

因为来过猴哥的别墅，我则把眼光投给了燕子和潘李两位女同学，看得出两位女同学很在意这次厦门之行，十分用心地做了一番打扮，总之在福州我们没有发现，她们依然还是一道靓丽的风景线。燕子有点胖起来的身子显得比较挺拔，黑白相间的连衣裙加上垂放下来的裙摆又多了几分飘逸，略施粉黛的脸上没有疲劳，只有同学欢聚的喜乐与秋高气爽的色彩，加上不时用小拳敲打同学时所感觉到的力量，以及无拘的与秋天一样爽朗的笑声，我为燕子良好的康复感到非常欣慰！当年被我们私下称为"女神"的潘李也一身新装，身穿一件橘红加白色图案的连衣裙，外披一件黑色的短袖外套，那张熟悉的脸上还是见不到太多的笑容，整洁、修长与宁静也并没有因为岁月的流逝而发生变化。看着她们我想起远在各地的班上女同学，好好地优活吧，你们都是我们男同学心中永远的"女神"！

猴哥把同学的到来当作一个喜庆的日子，那一脸的热情和喜悦，令人感动，还

有不时融入我们笑谈中的猴哥母亲,一直在细致地招待我们的猴嫂,也都给我们心里添加一份亲切和温馨。我们还来不及细细品味好茶和好好参观花园别墅,就被建国带到不远的连氏大酒店的龙瀑沟包厢,在这里建国不仅为我们准备了奖品丰厚的中秋博饼,还有一桌丰盛的当地美食。这次非同寻常的博饼有几个值得一提的细节:一是母子同运齐乐,好几次建国母亲摇到什么,猴哥也跟着收获什么;二是状元并不一定都属于远道而来的朋友,我们这次只博出两个状元,居然不是燕子或潘李,而是老大一人独揽,一次四红带四,又一次进一步加固,摇出五红带六;三是越是慷慨的人,越能受到垂爱,建国本来提议把一直摇不出来的两个对堂分别送给燕子和潘李,没想到他和母亲接着就都摇到了对堂。

  饭后回到别墅,已是秋色更加斑斓的午后时分,我们在建国宽大的客厅里坐了一会儿,就移步到屋外的纳凉小亭里。在敞开的亭子里,我们一边品茶,一边笑谈,一边把建国的花园美景尽收眼底:秋阳西斜,洒在身上暖在心里;秋柳垂枝,在秋光里不断地变换着颜色;秋水绿染,几只金鱼游碎一片美丽的倒影;还有秋果熟透,老妈妈的勤劳与玉兰花一起飘香……我忽然明白了,我们的猴哥为什么如此真诚、厚道、快乐与洒脱!

  因为晚上有约,阿巧带着老大先走了。善于也爱于言谈的老大一走,我们小罗的主讲风采开始展现出来,儿子马达高超的品酒技艺、厦门北京两地置业的经历,还有永远是她最温馨的谈话重点的心铭,让我们全方位地体味到心铭一家的和谐与幸福!还有燕子第一次把我们带进她的感情世界,从军营小兵有点鲁莽的执着,到福州大学助教缺乏真情的摇摆,再到相伴至今的最后情感归属,我们看到燕子在感情面前的自我坚持与母亲干预带来的影响,也为班上男同学当年因为缺乏了解,而不敢有所进取感到遗憾……

  当秋天的夜色上来的时候,建国又把我们带到一家名叫发现农家饭店的菜馆,让我们品尝地道的长泰农家菜。我一边和大家分享农家美味,一边静静地观看着建国夫妇不断地给老妈妈夹菜装汤盛饭,特别是在上下楼时,他们细心地左右搀扶着年迈的母亲，不时还轻轻提醒，妈小心点，油腻阶梯比较滑……所有这些细节给我们展示了一幅非常感人的爱意和孝心很浓厚的家庭生活画面，这种人间亲情与下午的自然本真融合在一起，把远离都市的乡村生活变得生动与丰富起来，让人情不自禁地会对这里产生依恋与留守。

晚餐后，建国又开演了他的保留节目——燃放烟花！我拍下建国点火的画面，那一点火苗与它所引发盛开的一朵朵烟花，把别墅的上空照亮，也在建国富有激情的脸上抹下幸福的色彩！

我们送走小罗心铭夫妇、式辉和平贵两位老大哥，燕子和潘李留住在建国的别墅里，我入住用过午宴的连氏酒店，没多久我就入睡了。这是多么美好难忘的一个秋天啊！

第二天一早，我们告别建国一家，大约10点来到岛内擎国同学居住的小区，一身得体艳装的阿巧不久也来了，擎国带着我们去梅海岭喝茶赏梅。每每回厦门，我基本上都要去两个地方，一个是母校厦大的情人谷，那是我们当年喝水和打靶的库区，另一个是厦门市政府为市花三角梅开辟的一个红遍整个山野的梅海岭公园，那里盛开着我最喜爱的紫色三角梅。老大还带来厦门馅饼和鱼皮花生，让我们想起当年夜里站完海防哨可以得到的一份点心！

从梅海岭下山，我们来到临海的白石炮台海鲜大排档，燕子和我们要看海，还想品尝海瓜子和鲜蒸小鱼……我赶紧拍下同学们在那里尝鲜的情景，遗憾的是等我也要进入画面的时候，照相机的电池已经没电了。

海鲜午餐后，老大赶回去午休，他下午还有一个讲座，我们则启程返回福州。在路上，我开车，潘李到前面陪我，燕子则在后座休息。一路上，"女神"说了很多话，比起我们大学四年在一起说的话还要多，她谈到她的爸爸妈妈和现在已经是省发改委处长的妹妹、谈到和中文1977级郑同学的情感纠葛、谈到当年的毕业分配……2个多小时的路程把30多年的美好岁月浓缩了，又向未来扩展开了！

回到福州，我给建国发去一个表达谢意的短信："建国晚上好！谢谢老同学一

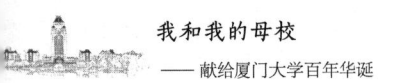

家的热情接待，度过一个温馨而难忘的周末！我们期待着福州再相聚！远祝老妈妈健康快乐，你们夫妻恩爱如初！叶文振致意！"

建国很快回复："哈哈，主要是有美女相伴，方感惬意！欢迎常陪美女同学光顾茅庐！俺正独坐凉亭，陶醉于乡村夜色……"

这次秋天聚会，把福州和厦门的地域距离拉近了，也把都市和乡村的社会距离拉近了，更把我们同学之间的心灵距离拉近了！

从和蔼可亲的建国妈妈联想到还在厦门中山医院治病的毅勇母亲，让我们一起感恩55位母亲对我们的厚爱和付出，一起为她们的健康长寿虔诚祷告！

从真诚可爱的建国兄弟联想到我们班上的所有同学，让我们一起感恩大学四年的结缘和造就，一起为母校的发展、为我们共同的1977级计统的集体荣誉、为每一个同学及其家庭的快乐安好送上最美好的祝福！

从回归自然的建国住地联想到我们班上所有同学的人身和心灵居所，让我们一起感恩几十年生活的磨炼与昭示，一起告别可能给我们的身心带来损伤的生存习惯和居住方式，用返璞归真、亲近自然的变革重建健康的身心家园。

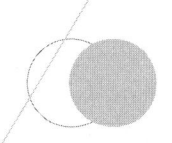

永远高飞的燕子

刚离开大学同班最年轻同学的追悼会，从此这个由55位同学组成的集体再也不能照一张完整的合家乐了，我感到无比地痛惜与悲伤！

亲爱的各位亲朋好友同窗，好好珍惜生命、爱护健康、善待自己，把每一天都过好吧！

在这里附上我含痛执笔的悼文，逝者为大，敬请大家为美丽的燕子共表悼念！

亲爱的燕子，今天我们怀着十分痛惜的心情聚集在这里，为你追思和送别。

我们记得，你是1961年1月7日来到这个世界，至今整整停留了53年26天！

第三章
我的同学

我们之所以这么计算你的生命长度,是因为你那如花的生命实在应该盛开得更加长久,是因为你那如燕的人格实在应该飞舞得更加高远!可是,不论你如何依恋和厚爱这个世界,不论我们如何与你一起祈求和抗争,凶猛的病魔还是残忍地割断你和我们的生命联系……燕子,你知道吗?你带走了我们共同书写和珍藏的青春记忆,你的离去是我们1977级计统这个家园的重大损失!不愿不忍不舍,无语无泪无眠,我们实在难以言表心中悲恸,我们实在难以与你天地永别啊!我们只相信,不管你飞得多远,你飞不出我们的无限思念与牵挂!

亲爱的燕子,你的一生是坚强的,彰显出作为军人女儿的一身刚毅。尤其是在长达三年半与病魔的抗争之中,你也哭过,但始终勇敢地站立在治疗的前线,为留住健康迎接巨大挑战;一直不放弃各种努力,为守护生命甚至主动出击。燕子,你的英勇举动,给我们留下生命贵在坚持和守护的思想启迪和精神力量!

亲爱的燕子,你的一生还是重情的,涌流出作为知识女性的一脉柔情。你敬奉双亲,助力夫君,呵护爱女,甚至带病陪读,身体虚弱却给女儿的成功高考带来最有力的激励和支持!你珍惜同学情缘,心系1977级计统这个集体,你不仅抱病进京参加毕业30年的同学聚会,还带去你亲手设计的、倾注你对每一个同学挚爱的闪闪发光的奖牌,并且坚持数个小时主持了那场隆重的盛会!燕子,你的深情厚谊,给我们留下一个温馨无限、回味无穷的情感世界!

亲爱的燕子,你的一生又是欢欣的,展示出你与生俱来的欢快气质!多少次,你人未到,欢乐的笑声早已把我们的激情燃烧起来了;多少回,你在哪儿,哪儿就是一个聚集欢声笑语、充满诗情画意的乐园!即使到了非常艰苦的与病魔争斗的生命阶段,你还是踩着那欢快的舞步、带着那熟悉的笑声,来到我们的中间,进入我们的心里。燕子,你的欢乐人生,给我们留下可以乐观面对一切挫折与困难的信心与豪迈!

亲爱的燕子,请带着我们对你的挚爱和祝福放心地高飞吧!我们相信,待到春暖花开的时候,可爱的燕子还会展翅归来,因为你知道我们都在深深地思念着你!

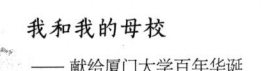

燕子，你将永远美在我们的中间、笑在我们的心里！

燕子，我们爱你！

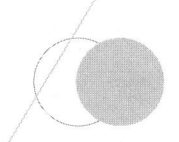

入学 40 年

40 年前，一场未曾奢望的考试，让我们有了非同一般的对春天讯息的期盼。

40 年前，一个改变命运的通知，让我们带着春暖花开的幸运，从八闽大地聚集到五老峰下、白城海边。

从此，我们一起拥有了值得一辈子骄傲与珍惜的厦大学子的身份，组成了 1977 级计统这个光荣而温馨的集体。

今天，40 年后的今天，我们深情相约、携手相伴，又回到了鹭岛、回到了南强，用我们 40 年的生命长度和收获，向那一场考试致敬、向那些年青春致敬、向敬爱的老师和母校致敬！

今天，我们还要感谢这次聚会的筹备组同学，感谢厦门的同学，你们的款款深情、精心策划和周到安排，都给这场聚会注入非同寻常的意义，给在场和不在场的同学心里留下永久的感动！

今天，我们更要感谢全班同学都喜爱的徐老师，是您跨越香江的美丽到来，让这场聚会就如同 40 年前的一堂统计课，有着穿越时空的人生梦幻，更有着师生一家亲的回家感觉。

现在，请老师和同学们一起起立，为我们的入学 40 年干杯！

当年为了让 1977 级计统的第一任班长能够专注于推进校园恋情，我们班年龄最大的林擎国同学放下给同学代领馒头的筐子，接过一班之长的棒子，形成了 1977 级计统四年两届班子的行政格局。现在，让我们用掌声请班长林擎国同学为大家的载誉归来致欢迎辞。

第三章
我的同学

根据班群调查，开班级校园恋情先河的东江同学荣退后，主要忙于两件事：一是向只攻学术的老酸频送"秋波"、沉浸于黄昏之"网恋"，二是转身下网又牵手1977级计统团支部书记周游列国、大秀恩爱。现在有请东江同学和大家分享，是什么样的秘诀才能让伟英同学默认这样的情感"双轨制"，又是什么样的体验来自异国他乡的情侣游。

为了表达对老师同学们的40年思念和新春祝福，昨晚9点34分，毅勇同学从香港送来一首深情诗作《蝶恋花——新春偶思》，感谢因为出差不能到场的毅勇同学。下面有请潘李同学为大家朗诵这一首诗作。

说到闻名全球96个校友会的福州女校友的旗袍秀，自然会立即联想到在舞台上一展曼妙身姿的孙秋碧同学。从当初建南大会堂台下观看校艺术团的演出，到今天多次走上旗袍秀的表演舞台，秋碧同学用40年的时光演绎了这样一个道理：只要吾心敢想，就没有什么是不可以做到的。有请秋碧同学告诉我们，旗袍秀的由来与欢乐晚年的意义。

毕业后离母校最近的是在厦门工作的同学，作为他们唯一的女同学党代表，我们的阿巧居然创造了一个神话，用老年大学的所学，成功实现了从统计专业向美术专攻的转型。让我们用掌声请出阿巧，分享老有所学的快乐与美好！

老有所为是1977级计统的一大班级景观。在群里，我们看到老班长老当益壮在讲台上赢取掌声的自信，看到吴国培转任政协议政辅政的身影，看到黄巍远赴非洲辅助外交事业的贡献……当然更看到我们的老冰糖辞兴业董秘南下前海做老总的豪迈。让我们把掌声送给唐斌，并请他分享只身前海、独领风骚的故事。

她是我们的老师，但更像我们的同学；她是我们的班主任，但更像我们的姐妹，这就是我们印象中的1977级计统班主任徐兰芳老师。亲爱的徐老师，今天能告诉我们吗，当年初见的时候，我们在您心中的印象？有请我们都喜爱的徐老师（请阿巧代表全班同学给老师献上一幅特别的画作，以表达我们的谢意与感恩）。

为了弥补未能到场的遗憾，更为了表达对徐老师对全班同学的一片深情，现在

国外的蔡启新同学,几易其稿,抒写一曲《水调歌头——七七级同铭》,献给今天纪念入学 40 周年庆典。现在让我们用掌声请出 1977 级计统的歌王严瑞銮同学,朗诵启新同学的远方诗作。

这就是 1977 级计统纪念入学 40 周年的第一场活动。让我们再一次用热烈的掌声把最崇高的敬意献给改革开放,把最美好的祝福献给母校和老师!

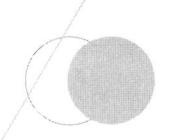

鼓浪屿之波

美女作家林丹娅这样写道:"无论从平地还是从空中看鼓浪屿,首先扑入眼帘的是一白一红两个地标式景观,白为日光岩,红为八卦楼,前者为鬼斧神工之奇迹,后者为匠心独运之杰作,二者共同组成了鼓浪屿最具标志性的景观符号。"今天,我们厦门大学 1977 级计统同班同学就是为鼓浪屿的建筑相约而来的,尤其要好好地触摸被林丹娅教授称为鼓浪屿人文胎记的、一览厦鼓、一傲群洋的八卦楼。

这次鼓浪屿深度游是班上鼓浪屿原住民式辉同学提议,也曾经在这里居住过的重耕同学组织,以及第一任班长东江同学独资赞助的同窗春游活动。昨日鹭岛还风大雨急,直到夜里还没有消停的迹象,天气转好成了大家的共同心愿,感谢班长深夜播报:厦门,夜雨已停,天空的云彩,渐渐分离,露出了一缕缕缝隙。明天,是一个好天气!

当熟悉的轮渡缓缓地把我们送往鼓浪屿时,我的思绪一下子回到了大学时代,拾起和同学们多次投入鼓浪屿怀抱的温馨感觉。第一次是重耕带着我们 218 宿舍的同学上他在鼓浪屿的家,我们不仅初次接触岛上多元文化组合的风情,还第一回听唱苏联的经典老歌。还有一次是毕业前一年的中秋节,国培同学带礼平和我上日光岩赏月,小芹当时在鼓浪屿小学教书,我记得,一到小芹的宿舍,国培就到处为我们找吃的,给我留下情到深处是可以翻箱倒柜的关于爱的理解……

第三章
我的同学

　　渡轮很快靠岸了。我们触摸人文胎记之旅是从参观"鼓浪屿历史文化陈列馆"开始的,从系统史料图文声像并茂的展示中,我们看到宋元时期渔民进岛、聚落初成,明朝年间渔农兼具、海贸兴起,尤其是清朝时代的西潮涌入、多元发展;看到一座不大的海岛居然早早引领教育、艺术、卫生和建筑之先,走出周淑安、李嘉禄、林尔嘉、李清泉、林文庆、林巧稚、卢嘉锡、陈佐洱、舒婷等多代名人;还看到早期鼓浪屿社区管理的爱岛护岛理念与极其精准的规制。有了对全岛的概览后,我们在重耕同学和当地工作人员的引导下,用时 5 个多钟头,漫步近 16 公里,穿越几十条街巷,继续走进一栋又一栋具有深厚历史与文化内涵的代表性建筑,我们惊叹、我们感慨、我们心生敬意、我们移步又止。正如鼓浪屿申遗展示的结束语写道的,各异、时尚的建筑倾诉着百年历史,先进、完备的设施浸润着多元文化……它讲述的既是华人的故事,也是世界的故事;它述说的是逝去的时光,更是今日的保护与传承。是啊,如果鼓浪屿是一艘巨轮,那么这些建筑就是它的舵,不仅告诉我们从哪里来,而且还将怀抱历史使命,继续沿着既定的航线,远航全世界。

　　这次鼓浪屿深度游虽然只集结了占比 21.8% 的 12 位同学,但却充满了统计的代表性,第一任班长和团支部书记一对夫妻代表成功走进婚姻并把婚姻进行到底的 3 对同班恋情,3 位女同学承载着 17 位女同学共同出游的美好心愿,福州 2 个、北京 3 个和厦门 7 个比例基本上显示出同学毕业后主要集聚在京福厦的地域分布,来自 218 宿舍的 5 位同学继续保持着这个宿舍参加同学聚会的集体热情,更何况不少同学异地微信互动,把游乐扩散放大,演变为又一次的班级集体行动。而且让人难以忘怀的是,这还是一次洋溢着厦大情、同学爱的鼓浪屿之游,好多画面和场景都与春天一样温暖与激越。

　　重耕同学在百忙中对活动做了精心周到的策划与安排,包括不随身携带物品的寄放、每个既定景点的不放过、途中两次温馨的茶歇,甚至亲自导游讲解和举机拍照,不时还对在建工程、街巷外部装饰、路牌展示等提出整改建议,无不包含着对鼓浪屿的款款深情、对同窗的浓浓情谊!

在游途中,自己还绑着护腰的文溥却把秋碧同学重量不轻的手提包接过来,那边走边聊的情景就像一对兄妹上街闲逛;东江的双肩包不仅装着伟英同学的旅游用品,而且还背来两大瓶好酒,晚餐时他一边大口喝酒一边不时看一下伟英,直到伟英深夜发出一条微信:老鸟喝多了,摇摇晃晃的,好不容易回来安顿他洗洗睡了,还加上"发怒""抓狂"两个表情包;续任班长,也是我们的老大每在路上遇到来鼓浪屿拍婚纱照的新人,都要留步给新娘留下倩影,我的上铺泽忠同学每每拍照都喜欢把自己拍进去,所以他们俩不时就跟不上了,大家也不着急,一起等着把他们找回来。尤其是我们的班主任,身在香港,却一直以诗文参与和温暖着这次鼓浪屿之游,非常感谢我们都喜爱的徐兰芳老师!

聚会后,有车的同学拉上没带车的同学,厦门的同学叫上滴滴车送福州同学去动车站,到家了同学都纷纷在群里报个平安,并互表谢意和颂安,以下是秋碧同学发出的被认为是对这次活动最真诚、最生动,也最全面的感言和总结:

"昨日全天没上网,刚才上来被400多条信息炸懵。非常感谢各位!感谢重耕周到安排,步步精心;感谢阿巧门长指挥若定,关照有加;感谢伟英亲自批复9999工程项目,让行程如此顺利;感谢老鸟亲自带来美酒并亲自喝醉,成就欢乐颂;感谢坐板凳、辉哥辅助讲解,获益良多;感谢林擎国、林泽忠拍照录像,留下愉快时点;感谢何佬酱猪肘预约,对下一次厦门行充满期待;感谢猴哥矫健身姿引领,我得以勉力跟上大部队;感谢海文暖男,回程一路帮助并亲自驾车送达到家;感谢兰花、星星、老柴、伟明及各位同学的围观和点赞!"

擎国同学还制作诗照与声乐并茂的鹭岛闲人视频,把鼓浪屿的美好和我们的游乐送给更多的亲朋好友!

也许大家还没意料到,这次活动又一次展示了我们厦大1977级计统的诗文禀赋和学养,如果当年允许修读第二专业的话,我想不少同学还可以成为有所专攻和影响的中文人才,敬请大家和我一起朗读吧,来分享我们的芙蓉学情和鼓浪游乐:

【祝七七计统,鸡年四月鹭岛春游的同学们开心快乐】
雨过天晴故地重游,涛声依旧同窗好友。
美丽四月踏青而至,鼓浪石岩景致诗悠。

【祝四月天伊始,飘游在鹭岛的同学,相聚圆满开心】(班主任徐老师)
美丽人间四月天,深度游春情义添。
相聚鹭岛钢琴乡,悠闲云飘似神仙。

【七律·赞夜市领同窗深游鼓浪屿】
夜市辉煌鹭岛光,申遗鼓浪露锋芒。
踏青只见山川秀,怀旧终须义谊长。
平素轻耕一亩地,晚秋喜对万枝桑。
为圆同迹七七梦,屿墅菽庄又共窗。

【清平乐·鼓浪屿——4月1日叶市领游鼓浪屿微感】(启新同学)
清明鼓浪,白鹭沙滩逛。鹰鸟凤凰枝头唱,红墅琴声抑漾。
日光岩上高峰,人群龙卷长空。无奈银丝老汉?江滨酒馆抓蛊。

【小小岛屿美不胜收】(孳国同学)
小小岛屿美景多,任人观赏任人走。
边游边览细细品,三天五天还不够。

旧日同窗欢乐颂,今朝鼓浪琴声长!让我们把对建岛守岛有功的古今鼓浪屿人的崇高敬意留在那里,把对鼓浪屿申遗成功的美好祝福抒发出来,也把我们和所有岛外人的爱岛护岛意识和举动带向全球!

第四章

我的同事

写作雅趣　人口研究所
望海红　春暖花开
经济系，我们爱你　妇研中心　难忘的2004
不忘初心
感恩开年
风采依然
百岁母亲

写作雅趣

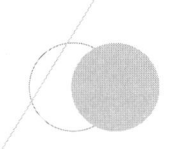

曾经的厦大同事郑启五教授，一早又推出有关厦大往事的一篇文章，深情而细致地追忆了在厦大建校60周年的1981年编印的厦门大学文科本科生的论文集，以及他的处女作被收入的情景，颇有触动，并沉入关于写作的热爱与能力是先天遗传，还是后天习得的遐想。

我不是出自书香门第，爸妈接受的教育甚少，老爸是小生意人，老妈家境不错，从小养尊处优，喜欢出入剧场，看了不少传统闽剧，给我们说戏是家教最不缺少的内容。老妈唯一的手足，我的舅舅虽以财务为业，但一生都在创作闽剧剧本，即使后期身体不好，也一心扑在他所痴迷的剧本写作上。所以我的写作喜好并不是家族基因所致。

我想，学统计出身的我，喜欢文字胜过数据，应该得益于我的小学、初中和高中的班主任都是语文老师。初中课堂上作文范文的宣读与点评总是激起我也写一篇成为范文作文的冲动。高中毕业前获得学校国庆征文比赛二等奖又一次给我的写作理想插上翅膀。1976年上山下乡前的尚干镇文化站工作经历，如编印《祥谦文艺》、推出公益宣传报栏、刷写大标语和会场布置等，还有下乡后参加闽侯县武装部和对台办报道组活动，和在省电台推出的配音处女作，都让我在1977年报考大学时，毫不犹豫地把福建师大中文系、北京广播学院编采系作为自己的第一和第二志愿。也许是那时读中文专业的考生众多竞争激烈，我最后去了厦大经济系，选读了和老妈会计职业比较靠近的计划统计专业。即使这样，我还是保持着写作的偏好，不时给学校电台递稿，每每在校园里听到校电台播稿，心里都多出一份想谈恋爱的冲动，有个自己喜欢的女同学分享成果，那是多么骄傲的感觉啊！快到毕业的时候，我的第一篇正式文字稿《我的好班长》，以半版的篇幅发表在《厦门大学报》上。至今我还认真地读着校友总会不时寄来的已经扩展为8个版面的《厦门大学报》，如同当年一遍又一遍读着自己写下的文字。

我和我的母校
——献给厦门大学百年华诞

1982年春天，随着自己留校任教，我的写作逐渐向学术文本转化，原有喜欢的随笔写作习惯越发被社会科学学术格式替代了。我的第一篇专业文章出现在1982年的《福建日报》理论版，第一篇可以用来评职称的学术论文发表在1983年的《中国经济问题》第2期上。后来去美国攻读人口学学位，第一篇的英文论文发表在1992年的 Population Research and Policy Review 第1期上。1994年学成回国后，经过大约两年的写作语言转换和学术环境适应，在1997年和1998年进入学术写作的多产期，这两年一共发表了23篇论文和1本专著，并评上教授，而且养成了语言学科化、文本学术化的写作格局，往来其中，不亦乐乎！

当上教授，少了职聘压力，尤其是从经济学学科撤离，再进熟悉的人口学、社会学领域，以致花更多的时间致力于越发喜欢的女性学研究，都让自己被潜藏起来的非学术写作愿望慢慢地复苏了，微信写作的便利，以及即时与亲朋好友同窗弟子的图文共享、彼此呼应，更是把非学术化的写作激情燃烧起来了。

一个学者执着于一个专业方向的学术追求是应该的，是一种作为学者的资格素养，也是学界和社会对他的职业期待，但不等于只关注自己的专业，把自己百分之百地学术化了。毕竟我们还是一个和他人一样的社会人，经历和体验着丰富多样的情感和物质生活及与时俱进的变化，用专业视角、学术思维，尤其是真情实感来关注和随记这些多样性的现实生活，传递和分享正能量的思想和先进的观念意识，既是呈现我们自己完整人生的需要，也是融入和服务社会、与他人产生共鸣与互动的需要。其实，在社会科学方面，许多规律的发现和真理的感悟，不在于大样本的问卷调查和高精尖的分析技术，而在于你自己的亲身体验、感同身受，特别是有着高度信任感的人们主动地把真实告诉你！从这个意义上来说，一个性情饱满、善良诚恳、具有强大人格魅力、首先把自己当作一个社会人的学者，要比学富五车、调研分析技术权威，更容易接近被调查对象、接近真相和接近真理。

在这里我要感谢大家在百忙中对我非学术写作的关注和分享，所添加的评论和表达的期待；感谢一位好友把我的微文都打印出来，和她的孩子一起阅读和讨论；

感谢我在厦大指导的研究生把它们制作成只有一本的《海文的微信书》,作为祝贺我第六十个生日快乐的特殊礼物……为了报答大家的厚爱,我还会继续微信写作,希望能写出一个被爱充满的世界、写出一个被爱感动的明天!

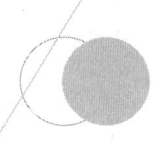

人口研究所

这个周末过得比较平静。虽然昨晚和今天下午都有一场阵雨,但室内还得开空调才不冒汗。和只有十六七度的西南昆城相比,榕城足足高了20度,名副其实的东南火城啊!

借助空调和冰镇西瓜,一边准备再过两天就要在中国人口学会2016年年会上做题为《生育新政的女性学分析》发言的PPT,一边分享着下个月就要再做妈妈的大女儿在上海的小家庭温馨生活,昨晚还去看了文章导演的电影《陆垚与马俐》,感觉文章还是做演员更合适,不论是《失恋33天》,还是《雪豹》,都可以充分展示其才华,稳稳获得观众的喜爱!

中国人口学会第一次在厦门召开年会,它激起我对厦门大学人口研究所过去35年的回望和对当年一起共事的人口所老师的想念,那是我大学本科毕业后的第一个工作单位,也是从那里走向海外,拥有留学美国的生命经历,从那里走进妇女研究领域,留下至今整整20年的女性学研究的学术经历,也还是从那里走回故乡福州,在自己的职业生涯里写下10年从事高校行政管理的一线感受!所以感恩母校、情系南强,有相当一部分是感谢和情系母校的人口研究所啊!

现在想起人口研究所,仍然为自己能成为这个集体的一员,特别是创所的第一个专职感到光荣和骄傲。20世纪80年代初,成功获得联合国人口活动基金P01项目的二期资助,人口研究所一下子跃升为全校国际化程度最高、办公和调研设备最现代化的研究机构,我们不仅有名额出国深造,甚至还有一部车可用来下乡入村开展实地人口调研。后来人口研究所陆续设立了人口学硕士点，人口、资源和环境与女性社会学两个研究方向的博士点，还在福建省妇联的资助下，创建和开办了厦门大学福建女性发展研究中心与《21世纪女性发展论坛》，从此进入了以人口和女性研究、学科建设，以及研究生培养为主业、彼此关联与互动的发展态势，最多的时候人口研究所师生规模接近40人，甚至有一年同时获得4个国家社科基金和教育部社科规划课题立项。人口研究所还连续不断地推出一批优秀的专业人才，如上海对外贸易大学原校长朱国宏教授、福建省妇女联合会袁素玲副主席、厦门市城市管理行政执法局局长胡旭彬博士等。

最为值得珍惜的是，人口研究所拥有一个和谐团结的研究队伍，虽然有多位老师是从美国、日本、荷兰和德国留学归来的博士，是一种中外文化、多国文化的背景组合，但大家都非常看重能在一起共事的缘分，自觉地把人口所集体发展放在利益关系的第一位，把学校的自强精神、科学精神与人口所的人文情怀有机地结合起来，在所里形成一个友善相处、热情互助和优势互补的合作研究氛围。从创所所长黄志贤老师身在经济系，却一直牵挂和谋划人口所的长远发展，到后来的林擎国所长在所里资源暂时缺乏的情况下、总是在节假日的时候自掏腰包犒劳同事，都给大家留下至今提起还深感温暖的美好记忆。尤其让我心怀感激的是人口研究所行政秘书，也是大家特别敬重的管家苏萍老师，除了细心照顾好女儿和先生以外，人口所就是她的第二个家，只要人口所需要，她总是和颜悦色、态度真挚地全力以赴，认真把事情办好，而且办得很温馨，从中你会体会到一个用心用情办事做人的那种令人心存敬意的风尚和情怀。实在遗憾的是，善良的苏萍老师后来却不幸得了重症，现代医学没能帮助她恢复健康，给人口所全体师生留下永远的悲痛与思念！

从对人口研究所的过往追想又回到现实中的周末时光。我在福州关注全面二孩生育新政，研究一孩母亲的再生纠结和社会化解，大女儿却在上海平静地进入和经历再次做母亲的生命过程，挺着越来越大的肚子，依然快乐地坚持着每天的正常上下班甚至加班加点，轻松地享受着小家庭的温馨周末！我想，没有她从小在美国接受教育、生活与工作所潜移默化养成的文化定力,没有她回到上海和先生都有一份力所能及的工作所带来的经济实力,没有她的婆婆、公公全力以赴的支持和帮助所构成的亲情活力,也许她就不会如此淡定、顺其自然地迎接又一个宝宝的到来!

我还有必要做这个发言吗?好像我更应该和大家一起把我们的最美好祝福,送给已经生育、正在生育和计划生育二孩的母亲和家庭,送给我在那里开启婚姻与生育研究的厦门大学人口研究所!

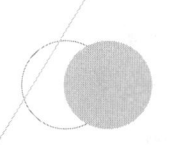

望海红

当我在弟子们"叶老师穿其他颜色也挺耐看"的激越下,正在与红色服装——红背心、红T恤、红衬衫、红毛衣、红外套——渐离渐远的时候,她们却在9月20日的下午拉起一道让整个厦门大学芙蓉园都激动起来的"望海红",不仅在心里留下这一辈子都难以忘却的对红色的温暖记忆,而且还让我从此以后又要回归到自己穿红的喜好,与"望海红"一样欢天喜地、一样青春无限!

如果"望海红"是一片红色的海洋的话,那么厦门大学人口研究所的研究生、厦门大学望海学村(微信群)的村民就是一朵朵跳跃的浪花……她们既是这一道红艳无比的望海风景线的伟大创造者,又是这道风景线里最美丽的化身,每一朵跳跃起来的红色浪花,都在向我们诉说一起走过的那早已融入我们生命血脉的情感与学术的红色历程。"望海红",你是感恩之红,你在哪里,哪里就是人口研究所,就是望海学村;你是青春之红,不论我们进入什么样的年龄,只要我们聚集在一起,青春岁月总是我们说不完的话题;你还是大爱之红,学术情、同窗爱、师生亲,那种爱与被爱的幸福和感动,在一次次的别离与重逢之中悄悄地积淀与放大!

在望海学村村民们的用心创意下,望海红首先红遍经济学院的中心花园,刚与长廊绵延流红,又与草木交相辉映……我们人口研究所不仅在这里起步,而且还是

在这里红火起来,一跃成为当年厦大唯一由联合国人口活动基金资助的研究机构!

被望海红深情拥抱的第二个地方,是人口所的第三个居所——独立成户的经济学院右端偏楼,有好几届的硕士生和第一届的博士生都是在这里牵手人口学、融入望海红的,其中还有挺着大肚子走来的、被师弟师妹们深深爱着的大姐大!

望海红继续踏着欢快的脚步,来到图书馆前的阶梯上,和2005届毕业的硕士生一起回望10年前身披学位服的倩影与学有所成的笑脸;围住芙蓉湖边的一块刻着她们导师名字的方石,不约而同地留下一份希冀——请母校放心,我们会和导师一样,把您的爱转化为一辈子对您的感恩;在湖边圆形广场站成一排,面对碧波荡漾的芙蓉湖,一起喊出我们最美好的心愿——人口所万岁!望海学村永远青春!

在大姐大的引领下,望海红最后聚集到马院的会议室、相拥在大丰园的荷花厅:

一本精致的《海文的微信书》让我感动不已,这是村民们用真情实意创意制作的特殊文本,更是她们分享之后对老师继续这样写作的一份期待!

一个由近200张黑白与彩色图片组合而成的PPT课件,把我们带进一起携手走过的由青春与成熟、努力与成功、分享与幸福组成的缘分之旅、学术之行,那既远又近的难忘行程也许是我们生活最多彩的时候,是我们精神最富有的时候,也是我们生命最值得放歌的时候!

一束鲜花、一对蛋糕,还有大家一起唱起的生日之歌,把海文又一次深深感动了!生日快乐在于年复一年的生命延续中能遇到志同道合的朋友,在于自己指导的学生一年又一年的顺利成长,在于春华秋实的轮换中不断收到她们关于学业事业、婚姻家庭的丰收喜讯!

还有一轮寄情中秋的快乐博饼,一首与青春共鸣的诗歌朗诵,以及一番发自内心深处的、每人都参与叙说的集体互勉!掷骰瓷碗的清脆响声与望海红的欢声笑语交织在一起,把我们带回到10多年前白城海边的人口所与福建女性发展中心的中秋聚会,带回到30多年前人口所第一任所长敬爱的黄志贤老师家里的月圆饼香!

今夜的海峰一改以往的风格,变得越发自信而大气,变得越发名副其实的海峰,在不失温婉中，把大家都豪迈和壮丽了一把。望海红也因此多了一份富有诗意的坚定与红遍全世界的使命感！

每人的感言、彼此的交流，是人口所的经典，是望海红的传统。不论是三言两语，还是长篇大论，不论是坐着细说，还是站立激昂，不论是回望过往，还是寄语未来……这都是人口所这个集体的记忆内容与表达方式，都是望海学村这个村落的文化积淀与历史再现！而善良与感恩、勤勉与创新、自强与互助等，这才是望海红的情感底色与精神基调！

望海红是集结母校人口所发展力量的旗帜，是传递同窗情师生亲的纽带，更是表达感恩、展示风采、追求卓越的重要标记！让我们一起唱响望海红、舞动望海红，好好表达我们对所有关心爱护和支持厦大人口研究所成长与发展的国际友人、学界同仁、政府领导与各方朋友的深深感激，对所有在人口所、望海学村一起共事共读、经历生命美好的老师同学们的挂念与祝福！也对昨天参加活动的两位小朋友表示欢迎与感谢，望海红还需要人口所、望海学村的这些小朋友相传薪火、再创精彩！

望海红，我们心中的红，我们青春的红，更是我们未来的红啊！

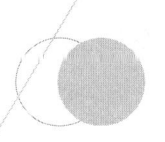

春暖花开

春天是万物复苏、共贺新生的季节，也是百花盛开、鹊鸟送喜的日子。

3月23日，在一片盎然春意中，办学历史与学校几乎一样悠久，而今却是全校最年轻的学院——厦门大学社会与人类学院揭牌诞生了。很高兴应邀去见证这场盛典，在南下的动车上，我却走进当年与社会学结缘的岁月。

40年前的那一次考试，让我得以从福州的五虎山，来到鹭岛的五老峰，从一个种茶制茶的知青转身成为改革开放恢复高考后的第一代大学生，主修厦门大学经济系的计划统计专业。4年后毕业留校任教，却从经济学转入人口学，在黄志贤先生领导的人口研究所专职从事人口问题的研究,也许是历史的巧合,我妈生了很多孩子,给国家构成巨大的人口压力,所以多生的儿子有责任通过研究来放慢母亲参与生成的人口过快增长。又是4年之后,我有幸得到联合国人口活动基金对我国计划生育事业发展的人才培养资助,前往美国,在犹他大学社会学系经历了第二次学科转移,从此与社会学牵手结缘。后来学成回国任教,尽管身在人口研究所、经济学院,但脚踩经济学、人口学和社会学等多个领域的学科背景和学术研究却一直延续下来了。

2003年是一个不能忘却的年份,暑假在美国接到朱崇实校长的来电,告知学校设想把法学院的政治学系、人文学院的社会学系和经济学院的人口研究所汇聚到一起,成立一所两系三个学科架构的公共事务学院。当年的秋末,公共事务学院成立了,我也实现了对社会学的学科回归,还在2007年开始指导女性社会学研究方向的博士生。虽然2005年就离开厦大北上福州高校任职,但在公院的日子是欢乐的,对社会学的回归是温馨的。我要感谢公共事务学院的所有同事,与你们和谐共事的那一段经历已经融入我的生命历程当中,变成对学院对你们的深深祝福!

没有想到近15年之后,几次听说社会学系的长江学者胡荣教授要被挖走的惋惜却一下子反转成一个好消息,在学校主要领导的厚爱和支持下,社会学系告别公共事务学院、人口研究所告别公共政策研究院,和人文学院的人类学系与人类学研究所牵手走到一起,共同为社会学、人类学、人口学和民族学组建了一个新家——厦门大学社会与人类学院,胡荣教授被光荣推举为创院院长。

沉稳的,甚至有点沉静的胡荣教授这次却"一反常态",为学院的诞生策划了一个既热闹又隆重而且是最高规格的庆生仪式,在芙蓉湖畔奏响了一曲社会学众多姐妹学科大团圆的欢乐颂。中国社会科学院原副院长、著名社会学者李培林教授来了,中国社会学会会长李友梅教授、中国人类学会会长郝时远教授和中国人口学会副会长杨成刚教授来了,几乎比较著名的高等院校的社会学、人类学或民族学院的院长、知名教授也来了,和学院的师生一起亲历了"厦门大学社会与人类学院成立大会暨中国社会学与人类学重建 40 年高端论坛"的隆重召开,见证了厦门大学社会与人类学院的光荣诞生。

厦门大学党委书记张彦和校长张荣一起出席成立大会,张荣校长在致辞时表示,社会与人类学院成立是厦门大学服务国家、服务社会和繁荣发展中国特色哲学社会科学的使命担当,也是学校深化综合改革、推动学科优化提升、推进"双一流"建设的重要举措,学校期待学院能打造社会学、人类学等学科的"厦大学派"!

校长的勉励与期望把厦大的社会学和人类学人带回一起光荣走过的学科历程:1921 年建校之初,厦门大学就设立了社会学科,是国内最早成立社会学系的大学之一;1951 年,当时的中央高等教育部批准厦门大学建立了中国高校第一个,也是至今唯一的人类博物馆;1981 年,中国人类学学会在厦门大学成立……而今厦大社会学已成为国内有影响力的优势学科,人类学更是我国师资队伍国际化程度最高的领军学科。揭牌仪式还让大家对一代又一代前赴后继的学科前人充满感恩,对学院未来充满希望,相信学院一定会从学科的历史积淀、厦大的区位优势,以及社会发展的需要中,锤炼学科体系,融合学科长处,做强学科特色,力争把厦大社会学和人类学建设成为国内一流、国际上有影响力的学科组群。

整整一天与学院共享的生日欢乐与光荣,从盛典与论坛的现场放大开来,与芙蓉园里浓浓的春意交融在一起,让 2019 年的春天成为厦门大学甚至我们中国的社会学、人类学、人口学和民族学的学科春天,她将永远地留在心存感恩与抱负的厦大学人心里,成为推动我们从此不忘初心、携手迈进的永恒力量!

也许和学院的不少师生一样,我还把盛典指南、学院手册、座牌,甚至餐券等一套参会材料保存下来,连同手机里存放的照片,以永久地表达对社会学等学科的敬意,表达对刚刚诞生的厦门大学社会与人类学院的祝福!

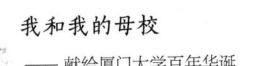

我和我的母校
——献给厦门大学百年华诞

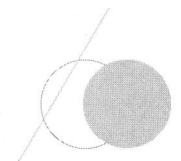

妇研中心

今天是"三八国际妇女节",我为能以厦门大学福建女性发展研究中心成立这一重大活动欢庆节日感到十分的高兴。首先让我以中心的名义,也以一个男性的身份向在座的各位妇女姐妹表示衷心的节日祝贺,向你们为社会的进步、为两性的和睦相处与共同发展所做出的巨大贡献表示深深的敬重和谢意。

今天,我们能在春光明媚的厦门大学校园举行厦门大学福建女性发展研究中心成立大会是和各级各方领导、各位老师同学、各位朋友的关心和支持分不开的。我特别要提到的是福建省妇联和厦门大学的领导,省妇联王美香主席对研究中心筹建的整个过程给予了全面指导和全力支持,而且还出任中心的名誉主任;厦门大学领导在两天内就对报送的成立研究中心的申请给予批准,并对今天成立大会的召开提供了许多方便和支持。在此,谨让我代表中心的全体研究人员向你们表示衷心的感谢。

女性是社会发展和进步的中坚力量。在她们的肩上承担着三大社会重任:人口再生产,为我们的明天生儿育女;物质再生产,为我们的社会创造财富;文化再生产,为我们的生活传送爱心。然而,我们也看到失学女孩对知识渴求的目光,看到失业女工二次创业的艰难,看到失婚女博士在情感领域中的困惑。如何正确地评估女性在社会进程中的历史地位,如何有效地克服女性在生存和发展中面临的各种障碍,如何提高女性的生命价值和充分发挥她们的性别潜能,这是21世纪要认真回答的问题,也是我们研究中心筹办的宗旨。

女性研究已有相当的历史,而且学科交叉、流派纷呈。在我省,不少地方都活跃着女性研究的力量,学术声音此起彼伏。所有这些都为我们中心的今天建立和今后发展奠定了很好的学术基础。本研究中心的发展目标主要是,坚持马克思主义妇女观,批判性地综合前人研究成果,全面地密切与省内外女性研究单位的学术联系,团结我省女性研究力量,通过各相关学科的交叉和融合,力图在女性发展理论建设、女性发展评估指标设计、女性发展决定因素的模拟分析以及推动女性发展的政策研究等方面有所突破，把中心建成一个在全国有一定学术影响的研究机构。

本中心的研究方向主要包括以下几个方面：

第一，女性发展理论和实践研究。特别是从妇女与经济、妇女与教育、妇女与法律、妇女与健康、妇女与环保、妇女与参政等六个方面，梳理和综合中西方的相关理论，并在此基础上，建立和完善现代女性发展理论。同时，本中心还要结合这些理论，通过各种调查和利用相关资料，建立女性发展的测量指标体系，定期评估和比较福建女性发展状况，发现市场经济条件下和我国加入WTO后女性发展过程中存在的问题，分析女性发展的主要决定因素及其影响机制，为加快福建女性发展进行政策研究。

第二，女性婚姻生育行为的多学科综合研究。本中心研究人员已在我国婚姻家庭生活方式方面进行了多年的系统研究，建构并实证检验了有关择偶标准、初婚年龄、婚姻质量、夫妻权力关系、婚姻稳定性、孩子需求、孩子抚养成本与效用以及生育文化与家庭制度关系的理论解释模型，我们将在已有的相关研究成果的基础上，继续组织调查研究，深入探讨福建女性特别是女性流动人口和农村女性人口的婚姻生育行为的微观特征、宏观的时期变动和地区差异，解决福建女性在婚姻家庭生活方面所面临的各种问题。

第三，女性社会地位的调查研究。近期内，我们将侧重研究福建女性的就业状况，从多学科角度解释妇女职业发展的主要障碍，提出克服这些障碍的主要对策。

第四，闽台女性人口比较研究。这是本中心研究的特色方向，期待能和台湾相关高校和女性研究机构建立长期的合作关系，一起推进闽台女性的性别交流和合作发展。

第五，性别文化变迁研究。本中心研究人员在性别文化研究方面已在全国学术界和妇女界形成一定的影响，我们将继续深化这方面的研究，着重探讨性别差异在传媒、文学、社会意识和现实生活中的具体表现，东西方文化对性别形象的不同塑造，揭示性别差异赖以存在的社会与文化原因,以及这种差异所造成的社会经济后果。

另外,本中心还强调三个服务,即理论宣传、公共决策和教育培训等三大服务。我们将在省妇联和厦大有关部门的指导下利用各种报告会、座谈会、公共传媒、行政立法提案、课程选修和短期培训等方式,向社会传播男女平等意识、让公共决策过程听到更多女性的声音、使更多的姐妹在知识的阶梯上更上一层,以全面推动《福建省妇女发展纲要(2001—2010)》的贯彻落实。

厦门大学福建女性发展研究中心现有23个专职和兼职研究人员,他(她)们分别是来自社会学、经济学、人类学、哲学、法学、文学、心理学、教育学和管理学等学科领域的专家学者。省妇联副主席林呈生教授、厦门大学工会女工委和法律系教授宋方青博士,以及福建师大经法学院教授陈桂蓉同志担任中心副主任。在这里殷切期盼今后有更多的学者和妇女工作者成为我们中心的兼职研究人员。

我相信,在福建省妇联和厦门大学的双重领导下,在各姐妹单位的支持合作下,在中心全体成员的同心协力下,厦门大学福建女性发展研究中心一定会获得富有成效的持续发展。

经济系,我们爱你

2017年4月29日,一个春去夏至的日子,却因为一段学缘的特别分享,而在厦门大学经济系近百年发展史上留下温馨的一页!

就是在这一天,20世纪90年代中期入学的厦门大学经济系世界经济研究生课程班系友聚集在阳光明媚、海风清爽的鹭岛,与当年授课的老师欢聚一堂,携手共庆他们毕业20周年!

周年庆从早上8点20分拉开,一直延续到夜晚的9点多,以"母系情、师生亲、同窗爱"为主题的三大活动,领略翔安新校区的风光、体验三圈协同式的腾飞、畅

第四章
我的同事

谈与经济结学缘的感动,从本岛到翔安,再到集美和海沧,依次推出,环海延续,一路欢声笑语相随,一车深情厚谊满载。

穿过翔安海底隧道,我们很快就来到母校的第三个校园。于5年前的校庆隆重奠基并开工建设的翔安校区,北依香山山脉、南眺浔江海湾,占地3645亩,内蓄3个天然水库和2个人工湖泊,在一片湖光山色中,我们看到依然是熟悉的"一主四从"、白墙红顶的校主嘉庚式的主楼方阵,还有沿主楼群两翼向北铺开的教研建筑单体或学生宿舍楼群。据陪同人员介绍,翔安校区目前已接住10个学院和近2万名学生,而且还集聚了全校60%的科研经费,一跃成为母校的科研创新主校园,以及建设"双一流"大学的主战场!

我们在雄伟的德旺图书馆前留下第一张合影,也把柱立两旁的"自强不息、止于至善"的校训再一次铭刻在我们的心上!随着拾级而上、步入图书馆、借电梯登上顶楼居高环视,再沿着绿色通道走过一个个各具学科特色的二级学院,大家越发敬仰母校的繁荣与宏大,越发觉得能成为厦大的学子与教师是一生的荣幸与骄傲,也越发珍惜在芙蓉园里、在五老峰下结成的师生学缘和同窗情谊!

在美丽的湖边餐厅用过自助午餐后,我们驱车过集美大桥,进入先政后企、一派儒商气质的杨庆伟同学领导的、位于集美灌口镇的厦门三圈电池生产区域和三圈模型科技体验基地。一到这里,我们就强烈地感受到,庆伟与三圈人企合一、共同成长的人文情怀,带领厦门轻工集团实施"1+3"(三圈加日化、古龙和通士达)跨业协同发展战略的行业豪迈,以及借助模型科技拓展三圈能源供给空间与迷你车辆、航海航空休闲与竞赛相结合的体验式运动的市场自信!

在庆伟同学的引导下,我们集体观看有80多年光荣历史的厦门三圈如何形成新一轮电池市场霸主的视频,漫步走过一条连接各个工序车间、通过玻璃窗可以观察生产全过程的长廊,好奇浏览一个又一个在三圈能源驱动下的各种车辆、航空与航海模型的展示,最后聚集在具有国际水准的迷你车辆的平路赛车场与越野车的山野竞速场,一位年轻的工作人员正在遥控一辆迷你赛车,在场上或疾速奔驰或灵巧

拐弯换道,他告诉我们,这些车辆最高时速可以和动车齐头并进!他还说,三圈公司不仅成功地举办了2016年灌口——三圈海峡两岸车辆模型(平路)大奖赛,而且正在积极筹备第一次由三圈模型科技体验基地承办的车辆模型国际大赛!

是啊,和庆伟同学一样,我们1997届世界经济专业研究生课程班这个集体就是用这样的发展速度与职业业绩,来体现厦大经济人的学识与素质,来感恩母校母系的培养与爱护,来实现今天我以入读厦大为荣向明天母校因为我而誉满四海的历史轮换!

借用三圈的会议室,我们把聚会推向了经济学与经济系情缘分享的最高潮——厦门大学经济系1997届世界经济专业研究生课程班20周年纪念座谈会!

课程班班长王玉龙同学主持了这场座谈会,他的深情开场,把大家一早就在集聚的经济人一家亲的情绪快乐地释放在毕业20年后四月天的山青海蓝、花红草绿里!

大家一个接一个叙说着,时而安静聆听,时而笑声迭起,时而英语课林淑蓉老师起身按下相机的快门,时而课程班班花蔡丽琴同学又提笔写下一段文字……大家似乎都回到20年前,我们都还年轻,都在尽情地享受着芙蓉园里教书和念书的书香岁月!

放下赴台访问转身这次聚会的当年系主任庄宗明老师,仍旧茂密的头发梳理有致,带有些许惠安乡音的讲话依然洪亮,他含情往事,把大家都带回相别20年的经济系,带到从无到有、从有到强的世界经济专业成长成熟的历程中,他不无感叹地说,后来我也离开经济系,甚至更多地承担校长助理的行政事务,而我们课程班同学却系情学情涛声依旧,20年来一直心系芙蓉、师亲不忘,执意与母系同行,携手与世经共荣,如此重情重义,又如此勉力发展,真的是厦大经济系引以骄傲的一个系友集体,更是我们为师施教的意义所在啊!

紧接着庄主任的讲话,参加聚会的其他老师也分别畅谈此时此刻的心情与感受,表达对同学们的由衷感谢、赞誉与祝福!年事不低的李绪蔼老师,身板、精神、风采与言谈仍不减当年，对当前中国经济、地产发展等依然高瞻远瞩、掷地有声！

当年郑学檬副校长亲自向经济系鼎力举荐的刘经华老师还是保持不事张扬的风格，和缓语气中流淌着对同学们亲切而深沉的问候与祝福！

依然姣好温和的林淑蓉老师显然留存着许多同学修学英语的故事，但她却以一脸的微笑、一张又一张精心拍摄的照片表达对同学们经年不变的喜爱，对当年能一起走进英语世界的深情回味！

被庄老师赞誉为厦门大学最资深的工会主席刘连枝老师，他的样貌似乎未曾与岁月同行，那种难得的服务意识与静好心态给同学们带来的是一种温暖与安宁！

这些年不忘初心、一直坚守在世界经济专业最前沿、学术影响与时俱增的黄梅波老师，话语轻少，却释放出强大的引力，把同学们带回到20年前的课堂里，近距离地领略刚研究生毕业的黄老师的年轻与美丽！

从福州赶来聚会的叶文振老师，既祝贺同学们用2年的学习赢得20年的大发展，感谢同学们的邀请分享流年似水中师生欢聚的温馨与喜乐，又借机会向同学们表示真诚的歉意，不仅当年没有认真准备讲好课，让同学们学有所获，而且课程班结业后，也少有联系，在同学们不断记挂老师的时候，却拉开了学缘距离！

因为时间关系，同学们没能一一向老师报告他们已经存放在生命记忆中的过去20年，但从王润夫同学整理出来的课程班30个同学通讯录里，我们看到这个集体共同谱写的充满进取与光荣的人生诗篇！

与庆伟同学一样，参加这次聚会的其他10位同学，20年来一路风雨兼程、你追我赶、各显作为厦大学人和经济系友的风采！班长王玉龙同学把海沧腾飞发展的20年融入自己人生周期的年富季节，不论是海沧跨海大桥的建设，海沧文教事业的繁荣，还是海沧台商投资区和出口加工区的两区发展，都尽情倾注自己的汗水与智慧，都留下可圈可点的重要贡献！

原服务于星鲨集团的郭伟同学毕业后不久用微笑告别体制，下海创业，而今把生意做到全国，做向国外，让自己的世界经济专业知识越发拥有更大的用武之地。

徐才宝同学一直沉稳地坚守在中铁建的房地产第一线，宜居厦门的赞誉里也有他的一份功劳。

对资产评估情有独钟的林建漳同学，在把原厦大资产评估事务所发展成全省一流的厦门市大学资产评估有限公司的过程中，也让自己光荣地跨入省级资深专家的行列。

吕永辉同学长期服务于海沧区党政社团，踏实勤勉，廉洁奉公，一步一份政绩，一步一个台阶。

还有李业旺同学立足五矿物流，林毅昌同学助力中银开发，陈海涛同学书写地税辉煌，王润夫同学描绘旧城新貌，蒋丽琴同学添香工会魅力，都在各自岗位上用20年的年华和努力为厦大经济人编织业界影响与社会声誉！

尽管每个同学都有一部"数风流人物还看今朝"的发展史，但大家在与老师的互动中，都显得平实不张扬，真诚不套路，细心不粗放，处处显示出"一日为师、终身为父"的尊师重教的学子素养，散发出与知识阅历一起丰富的人格魅力！

请柬、电话与短信、微信的一次又一次真诚邀约、一早多处设点就近车接老师的周到安排、在往来路途中对老师的细心照顾，还有那荡漾在同学们笑脸上与流淌在同学们言语中的感激之情，以及给不能来聚会的老师也准备一份温馨的问候与敬意，都在老师的心里留下欣慰与美感，都演变成一种精神愉悦与职业收获，使得聚会后的告别变得依依难舍，也更引发来自内心的对各位同学的美好祝福！

亲爱的同学、亲切的同事，让我们一起祝福一辈子都情系的母校，祝福始终被爱充满的经济系，祝福风采不减当年的老师，更特别祝福让我们引为骄傲的各位同学！

我们不告别，因为我们等待着下次再相会！

我们没告别，因为我们芙蓉初见了，从此就不再分开！

第四章 我的同事

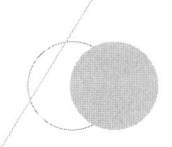# 不忘初心

1921年，爱国华侨领袖陈嘉庚校主创办厦门大学，在校旨第五款上申明："国文之外，尤注重英文，使有志深造之士，得研究世界各国学术之途径。"就这样，外文学院成为厦门大学最早成立的院系之一。近百年后的今天，来自全球600多位院友聚集在春意盎然的芙蓉园，共祝外文学院95岁华诞，一起面向大海，发出"不忘初心、阔步前程"的新时代最强音。

时光如梭。待我从美国学成归来继续回母校任教已是1994年的时候了，每天从白城住所接送小女儿上幼儿园的过程中，我有了对外文人的第二个印象，那就是长得好看，因为现任院党委书记陈志伟那时也接送女儿上幼儿园，她是1986级外文院友，当时在校外办工作，我以为，志伟给人一种很舒适友好的美感！

后来由于投身校留学生同学会活动、参加学校党校学习，以及其他教学科研交往，我逐步认识了苏子惺、杨信彰、张龙海、毛通文、杨晓清、林季红、郑启五、福州老乡林纪熙和林淑蓉老师，对外文人的个体印象也逐步过渡到集体认知，发现他（她）们在人格性情上，是纯朴真挚、浪漫可爱的，是可以作为人生知己，长期共处相伴的。

现在虽然多年过去了，来往也少了，甚至德高望重的林纪熙老师还离我们而去了，但初见初识的印象还是清晰不淡的，苏子惺的宽厚友善，毛通文的以礼相待，张龙海的热情诚恳，杨晓清的任劳不怠，杨信彰、林季红、郑启五的轻松同学与和睦共事，林淑蓉老师的亲切乡音，还有林纪熙老师的慈爱笑意，都给我回国任教的日子添加了不少快意与美感！

再后来，我离开母校前往福州任职，并有幸拥有了校友身份，结识了近3万名在福州的学长。在从事福州校友事业的过程中，我看到了外文学院陈志伟书记和张龙海院长的有力支持与合作，看到了纪钰会长的用心带领和组织，更看到外文福州校友用他们卓有成效的工作和别具一格的活动，展示出厦大外文人的集体情怀和整

体素质。他们已经两次获得福州校友会优秀分会的光荣称号，为福州校友事业的发展做出良好的示范与突出的贡献！他们还把这次学院95周年庆典放在心上、存在情中，精心组织、全程参与，到场人数占所有回校校友的7%以上；11位女院友用一个多月的辛苦排练，代表在榕的院友给"汇恩外文九五载、共盼南强百年彩"的联欢晚会送来 *For Good* 现代歌舞剧，给外院95岁华诞献上一曲蓝色之爱、感恩之歌与祝福之舞；纪钰会长和奋清秘书长还分别光荣当选新成立的厦门大学外文学院全球院友联合会副会长和副秘书长。

感谢志伟书记的邀请，有幸参加了这次隆重的外院生日庆典，见证了外文学院自强不息、成就非凡的光辉历程，让我在充满钦佩和敬意的同时，更深刻地体会到，外院高质量发展可能源于三个难能可贵的传统：

一是高举集体荣誉旗帜但不忘每一个外文人的点滴贡献。翻开编撰的《辉煌历程》，让人感到惊奇又温暖的，是一点不漏的对所有外文人功劳的全面记录。汇聚点滴终成大海，外文学院是一个上下团结、协同建功的集体！

二是一路砥砺前行但不忘走过的你我相接的每一步路程。在这次庆典活动当中，我们看到的是流动的情怀，是变迁的时光，是传承的画面，如《辉煌历程》中从1923年开始的非常详尽的学院历史记事，《我的外文岁月》里从1959级易如成学长到2017级童安堃同学感恩学院的深情抒怀，在上弦场上隆重拉开的"外文杯"足球赛暨原外文系足球队夺得厦大足球队联赛冠军35周年纪念赛，还有从当初立系的靠近西校门的囊萤楼到面朝大海的南光三号，再到这次刚刚揭牌冠名的"德贞楼"的一路扬名。成功之路脚步相连，外文学院是一个代代薪传、共筑伟业的集体。

三是聚力"双一流"建设但不忘丰满外文人的浪漫情怀。这是一种外文人跨学科学习跨业界发展的浪漫，一种外文人既能在高尔夫球场潇洒挥杆、在足球场灵活运球，又能在人生舞台高歌曼舞活出诗意的浪漫；这是一种对学院对恩师涌泉相报的感恩情怀，一种把校友工作做出美感做出品位做出意义的事业情怀。发展意义在于美化世界，外文学院是一个注重品质、追求幸福、普惠天下的集体！

今年的鹭岛春天充满着眷念,因为她想把自己最好的春光献给外文学院的华诞!今年的榕城院友也充满着依恋,因为他们想把有福之州最美的祝福献给外文学院的未来!

衷心地祝福你,我没能成为院友但和福州院友一样深深爱着的厦门大学外文学院!

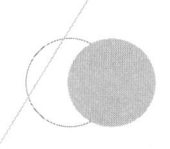

难忘的 2004

这是从为厦门大学留学生同学会"迎新春联欢会"准备的一个专题 PPT 课件上下载的文字,记录着我在 2004 年担任厦门大学留学生同学会会长和同事所做的工作,以及在工作中不断丰富起来的和有海外留学背景的厦大教师之间的友谊。

一、2004 年同学会美好瞬间的图片回放

二、集思广益,为同学会工作出谋划策

3 月 3 日:召开同学会第一次理事会,讨论一年的工作计划和具体分工

6 月 28 日:召开同学会第二次理事会,推荐厦门市留学生同学会理事及讨论其他重要事宜

9 月 10 日:召开同学会第三次理事会,讨论下半年的工作和参加厦门市留学生同学会国庆中秋联欢会

12 月 30 日:召开同学会第四次理事会,回顾过去一年的工作情况,畅谈新的一年工作思路,以及筹划迎新春联欢会

1 月 12 日:召开同学会会长扩大会,再次落实 2005 年迎新春联欢会的各项议程

三、服务学长,活跃回国任教业余生活

(一)组织参加各级的联欢活动

1月3日：90位学长参加中共厦门市委统战部、厦门市人事局联合举办的市留学生迎新春联欢晚会

9月19日：75位学长参加厦门市留学生同学会主办的厦门市留学归国人员国庆中秋联欢会，表演5个节目

12月19日：参加学校统一战线迎新年联欢会，表演2个节目

12月24日：19位学长前往福州参加福建省留学生同学会的迎新春联欢会，表演3个节目

（二）协力举办丰富的休闲活动

3月12日：几位女学长参加厦门市留学生同学会组织的"日月谷"保健活动

3月20日：近10名学长乘车去厦门会展中心，预跑马拉松

3月27日：21位学长统一着装，打着"厦门大学留学生同学会"的标记，参加第一届"厦新杯"国际马拉松5公里比赛，其间接受福建省电视台和学校电视台的采访

4月24日：组织爬五老峰活动，6位学长参加

5月7日：组织鼓浪屿环岛游活动，9位学长参加

10月13日：由学长苏子惺与张东海代表留学生同学会参加由学校统战部举办的"80分"比赛

四、服务学校，谋求合作发展共同进步

（一）参加统战部组织的学习与调研

2月20日：参加学校各党派、团体负责人的联席会议

6月9日：3位学长参加学校统战部和党校举办的党派团体理论学习班学习

6月26日：派代表参加学校统战部组织的对翔安区的社会调研

（二）邀请国外博导来校学术访问

2月15日：人口研究所学长李明欢教授的博士指导教授之一Mario Rutten博士来访

4月26日：社会学系学长周志家的博士指导教授之一 Guenter Kueppers 博士来访

11月3日：社会学系学长周志家的博士指导教授之一 Peter Weingart 博士来访

（三）跨海与嘉庚学院学子对话

这是10月29日跨海对话的校园广告：

与你相约

你是否想一睹学成归国博士的风采？

你是否期待了解他们在不同国家的求学经历？

你是否渴望他们带你进入相关学科的最前沿？

在这里，10位来自不同国家、不同专业的留学归国博士，将与你分享他们的心路历程……他（她）们分别是：

留学荷兰博士　　　李明欢

留学英国博士　　　曹学松

留学美国博士　　　王东东

留学日本博士　　　王德文

留学德国博士　　　葛勇平

留学澳大利亚博士　郑通涛

留学加拿大博士　　谭绍滨

留学俄罗斯博士　　杨广云

留学法国博士　　　靳立人

留学新加坡博士　　郭惠芬

（四）继续举办"归国学者论坛"

2月16日：来自荷兰的 Rutten 教授做题为"全球化背景下的西方文化霸权"的学术演讲

4月26日：来自德国的Guenter Kueppers教授做题为"卢曼的母校与德国的高等教育"的学术报告

5月26日：中国旅美社会科学教授2004年夏季回国讲学团成员毛思一博士作题为"西方政治学理论的最新发展"的学术演讲

11月12日：公共事务学院副院长叶文振学长作题为"选择与被选择——我的求学之路"的学术漫谈

11月23日：人口研究所所长李明欢学长作题为"我所走过的世界——游学异国的经历、收获与反思"的西学归来讲座

11月29日：人口研究所王德文学长作题为"知识女性与健康"的女性发展讲座

12月10日：法学院葛勇平学长作题为"笑谈国际风云，解说挑战与机遇"的归国学术讲座

12月27日：化学化工学院靳立人学长作题为"在耕耘中追寻目标、在耕耘中享受生活"的归国学者讲座

（五）参与学校重要活动及其贡献

1. 参与"985"二期项目的策划和申报

2. 竞聘上岗，出任几乎所有二级学院的院长或副院长

3. 又有2位学长分别担任学校副校长和校长助理

4. 2位学长在美国《科学》杂志上发表重要学术文章

5. 1位学长荣获福建省杰出人民教师称号，获得省政府菱帅小轿车的重奖

五、服务社会，扩展智力支持和政策服务

1月5日：会长代表同学会参加厦门市党外知识分子、留学归国人员迎新春座谈会，会上发言被《厦门日报》报道

2月28日：会长前往福州参加福建省留学生同学会第一次会长办公会，共商年度工作计划

4月3日：9位学长参加厦门市留学生联谊会在南靖召开的一届第四次理事会

4月17日：举行福建省留学生同学会领导来厦工作调研座谈会，有近20位学长参加

7月6日：4位学长参加厦门市留学生联谊会的常务理事会议，增补11位学长为厦门市留学生联谊会的常务理事

11月19日：接待到访的福建师范大学留学生同学会访问团，并举行座谈

12月1日：会长应邀参加厦门市留学生联谊会的碰头会，讨论换届等事宜

12月3日：与中共漳浦县委负责人电话交谈，商讨在贵县建立同学会社会调研基地等事宜

六、2004年同学会的工作体会

（一）系统创立的"三三制"工作模式具有理论价值

第一个三是三个工作导向：服务学长、服务学校、服务社会

第二个三是三个工作机制：年度会长制、理事议事制、联络员召集制

第三个三是三个工作内容：归国学者论坛、联谊休闲活动、迎新春联欢会

（二）提炼出来的工作经验具有实践意义

1. 主动获取学校领导和统战部的指导和支持

2. 归国学者个体作为和整体行动的有机结合

3. 借活动扩大影响，用影响增加资源

4. 把同学会的有关活动与学长的教学科研结合起来

（三）依然存在的薄弱环节需要综合治理

1. 潜在的工作资源还没有加以充分的开发

2. 一些活动的参与积极性还不够高

3. 信息传递机制还要进一步完善

最后，要代表本届同学会向大家致以深深的谢意和衷心的祝福，恭祝各位学长身体健康、事业成功！恭祝我们的同学会兴旺发达、明天更美好！恭祝我们的学校

我和我的母校
——献给厦门大学百年华诞

繁荣发展、未来更辉煌!

现在让我们以热烈的掌声,请出新一届厦门大学留学生同学会的会长杨广云学长和其他班子成员,并祝他们光荣当选、工作顺利!

附录1:厦门大学留学生同学会通知

厦门大学留学生同学会定于2005年1月13日(星期四)晚上在国家会计学院举行"迎新春联欢会",敬请留学生同学会全体成员光临。具体安排如下:

1. 17:30 在建文楼、白城、海滨或东区集中,乘车去国家会计学院

2. 18:00 自助餐

3. 19:00 校领导新年致辞,留学生同学会工作回顾和新年展望,文艺晚会和幸运抽奖(每个参会者皆有奖品)

4. 20:30 多种休闲活动(卡拉OK、舞会、健身、球类和游泳等)

5. 21:50 乘车返校

另外,敬请大家准备30元人民币交纳会费。

我们还热情欢迎尚未加入厦门大学留学生同学会的归国人员参加联欢会,有意加入厦门大学留学生同学会的归国人员请备好两张2寸照片,以便填写入会申请表。

谢谢各位学长!

厦门大学留学生同学会
2005年1月4日

附录2:厦门大学留学生同学会2005年迎新春联欢会议程

1. 朱崇实校长新春致辞

2. 校党委统战部郑保东部长讲话

3. 宣读留学生同学会关于表彰同学会年度人物的决定

4. 校领导与同学会会长为年度人物授牌

5.2004年同学会会长叶文振学长做年度工作总结

6.新任会长率领新一届工作班子与各位学长见面

7.新任会长新年工作展望

8.迎新春文艺表演（主持人陈卫、王虹）

附录3：厦门大学留学生同学会关于表彰同学会2004年度人物的决定

经厦门大学留学生同学会会长扩大会议研究决定，授予学长生命科学学院曾定教授、招生办詹心丽主任同学会2004年度人物光荣称号，以表彰他们多年来为丰富留学生同学会的活动、扩大留学生同学会的影响所做出的努力和贡献。

希望各位学长以他们为学习榜样，为留学生同学会的更好发展、为厦门大学更加美好的未来继续发挥应有的作用。

厦门大学留学生同学会

2005年1月10日

附录4：新一届同学会工作班子的名册

会　　　长：杨广云

将任会长：陈　工

副 会 长：陈　朝　陈　曦　詹心丽　杨晓清

秘 书 长：商少凌

副秘书长：曾永捷　魏红丽　周勇亮　李昆丽　黄凌风　林德荣

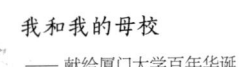

我和我的母校
—— 献给厦门大学百年华诞

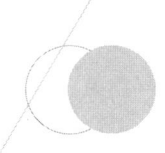

感恩开年

在新年伊始的第一周，几乎都带着母校厦门大学的草木花香。

第一天，受班级委托，编写并发出"情系芙蓉园、恰似见如初——厦门大学1977级计统入学40年聚会第三告示"，借以表达对改革开放恢复高考、对厦门大学录取我们的集体谢意，这个历史性的改革与录取，不仅改变了我们个人的命运，甚至还改变了各个原生家庭甚至整个家族的历史。

第二天，跳上从福州到厦门的动车，和1994年学成回国后在厦大经济系上过课的1995级世界经济研究生课程班同学，一杯清茶、几盘闽南小吃，握手言欢久违的厦大同事，再次回望当年的教学情境和生活场景，畅叙毕业后每个同学精彩纷呈的人生。

第三天，在一片冬季暖阳里，分享经济系原主任庄宗明教授在"厦大世界经济研究生课程班"群里发布的图文："早上路经芙蓉园，想起叶博初回国带头捐资兴建嘉庚广场，纪念石右方列有'经济系久发要发，其中叶博我也要发'的勒文为证，就顺手拍了一张，以留存纪念。"更让我想起在经济系从教的那些日子，其中有和几位年轻教师夜里睡在办公桌上守护系里为教师添置的第一台电脑的财产安全、带领几位研究生一起编写回国后出版的第一本教材《国际租赁学》、几次和系里同事一起参加学校工会组织的春游和领回来的花生油，还有在庄主任的鼓励下，成为全校庆祝厦大80华诞、兴建嘉庚广场捐款最多的教师。

第四天，随着下班后人潮车流，来到榕城上下杭，参加完善福州校友会组织架构的议事，同出源流的厦大学脉，又让我们在议事之余，分享在母校上学的共同经历，发现不同时期入学的校园生活的种种变化，为母校一直处于良好的发展态势感到光荣与骄傲。

第六天，一早冒雨坐公交车来到福州大学旧校区参加在这里举行的"厦门大学福州校友会高校分会成立大会"，想象着偌大的科学报告厅等下就要被来自在榕高校任教的校友对母校的思念与感恩所充满,心里涌动的是一片欣慰与欢愉。据不完全统计,毕业后来福州高校工作的厦大校友大约有千人,大部分是高学位和高职称的专任教师,他们是 3 万余名在榕校友中的一支重要力量,把他们集结在高校分会这个特殊平台上,更有利于跨学科跨学校互联互通,形成更加紧密的优势互补的校友合力,为服务母校发展、服务福州地区的经济社会和文化发展举办更多的活动、做出更大的贡献。开会中,在主持人董博士的带领下,台上台下一起朗诵诗歌《至善梦圆》,表达了这样一个集体心愿,即把高校分会办成一个起点高扬、特色突出、执着创新、立志在福州校友事业发展中扮演重要角色的活力分会。

第七天,尤其令人难忘,535 位校友冒着大雨早早聚集到福州梅峰宾馆,一起参加在这里举办的"厦门大学福州校友会 2017 年年会暨双迎新联谊会"。这次年会一样得到母校领导的重视和祝福,得到兄弟校友会的关注与分享。母校张彦书记在百忙中亲自打来电话,传递对年会召开的祝贺,表达对福州校友的问候,并祝愿福州校友事业在新的一年继续发展、再立新功。书记的远距离关怀和祝福给福州校友带来巨大的鼓舞。

母校原校长、校友总会理事长朱崇实教授发来短信,亲切的话语温暖和激励着大家:"福州校友会是厦大校友人数最多最为活跃的校友会之一,福州校友会的校友们对母校的关爱和支持,令我深深地感动和骄傲。借此机会,谨向校友们致以诚挚的问候,祝本次年会圆满成功!祝校友们新年快乐、身体健康、工作顺利、阖家幸福!有空常回母校看看!"

分管校友工作的副校长詹心丽也一直关心福州校友会工作,为这次年会的顺利召开给予细致的指导。校长助理张建霖教授一行还代表母校冒雨亲临年会会场,把母校的厚爱与祝福传递给每一位福州校友,让大家强烈地感受到,不论落脚在世界的哪一个地方,只要是厦大人,身边就有母校的记挂和爱护!

在我们校友心里,母校厦门大学永远是一支经久不老、终身传唱的青春之歌,还是一支萌发与尝试初恋,并和情感一起成长的爱情之歌,更是一支构建价值、布

局人生、立志对家庭与社会有所贡献、对母校培育之恩有所回报的生命之歌。把这三支歌唱好，既是我们作为"厦大人"的南强责任，也是无愧于"厦大人"的至善光荣！

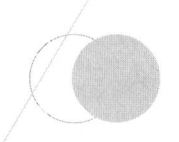

风采依然

今天是一个深切悼念和远距离怀想的日子！

人和艺术一样美丽的厦门大学美术系教授莫也带着对人生和艺术的深深眷念过早地离我们而去了……

我怀着悲痛心情，请她的学生代我给尊敬的莫也老师献上一个花圈，谢谢你把世界的美丽和自己的美丽叠加在你的画布上！谢谢你当年端在手上那永远不会淡味不会化去的一小碗冰激凌……莫也老师，愿你画风长存、永垂不朽！相信你会一直在美丽地作画！

福州老乡、杰出的翻译家、厦大外文学院林纪熹教授也离开芙蓉园了，当年不时在白城交叉路口相遇，并用福州话亲切问候与交谈也从此成为一个带着乡愁的回忆，留下的只是敬爱的林老师曾经赶着去上课的那条路径，还有摆在图书馆书架上的多本著作！

一位福州校友表达了我对您一样的敬仰和悼念：

"林纪熹老师，天堂里有您继续学术交流及研究的交椅，安然无恙了，我仰慕的好教授！风范无边，楷模处处！我虔诚祝福并祈祷您的超脱世俗……"

凌晨4点8分收到当年一起在美国犹他大学求学的同学小薛发来的微信：

"刚刚从盐湖城回来，Dr. Bean 真的很苍老，正像我想象中的那样，直不起腰，行动非常不便，但是还能走动，他的夫人还不错，据说刚刚中风，眼睛看不清，他的夫人并不搀扶老先生，我看着都悬，老先生在屋里走的时候，我跟在他后面，果然他一步踩空，我立即扶住了。想想当年那么神采奕奕，范儿十足的教授，我心里有说不出来的感慨"，"有一种抑制不住的伤感"。

Dr. Bean 是我在犹他大学攻博时的博导，他个头高大，长得非常帅气，笑起来睿智温和，他对学问一丝不苟、对学生培养一丝不苟、对自己形象和着装也一丝不苟……可是流水一般的岁月还是让导师越发有困难去保持一丝不苟了。真的，我心里也有一种抑制不住的伤感！

敬爱的导师，虽然隔着太平洋，我还是要送去有福之州最美好的祝福，恭祝老师和师母健康长寿、继续一丝不苟，学生争取年内去看望你们！

这几天的盛夏，让我们酷暑难耐，多期盼能快快地夏去秋来啊……其实，好多时候都是我们自己在加快时间的步伐，在缩短生命的长度。所以让我们一起放慢生活的节奏，愉悦生活的心情，不怠慢、不匆忙、不超速生命的每一分每一秒，以表达我们对逝者的深切悼念，抒发我们对长者的亲切怀想，祝福我们还活蹦乱跳的每一个朋友！

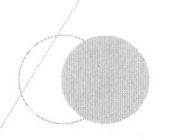

百岁母亲

《我的百岁母亲》的作者是我的大学同学，毕业后我们一起留校任教，后来我们还在厦门大学人口研究所共事了多年。我知道，母亲在老同学情感中的分量，也多次听到老同学诉说母亲的故事，但确实没有想到，老同学居然在 67 岁的时候，那么深情款款、细忆微微地把 101 岁高寿的母亲生动地再现在大家的面前，如果不是母爱的感天动地，如果不是子孝的感恩戴德，也许我们就没有这么荣幸拥有如此难得的机会与作者分享这一份沉甸甸的母爱，去更加深入地结识这一位伟大而美丽的母亲！

是的，她是一个伟大的母亲。在横跨百年的生命历程中，她把早年失夫的悲痛

默默地转化为对爱的一生持守和承诺，把改嫁再做妻子的个人幸福让位给继续做好母亲的社会担当，让5个婚生孩子吃饱饭和上大学成为自己全力以赴、甘于奉献的家庭责任。她的伟大还在于艰辛生计之中不忘给孩子一个美好的心灵和健康的品格。"知恩图报"的感恩教育、"划线走路、知性共处"的以身示范、"对人要真诚、做事要务实"的家庭熏陶，还有"男儿当刚强"的性别提醒，都在母爱传递之中、母子代际互动之中，形成一股强大的家庭文化力量，推动着整个家庭从苦难中获得翻身与振兴，提携着每一个孩子从父爱缺失中依然充满希望地健康成长成才！

是的，她还是一个美丽的母亲！有的女性美丽只是阶段性的，只闪现在生命周期的某个环节，有的女性美丽只是外在的，看不到由里及表更持久地给人带来美感的内秀，而我们在这里阅读到的母亲，则是超越阶段性、外在化美丽的女性之美，她的美丽是持续的、贯穿一生的，而且是越来越美，彻底颠覆了女性美丽与年龄成反比关系的定律，她的美丽还是内外兼具的，是善良、慈爱、宽厚、执着、知性和勤劳汇聚而成的心灵之美流淌蔓延出来的一个完美之美！我好像只见过伯母一回，在很淡然的、短暂的交流中，她留给我的不论是一位母亲还是一个女性的印象，都是美丽无限的，无法忘怀的。

作者母亲美得宁静，从最初的因责克制情绪转化为由爱产生定力，她处变不惊、以静制动，把变化多端、苦难深重的生活过成一道缓缓的流水，只为平稳地把装着5个孩子未来的小舟向前推进。

作者母亲美得矜持，不管是面部表情还是身上衣着，都是收放有度，不显张扬，在不扰他人之中自成一体，悄悄地散发着自己的独特蕴意和美感。

作者母亲还美得简约，干净、清爽、轻盈、得体的举止言谈中流露出一股淡淡的书香和仙气。她把生命的长篇只用一首小诗来轻描，她更把岁月的历史只当一句箴言来淡写。

当作者尽情地感恩和赞美母亲的时候，我相信，老同学也一定想过，如此大美大德的母亲是如何造就的，又是如何长命百岁、始终巍然地站立在家族与家庭发展的前沿。我以为，闽南地域文化应该是首要的支持力量。闽南地域文化是包括男性和女性的闽南人民创造的，讲义气守诺言、爱拼才会赢、吃苦耐劳、坚韧不拔也都是流淌在闽南女性血液里的文化基因，源于自然的母性在这里与根植文化的女性双流融合，塑造了一群一个纤弱肩膀扛起一方巨石，一条头巾舞起一片海浪的伟大母亲，让孩子吃饱，把孩子拉扯长大，成了她们不移的矢志和不懈的追求。作者的母亲就是这一方女性的杰出代表，通过自己的身体力行，成功地把自然母性的本能升华于地域文化的千锤百炼之中！

通过正规教育获得的知识是作者母亲的第二个精神滋养。20世纪30年代的闽南女孩能够读完高二，是极其罕见的，一方面需要和"重男轻女"的闽南传统性别文化抗衡，来维护自己的求学权益，另一方面还需要解决现代知识带来的性别意识觉醒和闽南性别文化之间的冲突。作者母亲虽然最后还是辍学回归家庭，但她的生命历程已经把教育对闽南女性的再社会化效应体现出来了，基于教育背景的婚姻自主选择、基于教育意义让孩子上大学的承诺与行动，还有对孩子心灵健全与品行健康的重视和垂范等，都在很大程度上把朴素的母亲职责再一次升华了，现代母亲的形象和作为因为母亲接受较多的教育而得到良好的呈现，她不仅是闽南女性的杰出代表，更是传统闽南女性怎么成为具有现代意义的杰出母亲的一个成功示范！

从为了孩子到最后成为一种个人自觉的宗教信仰，是作者母亲得益的第三种资源。她生性宁静、不事张扬、手有大爱、心存希望，都和心里揣着的信仰不无关系，淡薄功利、重视感恩更是与信仰的持守息息相关。所以，作者母亲的伟大和美丽还在于她把母亲的本能与本土文化、知识和信仰进行追求女性人格升华和母亲内涵提升的颇为成功的交融与整合，这种交融成就了她非常辉煌的百年生命历程，这种整合还让新一代的闽南女性看到获得更期待的成长、成熟和成就的希望。

当然，与孩子同甘共苦、一起成长也是不可低估的力量。在将近70年单亲母亲的清苦生涯里，作者母亲在全力以赴让孩子需求得到满足的同时，一直注重亲子关系的双向互动，注重从孩子成长成才中吸取力量、积累经验和分享幸福。这种用

我和我的母校
——献给厦门大学百年华诞

　　双向互动取代单向思维、用亲子互惠替换一方受益成见的现代意识和实践，也是作者母亲在百年生命历程中走出的一条富有哲理、学之有益的为母之道！

　　母亲是普天下最让人肃然起敬又想放开撒娇的伟大人物，母爱是这个世界上最没私欲、心甘奉献的崇高情感。我们要感谢作者的母亲，因为您的伟大和美丽，我们才能在这本书的文字里与您相遇，分享您的慈善和厚爱；我们也要感谢作者，因为您的孝道与感恩，我们才能有机会领略一位百岁母亲创造的奇迹和谱写的诗篇，也才有机会向您的母亲表达我们发自内心的崇高敬意，向天下所有母亲献上我们最由衷的美好祝福！

　　亲爱的母亲，请接受我们情不自禁的呼喊，我们爱您！

第五章

我的学生

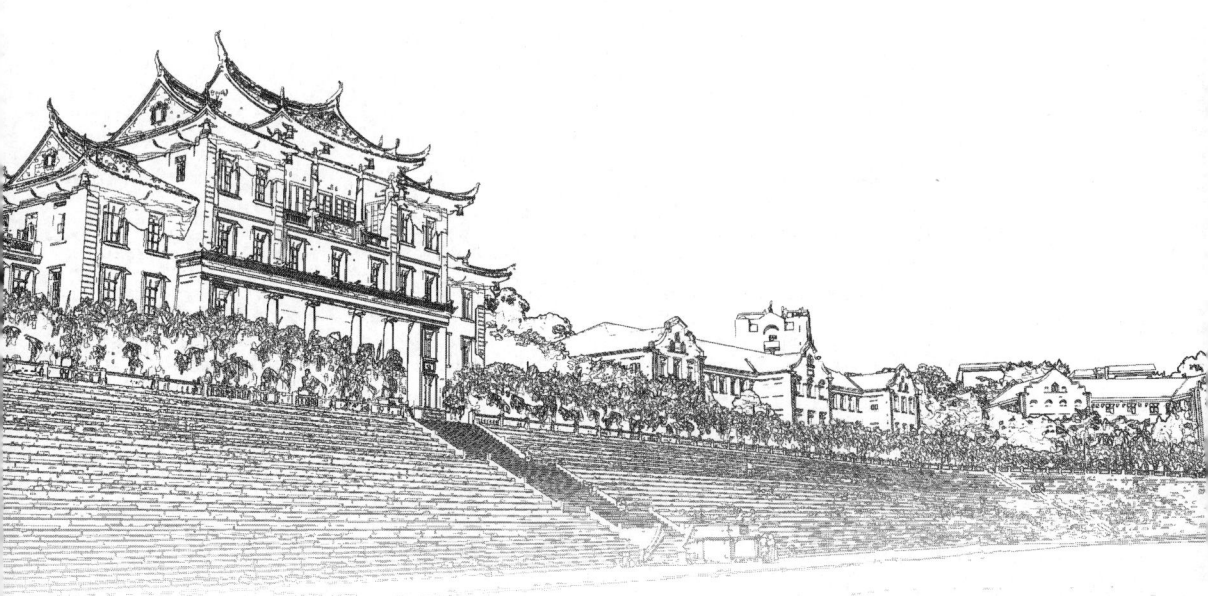

教学互惠
——恢久远的聚会

翔安调研后记

望海学村年会
湖湘大学堂
克雷门
生日的意义
新疆红梅
漳州严静
福州陈颐
南平海峰
仙游静雅
南安琼如
龙岩魏丹
河南玉慧
泉港渝霞

黑龙江曲容

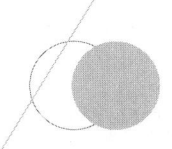

教学互惠

今年又遇教师节。亲爱的学子，请接受老师对你们的节日问候与谢意！

一早去农贸市场，意外发现路边的村镇小花店很热闹，不少小学生拉着妈妈的手去给老师买包装华丽、价格不菲的一束束鲜花……对这种超出小学生购买能力，让学生放弃自己动手、自主表达感恩的节庆形式，感触良多啊！

我以为，教师节对老师谢意的表达，可以回归传统、留住当年自己制作谢卡、书写感恩的仪式。键盘上敲出的谢词不如你用手写下老师熟悉的笔文，再用微信照片传送；网购快递的市场鲜花，不如给老师传过来一张幸福小家的近照；微信红包传递的节日祝贺，不如听得见声音对当年求学时和老师一起成长的故事分享。

其实，教师节对老师谢意的表达，已经贯穿于我们因学相遇、一起走过的岁月。你们上课时不沉溺于手机而专心听讲、你们真诚负责地对待有幸遭遇的校园爱情、你们真才实学又不失人文情怀地走向事业志趣多于职业待遇的社会岗位、你们志存高远脚踏实地用知识更用爱回报国家和人民……这都是老师最期待获得的教师节礼物啊！

在这里，我最想说的是，鉴于教学是一个互惠共生的过程，教师节就不是单向的谢师节，更应该是双向的师生同庆互谢的节日。在学和教的互动中，我们为学生付出辛劳与汗水，你们也给老师带来快乐与光荣；我们培育了有用人才，你们也成就了老师的事业追求；我们努力给每一个学生送去一个有爱有文化的精神家园，你们也用青春、纯真、创意与执着让老师的形象与心灵都得到再塑和美化。也许我的学生还不知道，大姐大矢志不移的学术毅力、大哥大科学精神与人文情怀并重的管理风格、海峰激情飞扬的诗歌朗诵与庆典主持、文馨跨界发展几业并举的多味咖啡，还有大家泪水与笑声交替着的人生旋律，以及家庭与事业良好兼顾的二孩生育热情……也都在完善着老师的生活追求，放大着老师的生命意义。

所以，我要借教师节，向我在中美几个大学教过的学生，特别向我在厦门大学

指导过的研究生,致以最亲切的谢意与祝福,谢谢你们走进老师的生活,没有你们有缘书香会、一路相伴随,也就没有老师非常充实和幸福的教育人生;祝愿你们不忘初心,自强不息,用爱心和勤勉,让岁月静好,让人生美满!

当然,老师还要借教师节,祝福我们一起创立和建设的望海学村永远被爱充满、被书香萦绕、被学术进步赋予更多的光荣!

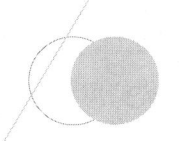

翔安调研后记

在二稿修改完的时候,天边已是朝霞如花了。一夜不眠,居然没有太疲惫的感觉,但我知道,这不是我的作息习惯所致,也不是我的身体还强壮如牛,关键的是我第一次和我的同仁以及带着我的博士生和硕士生如此深入地去研究农民问题,它让我兴奋而激动,有一种与可敬的农民一起生息劳作的美好而又神圣的感觉。实际上,我也是个农民,特别是在上山下乡的两年里,我深切地感受到农民的朴实、善良、吃苦耐劳和顾全大局。真的,没有农民长期以来的付出和奉献,也就没有我们今天繁荣的城市和富强的祖国。在这里我要和课题组的全体成员,以及厦门大学人口研究所的师生,一起向我们的农民朋友表示深深的谢忱和敬意。

这篇调查研究报告从 2003 年 10 月 14 日在福州西湖湖畔集结下乡到今天修改完稿,一共历时 20 天。她的最后写成应该说凝聚了许多人的关心、投入和支持。我们首先要感谢的是福建省委宣传部、福建省社科联为我们创造了这样一个难得的与农民深入接触的机会,可以说没有"双百"活动,也就没有这篇调查报告。其次,我们要感谢中共厦门市翔安区委林国耀书记、接待并和我们座谈的苏建发副镇长和其他的镇领导、五个样本村的"两委"干部,还有热情接受我们问卷访谈的 75 个农民家庭,没有你们的支持和帮助,也不能在这么短的时间里顺利地完成我们的调研任务。最后,我们还要感谢福建省社会科学规划办公室孙骏炜主任带病领队和精

第五章 我的学生

心指导,厦门市社科联美丽而爽朗的杨淑珍同志周到的后勤安排和她那散发着活力的笑声,其他课题组的同仁对本课题组调研活动的关心、帮助和鼓励,还有厦门市社科联副主席胡福宝先生半官半文的俊逸与洒脱、福建省农村发展研究中心黄跃东研究员引理入文的诚恳与细致、福建师范大学博导林卿博士把女性温美与学识魅力的完美结合,以及老同学、日理亿财的郑鸣教授的从容和认真,既是本课题不断推进的动力,又是我们参与这次调研活动的重要收获。

当然,作为课题负责人,我还要感谢课题组的全体成员,正是因为你们的全力配合和高质量的投入,才使得这一份调查报告具有比一般学术文章还要沉重的分量。

最后,我们殷切地期望,本调查报告能够为解决农民增收问题起到一定的启发和借鉴作用,而且还有机会把对这个问题的研究继续深入下去。

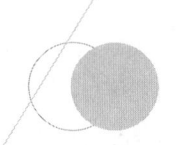

一次久违的聚会

我是4月7日参加完母校90周年校庆回到福州后,才知道厦门大学人口研究所前3届硕士毕业生要在9日回校举行毕业后第一次同学聚会。其间,建华、学凤打来电话邀请,怡然在从温州过来的动车上也给老师打来邀约电话,最后林擎国老师发来短信说:"人口所前几届的同学都来了,也请所有的老师,你作为所长一定要来,免得让大家失望、失落!"我终于下决心,再累也一定去参加这次久违的聚会。

9日中午12点前我把车开到福州南站,在那里的停车场存好车后,坐上12点27分的动车向厦门靠拢,在车上我一一回忆和梳理着这几届同学给我留下的印象,心中越发集聚着那段岁月给我编织的美好与温馨。一声短信提示,打断了对往事的遐想,原来学凤要开车来火车站接老师,学凤也买车开车了,这些年轻人,真够厉害的。

学凤和硕士生的大姐大林志婉一起来接我。学凤剪了短发,由于过于敬业,神

态显得有点劳累。而毕业后近 8 年都没再见过面的林志婉，我一眼还是可以认得出来，她给我的感觉，就是成熟、干练，是一个能够把职业做得十分得心应手的专业型的中层管理女性。

学凤车开得还不够娴熟，但我们还是安全地从拥挤的火车站那里突围出来，来到鹭大斜对面他们下榻的一家酒店。我见到的第三位同学是刘建华，他一看到我，就很自然地把老师抱住了，想到他当年差一点因为我"以貌取人"而失去读硕的机会，我现在还觉得有点自责，建华还是当年午休时来敲我家门的模样，岁月没有在他身上留下太多的痕迹，依然那么小巧，那么年轻，像一个入学不久的大学生。怡然是我看到的第四位同学，也是短发，笑容还是那么真诚，背包上轻轻摇晃的小挂件提示他人，我还是一个小女生哦！最后来到酒店大堂的是肖猛一对，从依稀可见的一些白发，可以看出肖猛这些年的奔波，从他爱人对他专注的眼神，又发现这些年他不是孤军作战。

同学们把下午 3 点的师生见面会安排在酒店附近的"四合院"咖啡屋的院落里。几张桌子拼在一起，上面撑起两把遮阳伞，摆满各种小吃、各色蛋糕，还有两壶花茶，周边是水池、林荫，还有几朵春天的花，很快这里就被欢声笑语、被多年未见面所沉积下来的师生情所充满。我提议，每位同学先围绕职业、爱情与亲子关系这三个主题，向大家介绍一下毕业后的发展情况。

大姐大林志婉首先拉开话题，她说，我毕业后的工作与生活平稳顺畅，到了什么时候该做什么就做什么，职业发展一直比较称心如意，现在已是汕头移动的人力资源部主管，生活上借学缘与小学同学牵手的婚姻过得挺有滋味的，在诏安县公安局工作的老公基本上把照顾女儿的责任承担起来，每周几次 70 多分钟的回家路程都在细说着年轻小家庭的幸福。谁说同班同学的婚姻不美满，志婉用自己的成功实践对我的观点提出挑战。

与同届同学相比，肖猛的职业路线要曲折得多，不仅周转多个单位，还跨越不同区域，甚至还和他人合伙创办过公司，最后才专注于基金管理工作，并把家安在了深圳。坐在他身边、当医生的夫人，说到肖猛这些年不容易时，暗自落下泪水，让大家感受到肖猛艰辛中的甜蜜，因为一路有爱人相随。

生性豁达的怡然所诉说的是不少女研究生一样的遭遇，也就是毕业后基本上都在忙着相亲，然而，我们的怡然是幸运的，和当地的一位帅哥医生携手后，很快就有了爱情的结晶，而且因为丈夫是麻醉医生，加上小怡然的配合，整个分娩过程只有快乐与幸福。在忙完个人大事后，怡然开始把精力转向她在温州大学的高校教师职业，并继续把研究关注投向进城的农民工，这种非功利化的对弱势群体的人文关怀，给怡然的专业研究带来不少惊喜，两篇文章在《光明日报》发表，申报的研究课题先后被列为浙江省社科规划与教育部社科规划立项项目。

建华和志婉学姐一样，进入广东移动后，就一头扎下去，用自己的亲和与睿智也做到中层主管，在顺其自然中和当地的一位公务员结合，并有了不到一岁的儿子。但我知道，有那么一段时间，建华为公司越来越行政化而苦恼，曾经也动过换个环境的想法，甚至想通过读博回归校园。不过后来他还是坚持下来了，在先适应后拓展中提升了自己在公司中的专业地位。

由于杜鹃要到晚上聚餐时才能来，2005届的介绍提前了。和后来去日本留学的叶妍一起留校的葛学凤，以敬业、友善和在学期间积累的调研经验与能力博得厦门大学学生处领导与同事的认可与喜欢，现在已经是负责起草各种学生奖励文件的副科长了。而且让人没想到的是，稳重矜持的学凤婚姻却有着十分浪漫的前奏曲，她和建筑设计师的丈夫居然是在厦大一条街上的一家书店邂逅的。在书店里，她先生主动搭讪，学凤不仅没有提高警惕，而且还跟他要了手机号码，一桩美好的爱情，并没有按照她导师总结的厦大爱情三部曲的旋律，而幸福地铺开了，不久一个可爱的宝贝儿子加入了他们以书为媒的婚姻故事。

与学凤同一届的钱敏和峻岭，毕业后一起追随导师到福建金融职业技术学院任教。钱敏说，后来因为恋爱对象小马毕业后留校当辅导员，自己又考回厦大，攻读保险学的博士，当时念得挺辛苦的，还好坚持住不放弃，不然今天也不会进入厦门保监局工作。现在通过自己的努力,用做专题调研的能力与成果,逐步显示出与其他同样拥有博士学位同事不一样的职业优势。"感谢小马没有嫌弃我个头不高,在读研期间就开始的恋情顺利地走向婚姻,不久还生了宝贝儿子。"钱敏一边讲述他的故事,一边不时地把幸福的眼光投向正在旁边照看儿子的小马。

与钱敏相反,峻岭一直在金融学院工作,后来经师姐雅萍介绍,认识了现在的太太,也有了一个可爱的女儿。说起自己的婚事,峻岭还显得不好意思,因为第一次约会,他居然睡过头了,迟到了,坐在旁边的他夫人插话说,你让我在那里足足等了2个半小时,当时我想撤了,是我爸劝我再等等,至少听听是什么原因迟到了……嗯,不然就没有我们今天了,你应该感谢我爸!

同学们对过往的追述不时被插话、点评和笑声所打断,等到老师讲话的环节已经是黄昏时刻了。最值得大家感谢的人口所硕士点创建人林擎国老师先说,他欢迎同学们离校数年后返校聚会,感谢同学们还有心来看望老师,祝愿大家明天更美好。拥有日本双博士的王德文教授却把感谢给了林老师和叶老师,说如果没有他们两位把我引进到厦大,我也不可能有今天在这里分享你们的进步与幸福,我也祝福大家各方面继续顺利与如意,并经常回校看看。

最后轮到我说话了。我说,大家返校给老师最强烈的感受是欣慰,你们在毕业后的生存与发展中很好地传承与发扬了我们人口所的精神,人口所的精神就是自强、认真与亲和,你们的成功再一次证明这些精神是值得人口所每一代人所珍惜与坚持的;另外,虽然你们没有老师当年发展的有利外部环境,面临许多我们以前所没有的挑战,但你们表现得比我们还出色,各方面兼顾得比老师还好,现在都事业有成、婚姻幸福、儿女活泼可爱,真的让我们感到格外的欣慰。

你们回来给老师的第二个感受,就是要好好向你们学习,学习林志婉船高不离水,始终不动摇对爱情的持守;学习肖猛百折不挠,一直对自己充满信心;学习怡然淡泊功利,通过研究传递对弱势群体的人文关怀;学习建华心态平和,用内涵建设不断获取人格上的尊严;学习学凤真诚做人认真做事,在平凡的岗位上站立起一个被大家喜爱的职业人；学习峻岭懂得珍惜爱情，用自己积极的人生作为不让亲人失望；学习钱敏始终不放弃任何发展机遇，用敢于面对与进取的健康心理不断迎接人生的收获季节。

老师的最后一个感受，就是和大家互勉，希望大家在事业、婚姻和亲子这人生的三大要事上，始终把事业的发展放在人生议事日程上的第一位，有一份好事业就会多一份心理上的定力，也会增加对婚姻家庭的有力支持；其次，要认识到，婚姻的重要性远大于孩子的效用，有了幸福稳定的夫妻关系，孩子的培养就是事半功倍了，更何况还能愉悦性情、整合资源；最后，在对待亲子关系上，要坚持环境育人，比起直接介入孩子成长过程的全包办做法，营造一个健康的、积极向上的家庭文化环境才是一个更为科学有效的育儿选择。

我们在华灯初上的时候等到了分别开车来的杜鹃和他们在厦门工作的小师妹建红，坐在车里的还有长得十分帅气的杜鹃儿子。大家分坐三部车去环岛路上的花之霖共进晚餐。小平作为博士生的代表也来了，还有刚调回厦门工作的小师妹王玉霞。陈铭老师带着很漂亮的女儿高高兴兴地来了，先到的郑启五老师今晚收拾得挺干净的了，看来出使土耳其的几年生活也让这位老兄开始去掉不修边幅的习惯了。

因为要提前去火车站，坐9点21分的动车回福州，我提议，大家先一起合个影，给这次聚会留下一个生动的全家图。随着好几个相机的镁光灯连续闪亮，我的思绪被带回到同学们访问闽都大庄园新居的那欢乐情景、人口所欢送我去福州履新的那惜别之情、我和同学们在厦大白城家里挑灯夜战的那紧张场面、第一届硕士研究生没有选我做导师的那份学术失落……时间啊，让多少往事变得如此亲切美好、如此强烈地拨动心中那根不老的情之弦！亲爱的同学，老师深深地爱着你们！

虽然后来我还清醒地听着志婉代表返校同学致辞、郑启五和陈铭两位同仁相继补上下午还来不及说的话，还清醒地由建华和学凤开车送老师去火车站，还清醒地登上北上福州的动车……其实我已经在这份用岁月浇灌出来的浓浓的师生情中彻底地陶醉了。

亲爱的同学，请再创你们的辉煌，超越你们的老师，我们的最美好祝福将一直伴随着你们！

不好意思，从厦门聚会回来后，老师就感冒生病了，吃了一大堆的药，一直到今天才有明显的好转，也才把你们返校聚会的这篇散记写出来了。老师希望，所有参加这次聚会的老师同学们，把我疏忽与遗漏的都一一补上，我觉得，那天的每一个时刻、你们叙说的每一句话、在你们脸上绽开的每一个笑颜都是珍贵的，值得永存的！谢谢大家！

望海学村年会

2012年2月18日，望海学村迎来了姗姗来迟的2011年回顾与展望的村民年会，虽然鹭岛寒风习习，但是每位村民朝气蓬勃、热情奔放，陆续来到咱们"大哥大"预定的"越古炖品农家餐厅"，而大姐大早已坐镇农家餐厅包厢中了。这种学村活动自然少不了林老师和王德文老师，望见两位老师信步走来，新村民赶忙出来迎接，王老师身旁还多了一位小帅哥哟，为女性村民较多的学村增添了新的性别亮点！

参加本次村民年会的，还有学凤师姐、小熊师兄、钱敏师兄、静雅师姐以及初来乍到的3位新村民魏丹、文馨和严静，各位村民整齐入座了。咦，村长叶老师呢？已帮大家点了菜的大哥大呢？呵，还存留着多年留美风格的叶老师在大哥大的陪同下，终于来到了大家当中。

在海边的这家农家乐，村民们围坐在一起，如同一家人一样，欢声笑语此起彼伏，话语中笑声里涌动着一股望海人一家亲的暖流！

按照惯例，村长叶老师先做开席致辞：

首先，借此美好的机会，恭喜本村村民在过去的一年里拿到了1个自然科学基金项目、2个国家社科基金项目（叶老师的"女大学生就业问题研究"和王玲杰的"中部地区高碳产业低碳发展的路径与政策研究"），还有一个教育部青年基金项目（孙琼如的"工作权威性别差异的机理与对策——社会网络视角的研究"）。村民们一下子兴奋起来了，咱们学村太厉害了，都可以自成一个大学啦，有校长、书记、二级学院院长，有博导、教授、讲师，当然还有好多博士生硕士生，哈哈！村长说，此乃学村的第一桩喜事，也就是获得课题立项最多的一年！

其次，要向去年光荣高升的村民，包括大哥大、大姐大和学凤师姐表示热烈的祝贺，谢谢他（她）们给学村带来荣誉，请大家一起举杯，为他（她）们的努力与进步喝彩——此乃学村的第二桩喜事！

最后，还要非常高兴地告诉大家，2010级的静雅和婷婷都在去年双双步入神圣的婚姻殿堂，成为美丽而幸福的准博士新娘，我们再一起举杯，祝福她们爱情久远、婚姻美满！——此乃学村共庆同贺的第三桩喜事！

村长表示，要特别感谢大家在过去一年里为学村扩大声誉与影响所做出的各种个人努力和集体合作，相信大家会乘势而上，在新的一年里再创辉煌。

接下来是学村每次年会的重头戏，即参会的每一个村民发表感言，回顾去年过往，展望新年岁月！在林老师的提议下，今年还有一个小创新，即每一个村民在发言的时候，都加上一个Key word（关键词）！

大哥大的关键词是快乐。人生中快乐是很重要的。很多时候，我们所做的事情包括教学、科研、行政、学习等都需要有快乐，才会坚持不懈，并做出成绩。我在学院主要负责党务工作，因为院长还没到位，实际上还要过问行政事务，平时要管理和服务100多个教师，确实责任重大、很辛苦。我发现，越是这样，越有必要在工作中注入快乐，并注重快乐的产出，这样工作才会有动力。而且平时除了上班以外，下班后还要写论文，几乎是白天黑夜连轴转，这就更需要用一种快乐的心态来面对，只有这样，人才不会累。与此同时，我们还要全面认识健康的重要性，有了健康的身体和心理，才能充分享受快乐。这是我，在过去一年，既顺利通过博士学位论文答辩，又在职务上得到升迁的一个重要秘诀。

学凤的关键词是学习。总结去年的工作,从学生处的科长到软件学院的团委书记,身份转变了,也更近距离地接触学生了。在工作方式上,从过去的上级布置任务按部就班地去落实到现在很多事情都需要自己去考虑,自己去想点子和拿主意。以前太忙没有时间写东西,现在可以挤出一些时间了,就希望自己能够坐下来写一些东西,发表一些与工作有关的文章。所以今年是我的学习年!

静雅的关键词是忙碌。非常感谢叶老师把我招到这个大集体来,我还非常非常幸运,成为最后一届可以在职攻读的博士生。在这之前办了一年休学,现在期望还能按照2010年入学的那个时间表毕业,所以今年的最大任务就是写好博士论文。我要向王老师和师兄请教和借鉴怎么更好地做学问,因此,我的关键词是忙碌,开心并忙碌着。

去年刚刚评了讲师,今年要向更大一点的目标去努力,集美大学在学术产出上的要求越来越高了,所以要向叶老师请教,并积极参与叶老师主持的课题研究。在讲课教学方面,要多向林老师学习,向在座的其他老师和师姐学习,既做好学问,又把课讲好!

魏丹的关键词是幸福。总的来讲,2011年能考上厦大的博士真的非常幸运,也非常感谢叶老师。我们平时交流常说,读博士虽然很辛苦,但也是很幸福的,所以再一次感谢老师。同时,一个学期过来,我自己觉得还不够努力,师兄师姐有很多值得我学习的地方。2012年,我要好好思考和确定自己博士论文的研究方向,还要争取多发表几篇论文。哦,我正在申请中美联合培养项目,不管最后能否成功,我都要多加努力,争取更大的进步。

文馨的关键词是感恩。对于2011年,我的关键词是感恩。首先要感谢叶老师给我这个机会来到厦大,算是圆了自己的一个梦吧。其次呢,去年我腰部受伤,卧床休息了一个星期,在这期间,都是我们博士班的同学来照顾我,轮流给我送饭,陪我聊天,我的宿舍成了大家一个小小的聊天室,真的非常感动。我想,不管过去多少年,每当回忆起来,同学之间带给我的这种温暖仍然会涌上心头。

第五章
我的学生

　　对于 2012 年，我的关键词是坚持。我的情况和其他同学不太一样，我是跨专业考博，在复习考博的那段时光里，也是叶老师一直鼓励，给我信心让我坚持到了最后，我有这样一个梦想，那我就需要为了自己的梦想去付出，结果怎么样我们暂不考虑，如果我们可以走好每一天，走好每一步，那最后一定会有意想不到的收获，哪怕仅仅是这段经历，都会对人生起到作用。所以，2012 年，对于我这个跨专业的博士生来说，关键在于坚持。我希望，坚持下来，一点一滴地打牢基础，向师兄师姐和同班同学学习，我相信，有付出自己就不会后悔！

　　严静的关键词是感动。因为在我考博的阶段小孩才一岁多，很多时候，都要等到小孩睡着之后，搬个小凳子到卫生间里面看书。我当时住在厦门电业局的宿舍，老公借调去福州的省电力公司，刚好这个半年我又在厦大人类学所做访问学者，也就有半年时间复习考博，而叶老师给了我很大的精神支持，之前跟叶老师做了不少课题，在这个过程中积累了很多经验，特别是专业方面，考试复习很多都是靠跟着叶老师做课题时的积累来完成的。我是脱产的，如果没有叶老师，肯定办不下来，我也就没有这个难得的机会跟大家坐在一起，感受到这样一个家庭的温暖，所以非常感动，特别是来自叶老师给我的感动！

　　我第一次跟叶老师见面是 2003 年，那时候叶老师很年轻，而且还是海归的教授，跟他握手的时候觉得他的手特别的温暖！当时对叶老师的第一个印象就是"惊艳"！我读研究生的时候就特别崇拜叶老师，还下载了很多他的文章。他跟叶丰写了很多家书，教叶丰如何做好人生规划，我想，这对我的影响是比较大的，很早的时候，我就跟我的硕导说，我有机会一定要考叶老师的博士！很感谢叶老师给我这个机会，特别是自己很崇拜的老师，这种感觉很不一样。

　　对于 2012 年，我的关键词是奋斗。大家给我一个挺大的压力，村民们今年申请到这么多课题，不少师姐师兄还荣升，有的村民单单去年就发表了 7 篇论文，在你们面前我很汗颜。在新的一年里，我一定会珍惜时间，努力学习，特别要多向大家学习，大家的经验必定是我的宝贵财富。

我和我的母校
——献给厦门大学百年华诞

大姐大的关键词是飞扬。总结过去一年比较有感触,那是和儿子去美国访学一年归来后的生活。2011年主要忙于行政工作,会议非常多,再加上婆婆骨折,对于家庭照顾方面有很大的压力,在时间管理策略上,无法像过去那样可以有完整的2~3个小时去图书馆,只能更有效地利用碎片化的时间。在学术上有一定产出,但更多的还是在学习、积累、沉淀和再沉淀。在2012年,我希望自己能够飞扬起来,在课堂上飞扬,在行政工作上飞扬,在科研上飞扬,都有一个新的绽放。如果不是今年,那么明年应该可以。有来自学村和家庭的爱,有大家和家人给我的感动,还有我对孩子和丈夫的爱,让我对飞扬起来充满信心。

王德文老师的关键词是 Enjoying(开心)。时间过得真快,今天带儿子过来,一起看看叶老师,很久没有见到叶老师了。给叶老师拜个晚年,时间上虽然有点晚了,但还是正月。儿子,没有叶老师和林老师,就没有妈妈(林老师补充说,有妈妈啦,只是不一定在这里)。

我要 enjoying life(享受生活),珍惜自己和孩子一起成长的点点滴滴。生活是需要好好把握的。不要只当作一种任务,要快乐地去享受生活和人生。对我来说,很 enjoying 和儿子一起成长的时光,因为总有一天孩子长大了,会离开你去独闯世界,虽然现在在家里总是战火不断,狭路相逢,但是有一天这种战争结束了,可能我会感到很孤独。

在生活中,我和"2"这个数字特别有缘,2个儿子,大儿子9月2日出生,小儿子2月22日出生,还有2位老师。感谢儿子,对妈妈也很关心。对自己2012年的生活规划,就是发展自己的兴趣爱好,结交更多的朋友。

钱敏的关键词是沉淀。刚毕业的时候,包括去年,叶老师都鼓励我要多写文章,确实我都在写文章,但由于本硕博是不同专业,知识沉淀不够,感到有点吃力。

不过在工作的时候总会有一些 idea(想法),这种与实际工作相结合、重在表达新看法和思路的文章写作,也是一种很好的专业沉淀。通过这种沉淀,我逐步把工作压力转化为学术动力,除了完成好日常工作任务,还尽量多发表理论与实务相结合的文章，最后获得一个局里少有的专门研究岗位，直接对局长负责。今后在工作中希望自己有更多的思考和idea，在执行的过程中能更好地发挥自己的专业才能，试着去改变传统的决策意识与做法。

东辉的关键词是乏善可陈。过去一年总体上在发展，在几个角色中不断穿梭与变换：

第一，作为公司的主管，需要带领公司往前发展，加上员工人数成倍增加，还需要在管理架构上做一些改变和调整，一些工作开始下放给年轻人，并在这样的下沉中去发现和培养年轻的管理人才。

第二，扮演父亲的角色。孩子长大，开始上幼儿园，需要接送孩子上下学，还需要腾出更多时间和孩子交流。孩子在学校非常叛逆，可能是一种遗传，孩子太有个性也不好。到期末，各个方面的表现都比较差，我在寻找做父亲的责任。但是这个孩子语言表达能力很强，平时说话，用很多词汇，很难想象，虽然不识字，但很多内容都能够背诵，包括唐诗、弟子规等，甚至连公交路线和各种车辆标识也都背得清清楚楚，这可能归因于她妈妈是一位语文老师吧。

第三，在作为学生的角色方面，有些吃力，主要是学位论文的写作，一整年下来，有进展和收获，但进步不快，今年当然要抓得更紧。

我给2012年选择的关键词是坚持。我想说的一句话是，"优秀是一种习惯"。每个人看到的都是结果，这个过程其实是看不见的。那么善于坚持的习惯是如何养成的呢？"习惯在艰难中形成"，这是我在健身运动过程中体会出来的。之前是跑马拉松，后来是游泳，今年厦门的冬天非常冷，白天鹅大酒店的游泳池又是露天的，每次去的时候都在想，会不会冻感冒了、会不会影响明天工作等，但是也就是在最冷的那几天，我坚持下来了，而且很奇妙，也就是那几天，我的游泳技能明显提升了。

林老师的关键词是升华。我的人生到了一个新的阶段，即升华。一是工作上的升华，校内的专业课少上了，而校外专题式的讲课变多了，无形当中拓展了兴趣的领域，促进了触类旁通的知识汇聚和组合。二是生活上的升华，那就是有更多的时间去锻炼健身，去关注和爱护健康，我以为，身体健康也是人生的一种升华。我希望，自己能够和妈妈一样健康长寿。

叶老师的关键词是珍惜，也就是对亲情、同学情、同事情和学村情的珍惜。对于亲情，老师深有感触，言谈中饱含着对过世母亲的思念和对大女儿出嫁以及现在就要做母亲的感慨，在感受女儿成长带来喜悦和满足的同时，他特别强调，要珍惜与家人在一起的时间。对于同学情，老师特别牵挂深受病痛折磨的大学同班同学，这是班上最年轻，也最快意的女同学，可是却不幸患上重症，叶老师衷心祝愿她能够化险为安、早日康复。对于同事情，老师最大的体会就是心存感恩、以诚相待，珍惜现在还有为大家做事的能力和机会。对于学村在2011年所取得的一系列成绩，老师很是欣慰，各位村民也都很感谢叶老师在2011年给大家提供的无私的帮助和鼓励。对于春节时身体突发的不适，叶老师更加认识到身体和心理健康的重要性，也希望所有的学村老师和村民们，在新的一年里，注意劳逸结合，坚持健身锻炼，用更好的身体素质和心理状态，去迎接更多的成长和更大的进步。（谢谢文馨、魏丹和严静的初始整理！）

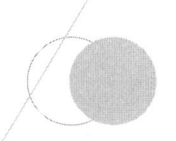

湖湘大学堂

一通来自刚入湘工作不久的弟子文馨博士的电话，几回与湖南省妇联、社科联的沟通，我再次踏上了"秋风万里芙蓉国"的潇湘大地，走进由湖南省委宣传部、社科联、妇联和文化厅联合主办的"湖湘大学堂"，于8月30日上午做了一场以《现代婚姻：幸福的秘诀》为题的女性讲座！

第一次进湘，大约是20年前，刚从美国学成归来没多久的我，以厦门大学人口研究所的学者身份，参加为即将在北京召开的世界人口大会准备的中国人口论坛，也就是在这一次会议上，认识了上海社科院的徐安琪教授，开始了延续多年、产出颇丰的婚姻问题的合作研究。所以,这一次的到来不仅是汇报新的研究成果,更多的是表达久违的一份谢意!

如果说过去对湖南的印象更多的是"湘妹子多情、敢爱敢恨",那么此行的感受就如同年嘉湖的绿水一样,在心里荡漾起对湖南人民、对湖湘女性的敬意与钦佩。

同样是一个讲坛,湖南人却把她做成一个内涵丰富、影响广大的文化品牌,做成一道充满湖湘热情与大气的知识风景,做成一份既融入百姓日常生活又呈现高雅精神品位的有益于修身养性的伴手礼品。诗意盎然的王鹏、温文实干的李彪、宁静细致的米蓉,还有文学与摄影素养深厚的妇联凯辉部长和黄蕴……这支规模不大的主创团队已经情不自禁地和大学堂融为一体,以拥有学堂为荣耀,以办好学堂为己任,所有把湖湘大学堂做到极致的心愿与热情、创意与汗水,汇聚到一快,早已成为这个文化品牌极具人文情怀的一个亮点。

亲爱的朋友,让我们一起关注一下这几个数据和场景:

在中共湖南省委大楼的各层显要位置都摆上精心制作的湖湘大学堂讲坛的立式广告;

附有演讲者大幅照片的 62 平方米大背景墙让每一个置身现场的朋友都会感受到大学堂的厚重与分量;

在可以容纳 300 多人的省委九所报告厅,每一位听众的座位上都有一本精致的推介大讲堂的画册,大家还一起观看了令人震撼的湖湘大学堂的专题宣传片;

还有湖南省社科联党组书记亲自颁发湖湘大学堂演讲嘉宾聘书、省妇联副主席富有美感的讲坛主持、气氛活跃的现场问答互动,以及演讲结束后一次又一次的合影留念;

甚至大学堂的活动还出现在当晚的湖南新闻,不短的播报都聚焦讲坛的主题;出现在第二天至少 3 家报纸的版面上,而且篇幅还很长……所有这一切都深深地感动着我、启迪着我!

谢谢大学堂的工作人员最后还给我表达敬意和抒发感动的机会,我在早已准备好的留言簿上留下这样一句话：爱是可以温暖这个世界的！

我还把大学堂送给我的一束鲜花，转递给文馨博士，谢谢她从此让厦门大学女性研究基地和湖南妇女理论界有了更多的合作愿望与交流设想，并祝愿她在校地合作发展中继续发挥应有的作用。

感谢湖湘大学堂！

祝福湖湘大学堂！

克雷门

根据2015年中国咖啡及咖啡厅市场发展分析报告，目前中国人均年咖啡消费量为3～5杯，与世界240杯的平均水平存在着相当大的差距，可以说中国咖啡及咖啡厅市场未来发展空间宽广、潜在商机无限……

没有想到，在厦门大学指导的张文馨博士，和她同样是厦大博士的丈夫居然悄悄地加盟这个看似朝阳的服务业，每天离开执教的大学校门，就转身走进另外一个门——克雷门：一个香气袭人的咖啡屋，从此也让她的导师在偌大的神州大地上，有一个不让付钱就可以把一杯咖啡拥到手中的地方！

直到秋初的一个日子，在"湖湘大学堂·女性讲坛"做完一个报告后，走进克雷门咖啡屋，我才了解到，这对年轻博士夫妇的咖啡情结：

原来对我弟子的爱人刘博士来说，厦门大学校园里的咖啡屋就是他的书房，他的法学博士论文就是在母校的咖啡屋里写成了。咖啡学术、学术咖啡，他们把对母校的感恩、对母校校园咖啡文化的认同与喜欢延伸到而今落户的湖南常德，在咖啡香气中时时提醒自己作为一名厦大人的学术追求和文化责任！

读博之前，弟子是市场人，MBA的学历和企业的经历让她对市场经营和效率管理有一种几乎天然的兴趣，女性社会学博士学位的攻读，把这种兴趣提升为志趣，把原来只为谋生的一般就业者发展为更在意实现自身价值的自己做老板的企业人,她在和克雷门一起成长的日子里,其实已经看到中国女性永没有充分挖掘出来的性别潜力,也更加意识到拥有博士学位的中国女性的性别责任,那就是把没有发现、已经发现但被闲置的自己和其他女性的潜能全部挖掘出来,做一个淡化依附意识的独立自强的新女性!

正是这些南强学术意识、市场经营意识,以及女性发展意识在新的时空里的融合,弟子和她丈夫不断地给传统的咖啡厅服务融入许多新的经营理念和文化要素,改变着人们已经习惯的咖啡业态,把咖啡消费逐渐替代泡茶休闲,成为越来越多中青年人口的生活新常态:如把单一化消费转为复合型、多样式享用,又如把个人消费休闲转为群体文化活动,另外还把一次性的咖啡好奇转为一辈子的咖啡偏爱等。

离开常德的时候,弟子给了导师一只克雷门咖啡店标杯子。现在每天早晨,我都会用这个杯子,给自己冲上一杯咖啡,一边面对眼前缓缓流过的乌龙江慢慢地品用,一边给居住在柳叶湖畔的弟子和她的克雷门咖啡屋静静地祝福……相信到那里喝咖啡的人将越来越多、对那里的文化依恋也越来越强!

最后,给弟子文馨远距离做个广告:

请到常德欢乐城的克雷门来吧,一杯咖啡,就是一个世界!

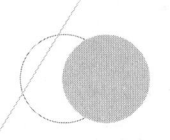

生日的意义

虽然昨晚迟睡了,但还是在清晨 5 点的时候醒来。喝下一杯凉水后,就下楼晨走锻炼,走过已经进入打桩浇注桥墩建设阶段的洪塘大桥,再走过乌龙江边沙滩公园,来到曾写过一篇微信短文的夕照亭,拍了几张照片后,又继续往前走到又一个临江亭台才原路折回。加上到农贸市场买鸭蛋和线面,再到闽都大庄园音乐广场兜了几圈,一共走了 17915 步,以庆祝自己进入 60 岁后的第二个生日。

我和我的母校
—— 献给厦门大学百年华诞

回到太阳座,我给自己煮了一碗传统的福州长寿面,面上的烤鸭是昨天进城办事在三坊七巷对面的老福州小吃店买的!

在上海社科院的弟子说,那面线看起来好好吃,久违的酒糟鸭,祝叶老师生日快乐!

在厦门大学的弟子说,老师吃太多啦,加两片青菜叶子。

在集美大学的弟子说,我小时候在家过生日时,我妈也是这样煮一碗面两个蛋。

是啊,每每过生日,我总是忘不了母亲的辛苦。为了生男孩,母亲每次都会因为心怀期待而忘却临盆的疼痛,可是又都因为最后哭响的是女婴声音而加倍地痛苦!到了我,母亲已经经受了10次这样的生理加文化的疼痛。所以对于生身母亲是以一生感恩回报的话,那么我则要用十生的回报才足以表达对母亲的感恩!亲爱的母亲父亲,儿子今天格外地想念你们!

最早的生日祝福来自美国的小女儿:Will be at hospital all day in surgery, so wanted to wish you early happy birthday, daddy!! Love and miss you 。她现在正在加州一家医院的牙科见习。读着女儿的祝福,一股强烈的内疚涌上心头,由于各种原因,我居然还没参加过小女儿从小学到初中、高中,再到大学本科的毕业典礼,而今又通过4年的研究生苦读,终于就要在明年5月从宾夕法尼亚大学牙科学院毕业了,我还要让女儿失望吗?于是我给女儿发送了这样一条微信:

女儿好!谢谢你的生日祝福!老爸已提出彻底退休的申请了,到时一定会出现在妹妹研究生毕业典礼的现场,一起祝贺辛苦学成的美丽牙医!也会到姐姐和钟凌在新泽西的新家,一起祝贺小秋秋、小太阳乔迁新居!当然还要带上爸爸的一点心意与祝福!

一早,在福建师大的弟子尽管要照顾一家老小,却不忘通过"望海学村"群给老师发来微信祝福:祝叶老师生日快乐,年轻健康,魅力依旧!一下子,学村的村民和同事像喷薄而出的太阳一样,把整个太阳座都照亮了,我快乐地沐浴在一个又一个的生日祝福之中!非常感谢学村,感谢大家,你们让老师想起一段又一段在一起的难忘时光:

我们一起走进厦门郊区,一篇题为"农民收入提高的主要障碍与对策"的调查报告得到中共福建省委宣传部和省社科联的表彰。

一起走进三明市,又一篇调研报告《高速公路时代的三明发展战略研究》获得福建省社科研究优秀成果三等奖的奖励。

还一起走进望海学村为老师举办的50岁、60岁和62岁庆生的欢声笑语之中,你们一一签字的小足球还摆在最容易进入老师视野的书柜上;你们制作的红色T恤和只有一本的《海文的微信书》也都被老师细心地珍藏着;你们为老师认真准备的一碗地道的福州长寿面,又是一个耐人寻味、充满乡愁的生日祝福……

谢谢学村,是你让我的生日富有历史的动感和师生情同事亲的温馨!

还有亲爱的各位亲朋好友同学同事,也正是因为你们一路一起走来的相伴与分享,我的每一个生日才充满着生命的意义和回望的价值!谢谢大家,今天我格外想念你们!

生日既是一个生命光荣诞生的母恩纪念,也是一个生命从年初到年少再到年熟和年老的人生足迹。即使这样,我还是爱过生日,因为我又有一个正式的机会来表达感恩,来燃烧激情,来为生命之车隆重加油,继续开往富有诗情画意的远方!

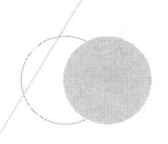

新疆红梅

又是一个阳春三月。我借面试2007年博士考生的机会,回到美丽的厦大,并得以和自己的博士弟子在来自重庆的全国连锁名店"陶然居"一聚。虽然已经在去年顺利获得博士学位、开门弟子石红梅还是赶来了,并在不经意之中把她要在厦门

我和我的母校
—— 献给厦门大学百年华诞

大学出版社出版博士论文的好消息与大家分享,还笑着对我说,怎么样,能否请导师为我的新书作序。在高兴之余,我也就轻松地答应了,结果就有了这个开篇之序。

从2002年9月开始考博到今博士论文即将正式出版,石红梅博士可是用石头一样的精神闯过许多难关,在自己求学之路上盛开了一朵艳丽的红梅。可以说,红梅的求学经历本身就是对这篇博士论文《已婚女性的时间配置研究》的实证支持,它不仅记录了一个已婚知识女性追求发展的艰辛,而且还说明了这样一个道理:现代知识和传统美德的有机结合将是中国女性克服性别文化和制度障碍、获取性别自由和进步的重要法宝。

如果没有记错的话,红梅是在通往厦门大学物理楼的斜坡上告诉我读博所面临的第一个艰难选择:她在紧张的应考中居然怀孕了,考读博士和生育孩子可以同步并进吗?不愧是来自大西北新疆的姑娘,用中国女性特有的坚韧把知识再生产和人口再生产完美地结合起来了,让自己的生命在这两种生产的巨大收获中实现了从未有过的价值。

兴奋过后的红梅又迎来第二个挑战,能够在有限的时间和精力的约束下,把担任讲师的职业要求、为人之母的血缘责任与作为学子的求学需要不无矛盾地结合起来吗?不知是儿子给母亲带来的爱的力量,还是科学知识赋予女性更多的聪明才智,红梅居然从容不迫地一路走过来,在孩子可以自己站立和迈步的时候,开始了博士论文的选题和写作。

直到此时,我所看到的都是一个充满着自信的红梅。然而,她却万万没有想到,博士学位论文的生产竟是一个如此艰辛的过程,我对她的论文初稿提出修改意见时写下的文字也许是对这种艰辛的一个比较客观的描述:

"读完你的论文,我深深地感觉到你给自己预定了一个比较宏大的学术目标,以及为达到这个目标你所竭尽的努力。这个目标不仅包含着作者对一个年轻的研究领域的创新性介入,希望能在研究范式上展示自己的风格,而且还洋溢着女博士对包括自己在内的已婚知识女性的性别关爱,希望通过自己的研究能在她们的生活方式上引起必要的思考和变革。我为我开门弟子的学术理想和人文关怀而感动。

与此同时，我也清楚地看到弟子在追求这个目标的过程中所历经的困惑、挫折和徘徊，也可能还有动摇。但值得庆幸的是，作者最终并没有放弃自己的理想，也没有松懈自己的努力，尽管所生产出来的学位论文还需要比较辛苦的修改，才能呈现给我们的答辩委员。从这个意义上来说，你已经成功了。

我知道，作者在不断地厘清自己的分析思路和研究框架，认真地模仿你认为值得借鉴的研究范式，以及尽可能使用更为语法化和学术化的语言来表达自己的学术产出，但是，实事求是地说，在这些方面都还存在着较大空间需要你的继续投入。这些空间存在的原因不在于你，而是与我作为导师在指导上的缺陷有密切的关系，我还是没有为大家提供一个严格的学术训练，使大家在学理上在研究技术上甚至在语言表述上真正做到炉火纯青。由于我的指导还不是很到位，现在让你辛苦了，而且还得继续辛苦下去，对此我在这里向你表示歉意。"

当然，我们的红梅并没有后退，更没有被吓倒，她用最后的成功告诉这个男人依然拥有更多话语权的世界，女性不是天生的弱者！女性完全有能力书写自己的人生！

现在，让我们带着对中国女博士的一份敬意，来好好阅读红梅呈现给大家的这本专著。前面我提过，这是一本专门研究已婚女性时间配置的著作。实事求是地说，关于女性时间配置的研究是一个比较老的话题了，从人们关注工业革命时期纺织女工的劳动时间长度开始，至今已有200多年历史了。然而，一直到20世纪60年代随着社会学结构功能主义理论的诞生和经济学新家庭经济学的形成，已婚女性的时间配置才开始引起更多社会学家和经济学家的重视，并逐步上升为比较系统的多学科研究。我们中国学者对我国已婚女性时间配置的研究则更推迟到20世纪80年代初，不到30年的历史。我好久没有联系的朋友王雅林教授应该可以算是最早系统研究这个问题的社会学家，1980年他对哈尔滨和齐齐哈尔两市9个城镇居民进行时间分配状况调查，并从闲暇社会学角度解释我国北部城市居民的生活时间分配模式。值得一提的是，全国妇联和国家统计局在1990年和2000年联合举行的两次中国妇女社会地位抽样调查，以及著名的女性人口学者朱楚珠教授在1995年对西北农村妇女时间配置的调查研究，都在专题资料建设和社会性别分析两个方面有力地推进了对我国已婚女性时间配置的研究。

但是，就我所知，把已婚女性时间配置作为一篇博士学位论文的话题来专门研究，并且是由一位女性博士生来完成这个研究，恐怕至今还是独一无二的吧。与前人研究相比较，红梅论文的突出之处，至少可以归纳为以下几个方面：

1. 中规中矩的研究范式

红梅论文走的是一条与西方特别是欧美相接轨的研究套路。她在论文中花比较大的力气去回顾本专题研究的发展脉络，梳理各种研究派别特别是学科视野，介绍过去研究的主要成果，特别是发现前人研究的主要缺陷和遗憾，并在这个系统的文献述评基础上，构建自己的理论框架和提出相应的具体假设，最后利用已婚妇女个体为分析单位的抽样数据，通过统计手段对所提出的理论假设进行实证检验。正是因为坚持这种必要的研究规范，红梅使自己的研究成果具有横向的可比性，或者具有再次实施检验的可能性，大大提高了论文的学术品位和科学价值。

2. 多个变数的解释框架

红梅论文突破了贝克尔简约的新家庭经济理论框架，超越了引入变量有限的博弈决策理论模型，用一种多学科的综合视野观察中国已婚女性的时间配置，提出一个包含着经济、社会、人口等多个宏观和微观影响因素的解释理论。显然，这种多学科拓展型的理论解释不仅丰富了学界对我国已婚女性时间配置成因的认识，而且还在一定程度上纠正了由于忽视一些重要变量而高估了引入变量的影响程度。尤其是论文把性别意识作为一个内生变量，还有单列一章（第8章）专门分析性别意识对已婚女性时间配置的影响，完全是对前人研究的一个重要发展，这对于进一步改变过去比较男性化的性别研究有着颠覆性的社会意义。另外，把婚姻满意度作为一个变量也引入到解释模型，也是很有学术和政策意义的。

3. 相对先进的分析方法

相对于大部分前人研究或者只局限于定性分析，或者只进行一般描述分析，或者只实施比较简单或初级的双变量对比和相关分析，红梅论文则在研究方法上往前走了一大步，她不仅利用至今质量比较高的来自中国妇女社会地位抽样调查的数据，而且还对相关影响因素进行比较合理的量化过程，并根据被解释变量的性质选择比较适宜的统计估计方法，可想而知，这样的分析结果势必具有更大的可靠性。

正如红梅自己所发现的一样，论文还存在着进一步提升的空间，例如把局限于福建样本的模型检验扩展到全国的样本，以便把区域的不同性别文化和制度也作为一个重要的解释变量，又如在选择影响因素时，还可以进行更为严密的理论思考，真正构建出一个有别于前人研究的关于已婚女性时间配置的新理论。所以，论文正式出版并不意味着就可以告别已婚女性时间配置的研究了。相反，所有这些的不足和缺陷应该会继续让石博士牵挂着，并在这个重要的学术领域长期耕耘下去，期待着石红梅博士推出更多、更新的学术成果和大家分享。

已经是深夜12点了，不知远在海上花园的弟子是不是还在挑灯夜读？其实对于知识女性，我总是有着非常矛盾的心情，一方面期待她们用更多的知识和更大的成就改变这个世界，另一方面又不希望她们在家庭和事业的双重负荷下透支自己的美丽和健康。我特别希望，石红梅能把研究和实践结合起来，用你的成功示范告诉天下所有的女性，事业的追求和女性的健康与美丽是可以并存兼得的。

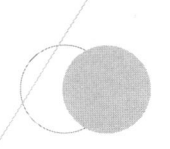

黑龙江曹睿

这是第二次应邀给自己的弟子正式出版的博士论文作序。记得第一次是给开门女弟子石红梅博士写的，那是2007年春暖花开的时候，石红梅以"已婚女性的时间配置研究"为书名，把自己的博士论文交给厦门大学出版社出版。而今石红梅已

我和我的母校
——献给厦门大学百年华诞

经成为厦门大学马克思主义学院副院长,她出版第一本专著时的喜悦心情,我想,可能也被产出越来越多科研成果所带来的更大的学术满足所替代了。但是,我为她的专著作序的那种因为弟子的学术成熟而产生的幸福感却一直延续下来,还因为曹睿博士这次邀约写序而进一步放大!我再一次发现,越来越多的弟子能够发表越来越上乘的学术成果,其实才是以育人为本分的教书人的最大满足!

年轻的曹睿是从东北的黑龙江过来的。我们能有做师徒的缘分离不开王爱丽研究员热情牵线。爱丽是一个美丽端庄的社会学家,供职于黑龙江省社科院社会学所,我们十几年前初识于羊城广州,是应当时社会影响和经济效益都很好的《家庭》杂志社编辑部的邀请,去那里参加由这家杂志社举办的"家庭问题国际研讨会",会后我们成为联系不是很多,但留下的感觉一直都挺好的学术朋友。曹睿2006年跟随爱丽研究员攻读社会学硕士学位,在导师的悉心指导下,她提前一年完成了学业和以"村民自治背景下的农村干群关系研究"为题的学位论文写作。爱丽把对弟子的关爱延伸到对她们未来的用心谋划,而且十分有胆识和远见地鼓励自己的女弟子再攀学位高峰,即攻读博士学位,要知道这在高学历未婚女性"难嫁"的时代背景下是要冒风险的。也就这样,曹睿于2008年考上了厦门大学博士生,并选择女性社会学作为她的研究方向,成为我指导的一名博士研究生。所以,在曹睿博士论文即将出版之际,我要把诚挚的谢意首先呈献给王爱丽研究员,谢谢她为秀丽的鹭岛和太阳岛学术景观的交相辉映又添加了一道风景线!

我的感谢还要送给这本书的年轻作者——曹睿博士,因为她不仅选择我作为她攻读博士学位的导师,让我有机会增加指导专门研究女性问题博士的经历和收获,为我国女性学研究队伍的建设做点贡献,而且更为重要的是,她用自己的成功实践再一次证实,女博士的求学精神与学术潜能是不亚于男博士的,尤其是在求学期间还顺利地迈进幸福的婚姻殿堂,表明我们的女博士不仅能够好嫁,而且还能嫁好!在厦大攻博的三年岁月里,以及于2011年加盟上海商学院、成为一名年轻讲师后和导师的继续联系中,曹睿留给我的印象是丰富而深刻的:她长得不是十分漂亮,但她沉静的性格、温和的气质和友善的微笑让自己拥有一种由内及表的、让人会记住的美丽；她平常话语不多，但在必要的时候，尤其是在学术的场合，她的发言还是有气场的，有着女性和学者的双重涵养；她心存感恩、为人真诚，她珍惜友谊、注重分享，让自己在心灵和情感上始终处于不孤独的状态；特别是，她时刻记住自己的身份和责任，并把追求卓越和不辞辛勤结合起来，走过一段值得自己记忆，也值得他人借鉴的求学路程。

这篇博士论文是曹睿求学之路上的一个重要收获。回想当年她告诉我这个选题时，我并没有给予比较肯定的呼应，甚至我还有一点期待，她会改变自己的选择。这个期待是建立在一定根据之上的：首先，这个选题与曹睿的硕士论文基本上没有学术联系，只凭博士学习阶段有限的研究积累，一般来说是很难胜任的；其次，要对婚姻质量进行创新性的研究，没有针对性的第一手资料作为实证支持也是不可行，可要在攻博期间实施一个具有较大样本规模和统计代表性的问卷调查，其实际操作的难度是非常大的；最后，是我自己在流动妇女婚姻质量这个领域已经做了较多的研究，曹睿她能有所突破吗？没想到曹睿不仅没有改变初衷，而且还紧锣密鼓地开始了这方面的研究工作，直至最后提交出一篇数十万字的博士论文。

从当时对论文内容框架的完善，到论文正式答辩后的点评，再到今天阅读这次出版前的最后修改稿，我以为，曹睿博士的努力在延伸和拓展着学术界对这个领域的研究。西方关于婚姻质量的研究是从20世纪20年代末对婚姻调适的讨论起步的，70年代进入学术探索的繁荣时期，至今已有80多年的历史了。而我国则是在20世纪90年代初才开始涉及这个问题的，大约不到10年后的1999年，上海社科院社会学研究所的徐安琪和我一起出版专著《中国婚姻质量研究》，把这方面的研究共同推到一个新的阶段，不仅全方位地对接西方的研究成果，而且还利用系统的第一手资料把过去主要侧重于定性的讨论转化为定性与定量相结合的研究，尤其是提出结合我国实际的关于婚姻质量的度量指标体系和理论解释框架。此后的10多年里，尽管学术界还在关注我国婚姻质量的研究，但像曹睿博士那样把自己的研究放在国际学术背景底下，并把已婚流动夫妇的婚姻质量作为专门研究对象的学者还是为数不多的。从这个意义上来说，曹睿博士学位论文的出现，既是对过去10多年这方面研究的一个重要总结，同时又是一个不可多得的把婚姻质量研究继续引向深入特别是向流动妇女这个特殊群体拓展的有益尝试！

在我看来，与同类研究相比，曹睿的博士论文至少具有以下几个值得我们学界关注和借鉴的亮点和长处：

第一，本书对过去10年来的婚姻质量研究文献，特别是对我国学者的学术成果做了比较系统地梳理，一方面通过连接《中国婚姻质量研究》这本专著，把中外关于婚姻质量的研究绵延为近百年的历史，尤其是让学术界拥有一个机会纵览21世纪以来的主要学术收获；另一方面还给自己的研究进行客观的学术定位，确立值得攻关和创新的重要领域，倒逼自己在博士论文写作中能有新的突破和收获，进而把我国婚姻质量的研究推向一个新的起点。特别值得一提的是，本书对中外关于流动人口婚姻质量研究成果的综述，具有比较高的学术参考价值和研究方法的示范，这对于密切跟踪学术最前沿、引导新的研究投入更着力于有所创新和超越是非常有益的。所以，正是因为如此注重与前人研究的学术衔接和经验借鉴，曹睿博士的研究才显示出比较高的学术站位和比较新的理论立意，并有效地避免了不少年轻学者比较容易出现的所谓的低水平重复的研究。

第二，作者不仅有效地利用现存的相关二手资料，还不辞辛苦通过入户问卷调查获取第一手数据。就像书中所写到的，"第一手资料来源于笔者在2010年4月至7月对厦门市300个流动妇女的入户问卷调查"。难能可贵的是，曹睿博士还通过比较合理的抽样设计，来保证被调查样本的代表性，她在论文中是这样描述的，"厦门市区共辖15个街道，其中鼓浪屿街道为国家级旅游保护区，除户籍人口外多为旅游人口，对研究流动人口没有太大意义，因此我们首先在其余14个街道中随机抽取了中华街道、梧村街道和湖里街道3个街道，然后在这3个街道流动（暂住）人口名单中各抽取100名已婚女性，对其进行入户问卷调查"。这些资料的获得既满足了曹睿博士测度和解释流动妇女婚姻质量的实证需要,而且还使她能够从横向和纵向两个维度展开对流动妇女婚姻质量的比较分析,了解流动妇女婚姻质量的时期变动、与流动男性的性别差异,以及与未流出农村已婚女性比较中显示出来的差别,整个研究也因此变得更加丰满和生动起来,对流动妇女婚姻质量的估计与解释也显得更为直观与更富有说服力。

第三,本书还把社会性别理论运用到对流动妇女婚姻质量的研究中。作者认为,社会性别是社会建构和期待的不同性别角色的行为和观念,即社会对生物性别的两性有不同的角色期待和行为判断,同时也建构了两性自身不同的意识和行为。婚姻是两性结合与活动的产物,是社会中两性关系的最小活动单位,婚姻生活的质量高低和评价标准都和性别角色、性别意识以及性别之间的社会、经济和文化关系等有着不可忽视的内在联系。我赞成作者的这个观点,并认为正是因为添加了社会性别的研究视角才使本书显示出与前人研究不同的学术和理论价值。其实作者最后的实证检验也证实了社会性别视角的引入是有理论和统计上的双重意义:家庭地位越高的已婚流动妇女的婚姻性生活质量越低,这虽然与这些流动妇女在外工作忙、压力大有关,但更多的是因为传统的"男高女低"的婚配模式在支配或干扰着婚姻的亲密关系,进而造成地位较高的流动女性,或被称为"女强人"的婚姻不幸福;还有性别角色与性别意识的其他几个测量变量,包括家庭权力的均等、家务分工的公平、婚生孩子的性别等也都对流动妇女的婚姻质量具有积极的促进作用,而以女性为主的避孕方式却对婚姻质量产生消极影响。另外,作者还通过两性回归模型的比较,进一步揭示传统性别文化和制度对流动人口婚姻质量影响的性别差异。例如性别角色与意识对流动妇女婚姻质量的影响大于流动男性,又如以女性为主的避孕方式有利于提升流动男性的婚姻性生活质量,但却对流动妇女的婚姻质量产生多方面的负向影响的研究发现,都给我们带来从社会性别理论视角、从男女两性当代性别关系的角度对流动妇女婚姻质量的更多启发和思考。

当然不管多优秀的学术产出也都存在着进一步完善和提升的空间,曹睿博士的研究成果也不例外。我以为，最为必要改进的有两个方面：一是要更加明确地把对流动妇女婚姻质量的测量指标和影响因素区别开来，尤其是和社会性别相关的变量；二是对社会性别变量影响的性别差异要给出解释，告诉读者为什么一样的社会性别变量会对流动妇女和男性的婚姻质量产生不同程度或者不同性质的后果。

如果没有猜错的话，我想这本专著一定是曹睿博士公开出版的第一本书。在祝贺和分享曹博士首获成功的喜悦的同时，我还相信，曹睿一定会平静下来，好好地回顾和总结下对这次学术初征的整个过程和主要得失，并在这个基础上为第二次的学术攻关做好学术心理和研究能力上的准备。老师期待着读到你的第二本、第三本，以及更多更好的学术著作！

好好努力吧，老师衷心地祝福你！

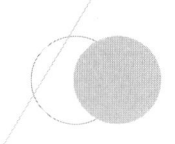

仙游静雅

没想到今年是自己指导的女博士们出书的繁忙季节，带着一份愉悦和满足，又敲开键盘应邀为在集美大学任教的李静雅博士即将出版的博士论文作序。

如果从时间序列来追溯的话，静雅是在2010年秋意渐浓的9月开始攻读博士的，2013年春意盎然的4月最终定稿她的博士学位论文，同年凤凰花开的6月2日在福建江夏学院参加论文答辩。记得当时是请全国妇联妇女研究所所长、现在已升任全国妇联副主席谭琳教授主持答辩的，还邀约福建省社科院副院长黎昕研究员、厦门大学经济学院林擎国教授、厦门大学公共事务学院徐延辉教授，以及福建师范大学马克思主义学院吴宏洛教授作为答辩委员会成员。我以为，静雅是幸运的，能够面对面地得到谭琳教授的悉心指导机会难得啊，还有至少7位师姐师妹从各地赶来，一起把美好的祝福送给静雅，还有和她一起答辩的陈婷婷师妹。

静雅来自福建莆仙地区，可是她却和我熟悉的莆仙女性有很大的不同，在性格

第五章
我的学生

上显得比较宁静和沉稳，在外表上更具江浙西子姑娘的细腻与雅致。静雅的高等教育是从贵州大学起步，接着拜师厦门大学公共事务学院副院长胡荣教授拿下厦门大学社会学硕士学位，最后以集美大学年轻教师的身份来攻读女性社会学方向的博士。从最近在共享空间里看到的一段文字，我们了解到，静雅从本科老师那里得到了几乎贯穿生命周期许多重要阶段的知识和情谊的引导与支持："刚和自己的本科老师进行了半小时视频通话，从老人说到孩子，从工作说到健康……这位花甲之年的老先生有着青年人一般的敏捷思维，是我人生中的第一位贵人，看着我从懵懂不知事一路成长。为了给正在备战考研的我增补营养，亲自给我买水果和零食，把我领回家吃饭；帮我考察大学时的男友；为我联系厦大的在读师姐，帮我在考研路上出谋划策；在我考上研究生后，亲自来厦门看望我，带我出关看世界，坐在鼓浪屿的长椅上为当年困惑迷茫的我讲人生哲学；为参加我的婚礼专程而来，并给予最大的祝福；在我怀孕期间，给予我孕期注意事项的资讯和满满的鼓励；在我照顾孩子期间，给我发送各种育儿知识……这分明已是亲情，再多的言语已无法表达我的感激之情，没有恩师，不会有今天的我。唯有在一次次感恩中继续前行，才不负这一路的陪伴和指引。"从博士论文后记中，我们认识到，静雅从硕士导师那里获得的是良好的学术训练以及大学任教的事业机遇："从帮助我获得大学教师这个职业到给予我这些年在职业发展和学术成长上的督促和帮助，很多时候我为自己人生中能遇到这样的恩师感到由衷地幸运和幸福，甚至于我曾在自己的婚礼上向胡老师敬酒时，忍不住眼眶泛红差点有种想抱着他哭的冲动，因为我实在找不出更多的语言对他表达8年以来的感恩。"谢谢这两位教授，特别是未谋面的贵州大学教授，可以想象没有你们接力式地关爱和培养，也许我就没有机会和静雅一起攻博，即使有缘建立师生关系，那读博的过程也可能是比较艰难的。自2010年初秋进入博士阶段的学习，我就从静雅的课程学习、合作研究，以及最后的博士学位论文的写作中，感受到她相当扎实的社会学专业基础、训练有方的科学研究能力和沉稳自信的学术交流风格，尤其是在写博士论文的过程中，与其是每次请求导师单向的指导，不如说是一次又

一次双向的师生学术探讨,因为她都有自己的想法及其支持的证据,要想让她接受你的意见和建议,都不是一个简单的程序,最后都成为我们互相治学和彼此提升的经历。我以为,静雅是幸运的,因为她是在平等的高等教育中成长,是在亦师亦友的师生互动中成才。

能够和静雅一起合作,应该在一定程度上归功于她的婆婆,一位主管妇女理论研究的省妇联领导。这位婆婆不仅热心于推动妇女理论研究发展,而且非常从容地经营着自己的家庭关系,婚姻幸福和家庭和谐,既是她把妇女理论研究成果转化为家庭建设的美好产出,又是她一心扑在妇女研究事业上的重要动力。就从她对静雅攻读博士的支持来看,女性的相互理解和彼此提携,并把女性之间的友好联盟扩展到对男性资源的良性整合,完全可以突破传统性别文化和制度对女性教育和事业发展的制约,使女性在发展上或者与男性并驾齐驱,或者出现女性的性别超前和先行。我以为,静雅是幸运的,因为她的成功实践告诉我们,当男女平等基本国策能够从宏观的社会层面进入微观的家庭领域,女性的更好更快发展就有了更先进的家庭文化保障,静雅的婆婆已经为她比较完美地解决了这个问题。

有了前面这些铺垫后,大家对静雅不仅从容地完成这篇博士论文,而且还选择厦门大学出版社正式出版,就不难理解了。而今再读静雅的大作,既有时光回转的亲切又有学术再现的兴奋。我以为,至少有四个新的学术收获是可以推介这本在博士论文基础上形成的专著的。

首先,她的研究选题富有理论和现实的双重意义。连续 12 年的离婚率攀升及其造成对家庭制度的冲击,让我们深刻地意识到,从过去习惯侧重家庭的代际纵向关系向首先关注夫妻的性别横向关系转化,是加强中国家庭建设、稳定中国家庭制度的迫切需要;而对夫妻横向关系理论研究的滞后带来这方面的现实指导不力,也提醒学术界应该是时候把更多的精力和时间投入到夫妻关系发展问题的研究当中去。静雅敏锐地观察到这样的婚姻家庭变化背景,没有接受我对她写作博士论文的选题建议,而决意在这个问题上进行探索,并期待有所建树,确实体现出一个年轻学者的社会与学术的责任感，以及在研究问题定位上的合理把握。这种把握，不仅可以利用全国妇联和国家统计局联合举行的第三期中国妇女社会地位抽样调查的现成资料，进而腾出更多的时间和精力满足对理论建构方面的需要，而且还能够把对夫妻关系的理论研究带进对她自己夫妻生活、婆婆夫妻生活的现实思考，使得这种研究是一种非常接地气、直接关联夫妻生活实际的理论提升和反馈。另外，静雅继续把对夫妻关系的研究锁定在权力关系上，迫使自己从一个关键维度去深入，也在一定程度上避免了选题过于宽泛的研究失误。

其次，她的研究思路相当清晰，使得这一学术之旅的收获得到最大化，可以说一路走来处处是风景和亮点。在文献综述部分，不一层套一层，而是单刀直入，紧紧围绕夫妻权力关系这个主题，述说中外学术史、列示以往研究的重点、归纳前人的学术努力和产出，并在这个基础上进行恰如其分的学术评价，如：已有的大多数研究未能就夫妻权力的内涵和外延做出明确的概念界定、未能结合中国阶段性的发展实际做出对夫妻权力关系的全方位解释，以及未能从社会性别的视角对夫妻权力获得形式进行性别比较和思考。在自己的研究设计部分，紧密对接的是前面的三个"未能"，不仅明晰了研究的方向和重点，而且通过集中解决这三个"未能"问题，显示了本研究的现实意义和学术贡献。再后面继续展开的夫妻权力关系的描述分析、影响因素分析和权力获得方式的社会性别分析，是本研究的三大重点和亮点，重点突出和亮点闪现一起把本研究推向高潮。所以研究夫妻权力关系的一条主线，文献综述和研究设计的两个准备，以及描述、解释和获得方式的三大分析，构成一个非常清晰的研究思路和布局，提升了本书在研究方法方面，尤其是在如何定位研究方向和把握学术投入两个环节的借鉴价值。

再次，她的理论建树还是比较显著的，这既体现在把文化规范和资源约束两个学派融入一个多维度的理论解释框架中，又着力于对文化规范的进一步细化，即包括外部文化规范和个体文化规范的分类，以及对这两大规范类别的继续细分和影响路径的确定，同时还延伸到对夫妻权力获得方式的性别比较及其社会性别分析，所有这些分析都给作者带来提出、发现和证实许多新观点的学术机会。例如"就福建来看,虽然夫妻平权模式超过半数,但是夫权大于妻权、男主外女主内的权力格局依然十分鲜明,改善两性家庭权力的不平等关系仍然还有很长的路要走"。又如"在控制家庭因素的基础上,资源决定论和文化规范论对转型时期的中国家庭而言都有一定的解释力,但总体来看,资源因素的影响更为直接也更强烈,而文化因素的作用相对比较弱也更复杂"。再如"当前两性在经济实力上的巨大落差、城市化发展的空间不平衡,以及两性在性别观念上的明显差异,都使得现阶段推动家庭领域的夫妻权力平衡和实现两性平等协商的伙伴关系具有相当大的难度且任重道远"。

最后,她的结论部分的再思考具有点睛的重要作用。可以看出静雅并不是简单地追求论文格式上的完整,而是通过再思考更好地服务于未来研究的深化,更好地推进家庭建设决策的科学化。不论是进一步深化对夫妻权力模式的价值判断问题的分析,直接提出"不能把夫妻间的和睦相处与夫妻间的平等关系混为一谈,现实中的夫妻恩爱与和睦并不代表两性关系的平等"的观点,还是提醒学界"在对中国家庭夫妻关系的衍变以及家庭制度的变迁予以肯定的同时,还要进一步反思这种进步背后所隐藏的不平等机制",以及特别强调,要"在认识当前夫妻权力关系现状的基础上,积极关注家务劳动的经济价值对于理解和改善夫妻不平等关系所具有的十分重要的现实意义",都在把对夫妻权力关系的研究引向深入,并明确这种深入的方向和着力点,揭示这种深入对推动家庭性别平权关系发展的政策价值。

从静雅学术历程来看,这个研究应该是她的第一本专著。作为导师,为自己的弟子能够用这样的方式,并在比较高的层次上,迈开学术专著写作的第一步,我感到非常欣慰,在此和望海学村的村民们,还有未来的读者们一起向静雅表示衷心的祝贺!但是,请静雅一定记住,这毕竟是第一步,今后的日子还很长,路还很远,希望永远做到质量先行,每一步迈出都是一次学术的创造与登高,每一本专著的推出都是对前人研究的一次突破和超越。而所有这些学术上的再一次进步和更高深的造诣,都离不开一个学者人格魅力的再塑造、精神境界的再提升,感恩、敬业、奉公意识、团队精神、热爱教育事业、善待年轻学子、富有科学理想、持守学术规范等，都将在最初始也是最重要的地方为你的学术成就鼓劲与喝彩！

老师会一直由衷地祝福你！

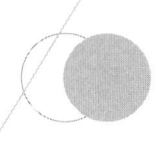

漳州严静

当年是在福州大学老校区初识严静的。我应该校人文学院社会学系的邀请，于2006年1月主持那一届硕士研究生的毕业论文答辩，仿佛还记得严静的论文写作和现场答辩都表现得不错。真的没想到，数年后我们先成为福建江夏学院的同事，接着她又顺利考上我在厦门大学指导的博士研究生，最后也就有了这一篇即将出版的博士论文。首先应该祝贺严静圆满地完成博士攻读的学业，毕业后又转到学术氛围更好的福建师范大学工作，并拥有机会把自己的心血之作交给出版机构。

可能得益于闽南的海阔天空的自然影响和爱拼就会赢的文化熏陶，严静给人的第一个印象并不是学术气质浓郁的女博士，反而更多的是一个直爽明亮热情的闽南女孩！她生性活泼、笑口常开，她单纯透明、直言不讳，她心地善良、乐于助人。但是，当你进一步接触交流后，尤其是阅读她的科研产出后，你就会把她与训练有素、积淀有余的女学者联系起来。是的，硕士研究生毕业后，以学报编辑为主业的严静，并没有中断对学术研究的喜好和追求，不时在学术刊物上发表科研成果成了一种常态化的业余表现。特别是攻读博士学位以后，她更是全身心地投入听课、读书、参与各种课题研究和学术论坛之中，加快向一个具有专业化水平的学术人转化的速度。在和她几年时光的师徒互动中，我发现，当今的严静已经形成几个与众不同的学术优势：

一是注重知识传承与学术创新的结合，并把研究的快乐更多地集聚在有所创新上。她善于文献综述，但并不只满足于对前人研究的了解和概述，而是更喜欢站高望远、推陈出新。这种创新与超越意识应该是她至今在学术上有所收获的最重要动力。

二是注重学术灵气与系统搭建的结合。严静的灵气体现在模仿基础上的一些新概念的推出,并自觉地把这些新概念变成自己的材料或者形成一个关于描述现象的独特视角,或者搭建一个关于分析问题的理论解释框架。

三是注重学术兴趣与研究效率的结合。这主要表现在她的学术研究的选题上和有限资源的合理投放上,她在很多情况下,总是选题灵活,出手快速,而且紧抓不放研究过程的推进,不放松对研究成果的及时转化,好多科研产出是一气呵成的。

结合以上对严静学术背景与特点的了解,我们就不难对这本以博士论文为主要内容的专著做出一个学术评价。

这本专著就像一艘轻巧的小游艇一样,把我们带到宽阔的海上,对隶属于福建省莆田市的南日岛做一次深入细致的环岛游,而且把游览的重点放在对该岛女性就业流动模式的调查研究上。严静之所以选题如此或者把我们带到这里,是因为这里是她的爱情岛,她离开漳州花果城市,摇舟登岛,把爱情和婚姻献给了这里的一位男性岛民——他通过教育流动,既拿到两个博士学位,又成为肩负一定领导责任的福州城里人。海岛女性向大陆以就业为动机的流动是怎样发生的,整个过程又是怎样拉开的,其结果又如何影响当事人的性别地位,实现中严静坚持使用的两个迁移的概念,即身体的迁移与身份的变动,先生家乡的乡情与人脉为深入探讨这些问题提供了非常接地气的方便,特别是从时间和质量上确保了以 363 份有效问卷和 32 个典型访谈为主要内容的第一手资料收集。严静的实践告诉我们,以自己熟悉的、不论是以乡情还是以婚姻和工作为纽带保持经常性往来的基层社会应该是我们首选的调查区域和研究对象,这既有利于在研究对象中建立基本的社会信任和良好的合作关系,使有限的调研资源投入能够产生更丰富更可靠的原始资料,又有助于近距离地倾听被访对象的心声和诉求,并有针对性地进行政策反哺,直接地服务当地的社会经济发展。尤其是对女性对象的研究,没有信任感和打消顾虑是很难走进她们的生活和心灵，那么所有的研究都可能是表面的、片面的，甚至只是研究者远离事实真相的自我猜测与判断。所以，严静的专著提供了一个有借鉴意义的女性学研究路径，即更多地去研究我们熟悉的世界，在做乡亲、朋友和近邻的过程中，让被学术关注的姐妹们，自己叙述现象、聚焦问题和展开分析，而我们则更多地去扮演一个忠诚地记录、整理、归类、关联与再现的研究角色，从而建立一个她们是研究主体，我们是辅助力量的新的学术关系。

本书的另一个优点在于用动态和对比取代静态和单性别的研究方式，深化对被研究对象的认知和呈现。因为动态的视角，严静笔下的南日岛流动女性，不仅离岛流出，还有就业回流；不仅展示个人的流动全过程，还有描述流动的家庭决策程序；不仅跟踪流动过程的现实生活，还有探视流动者的心路历程，进而把来自南日岛的就业流动女性的过去、现在和未来紧紧地串联起来，变成一个史诗式的跟进和流水般的关注，有力地保证了本研究的完整性、系统化和预见的价值。与此同时，性别比较分析效用也被严静充分地显示出来。南日岛女性就业流动的个人生命周期的比较、上楼女性和居村女性的不同居住方式的性别内部比较，以及就业流动的性别外部的男女比较，都进一步深化和细化了我们对南日岛女性就业流动的性别特点、动因、过程和结局的了解和认识。不仅如此，严静还把动态和对比结合起来，展开动态化的比较分析，帮助我们在动态中了解就业流动的性别差异，以及这些差异如何在动态中发生联系，如就业流动中的性别比较分析，就是从就业流动决策的性别差异，到流动过程和行为的性别差异，再到流动影响与后果的性别差异分析中，去认识这些就业流动性别差异的初始成因和变化模式，并在动态中去思考这些流动差异存在的性别意义，以及如何消除这些性别差异的政策设计。

还有一个值得关注的是本书的理论与现实的结合，并一以贯之，使论著在理论与现实彼此呼应和互动中，提升自己的学术品质和新意。例如在身份认同与自我规训章节中，用从生存小农到商品化小农、理性小农，再到社会化小农来表示南日岛女性在流动中的身份变迁；用布尔迪尔的语言社会功能论，揭示南日岛流动女性在以闽南话为主流语言的企业所受到的性别和语言的双重影响。再如在女性群体阶级意识的觉醒和抗争一节中，用哈贝马斯的生活殖民化、福柯的极限体验和蒂伯特的"用脚投票"，描述南日岛女性在就业流动中对不平等待遇的性别意识觉醒与抗争意志表达。又如在分析南日岛女性就业流动意愿与质量时，用家庭经济发展能力与社会性别系统来建构二维理论解释框架，并对社会性别因素进行更为具体的概念操作，细化为传统性别观念、父权家庭制度、性别角色期待、社会性别话语等四个方面，再借助结构方程的量化检验，以深化对社会性别的影响程度、作用性质以及影响机制的认识。所有这些努力都在很大程度上密切了理论分析与实证研究的互动关系，强化了把社会性别作为一个重要变量搭建解释框架的理论意义和实证价值。

当然，任何一个好作品也都有进一步提升的空间。就本书来说，一是样本的代表性问题，从两个中学的学生来抽取，并由他们的家长分别再调查两个家庭，并不能真正代表所有的南日岛流动女性。如果以自然村来随机抽取，再对选中自然村的所有流出女性做全面调查，是不是效果会更好一些，而且还可以把自然村的社会经济与文化等村级变量也纳入分析框架，使得建模分析变得更加饱满。二是社会性别理论主线还可以更清晰一些，它不仅要贯穿整个研究，甚至最后的对策思考，而且还要引领各个层面分析的展开，其他理论都应该服务于它，使这个主导理论建构变得更加丰满，并具有更好的解释力。

总之作为导师，我为严静用专著的形式在学术之路上实实在在迈出的第一步感到高兴和欣慰。相信她会一直这样走下去，在勤做学问和做好学问中获得更多快乐，提升更高颜值，也为我们的望海学村增添更大的光荣！

严静，我们衷心地祝福你，并和你一起都在学术的路上！

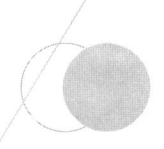# 福州陈颐

这应该是今年第三次为自己在厦门大学指导的博士出版她们的学位论文作序了。每每这样的写作机会到来,我不仅借此表达对她们学术成果社会化的由衷祝贺,而且还得以回想和弟子一起走过她们求学之路所分享的辛劳与快乐。

不像多数弟子,我一直到厦大博考面试的时候才和陈颐初次见面,那应该是2005年的初夏,也是我刚离开厦大到福州高校履职的时候。她给我的第一个印象,就是特别娇小和安静,娇小的像一个高中生,安静的甚至会忽视她的存在。但是,娇小安静的陈颐却在读博前后,尤其是获得博士学位以后,让人刮目相看。她的本科和硕士都是在福州大学念的,本科选学的是国际贸易专业,待拿到经济学学士学位后,却转身走进社会学领域,用三年时间攻下社会学专业的法学硕士学位,接着是留校在福州大学的人事处工作。对于一个女研究生来讲,本来这是一个非常不错的职业安排,而且可以全力以赴去完成自己的终身大事。没想到她却不办个人大事,一边工作,一边把业余时间全拿来准备报考厦门大学人口、资源与环境经济学博士,顺利地实现了在跨地域转移中攻读更高学位的人生又一个追求目标。三年以后,也就是2008年7月,陈颐不仅按时完成学业拿到经济学博士学位,而且同时成功应聘闽江学院专任教师与进入厦门大学应用经济学博士后流动站,在台湾研究院的李非教授指导下,从事两年的博士后研究,现在她已经是副教授了。所以陈颐给我的第二个印象,是在学业和事业上一点也不安静,有着动作不小、定位挺高的果决与追求,而且踏踏实实,一步一个脚印地往前迈进。

在学术印象上,我以为,陈颐的学科基础扎实、支持有力,而且经济学和社会学这两大社会科学的交错研读,又使自己的学科基础具有多学科的特色与优势。另外,陈颐在安静中,不忘寻找各种合适的学术机会,加上自己的灵气和勤奋,这些年的学术收获还是相当可观的,如主持了包括教育部人文社科青年项目在内的8项课题研究,在《光明日报(理论版)》《人口学刊》等报刊上公开发表学术论文

30 余篇,并于 2011 年光荣入选"福建省高校杰出青年科研人才培育计划"。作为导师,我为她一直以来的安静中的学术努力和进步感到欣慰,也对她学术的明天充满着良好的期待!

陈颐在这里呈现给大家的这本书,是她在博士论文基础上扩充和提升而完成的第一本专著。我知道,她为这本书投入了几年的时间和精力,做得非常用心。

人口迁移是当代社会人口变动的一大特征,它不仅影响人口本身的自然变动和结构特点,而且还通过这些人口内部的变化对人口迁出和迁入区域的社会经济文化施加不可忽视的影响。因此,越来越多的人口学和其他相关学科如经济学、社会学和政治学等学术力量都对人口迁移给予更多的研究关注。陈颐选择这一领域加以研究,可以说是有学术眼光和政策意识的,但是也因为已经有许多学者进行了比较丰富的研究,也给自己的尝试添加了无形压力,如何做到不简单重复或只是整合性的研究,而对前人成果有所突破和创新,陈颐显然是给自己推出一个比较难的学术挑战。现在看来,陈颐几年的持续攻关是非常值得的,也是颇有建树和成功的。我以为,本书最需要予以强调和推介的有以下这么几个学术风景线:

一是带着继承和批判精神走进前人研究的文献梳理。在我国学界,学术史研究强调过,但在实践上总显不足,甚至许多学术刊物都把作者已经做出来的文献综述全部砍掉,说是为了节省版面。但是在西方学界,没有完善的文献综述和评价,你的学术研究成果是很难被采用的,大部分硕士和博士学位课程体系设计中,都专设文献或学术史课程,为研究生提供文献综述特别是学术评价的规范教育和培训,以提高新生学术力量能够站在前人的肩膀上望远的学术意识,以及在学术继承中去创新与突破的研究能力。在本书中,陈颐用了大约四分之一的篇幅,从人口迁移、比较优势的各自概念界定到理论解释,从人口迁移与比较优势关系的理论分析到经验研究,提供了一个相当详尽的、围绕主题的文献综述,尤其是紧跟其后的学术评价,更是体现出自己所拥有的学术鉴赏与批评的能力,以及在评价中去发现值得深化或突破的研究重点,就如陈颐在文中所提到的:综上所述,以往的研究要么是单纯地对人口迁移和比较优势分别进行考察,要么主要都是从基于比较优势原则的贸易发展对劳动力市场状况的影响来研究,而忽视了从动态的角度来考虑二者的相互影响,特别是人口迁移带来的劳动力、资本等一系列要素所引发的优势结构转变,同时也忽视了比较优势的区域结构差异以及我国的二元经济结构的特殊性。因此,我们认为,目前对涉及人口迁移的经济战略的研究至少可以从以下四个方面进一步深化,即将人口结构与经济结构结合起来考察、对以城乡人口迁移为特征的劳动力市场的重新配置问题进行剖析,以及在阐述问题根源的时候必须以二元经济特征为思考路径,并用二元经济的结构分析思想来解决现实难题。从这个意义上来说,陈颐为为什么要做好文献综述和怎么才能做好文献综述提供了一个值得借鉴的范例!

二是把人口迁移与比较优势关系的简单影响分析转向在二元结构背景下的双向互动研究。一方面,本书在原有研究中涉及的就业、收入、市场化、产业结构等影响变量的基础上,引入比较优势分析因子,给出了一个比较优势对人口迁移影响的理论解释,也就是在控制前人常用的解释变量前提下,观察产业结构、要素禀赋、制度与收益等比较优势对人口迁移的拉动作用。另一方面,本书还细化了以往对人口迁移反作用于比较优势的研究,分别通过区域均衡发展效应、资源重配效应、成本优势效应与城市就业效应等效应机制来估计人口迁移所引发的区域经济比较优势的调整。不论最后的实证检验是支持还是推翻本书所提出的理论假设,我以为,这些研究都具有重要的理论和现实价值,因为它们丰富了我们对人口迁移与比较优势之间如何相互影响,也就是如何发生作用的机制或者路径的认识,同时还提醒我们,每一个经济理论的建构和应用,都离不开被研究区域的经济和社会结构特征,否则这样的理论是没有解释力的,而且还缺乏对现实中政策选择的指导意义。

三是将以往更多的静态研究转化为对人口迁移与比较优势关系的时期分析或者动态考察。本书以台湾为例,分析了跨度为 30 年(1981—2011)的人口迁移与比较优势之间的关系,其结果进一步证实,区域人口迁移与产业结构二者之间的关系确实是双向的,其中区域比较优势必然导致区域间的人口迁移,它甚至突破政府人为的人口控制政策，在很大程度上决定着人口迁移的方向、规模，以及迁移的结构；反过来，经过一个时滞后，人口迁移对迁入地区比较优势的影响开始呈现出来，首先是对产业结构合理化产生正效应影响，接着人口迁移还可以成为产业经济升级过程中一个重要的推动力量。这些动态研究告诉我们，从时期视角跟踪分析是非常必要的，这不仅因为双向互动的人口迁移与比较优势在影响发生的时间上有差别，而且在影响的性质与程度上也会因为时间的推移而发生变化，不在一个时期里观察，这些重要的变动规律都可能被淹没了，不利于全面反映人口迁移与比较优势之间的真实关系。

四是以多学科的视角提出对我国人口迁移与比较优势关系的治理思路。这里包括人口迁移与比较优势理想关系的理论建构、调整人口迁移与比较优势关系的对策分析，以及跨界治理的观点提出。对于跨界治理，陈颐是这样陈述的："如何克服现有行政区划障碍与解决各地方经济发展不平衡这'两个难题'是保证合作可持续发展的关键，也是正确处理人口迁移与比较优势战略的重点所在。解决这两个难题不是一个单纯的基于比较优势理论的资源配置或产业分工的问题，而是要建立合作的制度基础，这种合作制度基础就是跨界治理。"可以看出，陈颐在这里已经从经济学的领域走出来，去政治学和社会学那里寻找治理或调整我国人口迁移与比较优势关系的药方，突破行政区划障碍是政治学研究的政治体制改革的问题，而实现区域之间的均衡协调发展则是社会学关注的问题。所以，陈颐在这本书里的多学科研究实践，又是一个非常有意义的启示，学科自我中心主义或者学科路径依赖是不可取得，只有多学科的合作与交融，才能克服各学科的特有缺陷，扩大我们审视问题的视野，借用更多的科学分析方法，进而把研究的问题意识真正地落实到对问题的有效解决。

鉴于以上所描述的优点，我在这里向大家隆重推介这本书。当然，在观赏本书风景线的同时，我相信，读者也会遇到一些需要进一步美化的地方。就我而言，两个方面的美化是必须的：一是篇章结构的布局还可以更加合理一点，以进一步强化本书的内在逻辑关系;二是在研究人口迁移与比较优势关系的时期变动时,如果继续以大陆的统计数据为主展开动态分析,应该更具有实证的说服力,也对后面的人口迁移与比较优势关系的治理与调整更具有政策性的指导意义。

最后,在祝贺陈颐第一部专著出版的同时,我还希望,今后不断推出的新著,能保持对过去研究的深化与提升,通过这样相对集中的持续攻关和创新,让自己在一些领域真正成为有影响力的专家。老师由衷地祝福你!

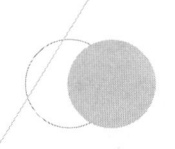

南平海峰

弟子董海峰的博士论文就要被科学出版社推出,在为她感到欣慰的同时,我也欣然接受请求,为她的第一本学术专著的正式出版作序。

现在想起,这岁月的脚步确实迈得够快的。和海峰的初识居然是在14年前,即2002年的1月,那时我应邀主持福州大学人文学院社会学硕士点的第一届研究生的学位论文答辩,作为该系的青年教师,海峰担任负责答辩事务秘书。海峰留给我的第一次印象很不错,从福建省电视台主播转行到高校任教,这需要一种价值观和生存方式的巨大转变,即使痛下决心了,那潜移默化、与岁月一起沉淀下来的主持人风格、气势与性情,也很难一下子被高校教师的文化意识和行为方式所取代,但是如果不提起过往的工作背景,真的看不出来她和其他教师有什么差别,不过她的普通话是很标准和悦耳的,还有她还是一位认真负责、非常称职的答辩秘书。

一年后,我再次走进福州大学校园,这一次是海峰自己答辩她的硕士学位论文,让我有机会对她的学术背景和研究能力有了比较全面的了解,一年前的做事认真和投入,以及尽自己所能把工作做扎实做完美,再一次在她的学位论文写作中呈现出来。

后来,我们能够从工作相识、学术相知,以致到海峰来厦门大学攻读博士学位

我和我的母校
——献给厦门大学百年华诞

的师生关系的建立,完全得益于厦门大学政治系、社会学系和人口研究所三个系所于2003年合并,成立公共事务学院,随后我在2007年开始指导女性社会学方向的博士生。海峰是在2009年考上的,开始了福厦两地往还、教学读博并重的将近5年的不平凡经历。

随着读博过程的不断推进,我对海峰的了解也在逐渐加深。在我的记忆里,虽然个性不喜张扬,甚至还有点内敛,但海峰是有激情的,不论是每次登上福州大学马克思主义学院的讲台,多次出现在诗歌朗诵会的现场,还是每年我们望海学村年夜饭时发表感言,今年母校厦门大学95岁华诞全球校友专场文艺晚会上联袂主持,我们都可以看到激情燃烧的海峰,并被她昂扬的气势、深厚的情感和激越的声音所吸引所感动,从此也就把她留存在不会忘却的美好记忆里!难能可贵的是,海峰还把这种激情贯穿于攻读博士学位的始终,这期间不论遭遇到多少困难,甚至一些挫折,海峰都是用这种激情来鼓舞和勉励自己,以至于不忘初心,一直向前。我以为,一个好学者,首先应该是心怀激情的学者。在这一点,海峰博士是合格的。

在我的记忆里,海峰还有根植于善良与责任的爱心。出于对教学和对学生的双重喜爱,她可以把周末时间都用来服务于学生的成长,把不好讲的马院课程变成学生最爱上的课,而且还在全省高校马克思主义教学竞赛中拿下第一名的好成绩。源于对母校的感恩和热爱,她克服各种困难,硬是挤出时间参加承办厦门大学95岁华诞全球校友专场文艺晚会,她多次熬夜拿出长篇晚会主持初稿,最后即使在初稿没有被采用,另请撰稿人到快演出的时候才提交主持词的情况下,海峰不计个人得失,仍然全力跟进,用极强的集体荣誉感和对母校的感恩情怀,圆满完成对整个晚会的出色主持。更令人欣慰的是,海峰也把她的爱投放在博士学位论文的写作中。从当年开办一家女性服装店滋生出来的对女性服装消费的偏好,居然演变为博士论文写作的选题,并在热爱的引领下,用两年的时间在反复查阅文献、形成思路和多次试调查的基础上,完成含有198个问题的问卷设计,接着又用5个月的时间,分别对各120个的男女研究对象进行问卷调查,为整个论文研究的推进和深化提供了一个非常丰厚的第一手资料来源。因为爱，所有收集资料、写作论文的辛苦都变成一个产生和分享快乐的过程。

在我的记忆里，海峰还是脚踏实地、认真用心的。即使是她擅长的诗歌朗诵、各种活动的现场主持，海峰不分场面大小、重要庆典还是一般聚会，都会一样地认真以待，在幕后做了大量而充分的准备，确保每一次都万无一失、尽善尽美。认真不能出差错也许是电视人的职业习惯，但要延伸到研究领域，那可就是学术人所必备的一种文化自觉和规范意识。从博士课程学习，到各种学术活动的参与，再到最后的博士论文写作，可以说，海峰始终保持着认真与扎实的态度，把自己的研究理想与学术情操紧紧地结合在一起。也许每一次的学术现身还有事后的遗憾，每一篇的读博写作还有提升的空间，但海峰都在这些成果呈现之前，以及呈现的过程中，为了达到最好的状态与效果而竭尽全力。

带着海峰留给我们的这些印象，一起翻开她的第一本专著时，就会发现，当这些良好的学者精神素质与一个既定的研究目标相遇时，它们的产出一定是充满质感的。以我之见，有这么几个理由告诉我们，这本书是值得一读的。

首先，这本书把我们带进一个每天都置身其中甚至我们自己也都一起装点的女性服装世界，那是走过闹市的一抹惊艳，那是从商场女装部传来的一片赞叹，那是长长梯台那端款款流淌过来的色彩缤纷，那是新当选美国总统特里朗普大女儿伊万卡的风采万种……而且，作者并不仅局限于简单的展示，还有不少可以领略和理解这个世界的切入点和视角，如与岁月一起流动的历史视野、女性和男性的性别比较视野，还有更为重要的是，在赞美当代中国女性对外在有形形象尽情追求的同时，又呼吁向外在无形形象，特别是向内在素养与气质转化与提升的辩证视野。美丽的选题与多元的透视，让这本书本身就充满外在与内涵和谐统一的美感与期待。

内容丰富、数据翔实是这本书的第二个亮点。海峰用含有近200个问题的问卷对240个被询问对象的调查，尤其是接近一半的关于被调查对象对美、时尚和服装的认识与追求，以及服装消费支出水平与结构的问题询答，为本研究提供了非常丰富的第一手资料，这不仅可以更加系统完整地对中国女性的服装消费主观态度、审美水平与经济支出进行量化的描述，发现一些集体特点与规律性表现，而且还借助对其中16位被调查对象的深入访谈，以及近一年半开办一家女性服装店的参与式观察，来更加深入地分析与了解中国女性的服装消费模式，特别是对这种服装消费模式的形成与个体差别，还有女性服装消费与男性之间的性别差异。如当代女性服装消费的目的，虽然也会"悦人而容"或"悦男性而容"，但已经很少一味地迎合男性的审美标准，而是充满自我意识的"以悦己为前提的悦人"，还有"以悦女性为前提的悦男性"。对品牌服装符号意义的认识，也大部分从在意"面子"转化为追求"品位"，更多地强调"只要喜欢和合适就行"，显示出更明显的以自我为重的个性化倾向。还有对时尚的追求、服装消费的绝对和相对规模、服装消费的费用来源等方面，也显示出更多的理性和自主性，超支付能力的超前消费、依靠丈夫拿钱的服装消费的占比都已经不高了。所有这些都反映出，现代中国女性正逐步成为服装消费的主人，服装消费正成为展示女性个性美感与消费实力的一个重要指标。

但相对比来看，约占全书四分之一篇幅的理论分析应该是最值得深读的。海峰把韦伯的社会行动理论与社会性别理论结合起来，在女性发展的视野下，建构了中国女性服装消费行动的分析理论。她认为，中国女性的服装消费行为主要取决于行动者自身、行动目的、工具手段、情景条件，以及规范规则等影响因素，在这些因果关系中，中国女性本身的价值观念、心理因素、兴趣爱好和社会交往，悦己还是悦人、悦女性还是悦男性的行动目的，女性文化程度、职业发展和经济实力的工具手段，以及包括婚姻法、劳动法和妇女权益保护法在内的规范规则，则综合体现出女性发展在女性服装消费行动中所发挥的决定性作用。最后的实证检验结果表明，与女性发展有关的影响因素，特别是女性的经济收入水平、自我意识、对时尚的态度等变量的作用更为显著和重要。与此同时也发现，这些女性发展变量的影响方向并不是都与理论预设相一致，为读者的参与思考与今后的继续研究留下了可以作为的空间。我以为，在本书的理论分析部分，最有价值的发现，就是对中国女性服装消费理性化的补充，即这是一种受到女性自身发展不充分而不得不呈现出来的理性，所以，我们可以预测，随着中国男女平等基本国策的全面落实和女性群体平等发展的全面实现，建立在足够的经济实力和较高的文化品位基础上、以悦己为主要目的的、真正意义上的理性化服装消费，才会成为中国女性生活方式的一个重要组成部分，成为既显示平等发展成果又推动更好性别发展的一个测量与动力兼具的关键因素。

作为博士论文写作的一个重要尝试，在收获有所贡献的喜悦的同时，我想，海峰也留有一些需要以后去努力弥补的遗憾。在我的印象里，以下两个方面应该是最值得去顺势而为、继续探究的：一是对性别比较用力不足，女性研究首先应该关注的是与男性的性别差异，而后才是女性群体内部的差别，只有通过系统而深入的性别比较，才能发现最为显著的性别差异，也才会有重点地去解释这种性别差异。二是对理论建构还得进一步深思熟虑，重要概念的科学界定、内涵识别，以及量化测度，尤其是着力于理论创新的思路与体现这些思路的指标，如何融入前人的理论建构之中，以至于把创新所产生的更为科学更有效力的理论解释呈现出来，都是立志对前人研究有所突破与超越必须用好的重要学术举措。当然，需要完善的创新研究绝对要比低水平的重复研究更有意义，更值得投入，从这个意义上来说，海峰留下的一些学术遗憾与不足其实也是阅读这本书的一个价值，也许还会吸引我们也加入女性服装消费这个美丽的研究领域。

一个学位、一本专著，虽然占用了海峰整整5年的时间，但所产生的后发效用，却是可以终生享用的。不论是作为对过去学术经历的一个总结和纪念，还是作为对未来书香理想的一个起点和激励，我想，海峰都会用热爱、激情与心血交叉融合的方式，让自己一路走来，越走越充满作为一个优秀知识女性的性别自信，越走越发现自己就是一道亮丽的风景线！

海峰，谢谢你！你把用心制作的专著呈现给广大读者，我把最美好的祝福送给你和你的未来！

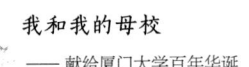

我和我的母校
——献给厦门大学百年华诞

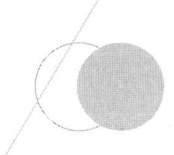

南安琼如

冬去春来的季节转换不仅复苏万物、更新万象，也给我带来再一次给弟子新著写序的美好时刻。这次邀我写作序语的是华侨大学公共管理学院副教授孙琼如博士，即将出版的著作是她主持的国家社科基金项目的最终成果——《女性农民工职业发展研究》。

初识琼如博士是在 2009 年的时候，那时我已经离开厦大北上福州一所高校任职 4 年有余，我们都应该感谢厦门大学还保留着我在那里指导女性社会学方向博士的资格，否则就无缘结成师生关系，并有今天这个机会以作序的方式祝贺琼如在学术进取上又有一个重要的收获与大家分享。

在指导的博士生当中，琼如所拥有的性别文化复合积淀应该是比较丰厚的。她是生长于南安的闽南女孩，从小深受重男轻女性别文化的影响，但有意思的是，在她身上所表现出来的更多的是女子有才才是德的信念，还有和闽南男性一样的爱拼才会赢的进取。后来，在大三那一年牵手现在的先生，两人用平等互爱的爱情和婚姻文化携手走到今天，一直处于学术上比翼双飞、生活上你我共担的两性和谐相处与共同发展的良好状态。再后来，琼如又拜时任福建师范大学女性研究中心主任陈桂蓉教授为师，攻读性别社会学方向的硕士学位，从此有了难得的人生际遇，把过去的区域文化、爱情文化与先进的社会性别文化融合在一起，以成双成对的节奏和旋律，成功地唱响学业与爱情兼收、事业与家庭兼得的新女博士之歌：和先生一起考上厦门大学公共事务学院的博士研究生、一起获得国家出国基金资助前往美国访学、一起得到国家社科基金项目资助主持课题研究，还有在一起合作拥有了一双可爱的儿女。

琼如博士成长的过程说明，传统文化的影响也不是铺天盖地的、单向的。一个先进家风的持守、一个平等婚姻的建构，特别是一个现代教育的坚持，是可以在传统性别文化背景下生长出一片男女平等，两性并进的芳草地，并产生外部经济，对传统性别文化反向输入和渗透，迎接具有新时代价值的春暖花开。

在学术研究上，除了适度铺开兴趣的领域，琼如博士更多的是坚持女性社会学方向，一直对女性农民工的职业发展倾注自己的人文关怀和学术努力，不论是2006年以硕士学位论文形式完成的《流动女性农民工职业发展的机制研究》、2013年以博士学位论文形式完成的《流动女性职业发展研究——以流入城市的农村女性为例》，还是这次作为国家社科基金项目立项完成的《女性农民工职业发展研究》，都可以明显地看出她在这个研究领域所表现出来的学术执着与进取。依我之见，这份呈现给大家的最新研究成果拥有以下几个值得关注和阅读的亮点：

第一，聚焦女性农民工进城后的职业发展具有多重意义。对于已婚的农村女性来说，流动中的职业发展不仅能够解决她们的留守问题，而且还能形成更好的家庭经济能力，给孩子进城成长提供结构完整的家庭环境，给自己创造改善家庭和社会地位的机会；对于未婚的农村女性可以产生更大的流出拉力，在加入城乡流动过程中成为城镇化的有生力量，在城乡环境转换中改变自己的生活方式、性别观念和生命历程。琼如的研究比较全面地展示女性农民工职业发展对于流动女性自身的性别意义、对于整个社会的性别文化转变与进步的政治意义，以及对于加快城镇化进程与推动城市反哺农村发展的我国现代化的社会意义，同时还在学界拓展了对女性农民工职业发展的重要性认识，吸引更多的学者进入这个重要的研究领域。

第二，作者把研究建立在相当丰富的第一手资料调查和权威的第二手资料选用上。在资料准备方面，本书有三个特点：一是从原来局限于闽南区域的"流动人口职业发展状况"专题调查，扩展到包括深圳、广州、宁波、泉州、厦门五个城市在内的三大东部省份，使得调查样本在对全国具有更好代表性的前提下，为本研究提供更加丰富更有针对性的第一手资料；二是结合使用来源于2010年全国妇联和国家统计局联合实施的第三期中国妇女社会地位调查数据，虽然只用到福建的样本，但确实能够在许多方面满足本研究的需要，给引入社会性别视角的理论框架论证提供了有效的资料支撑；三是引入分析的课题组于2013年1月至2014年6月间对

50名女性农民工进行深度访谈的资料。深度访谈把统计数据又还原到现实当中,把大规模的问卷问答集中在点上的深入挖掘,这种对统一实施的问卷调查的突破和补充,十分有利于更具体地了解女性农民工的个性化经历,更全面地展现每一个深入访谈个体的真实情况,也更有机会让她们讲出自己的故事、解说自己的职业发展模式。也正是认真对待相关资料的收集与挑选,在保证资料本身质量的前提下,注重资料收集的区域面上拓展和个人深度挖掘,琼如的研究要比过去同类成果拥有更加丰富的资料、形成更加丰满的构架,对女性农民工流出后的职业发展给出全景式的、更加生动的,而且涉及时代特点的勾画与描述。

第三,在过去的研究中,尤其是在国内学术界的努力中,女性农民工职业发展的理论解释一直还是需要进一步加强的环节,重于问题罗列解释没有跟进、学科路径依赖高估选项影响,尤其是拥有社会性别意识的理论建构缺乏是最主要的表现。十分可喜的是,琼如研究不仅敏锐地观察到这个薄弱环节,而且在学术资源配置上把补上这个研究短板作为主攻方向和着力点。现在看来琼如的努力是非常必要的,贡献也是相当可观的。具体来说,这几个方面是值得推介和借鉴的:

一是从自变量的简单罗列过渡到重要概念的学术操作,为解释注入理论含量。在研究中,作者把以往的重要解释变量聚合成三大影响因素,即人力资本、社会网络资本和城市流动经历,进而把一般的影响分析提升到包括人力资本理论、社会网络理论和再社会化理论在内的女性农民工职业发展的解释分析,有效地把前人理论成果转化为自己的理论建构,在有选择地承接前人研究收获的同时,把本研究推向建立在理论汇聚基础上的多维解释,既避免单一理论解释的统计夸大风险,又提供机会估计和比较不同理论的相对解释力,密切了多学科理论解释与女性农民工职业发展本质上是一个多元化社会现象之间的研究关系。

二是从一个层面的影响分析过渡到多层面的综合解释,为分析引入理论路径。显然,作者并没有停留在过去的研究习惯,要不只沿用微观分析方法,把女性农民工拥有的各种资本和经历与职业发展联系起来,要不只重视宏观分析手段,从制度层面去寻找女性农民工职业发展的动因，而是把二者有机地结合起来，构建一个微宏观相贯通、个人资本与制度效用相交融的理论解释模型，尽管本研究并没有在微观和宏观多层次上展开更多的影响机制或机理分析，但已经在理论建构上注意去克服过去微观与宏观的习惯割裂，为多层次综合解释女性农民工在流入地的职业发展提供了理论机会。

三是从一个以传统学科为基础的影响分析过渡到拥有社会性别意识的分析创新，为解释开辟理论视角。在宏观层面上，本研究给出一个建立在社会性别理论基础上的女性农民工职业发展的制度解释，认为社会性别关系越趋向平等与现代化，女性农民工职业获得发展的可能性越大，其具体数量关系体现在：（1）女性农民工的社会性别责任（传统的家庭责任）与职业发展成反比，即女性农民工的社会性别责任越小，职业获得发展的可能性越大；（2）女性农民工的社会性别权力与职业发展成正比，即女性农民工的社会性别权力越大，职业获得发展的可能性越大；（3）女性农民工的社会性别利益与职业发展成正比，即女性农民工享受的社会性别利益越大，职业获得发展的可能性越大。最后的实证检验结果证实了这些理论假设。所以，本研究最重要的学术价值，就是提醒我们，在明显存在性别差异、传统性别文化依然产生主要的歧视性影响的今天，特别需要引入社会性别视角，建构包含社会性别理论要素的解释框架，否则将继续夸大一直被统计高估的传统影响变量，最后不仅误导我们对这个问题的基本判断和看法，而且还会导致我们在公共政策上进行方向失误、成效式微的变革。

第四，本研究的对策思考和建议提出也是一个亮点，它至少在两个方面进行超越前人的尝试，一是把对策思考紧紧地和前面的解释分析结果结合起来，集中篇幅从抓住关键问题、揭示深层原因、提出精准对策的线路走来，确保对策的针对性和重治本；二是结合经济社会发展的现状与趋势，让对策思考富有时代特色和未来前瞻。如试点实施"女性补偿"的户籍制度改革；以资产建设理论为指导，出台和实施女性农民工的资产建设福利政策；推进企业使用女工"性别成本"的社会化，强化企业用工的性别监管机制;帮助女性农民工通过扩大社会网络、提高社会网络质量、提升社会网络使用效率,来加大她们社会资本的正面职业作用;将新媒体技术纳入女性农民工的公共政策服务体系中,与社会性别平等文化弘扬、户籍制度改革产生联动效应,协同推进女性农民工的职业发展等,都富有理论和实践的双重意义,体现出本研究对策建议的政策高度和决策质量,也再一次证明,高质量的对策建议一定是来自富有创新的对所关注问题的理论解释。

当然,就如同作者本身已经做了叙述一样,本研究确实还存在着继续探索和发展的空间,尤其是如何在实证过程中,把制度层面与微观个人层面的互动呈现出来,把个人层面的观念资本(社会性别意识)的影响彰显出来,相信加上社会性别制度的间接影响和个人社会性别意识资本的直接影响,一个社会性别理论解释模型将会对女性农民工职业发展具有更加显著的解释力。

如同一堂深受学生欢迎的授课、一场引起听众共鸣的学术报告、一篇高质量的论文、一本有影响力的专著,也都是一个有抱负的学者在学术长旅中的一段承上启下的路程,琼如用自己的努力与进取已经向我们展示出她在这个学术之旅中所处的方位和高度。我们在祝贺之余,更期待她踏踏实实走下去,用更多的研究收获和教育服务,走向更加精彩的、富有诗意的远方。

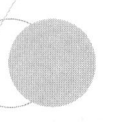

龙岩魏丹

刚去加拿大访学的魏丹博士发来一个电子邮件,简单介绍了落地北美的情况之后,告诉我一个学术上的好消息,她的博士论文得到任职学校——南昌大学的资助,就要在浙江人民出版社推出了,最后希望导师能给她的新著做个序。呵,一个春天居然又有一次作序的机会,谢谢你,一直保持在宁静中进取学术状态的魏丹博士!

当我打开完成于4年之前,又在最近做了一次深入修改的魏丹博士论文时,在

第五章
我的学生

我眼前却闪现出几个用手机拍下的画面，那就是在我居住的闽都大庄园附近的洪塘大桥建设的工地上，和男性建桥工人一样辛苦劳作的几个女性，后来经了解，她们其实是随建的、担负多重角色的家属，一方面，她们陪伴到处作业的丈夫、承担各种家务，工期长的还要照顾就地上学的孩子；另一方面，她们还是丈夫的作业帮手，起着与建筑男工互补的生产作用，比如承包下一个桥墩的打桩业务，也许许多技术活由丈夫负责，但其他辅助性的，甚至机械化的工种却离不开她们，久而久之她们对工程流程的了解程度和技能操作的熟练程度都得到提高，建筑工地女工的身份也就越发突出，对工程的进度和质量也起着越发重要的作用。但是，就如同魏丹博士根据学术文献综述所发现的那样，由于建筑工地通常是男性的传统生产领域，由于建筑业作业的技术程序和场景特点，由于如此高风险、重体力、工作环境与女性生理明显对立的产业地带似乎是排斥女性的，所以建筑工地的女工生存与发展较少引起学界的关注，所形成的学术研究自然也比较稀少。然而，魏丹博士却选择这个研究话题作为学位论文写作的对象，硬是通过几年的不懈努力，把这块似乎被遗忘的女工生活和生产空间，变成一道性别研究的风景线，既给予建筑工地女性应该获得的人文关怀，又显示出社会性别视角的学术魅力，只要那里有女性居住和活动，甚至即使女性不出现的地方，也都有性别问题，也都是社会性别研究的用武之地。所以不论是什么缘故让魏丹走进这一片领域，这本专著都是一个感情色彩浓厚和学术风格独特的研究收获，在我们整个国家就是一个大工地的时代，尤其值得一读，我想读后之余，大家一定会把发自内心的谢意也送给一样辛苦作业在各个建筑工地上的女工们。

　　从这本书的整体来看，我以为，首先是动笔之前的准备工作是充分的。这里有对国内外相关研究的梳理，有在文献综述的基础上勾画出来的研究路线图，有在理论建构的基础上设计的问卷调查、定点典型访谈和特定时间的跟踪访谈，其中单单进入建筑工地的田野调查就持续了5个月之久。所以整个研究既有努力攀越的理论高度，又特别注意接住建筑女工的性别地气，既有对建筑工地女工这个群体的集体

关注，又不时走进一些女工的个体空间，既注重建筑工地女工的内部结构特征，又不忘在和建筑男工比较中发现性别差异，在同类成果中，留下一个丰厚又鲜活、传承又创新的贡献。

我看到的第二个亮点是本书的逻辑路线非常明晰，而且具有理论联系实际的合理性和结构上的严谨。本书从建筑女工群体的形成与聚集出发，分别探讨建筑女工的生产劳动过程和自我劳动力再生产过程，再在一个群体形成和两个生产过程推进中，再现和分析建筑女工的身份认同或者再社会化，进而给出了建筑女工这样一个独特的社会群体的生命周期及其经历后的收获和失去。也正是这样的精心建构，这本书的研究不是碎片化的，也不是某一个侧面的，她是改革开放中出现的建筑女工这个集体的全景图，是动态和截面兼具的全方位描述。

本书的第三个特色是贯穿到底的比较视野和多角度透视。如四处可见的建筑工人的性别比较，包括建筑工人的年龄结构、地缘分布、婚姻状况和教育程度的性别比较，工种分布、工作年限、工资水平和劳动分工等劳动过程的性别比较，劳动力再生产如家务与休闲活动的性别比较等。又如建筑女工的同性比较，包括工地上建筑男工妻子之间的比较、建筑男工妻子与工地外已婚女性流动者之间的比较，以及建筑男工妻子与工地外年轻女性流动人口之间的比较。再如分别从户籍制度、国家发展战略和市场因素三个角度论述建筑女工的身份，从直接管理者、间接管理者、非管理者等视角观察性别权力的分布和分析"他者"对建筑女工身份的认知与评价等。这种开放式、双性别和多角度的比较研究特色在很大程度上丰富了我们对建筑女工的认知，更清楚地发现她们所处的职业劣势和所面临的社会挑战，更深刻地揭示建筑女工的性别处境是如何建构出来的。

为建筑女工设计未来之路是本书的又一个闪光之处，也最能体现作为学者的魏丹博士的人文情怀和社会责任。由于整个未来之路是建立在前面非常浓厚的问题意识的聚焦和分析基础上，所以篇幅不长的对策研究还是具有很好的针对性和操作性。与项目紧密挂钩的建筑女工都面临项目做完以后的又一个生命周期的选择，本书还是以接地气的研究风格，从短期和长期两个方面了解建筑女工的未来打算和意向。但不管走向何方，本书的几个建议还是具有现实意义的：第一，要改变建筑女工的弱者地位，工资收入的劳务分包、技术分化和性别分化势必要打破，建筑女工需要从家务劳动中抽身出来，在管理经验和技能水平提升上进行更多的有效投入，并转化为对过去项目实施中的劳务分包和技术分化的性别固化的解构和重组；第二，要改变随从或协同的流出身份，提升流出发展的主体意识和主动性；第三，要淡化我就是农民的习惯意识和最后都要回归农村的乡属观念，取而代之的是职业发展和贡献的性别意识，哪里能发挥我的职业优势和作用，哪里能提供性别平等的发展机会和平台，哪里就是我的安家之地。

和其他学术著作一样，再有收获的研究成果都还有继续提高和往前走的空间。我以为，如果能对问卷调查的结果进行深度挖掘和量化分析，把单一的质性研究变成量化和质性相结合的学术努力，如果能在引用前人研究成果如劳动过程理论的基础上进一步建构自己的理论解释框架，把建筑女工研究的理论建设往前推进，那么本书的学术价值一定会得到更有意义的扩展。

魏丹也是在闽南性别文化里成长起来的一位女博士，她不张扬但不缺爱拼才会赢的进取意识，所以虽然在学术路上一直宁静行走，但总是不时给我们一个又一个惊喜；她重乡情但更以事业发展作为表达乡愁和感恩的方式，所以她舍近求远，在远离家乡的南昌大学搭建起自己性别作为的舞台。也许一路走来，魏丹收获了许多馈赠得到了不少善待，所以她的脸上总是洋溢着由衷的微笑，相信继续用感恩、真诚和勤勉的微笑面对学术、面对人生、面对社会的魏丹，一定会拥有更多的学术进取、人生幸福和服务社会的快乐！

老师和望海学村衷心地祝福你！

我和我的母校
——献给厦门大学百年华诞

泉州渝霞

昨天一早，泉城济南被厚厚的雾霾吞蚀了。我一天没忙事，用有点压抑的心情写下一篇微文《雾霾》，下午把微文放进朋友圈，晚上空气的能见度继续恶化到PM2.5值的300以上……

今天早上起来并没有对雾霾散去有所期待，但来到室外，才发现空气的清晰度比昨天有些许改善，心情似乎也轻盈了一点。一通和远在上海的弟子微信语音交流后，我忘却了窗外的雾霾，专心走进这位弟子的过往和今时，去完成她向导师邀约的书序写作。

那是16年前，即2003年6月的福建师范大学校园，我被邀请主持一场社会学硕士学位论文的答辩，本书的作者就是当时参加答辩的一位女同学。师大校园把我带回到1977年的冬天，参加恢复高考后第一场考试的我，把福建师大中文系写在我报考志愿的第二个选择，可是最后没有得到录取；这位同学的导师是师大的王岗峰教授，后来我们成为经常同时出现在学术活动中的好友。所以应该感谢这位同学，是她的出现，才推出一个与师大校园有关的几十年时光的穿越，才让这个穿越注入更多的学术轶事与喜悦。

奇妙的是，三个月以后，这位同学从高盖山下来到芙蓉湖畔，成了我在厦门大学第二年招收的博士生，记得那时的攻读方向还是人口、资源与环境经济学的博士学位。

出生在福建泉州泉港区一个村的庄渝霞，是一个地地道道的闽南女孩，而且还是本家族的厦门大学第二代学子，她爸爸早年毕业于厦门大学数学系，毕业后远赴重庆理工大学任教，后来又回到家乡做一个中学的数学老师。虽然母亲没念什么书，只是一个家庭妇女，但学数学教数学的父亲的血脉基因，以及后来来自父亲家中传授的包括微积分在内的数学知识，却让家里唯一的女儿翻开了与母亲截然相反的人生篇章。渝霞不仅只用了三年拿下博士学位，紧接着又在厦大做了两年的经济学博士后研究,成为从泉州泉港区农村走出来的为数甚少的女博士。

2008年8月博士后研究出站后,渝霞选择北上,进入上海社会科学院在人口研究所开启自己的学术研究生涯,而今11年过去了,渝霞一直专注于对人类生育问题的研究,从当年完成博士论文《社会生育成本研究》,到今天我要推介给大家的这本学术专著《中国生育保险制度研究》,用渝霞自己的话说,"她几乎把与生育有关的问题都摸一遍了"。而这一系列的研究成果,让渝霞早在2010年就被提为副研究员了,如果不是职数限制,她还将以正研究员的学术称号让闽南老家的父老乡亲为之感到骄傲!

是啊,现在回望渝霞成长的性别路线,我以为,至少有几个元素的作用是不可缺少的。首先的应该是闽南的性别文化,专一执着、吃苦耐劳的闽南女性性格在很大程度上支撑着渝霞的学术追求。数十年心无旁骛,坚守生育研究领域深耕不已,实属难能可贵,更让人钦佩的是,渝霞从小落下的哮喘病根,迫使她不得不更多地使用口腔呼吸,所以每每想到,她是喘着粗气在那里追寻着人类生育变迁的足迹,就像一位母亲在那里用自己生命的所有力气去迎接另一个生命的到来,你才知道,有些研究不能只停留在学术层面去评价或者政策层面去理解。

父亲对女儿数学知识的代际传递让渝霞对自己的研究探索有着比较严谨的逻辑路径。也喜欢理论建构的渝霞总是把这种建构置放在数学的推理之中进行,把母性情怀的生育问题与经济学的理性思考进行有机地融合,在寻找人文情怀背后的理性依据和拓展路线中,去把自己的研究逐步系统化、逻辑化和创新化。渝霞用自己的研究实践告诉我们,具有生育情结的女性,不仅有着母性的朴素情怀,而且还留有很大的空间进行理性的思维,一旦家庭和社会给予这样的知识注入,女性将会从生育的整个过程进行系统的选择和规划,从孩子的整个生命周期进行衔接性很强的设计和准备。

对不同城市文化的吸纳与融合也是一个重要的支持因素,让渝霞在生育研究的路上越走越远、越走越宽。泉州多种宗教文化的并存,福州善待女性文化的传统,

上海融入国际文化的彰显,还有一年半的英美两国的访学停留,让渝霞懂得在尊重和借鉴他人的前提下,坚持自己的喜好和风格、提升自己的审美与境界的生命和学术的双重意义,所以不论她的学术研究风格与习惯,还是自己的着装偏好与时尚,甚至在婚姻这样重大问题上的思考和选择,都给自己留下比较大的保持自我特色的自由空间,体现自己的意志和向往。她一直到2013年才牵手一位留学日本10年之久的山东男人,走进闽南女性通常比较早就进入的婚姻围城,先生投身商场生意实践,她从事社会生育研究,至今还没有把这些年所研究的生育理论转化为自己的生育行动。我不知道,是因为热衷生育理论研究的忙碌推迟了渝霞的生育实践,还是因为渝霞会担心一旦亲身经历了生育过程,也许就要部分改写过去生育研究的收获。

一共274页的视频上阅读,让我对渝霞用漫长的四年时间、用点亮在心里的父亲那盏灯的照耀下写成的这本专著,有了更加深入和完整的理解和把握。我以为,这是渝霞又一个用心用情的成功之作,它不仅揭示了作者对生育这个研究主题的数十年的情怀倾注和专业积淀,而且还显示出渝霞越发娴熟与先进的文献梳理、理论建构、建模分析和政策设计的研究水平和学术能力。在这里向大家推介的本书重要创新和贡献,主要集中在以下几个方面:

1. 完整而系统的文献综述为生育保险探索提供了很有价值也很有高度的学术背景和研究起点

大约用一年半的时间为自己的研究所构筑的文献背景在形式上做得十分规范、在内容上做得相当丰富、在评价上做得更加富有学术水平。篇幅长达40页的文献综述包含了116个国外文献和174个国内文献,既回溯生育保险研究的历史跟进,又展示最新的研究成果;既梳理主要的理论发展,又列示重要的实证收获;既归纳国外的制度设计,又突出我国的政策创新,特别是建立在综述基础上的学术评价和对自己研究的定位与聚焦,至少呈现出三个方面的研究价值:一是突出了文献综述和评价的学术规范和研究创新的意义;二是示范了如何做一个规范水平比较高、有利于推动现有研究创新的方法;三是构筑了符合学术研究规律、有利于进行创新性和超越性研究的前沿。

2.清晰的学术思路和突出的创新指向为生育保险研究提供了新的攻坚布局和战略

52页中的图1-5用相当简约的图示,明确展现了渝霞对生育保险研究的逻辑思路,即从研究铺垫开始,进入研究推理,再到研究转化,即最后的改革方案的推出。在这个思路的推进中,从全国、地方以及服务人群等三个层面,描述中国生育保险制度变迁规律和具体实施过程,发现生育保险中存在着"基金统筹的两个不统一""基金管理的三个不到位",以及服务内容身份差异性等三大问题;从对生育保险政策实施效果的评估中,分析现有政策对城镇地区所有非农女性就业可能带来的影响;最后分别从社会性别视野、从成本效益比较视角,对现有生育保险政策提出两个改革建议,即建立全民性的生育保障体系和进行生育保险基金筹资模式创新,使整个研究实现了过去探索与现在推进的发展衔接、学科基础与理论创新的专业协同,以及学术追求和政策转化的理想统一。

3.立足理论和方法创新的研究理想和实践为生育保险研究提供了许多有价值的知识增量和政策启示

在理论创新方面,我尤其欣赏渝霞敢于突破过往形成的学科背景,越过经济学和社会学的学科疆界,为生育保险研究引进女性学的学科视角,从社会性别理论的高度,重新认识生育所具有的特殊的社会价值,生育所构成的所有成本需要整个社会来承担,而不是单一地转嫁为女性就业和发展的性别代价,所以设计和实施惠及所有女性的生育保险政策,符合男女平等基本国策的要求,也是妇女和社会同步发展的一个重要体现。还有渝霞提出生育学的学科概念,也是非常有价值的,在许多国家都经历生育意愿走低、生育年龄推迟,甚至终身不育的社会变迁的今天,我们确实需要推出一个独立的学科来专门而且系统地研究生育。当然,这并不排除原有各个学科的生育研究,特别是生育的女性学学科研究还要进一步加强。

在方法创新方面,渝霞则是更好地发挥了计量经济学、人口统计学和解释社会

我和我的母校
——献给厦门大学百年华诞

学的诸多方法优势,在交叉融合之中,把过去更多的一般描述分析提升到本研究的建模解释分析,把过去更多的政策过程和条款的碎片化讨论提升到本研究的政策评估和改革的系统化分析,把过去更多的单一学科的研究努力提升到本研究的多学科的合作投入,使本研究拥有较为丰厚的关于生育保险研究的方法论和方法的借鉴价值。

显然,从今后进一步深化人类生育研究的角度来看,凝聚在这本专著中的渝霞学术尝试仍然存在着可以继续提升的空间。我以为,其中最重要的,还是要拓宽视野,更加全面地认识生育可能给女性带来的所有影响,估算生育保险的总效用指数,毕竟就业效用只是其中的一个重要构成,把生育保险拓展为一种宽口径的设计,不仅覆盖所有生育的女性人口,而且涵括生育给每一位女性带来的所有代价,这样的生育保险才能真正起到激发女性生育热情的作用。

另外,生育是相爱男女彼此合作、共同努力地把情感注入的人口再生产过程,为了强化男性的性别责任,鼓励更加友好的性别合作,还需要把男性也纳入生育保险政策的设计和服务之中,其实促进和加强男女以相爱为基础的在生育方面的性别合作和责任共担,还会在一定程度上减少公共财政和用人单位在生育保险方面的支出,提高生育保险资源的使用效率。

真的很欢欣又读到渝霞的学术新作,并拥有又一次的作序机会。希望这一次的序言细说不仅暂时忘却窗外的雾霾,而且等到明天太阳升起的时候,雾霾已经彻底散去,再现我们眼前的是一个清新洁净的天地!

渝霞,老师祝贺你!并对你的下一部大作满怀期待!

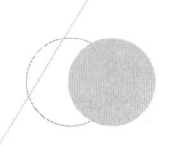

河南王慧

现在想起，第一次见到王慧，应该是她递交的应聘教师职位的个人简历。那是在2009年5月福建江夏学院召开的一次党委会，会议议程里有一个议题，是研究决定本年度要招聘的新教师。忘记了是不是因为招收名额的限制，王慧没有进入初定的招录名单，后来我和另一位也是博导的党委委员再一次认真审阅简历，一致认为，王慧的专业基础很不错，尤其是科研经验和能力特别突出，未来发展的潜力明显，值得也把她招收到学院来。谢谢主持会议的时任党委张书记，他说，既然两位博导都认为不错，那我们就收下吧。也就这样，王慧成了我在福建江夏学院的新同事。

进校后，一直到2012年的上半年，王慧主要是以学校规划处工作人员的身份，忙着学校申本迎评专家秘书组组长的事务。不过忙碌之中，王慧并没有忘记今后往专任教师发展的长远职业志向，在做好当时的行政事务以外，就积极准备报考我在厦门大学公共事务学院指导的女性社会学方向的博士。毕竟是7年的西北农林大学社会学专业功底，加上自己考博时的勤奋和努力，王慧很顺利地考上了厦门大学2012级社会学博士研究生，从此我们的同事关系就被师生关系置换了。

而今10年的岁月过去了，王慧用她比较全面的出色表现和成绩，证实了两位博导选用人才的眼力还是不错的。从她为我整理的一份比较详尽的履历来看，王慧的不少方面都是引人注目和令人满意的，而且还有力地驳斥了"女博士是第三种人"的错误论调。

王慧来自河南商丘的一个农民家庭，在4个孩子中位居老大，承担着帮助父母照看弟妹、操持家务的责任。在社会资源缺乏的情况下，一切靠自己的自立意识很强，也非常珍惜来之不易的机会，加上是老大的身份，先弟妹后自己的责任感也很强，而且还养成为人为事热情踏实、不事张扬的性格与风尚，每每有事情，总能抢着去分担，对指定给她的事务，也都办得妥妥帖帖，特别让人放心。所以不论是在福建江夏学院的同事当中，还是在厦门大学的师门里，王慧都拥有一个和谐的人际关系,成为大家都愿意一起合作做事做课题的伙伴。所以王慧的成长经历也表明,父母的职业禀赋和家庭的社会资本固然重要,但更为关键的是营造一种家庭氛围促使孩子去把未来放在自己的肩上,在为需要自己帮助的家庭成员提供服务的过程中去形成能力去体现价值。

应该说王慧是幸运的,她走出中原大地的农家之门,又推开了西北农林大学的校门,在接受高等教育的同时,继续传承着农家的传统和本色,而且在本科和研究生的学习期间,牵手来自齐鲁大地同样出身于农民家庭,也有多个兄弟且位居老大的同班又同一个师门的山东籍男同学小祝,一样的家庭背景和成长经历不仅加固了高天厚地的乡村情怀,而且借助城市文明还放大了靠自己的努力也能够有所发展和成就的信心。所以毕业后,他们携手东南行,先后来到福建福州,一个进入福州大学专事学科建设和研究生教育管理,一个加盟福建江夏学院担任专任教师,通过爱情延伸出来的互相理解和支持,加上建立在比较优势上的分工合作,努力做到比翼双飞、多方兼顾、各方面都不耽误。他们在福州买了房子,生了两个孩子,小祝由于工作出色,还被福州大学派去教育部挂职,去年也考上武汉理工大学攻读教育管理学博士,王慧2016年出任公共事务学院社会工作系主任和党支部书记,2018年又被提为副教授和学科带头人。

还有一点值得肯定的是,在学院行政事务和家庭孩子事务忙碌中,王慧没有忘记对科研投入的重视,依然把热爱科研和做好科研作为自己大学生涯的生活方式和追求目标,而且是在各种科研工作和指标的系统联系和互动之中,来培育和锻炼自己申报课题的独立科研能力,来强化科研平台建设和学术论坛组织的能力。至今已申请和主持包括国家社科基金青年项目在内的12项科研课题,到位资助基金近百万元;成功获批成立福建省高校人文社科研究基地——福建省青少年事务研究中心;作为主要策划者参与举办12个全国和省级学术论坛和年会;以及在《妇女研究论丛》《人口与经济》等刊物公开发表学术论文15篇,专著、合著和编著4部,各类获奖10余项,2018年科研积分全校最高,在女大学生就业质量、流动妇女生活状况,以及妇女和儿童发展纲要研究和编制方面都在形成越来越明显的学术影响。

携带着王慧博士给我们留下的以上印象,审阅由厦门大学出版社推出的她的第一本专著——《女大学生就业质量研究》,就有了一个基于作者人生经历和学术背景的广阔视野。在我看来,这本专著至少点燃了四个学术亮点,值得大家给予关注:

第一,在对前人研究系统梳理的基础上,把过往主要对女大学毕业生就业数量的重视,转移到对她们就业质量的关注,集中分析女大学毕业生就业的质量状况和就业率之间的内在关系,以及就业质量高低的主要决定因素。这种转移不仅表达人尽其才的人力资源经济学的利益最大化意识,关键的还在于体现对获得大学专业教育的女性人才资源一样的尊重与爱护,所以王慧对自己研究选题的重新定位和学术转移,既是作为一个年轻学者所必须具备的持守学术规范的学风,即把自己现有投入与前人既有努力衔接起来,努力去做有超越与创新的研究,更是源于自己也是一个女大学生,而且是一个在缺乏有助于就业的社会资本情况下,还要承载一个农民家庭发展希望的来自农村的女大学生的就业现实,对于她们,多么希望既能按时实现从大学学习向社会工作的转换,又能得到职场的公平对待,实现职业上的能岗匹配,因为用牺牲就业质量的代价去换取一个低下的就业机会,往往带来的是女大学生个人、她们的家庭,以致整个社会的精神挫伤和福利损失。因此,年轻学者在学术研究的超越或另辟努力方向,不单纯是研究范式和技术的讲究,还应该自觉地融入更多地对弱势群体的现实关照和对政策公平的社会责任。在这一点,王慧做到了。

第二,与比较成熟的女大学生就业率研究相比,就业质量的探讨还处于初始阶段,在概念界定和操作、具体的统计测度和量化、研究切入的角度和解释理论的建构,还有提升女大学生就业质量的制度保障和政策推动等,都需要一个新的研究布局和设计,这是一个难度比较大、没有太多前人研究可供参考,但又非常重要的选题,需要介入者更多的学术勇气和吃苦精神,以及对以往研究经验更多的舍弃与创新。感到欣慰的是,王慧接受了这个挑战,而且用智慧和汗水收获了初战告捷。尤其在就业质量的测度方面,王慧下了不少功夫,借助占有第一手问卷调查资料的优势，建构了立体式女大学生就业质量测量指标体系，把包括起薪水平、岗位类别、职业声望、工作稳定性、晋升空间等在内的14个初始指标，通过计量降维，复合成工作契合度的客观表现、工作契合度的主观感受、职业保障程度、职业期望实现程度等四个主因子，然后在这基础上进一步汇合成就业质量总指数，这样既可以就单一的就业质量总指数进行男女大学生的性别比较，又能够细化到四个侧面，来更加针对性地了解女大学生相对比较低的就业质量主要低在哪里。不论是从概念化的就业质量理解到量化的操作、从主观的片面感受到主客观的结合考虑，还是从单一指标的测量到多元指标的复合，都为后续的女大学生就业质量的研究提供了很好的理论和技术开端。

第三，对女大学生就业质量如何给出科学的理论解释，应该是本研究领域最为核心的学术任务，王慧不仅集中精力聚焦了这个问题，而且通过自己的努力，至少把这个任务的完成转化为多个成果的收获：一是原因解释和理论建构并重，可以说王慧提出了一个比较完整的性别意识决定理论，不仅把社会性别意识作为核心解释变量，而且还用图示勾勒出具体的影响路径；二是把原来只是概念化的，甚至是空泛、影子式的叙说转化为内涵更加丰富、分析更加量化的解释，个人性别意识、家庭性别意识和社会性别意识区分确实是在理论建构方面迈出非常必要的一步，也让性别意识和就业质量之间的影响关系变得更加客观和真实；三是把前人研究中的各种解释因素作为控制变量引入理论模型中，用先进的建模估计，大大提升了本理论建构的可靠性和统计意义。所以，王慧在本书中的实践，既清晰地说明了以社会性别意识作为主要研究视角的女性学学科的学术意义，又很富有操作性地示范了如何有效地把理论建构与建模估计结合起来，让量化工具更好地服务于女大学生就业质量的女性学解释理论的建立与发展。

第四，在本书中，作者始终不是孤立地或者只是单性别地研究女大学生的就业质量问题，而是很自觉把研究视角和过程放在两性互动和对比的性别现实当中，从最早的问卷设计和实际资料收集，到样本特征显示和就业质量单个指标与综合指数计算，再到最后的理论解释和建模估计，一直都是两性并行的、男女大学生一起关注的。虽然每个性别内部分化也比较大，但摆在首位的，更应该关注和解释男女大学生就业质量的性别差异。所以，王慧的研究再一次突出了女性学有别于其他学科的重要学术特点，即女性学的研究至少要坚持两个意识，社会性别意识分析的理论视角和性别比较意识引导的研究范式。

其实，本书的亮点也照出关于女大学生就业质量后续研究的拓展空间。例如，对就业质量这个概念理解的深化问题，特别是把静态的理解转化为动态的理解，以观察时期的越来越快的变化，尤其是在互联网的时代，我们应该如何去把握这个概念的性质和内涵，还有两性对就业质量有不同的概念理解吗？他们又给就业质量注入哪些不同的性别内涵呢？还有在书中，就业水平和就业质量似乎是孤立事件，其实在就业市场里，二者之间存在着一定的数量关系，尤其在性别歧视比较严重、就业压力比较大的社会环境中，应该会表现得更加显著。再有本研究是把男女大学生分成两个独立样本来进行建模估计和比较的，这样处理会不会影响性别比较的真实性？或者使得性别这个变量的作用无法得到直接的体现？我想，王慧一定会把大学生就业质量作为长期去坚守和投入的重要研究领域，努力让自己成为这方面有学术建树的真正专家。

"80 后"的王慧还很年轻，两个女儿的长大、自立和互助还会给妈妈腾出更多的时间，让我们一起祝福和期待王慧推出更多更好的科研产出，在推动女性学学科建设和女性研究方面做出更大的贡献！

光荣和美好将永远和女博士、女学者相伴！

第六章

我的校友

接棒有感　不忘初衷
法律之最　三喜同庆
带着歌声的翅膀
茉莉琴声　鼓岭读书
花红鲤鱼洲
外文德贞　画江之夜
纯真年代
重阳节
老校友
与凤凰花一起盛开
再逢青春　难忘2016
握别2018　全球同庆

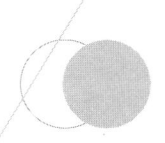# 接棒有感

今天站在这个熟悉的报告厅,以往来这里的平静和轻松都被激动与敬仰取代了,汇聚在我心里的是无限的感怀、感恩和感动!

此时此刻,我沉入岁月的怀想,我似乎又登上7块6毛钱票价的福厦长途汽车,提着我爷爷留下的小藤箱,走在新生入学的路上;我似乎又回到芙蓉二的218宿舍,那里有不少不眠之夜,为了第二天的考试;我似乎又坐在群贤楼的大教室里,和今天也在现场的陈国钢、刘友亮学长一起上大课,分享经济学的学科风采;我似乎又走出同安楼的教室,第一次也是最后一次向心仪已久的同班女同学表达爱意,并接受她的婉言谢绝……因为这些回想,我才知道,母校是我心中永远传唱的青春之歌。

此时此刻,我还充满无限的感恩,我感谢母校给我发出录取通知书,彻底改写了我那没有一个大学生的家族史;感谢母校毕业后把我留校任教并送往美国求学,最后又把我接回身边,从此拥有一个天天与书香相伴的教授生涯;感谢母校一路送我到福州,成为这里一所高校的校长,同时也获得福州校友会校友的光荣身份;我尤其感谢母校今天又把福州校友会会长的重任放在我的肩上,让我欢欣之余感受到更多的是责任与担当……因为这些感恩,我才知道,母校永远是一个爱的摇篮,摇进的是您的辛劳和期待,摇出的是我们的成长和幸福。我提议,让我们一起用最热烈的掌声向母校致敬,向亲临现场的朱崇实校长、詹心丽副校长、林东伟副书记等母校领导和老师表示深深的谢意!

此时此刻,我更想向母校报告,因为感怀和感恩而生出的一个个实实在在的行动。为了今天接受母校的检阅,我们先前走进了许多德高望重的学长家里,叶家松主席的一席畅谈、叶品樵书记的一碗点心、黄金陵校长的一本画册……都让我们充满敬意的同时又多了一份使命感。

我们还不断得到外地校友会的热情关注和经验分享,我们不仅收到香港校友会徐兰芳理事长以诗代贺的祝福,而且还迎来这么多从海峡两岸纷纷赶来一起见证和

分享的校友们,让我们强烈地感受到天下厦大人一家亲的浓浓情谊。

我们的福州校友更是用不同的形式几乎都行动起来了,往届潘心城、刘有长会长,刘捷明副会长等为这次换届一路引领、悉心指导,刘捷明会长昨晚很晚了还从厦门赶回来,下午还要在我们福州校友会的榕城讲坛上发表精彩演讲。已建分会的会长魏培才、林深等学长,新一届的副会长林冰、兰益江、陈建群、李熙政等或直接参与筹备工作,或慷慨赞助提供支持。

还有公务繁忙的中共福建省委常委陈冬,省人大常委会副主任徐谦、陈桦和潘征,省政协副主席张帆,省检察院原院长倪英达等学长,都发来短信或打来电话,祝贺福州校友会换届,并转达对母校朱崇实校长等领导和老师,以及校友们的亲切问候;省委党校常务副校长陈雄学长热情地承担了换届主会场的组织工作,并全方位地提供强有力的支持;还有为了一起来参会,我们纷纷建起了法学、艺术、省直机关、高校等校友群,一位 93 岁高龄的校友还打来电话,对因身体原因不能到会深表遗憾,并表示他的热烈祝贺;1976 级中文系的《东南学术》主编杨建民学长还为校友会换届写下《回望厦大》的动人诗篇;尤其是这次换届筹备组的校友们,包括参加今天演出的艺术分会校友们,大家不辞劳苦,主动揽活,贡献智慧,甚至为了一个细节、一句表述、一个节目,废寝忘食,反复演练,追求完美。大家深厚的母校情结和感恩情怀,是一种文化自觉,更是一股做事力量,让我心存温暖与感动!

在这里我还要提到的是,不是校友胜似校友的中共福建省委统战部新阶处李剑勤处长、福建省气象服务中心游少萍副主任、中华海峡两岸文经推广协会的张运同副会长、三坊七巷管委会的工作人员、福建江夏学院的部分师生、福建星网锐捷通讯股份公司等都给这次换届大会的顺利举办提供非常关键的支持与帮助。在这里我要把福州校友会的真挚感谢送给大家!

当然,在这里最应该强调的是,我们今天之所以能欢聚一堂,共庆我们福州校友会的繁荣与美好,都和我们是厦大人的嘉庚情缘、都和母校的厚爱与校友总会的指导紧紧相连。谨让我借用这个美好的机会，向敬爱的朱崇实校长、向在座的各位领导、老师和校友们表达一个信心，有母校的关怀、外地兄弟校友会的互动，以及广大福州校友的一起参与，我一定会把母校给我的信任和荣幸转化为：更好地推进福州校友会的工作，更好地提高服务校友、服务母校和服务社会的水平，争取做一个大家满意的会长。

爱您，我们心中的母校；爱你，母校怀里的全世界学子与校友们！让我们一起祝福母校，一起用爱的力量，去实现那美丽如画的南强梦、中国梦！

谢谢！我们会记住今天是2015年5月31日！

不忘初衷

昨天刚从闽西红土地回来，今天下午又应邀来到西子湖畔参加厦门大学建筑与土木工程学院福州校友会成立活动，人有点累，但却和土建院的年轻校友们一样南强情深啊！

厦大土建院是在1937年就设置的土木系基础上成立的，1987年恢复招生，1992年有了自己的第一批校友，至今分布各地的校友2000多位，来到福州发展的约占1/10，近200名，这次前来参加校友会成立活动的有150多人，使这个依托母校二级学院组建的第三个福州校友会分会具有两个突出的特点：队伍年轻与参与率高！

然而，更为引人注目的是活动现场和活动内容充分显示出土建院校友的文化建筑与情感土木的素养与风采！一个写着"欢迎参加厦大土建院福州校友会成立大会"的红色拱门，把大家热情地迎入活动的主会场，这里的正面是主席台的背景场，一条鲜红的飘带把榕城两塔与母校的五老峰融为一体，把千年三坊七巷与近百年芙蓉园区对接同辉，也把今天活动的主题——"致青春、续风华"带进每一个土建院人

的心里。

这里的右面是芳名墙,校友们留下自己名字的同时,也接过一份与母校共荣的责任与梦想,还有对母校绵延不断的依恋与感恩。

这里的左面是大家一起走过的土建院历史,还有对土建院未来的最美好祝福——画出你心中的厦大土建院!

再加上从一位年轻美丽的姑娘指尖流淌出来的温暖琴声、投影屏幕上连续播放的当年求学芙蓉园的青春岁月,被大家小心翼翼佩戴胸前的校友会徽章、茶歇大厅和庆典宴席上飘移的玫瑰花香,尤其是那一片精心设计与制作的欢迎卡上面的各位新任会长的寄语,让我们如同走进一座充满谢意与感恩,富有工程理想、人文情怀与诗情画意的现代建筑,强烈地感受到这是五老峰山脉的力量延伸,是思源谷飞鸟的深情呼唤,是芙蓉湖绿波的美丽舒展,土建院的校友有心、有才,还有浪漫与品位啊!

接下来是王绍森院长致辞,那"开放、开放、再开放,努力、努力、再努力,还有开明的校长(院长)、著名的教授和知名的校友"的土建院集体的理想和行动;依然年轻的张建霖校助讲话,特别是用他一头花白的头发和厦门大学马来西亚分校的建设继续演绎和扩展土建院的光荣和影响;美丽的刘梅书记的授旗与校助校友合力的揭牌,尤其是每一届校友接力式的集体报到与新任的各位年轻会长副会长的任职感言,在感染着现场每一位参会者的同时,更在我心里积聚着对以往交流不多的土建院、对土建院福州校友会这支年轻队伍的敬意与喜爱,我甚至发现,我在厦大带的一位美丽贤淑的女研究生和我毕业于美国宾夕法尼亚大学的大女儿是非常有眼力的,因为她们都嫁给了土建学人,我的研究生嫁的就是厦大土建院的毕业生,而我的女儿却是在纽约牵手来自美国德州大学奥斯汀分校建筑学院的研究生。

成立活动还在静好的榕城西湖夜色里延续着,我虽然提早离开,但对土建院、对土建院福州校友会的真诚祝福却一直留在我的心里。我相信,在大建筑办院理念的推动下,一个更加国际化、人文化和多学科化的新土建院一定会成为南强之强;

在爱校荣院的情怀激励下,一个更具凝聚力和生命力,并在区域校友工作中发挥重要作用的土建院校友会一定会在福州校友会事业发展中显示出更加耀眼的风采!

钱穆先生曾说过,伟大的校友才能成就伟大的母校!而我则以为,每一个伟大的校友背后其实都永远站立着一个更伟大的母校,不管离开那里有多远有多久!也许这就是我们成立校友会最朴素的初衷吧!

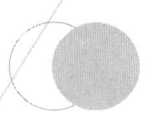

法律之最

今天是厦门大学福州校友会法律分会隆重成立的欢庆时刻,也是福州校友会所有校友分享光荣与喜悦的大好日子,更是我们母校校友事业发展的又一个温馨场景。谨让我代表福州校友会向亲临现场、传送母校厚爱的林东伟副书记和各位老师表示最衷心的感谢!向和我们一起分享喜悦的兄弟校友会代表表示最诚挚的欢迎!向为今天这一个欢庆时刻的到来倾注激情与汗水的福州法律校友们表示最热烈的祝贺!

在母校法学学科90年的光荣与梦想中,我至少也见证了1/3。我记得,第一次把法学放在自己的记忆之中,是在1982年的春天,那时我们经济系1977级几个毕业生留校工作,其中,我们都喜爱的校长朱崇实教授被分到法律系担任国际经济法助教。随后,在美国犹他大学的校园里与你们的学长、后来担任美中律师协会首任会长的陈小敏律师相遇。再后来就是在母校工会女工委员会举办的一次女性发展研讨会上认识了你们美丽的现任院长宋方青教授,才知道我们是住在新白城教师小区的近邻,而且方青老师的手气很好,她的香车车牌号是4个8,是她随机抽到的。至于以后关于法学院的美好故事,在座的各位法学学弟学妹珍藏的应该比我更加丰富多彩,学养沉稳静好的廖益新老师、深受女生喜欢的柳经纬老师、一头学术乱发的徐崇利老师、性情奔放的李兰英老师、笑意亲切的何丽新老师、在家里"被男权挤压"但"不敢维权"的蒋月老师,还有在90周年院庆主席台上德高望重、风采

我和我的母校
——献给厦门大学百年华诞

依旧的陈安先生……当然还值得一提的是，在母校现任领导班子里，还有两位法学背景的领导，也就是我们的朱崇实校长和林东伟副书记。所以，请大家用掌声鼓励我一下，我打算报考宋方青院长的研究生，这样我和大家不仅是熟悉的校友，而且还是更加亲近的院友了。

在校院两级的学脉相传之中，生活和工作在有福之州的法律校友们，用你们集体的情感、智慧和勤勉，为自己的分会成立写下了一个值得一生记忆的诗篇，也给福州校友会带来值得借鉴与推广的示范效应。根据我的观察，你们创造了不少第一：成立大会的规模最大，今天有近500位校友来到现场同庆；参与捐赠文化建设的校友最多，长长的捐赠清单上留下662位校友的芳名；对属地校友的统计入册工作推进的最快，已经给1352位法律校友建档……谨让我再一次提议，让我们用热烈的掌声向福州的法律校友、向参与这次成立大会筹备工作的校友、向领导这次集体行动的陈壮会长和分会其他负责人表示衷心的感谢，谢谢你们用这样充满深情的形式，把我们带回当年与芙蓉湖水一样荡漾的青春岁月、带回在晚自习教室为女同学占位子的情感经历、带回与老师以爱相牵教学互惠的求学生涯、带回情系南强花开榕城与母校共辉煌的生命历程！

你们的首任会长陈壮校友是我的老乡，他话语不多，而且福州腔和我一样亲切，但魅力无限、经验丰富。我在母校四年求学中没谈过恋爱，唯一一次拉过女同学的手，是跳集体舞的时候，而你们的会长在当年毕业离校的时候，悄悄地就把同班的一位女同学，连同她的行李一起带回家了。

好的，我说了不少了。最后借这个美好的机会，向福州校友会法学分会表达几个期许与祝福：

希望你们不忘初心、继续前进，用你们创造性的分会工作，为福州校友事业的进步与发展提供更多的、行之有效的推动理念与组织经验。

希望你们继续实施开放式的工作模式，通过多个分会的交叉与合作，让我们的福州校友在跨院系、跨专业、跨年级，甚至跨界别的校情互动中，彼此关爱、互享资源、共同发展、一起幸福。

希望你们依然主动承担福州校友会的重大任务,把法律分会的集体力量转化为福州校友会的大爱与荣誉,一起为母校国际化的南强之旅、为母校全球校友事业的繁荣与发展、为广大福州校友的职业发展和家庭幸福,做出新的贡献!

让我们一起把有福之州的最美好祝福献给我们的母校、送给遍布全球的校友、送给刚刚光荣诞生的福州校友会法律分会!

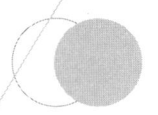

三喜同庆

今天是 2016 年 12 月 17 日,风和冬暖的有福之州又迎来一个值得记忆的日子,因为我们快乐地聚集在这里,共同见证与分享了福州校友会艺术分会成立、信息分会换届和女校友分会授牌的三会结伴、三喜同庆的欢乐时刻!谨让我代表福州校友会,把我们的深沉谢意献给母校各位老师,谢谢你们的亲切到来,又激起了我们福州校友对母校的无限思念和感恩;把我们的热烈祝贺送给早已活跃运行的艺术、信息和女校友分会,谢谢你们的快意联手,又创造了我们福州校友会可以示范全球各地校友会的别具一格的活动模式。

说到艺术分会,我们就会动情地唱起李式耀会长谱曲的《青春是一场美丽的遇见》;就会伴随着刘淘副会长欢乐的歌声跳起《春天的芭蕾》,就会在张含弓副会长的激情指挥下,加入感恩与祝福母校的《情系南强、花开四海》的大合唱旋律之中。当然我们还会和肖文秘书长一起,把又一个制作精美而且分量厚重的分会牌子送往隆重的授牌现场……亲爱的艺术校友,你们分会的光荣诞生,就是我们福州校友一直传唱的同一首歌、就是我们福州校友一起挥毫的同一幅画!

说到信息分会,我们就会欣喜地看到如战场的商界依然可以站立着颜值不减的卞志航会长,自然地产生对陈晓芳秘书长在崭新岗位上大展性别凝聚力和创造力的

我和我的母校
—— 献给厦门大学百年华诞

美好期待，兴奋地预期"互联网+"的深远魅力及其给校友事业发展带来无限的空间……亲爱的信息校友，你们分会的接力换届，将拓展与母校多个学院的互联互通，形成你们先行先试、跨越发展的比较优势，我们福州校友等待着分享你们情感与工作互联网所带来的创新机遇与资源集结！

说到女校友分会，我首先想起20年前的1996年，那时我从母校出发第一次走进福建省妇女联合会的大门，没想到从此留在了省妇联机关的大院里、留在了妇女研究的领域中，从当初福建省妇女理论研究会的常务理事，到2013年接过福建省妇女理论研究会会长的担子，再到去年8月光荣当选为中国妇女研究会副会长，我把对包括我母亲、大姐、两个女儿，还有去年以来结识的女校友们在内的中国女性群体的感激，转化为更多的女性研究产出和对妇联工作、妇女事业的理论支持。当然今天我和大家会更多地想起女校友们一路美丽走来所留下的"女性和幸福人生""女性和茉莉花茶""女性和健康饮食""女性和手机摄影""国宾馆的闽水与廊桥""女性的生活平衡与包容"等一道道风景线，回味林冰会长在母校"芙蓉花开——女大学生创新创业论坛"上的知识魅力与职业风采，点赞林萍副会长两个接龙同时舞动，把女校友的爱心、激情与美丽一路引领集结到今天的欢庆现场，惊叹中文分会张航校友在女校友的茉莉花香熏陶下所发生的从传统福州好男人到当代榕城暖男的迅速转变……亲爱的女校友，你们分会的隆重授牌，是对全球唯一的特色分会的最高赞誉和爱护，我们殷切地期待着你们日夜排就的《茉莉花开——女校友旗袍秀》惊艳今晚的舞台和成就明天的故事，我们还热切地期盼着你们策划更多极具特色与诗意的活动，让我们福州校友会更加壮美，让我们福州校友更加幸福，也让更多的福州男校友变成你所喜爱的新一代暖男！

最后，让我们再一次祝贺艺术分会、信息分会和女校友分会快乐联动、一起拥抱福州校友会这个温馨的大家庭！

祝愿你们继续各具特色、各展功用、各显异彩，努力集聚更多的会员、搭建更多的平台、分享更多的快乐，把我们福州校友会服务校友、服务母校和服务社会的三服务办会宗旨，融入更多的艺术创意、互联网技术和女性性别力量，更好地放飞止于至善的南强梦想，并落地福州花香满城，催生更加饱满的激情与信念，促成更加宏大的效用与价值！谢谢大家！

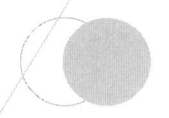

乘着歌声的翅膀

她是军人的女儿，身上流淌着军旅文化的血脉。

她是军人的妻子，心里深藏着军嫂意识的柔软。

也就是这样的一位年轻女性，却乘着歌声的翅膀，越过语言的尽头，欢乐而尽情地飞舞在音乐的世界里。

她就是把自己7年的青春扔在厦门大学艺术学院白城那一片海里，怀揣着音乐硕士的学位证书北上有福之州，又把14年最好的年华献给闽江学院高等音乐教育事业——蔡继琨音乐学院副院长刘淘副教授。

今年早春的时候，刘淘依依不舍告别需要她照顾的年迈父母、放手需要她抚爱的幼小儿子，只身前往德国古藤堡大学美因茨音乐学院。来之不易的半年高访，给刘淘最开阔地打开了与欧洲经典歌曲与歌剧美美与共的窗户，她不仅如饥似渴地沉浸其中，而且还于6月17日，也就是旅欧不到三个月的时间里，在美因茨音乐学院的 Roter Saal 音乐厅举办独唱音乐会，担任音乐会主持的该院声乐系主任、德国著名男高音歌唱家 Dewald 教授兴奋地说，"刘淘女士有不可多得的好音色，她的演唱技巧娴熟，能驾驭不同风格的作品，这次音乐会上的作品难度很大，在德国唱德语歌曲也是很大的挑战，但是刘淘女士完成得非常好"；于7月中旬接受邀请，参加由意大利国际达·芬奇协会与世界著名男高音歌唱家 Andrea Bocelli 与花腔女高音歌唱家 Sumi Jo 共同参与主办的系列音乐会，把她美丽的中国声音留在意大利沃尔泰拉歌剧院与佛罗伦萨威尔第歌剧院的舞台上。

昨晚在福建大剧院推出的"乘着歌声的翅膀——刘淘独唱音乐会"则是刘淘从欧洲乐坛载誉归来的一次汇报演出，2个小时、4个乐章、18首歌曲把观众带进刘淘与音乐一起成长和飞翔的心路历程，那真挚的对音乐的热爱，那真诚的对生活的感恩，与她清亮绚丽的歌声一起飞进观众的听觉和情感里，留下的是一阵阵的感动和热烈的掌声！

刘淘是一位拥有感恩情怀的年轻歌唱家。她的硕士导师、曾是中共中央代表团艺术团和中国人民解放军歌舞团的独唱歌唱家、在上海歌剧院推出的民族歌剧《仰天长啸》中主演岳飞的厦门大学艺术学院原院长吴培文教授对自己的弟子总是赞不绝口，我们是厦大新白城教师公寓的邻居，每每提起刘淘，他首先强调的，是高徒对音乐的感恩、对所有予以爱护和提携的良师亲友的感恩。怀揣着这份质朴，名气越来越大的刘淘依然不忘开启她声乐人生的芙蓉湖畔和白城海边：2015年的春天，她把歌声唱响在厦门大学福州校友会的换届现场；2016年的4月，她把一片深情唱给全球校友共同庆祝母校95岁华诞；2017年的岁末，她把一曲《他也许是我渴望见到的人》留在厦门原创音乐"房米网杯"十佳歌手大赛的舞台上，荣获冠军的刘淘深情地对厦门媒体说，很感谢这次比赛，让我看到了厦门声乐水平显著提升，特别是看到了许多很有希望的年轻选手，对这片熟悉的土地更加心存欣慰；更令人感动是，2019年12月22日，也就是这次独唱音乐会前的第六天，刘淘还不顾紧张与劳累，到场主持了厦门大学福州校友会2019年年会。

刘淘还是一位富有进取、立志把事业做大的音乐教育者。其实这次出访欧洲，她还有一个心愿，就是把闽江学院的音乐教育推向世界，同时也把世界的音乐教育引进闽江学院，据她设想，明年春暖花开的时候，也是蔡继琨音乐学院和美因茨音乐学院互访交流和深度合作的美好开启。从欧洲回国后，刘淘顾不上和远在北京的家人团聚，就参与筹备11月在闽江学院召开的"全国应用型本科音乐专业人才培养研讨会"，这次以"应用型本科高校转型发展背景下的音乐专业人才培养"为主题的专家主旨发言、分专题研讨和优秀成果展演，首次让闽江学院的音乐教育在全国同行面前亮相,大大扩展了闽江学院在音乐界和音乐教育界的影响。

不论是站立在华丽的音乐殿堂,还是融入家人好友的相处之中,刘淘给人的艺术形象和社会印象都是,用美妙歌声表达对音乐的敬畏,还有以清脆笑声抒发对他人的暖意。一位优秀的歌唱家,不仅需要先天的音色、音域和对乐感节奏的天生应知,需要后天的丰富阅历体验和广博知识支撑,而且更需要有一份对音乐的敬畏与忠诚,这样才会把声乐演绎和传唱当作一个神圣的事业,所注入的都是对音乐的敬意和感恩。我以为,刘淘就是这样一位名副其实的歌唱家,不论在什么场合,每每听到刘淘的歌唱,总是会让你远离世俗和市场,让自己情不自禁地高洁、高雅和高尚起来,如同乘上音乐的翅膀,飞向一个充满真情实意、你亲我爱的温暖而柔软的世界!和她的歌声一样迷人的是刘淘的笑声,那是没有一点杂质的笑意表达,你会强烈地感受到一种亲近、喜乐和安全感。

我以为,厦门大学是骄傲的,闽江学院是幸运的,因为共同拥有刘淘的歌声与笑声!

茉莉琴声

尽管窗外细雨冻人,但在钧天南薰古琴院里却是春暖花开、在一排古琴中轻轻荡漾开来的是一片充满诗意和女韵的笑声,由厦门大学福州校友会"茉莉花开"女校友分会举办的"新春饺子宴与古琴赏析"活动正在这里唤起女校友们用青春编织的芙蓉情怀,展开她们与校训同行的茉莉人生。

在遍布全球近100个厦门大学校友会的大集体里,福州校友会是唯一拥有女校友分会的校友之家,成立3年多来,在林冰会长的带领下,女校友分会不仅成为福州校友会最亮丽的一道风景线,而且还面向四海打开一个传递母校情怀、展示女校友风采的温馨窗口。

我和我的母校
—— 献给厦门大学百年华诞

从旗山脚下，林冰亲自开讲，与女校友分享拥有一个从容人生的实践与感悟，把用母校教给的理念与知识来应对自我、家庭和社会的个人经历放大为学姐学妹们共同的成功与幸福，到相约鲤鱼洲畔，女校友自带各色瓜果糕点、各种小碟大菜，把余暇倩影美妆洒在万绿丛中，把周末欢歌笑语溢流在廊桥水里，家里家外合理兼顾、事业婚育良性互动都可以转化为对自己更多的爱护和放松，再到女校友携手登上鼓岭、走进大梦书屋，围绕一个长桌，对着两窗阳光，把屋外的松香花草香和这里的书香咖啡香尽情地交融在一起，从性别关系说开，慢慢转入对佳偶匹配、夫妻博弈、职业走势、身心健康、阅读功能等话题的热烈讨论，最后汇聚成对每一个学姐学妹的个性化祝愿与祝福，鼓岭放远了女校友的人生视野，书屋拓宽了女校友的快乐路径，再到今天在琴声和茗香中的新春饺子宴聚，用更加别具一格的形式，开启女校友分会充满更多期待与惊喜的 2019 年。

福州女校友分会所用心用情举办的活动，都集中体现了对母校厦大的感恩情怀和女生依恋，随着毕业时奏响的南强校歌、迈出校园后的岁月脚步，曾经班级野炊过的五老峰演化为榕城的三山，还有鼓山、旗山和鼓岭；曾经无数次一起走过的三级水域：情人谷、芙蓉湖，还有白城海滩，连接到福州的西湖、闽江，还有新城海岸；曾经男同学主动去帮忙占位子的教学楼、图书馆，还有建南大会堂，也变成一个个书店书院、一个个学术艺术殿堂……在这些对接中，女校友随时和当年的青春相伴，所以由里及表，静雅常驻；在这些延伸中，女校友还和离校时留下的愿景同行，所以初心不忘，止于至善。女校友的活动还特别突出过程与结果紧密结合、你我共建共享的集体聚欢同乐的风格，就像这次新春饺子宴，一只只袋子拎来的是各种炊具和各色食物，一双双秀手转开的是各种样式的饺子，还有一个个校友讲述的是各自简介与引起共鸣的芙蓉情缘，女校友分会不愧是一个快乐与幸福的放大器，来时可能还纠结于一些个人事宜，别时带走的是"我们都是厦大人"的共同欢愉和把生活过得更好的集体信心。也许还值得一提的是，女校友活动更是一个具有强大气场的性别平台或过程，被邀请或自愿参与的男校友都会情不自禁地受到感染和激励，甚至在活动进行中，就已经向"福州好男人"的思想观念与行为模式靠近了，尤其是在事业发展和人生感悟的性别横向比较中，男校友急起直追、须眉不落巾帼的意念很容易被燃烧起来，这里还是从母校延伸出来的"培养"好男校友的一所分校啊。正如林冰会长所说的那样，厦大女校友，精致、包容，富有爱心和进取意识，加上母校赋予丰厚的知识、能力和信念，她们的自我能不优秀与精彩吗？！她们的人生能不富有诗意与远方吗？！

饺子煮香后，在钧天南薰古琴院主创人员的指导下，现代知识与千年古韵、厦大女生与东方瑶琴在10多把古琴的七弦上勾拨出一曲曲"左琴右书"的美妙乐声。何先生倾情演奏的古琴名曲《流水》，时而如深山暗流，静清如月，时而如大海鼓浪，声震洞天，都化作大家对母校的深深感恩，是你让我们从四面八方汇聚到芙蓉园，从此大家有了一样的血脉，成为以"厦大人"为荣的知音。艺术学院学姐（学妹）海澜用心演绎的古琴伴唱"心经"，更是把大家带进思源谷（情人谷）的空旷和寂静，在母校的怀抱里，静静地和自己对话、和自然对话，静静地思考着如何实践校训、如何让自己快乐、如何把快乐传递给更多的人，让这个世界被爱充满……

外面的冷雨还飘洒着，而女校友的心却越发温润了，女校友分会就是一个充满爱意与诗情的春天啊！正是因为拥有芙蓉情怀和春天气息，厦大女校友一定会弹拨出与众不同的关于知识人生的古琴新曲，她们对感情和婚姻、对家庭和事业，都有着打上"厦大人"标志的自信和方略。从芙蓉园走出来的厦大女校友，都会用自己的精致和优雅，去营造一个浪漫的婚姻世界和一个被书香琴声激活的家庭王国，在这个世界和王国里，没有外请的钟点工和家教，更没有寻求市场化的才艺培训服务，因为厦大女校友坚信，自己的精致足够稳定婚姻这座情感"围城"，而婚姻的幸福将成为孩子成长和成才的最大保障与激励！

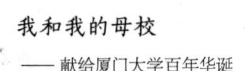

我和我的母校
——献给厦门大学百年华诞

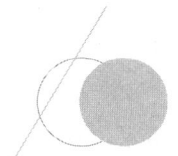

鼓岭读书

从当年红袖添香，到开放海外陪读，再到今天读书分享，虽然都和读书有关，但作为女性，却实现了一个富有性别意义的角色转换，从伺读、陪读到自学，从深闺读书、入校修学，到业余阅读，是女性自己成为读书人的历史变迁，是职业女性可以搁下家庭事务和孩子牵挂对知识的现代追求。

就在前两天，在美丽的鼓岭山上，在大梦书屋的二楼，非常荣幸地参加了这样的读书活动，即厦门大学福州校友会茉莉花开女校友分会举办的"首届女校友读书分享会"。

在海峡出版集团工作的中文系女校友首先向大家推出福州籍北大教授谢冕先生主编的诗集《菩提树下的清荫则是去年》，把女校友带进同样是闽籍的女性诗人冰心、林徽因、郑敏与舒婷的诗意世界，一起去阅览这四位女诗人分别代表的我国百年新诗发展的四个重要阶段，去领略她们所抒发的新诗的时代精神和所呈现的中国女性的集体风采。

中文系女校友还导读了蔡其矫先生的女性观，特别是蔡先生的情感三分法："我把爱情分为三个等级：第一等级为纯粹的友爱，如柏拉图所说的精神上的情人。第二等级既有爱也有性，也称为情爱。第三级是纯粹的性爱，最低级。"

一位年轻的伦理学女学者对这种"三分法"表示不赞同，认为第三种只有性乐，根本没有爱，似乎爱情以"二分法"论断更为合适。还有一位资深哲学教授指出，爱情是性爱、理想与情爱的三位一体，其中性爱是基础、理想是关键，而情爱才是核心。但我以为，爱情应该是爱慕、激情与身心合一的有序组合，彼此爱慕是前提，多次互动日趋热烈的激情是催化，身心交融合一或古人语"你侬我侬"才是爱情的最高境界与终极表现！

对爱情的讨论自然会延伸到婚姻，大家也把读书分享转移到对还没有实现婚姻理想的女校友的关心与建言上来。有的校友以为，关键在于精准定位自己的所爱，目标对象模糊或不稳定都可能延缓成婚的进程。有的校友指出，拉近理想与现实距离也是必需的，放宽一个要求或去掉一个条件，都会带来成倍增加的婚姻市场机会！

是啊，大龄未嫁女校友进入"围城"的期盼，厦大女生不仅好嫁而且嫁好的婚姻市场声誉，还有越来越多的"三高女性"因为婚恋耽搁不能向婚生的母爱生命历程挺进，都让我们拥有一种互相关爱的校友共识，并由此产生彼此支持的社会责任。

在我看来，明确目标对象确实重要，但不能单方面地过分强调自己的所爱，更要在双方匹配中去了解自己适合什么样的男性，也就是自己会被哪些男性喜欢与追求。接着就是有意识地去发现这个可能喜欢自己的目标婚恋人群，并通过更加适宜的方式、更多时间的投放，加强与这个人群的互动交流，让爱的火花由此闪现、定点燃烧，直至缘定终身、走上通往婚姻殿堂的红地毯！当然更为理想的是，你还可以提升自己、取长补短，扩大潜在的婚姻市场，甚至通过自己个人或女性联盟集体的引导与培育，改变男性陈旧的择偶观念，优化婚姻市场结构，让"三高女性"转变为"四高女性"，即还拥有高婚姻市场行情的女性，从而彻底扭转自己在现实婚恋市场中的不利地位！

至于"白发"婚姻市场的出现给大龄未婚女性带来的烦恼与压力，甚至损伤她们的性别尊严，我以为，首先还是要感谢和不辜负年迈父母的一片爱心，把压力变为动力，更积极地去直面自己的婚姻大事。另外，必要的沟通也是不可或缺的，一方面，要如实向父母通报寻婚的进程，表示自己的诚意与努力；另一方面，也许更为重要的是，得体地改变父母的婚姻观念，在择偶上彼此尊重、形成代际共识、还婚权给子女，进而用更加积极的婚恋自我作为，替换"白发"市场运作！

实际上，我国婚姻市场还是存在比较明显的所谓男多女缺的男性性别挤压，对于可能被"挤压"到的男性也可以通过两个办法改变自己在婚姻市场的劣势！一是奋起直追，通过自身发展与提升，把自己变为有效的婚姻市场供给；二是扭转性别观念，当女性愿意下嫁的时候，我们也能接受"女高男低"的新婚姻组合。

对于整个社会来讲,既要通过各种办法完善我们的婚姻制度,努力降低离婚率,提高婚姻制度的有效供给和婚姻当事人的收益与幸福感,又要给适婚人口创造更多、更安全、更有效的接触、交流和交友的机会,所以婚介所回归公益事业、模范婚介人的荣誉表彰、互联网的技术支持,还有婚恋市场的有序国际化,都是可以纳入政策扶持和鼓励的领域!

总之,一边有强烈的结婚意愿,一边有丰富的择偶机会,我国婚姻市场才会再次回归繁荣、为年轻男女造福!我们厦门大学福州女校友将会以自己的成功实践,光荣地成为行情最好的现代婚姻市场的佼佼者!

衷心祝福大龄未婚人口,特别是大龄"三高"未婚女性!

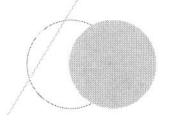

花红鲤鱼洲

题记:2016年3月5日星期六,多云微风,气温15~26℃,闽侯上街镇沙堤村鲤鱼洲国宾馆,这里的绿叶红花、闽水廊桥和我们一起,把深深的敬意和祝福送给与三八妇女节一样伟大和美丽的厦门大学福州校友会的女校友们。

1. 提议和回应

那还是前一天早上时分,海文发出一个微信,一个以"同庆三八妇女节"为主题的活动就这样铺开了:

"三八妇女节就要到了,女校友分会应该有个活动呀,男同胞很乐意为你们服务,与你们同庆同乐,并衷心感谢与祝福我们的女神!"

海文还建议:以后的主题活动,既感谢林冰和欧班的高大上组织,也可以采用AA制的方式,大家每人背上一个跨肩包,带上自己制作的小西餐,然后在鲤鱼洲国宾馆的廊桥、金鸡山的福道、乌龙江边的绿道和沙滩公园等地方,一起分享,欢歌同乐,也是一种境界与浪漫!

第六章
我的校友

谢谢张航的即时回应：海文会长，我们男同胞做好服务，必须的！

海文还连线林冰与其他女校友们：林冰会长，回到福州了吗？欧班长、江梅、贞贞、晓芳，还有更多的女校友，等待着你们的回应啊！

张航这片绿叶不愧是优秀的电视人，开始燃烧女校友的激情了：节日的氛围渐渐地开始浓了！会长好有情怀，积极参加！

还要感谢林冰，非常轻快地答应参加！而江梅是群里第一个回应的女校友：会长组织我们活动吗？好啊！紧接着陆续跟进的是：

每天清晨提供新闻早餐的朱纪文：响应会长号召，春天来了，校友们都出去走走啊！

响应党和国家全面二孩生育政策号召、现已身怀二孩的林滢：积极响应！

总是对校友会活动心怀激情的林萍：谢谢会长和男同胞们的关心，倍感温暖并积极响应！

一直艳丽出场、情绪高昂的欧班长：太好了，有活动，我积极参与！对呀，我们在近阶段组织一次郊游踏青活动、全自助自带！

当然，我们更要感谢余秘书长，是他发出这次聚会的第一个接龙公告：

亲爱的各位女校友：国际三八妇女节即将来临，经叶会长提议，明天（3月5日）上午9点30分举行踏春主题活动。地点：闽侯上街国宾大道鲤鱼洲国宾馆正门。欢迎校友们报名接龙。

接下来，大家开始进入热烈而亲切的交通拼车、午餐购置、随身携带的讨论与对接，还有义工自荐，以及因为各种原因不能前往的憾意表达：

黄花菜：这种玩法好，轻松自在随意简单，主要是在春光大好的自然环境里放松心情、愉快交流，点赞！可惜明天已有约，下次参加。

林滢：哎呀，明天活动太多了，民革三八活动也在明天。

江梅：明天下午2点有一场现场公证，不能参加集体活动了，好遗憾！

黄丽云：嗨，明天单位值班！

秋实：我明天有事，去不了了，遗憾。

贞贞：我明天有事不能参加，祝美女帅哥们去好好享受美妙的春光。

桃李不言：上街国宾馆超美，宁静、竹林绿草，还有廊桥……可惜明天已有安排，去不了。

海韵：余少谦，明天可以坐你的车吗？

欧如蓉：有谁住仓山万达附近的，请举手，请把李英带上去踏青。

Lin ping：我明天走江滨路、洪山桥、洪塘大桥，顺路可以捞人。

欧如蓉：林萍，你能经过仓山万达接李英吗？

李英：欧如蓉，和林萍联系好了，谢谢！让你费心了，晚安！

欧如蓉：自带食物、相互交流，小学时叫旅行，春秋二季小学老师组织我们去郊外走一走、带一块广东饼做点心或午餐，每一学期最期待的事。

黄花菜：是啊，带一壶水、几块点心、几个鸡蛋、几个水果，非常开心。回到童年时光，那时我们叫"远足"！

欧如蓉：童年一去不复返！

黄花菜：返老还童了，真愉快！

海韵：不知该带啥？

李英：刘宋玉，我来准备！想吃什么？

海韵：我刚买了金橘，明天带去！

欧如蓉：各位带干粮来，什么都可以！

含笑：我晚点到，先去医院拍片！

海韵：有人带野餐布吗？

欧如蓉：明天参加踏青的校友们请带上小凳子！

Lin ping：坐草地就好吧！

欧如蓉：我带小桌子，需要大阳伞吗？

Lin ping：好周到。我带蛋糕和小水果！

第六章
我的校友

欧如蓉：我有野餐装备——大阳伞、大遮阳棚、双人帐篷、烧烤炉！

Lin ping：我们跟着你享福了！

欧如蓉：我带一条吐司、小菜、湿巾、柚子、江西黎川灌心糖、餐具纸杯、茶具。我看如果装得下把大阳伞带去。OK，还好往前翻了一下，看到余秘书长的通知！

余少谦：美女们，需要义工准备什么吗？

含笑：余少谦秘书长，要好吃的！

海韵：余少谦，我们经过黎明时买泡爪，如何？还有到时义工负责采野花！

余少谦：路边的野花不能采！

余少谦：再次通知：由于国宾馆放行的车辆有限，9点10分之前先到闽都大庄园叶会长家楼下拼车，再一同前往国宾馆，切切！

芳芳：余秘书长辛苦并快乐着！

直到晚上11点46分，还有接龙的，最后一位女校友是徐涓。

2. 约车与集结

天刚亮起（6点33分），细心和责任心兼具的余秘书长又发出一个通知：

"由于国宾馆放行的车辆有限，9点10分之前先到闽都大庄园叶会长家楼下拼车，再一同前往国宾馆，切切！"

不到7点，大家就开始动身了。

欧如蓉：徐涓，你早上8点30分在秀峰蛄的新店镇政府门口公交站等我，坐我的车。哦，对不起，请提早到8点20分在公交车站等我，我还要去接李英。

李英：林萍，那我坐欧姐的车，谢谢！

Lin ping：你去新店？欧姐那里比我这里远多了。

李英：林萍，她拐过来接我！

余少谦：刘宋玉，能再早一些吗？8点20分到海景花园门口等我！

林冰：我直接过去，不好意思会晚点到！

要感谢思锦，虽不能参加，但心系大家，并传递交通信息：福飞路往新店方向非常堵，有经过的师姐建议避开。

3. 石堤与桥廊

被余秘书长突发的车吻耽搁，林冰抢先第一个到达廊桥，用主人一样亲切的笑容迎接第二批车队的到来，接着是在美丽学妹陪同下款款而来的张航，还有被闽都美女车手车吻后，还有点紧张的余秘书长。

因为中午要提早离开，海文把大家带到可以说地标性的景观，长长地、缓缓地延伸到闽江水中的石堤——这里是可以携手漫步、抒发情感的人文与自然共同建构、温柔与坚持彼此融合的生命长廊。

在这里，海文的镜头收入的是一个又一个本色女性的自然秀美，展出的是一幅又一幅人文女性的性别魅力：欧班柔情逼人的抒放、李英收放有度的含娇、林冰内外和融的英气、宋玉自信满满的笑意、晓芳与伞共舞的飘逸、陈珊青春依旧的红艳、林萍逐浪跳跃的奔放……所有这些来自芙蓉园美丽的多彩集结，这个世界才有真正的春天啊！

当两性在这样的氛围里相遇时，人间的许多奇迹都是可以和我们牵手的：今天的同庆同乐刚好是3（男）+8（女）的性别组合，这既是天意，也是人为啊！

除了海文不断留住女校友们的美丽倩影与笑脸以外，余秘展示出更多的大气与浪漫，他扔下被亲吻的爱车，很快就赶到廊桥相约，还细心采集了一朵朵黄色的春花献给一个个红装的女校友；还有第一次参加女校友分会主题活动的张航，就以出色的表现获得女校友们的最高评价，他口衔一枝鲜花、两手提着数袋女校友爱吃的瓜果食物，还有能够为女校友服务的非常幸福的微笑，已勾画出一幅善待女性的最有宣传价值的人文景观，并永远挂在女校友的心里，成为评判、培育和推介好男人的标准！谢谢余秘书长和张航电视人，你们今天的态度和表现让女校友们重新恢复了对男性这个群体的性别信心，相信她们又会热情地点燃和举起温柔的火把，把我们走向好男人的道路照亮，并和我们一路同行！真是鲤鱼跳龙洲、廊桥聚同窗，而伸入江里的长长石堤成就了一个又一个好男儿！

4. 回味与愿景

大姐大：我们的女校友怎么有这么多帅哥啊？！

欧如蓉：太感谢三片绿叶，让福州校友会的红花在春天里绽放得更加娇艳！

海文：呵呵！认真做好绿叶的本职工作！

张航：争当2016年度十佳绿叶！

欧如蓉：哈哈，春天什么事都会发生，加油！

Lin ping：我们一定投票选你。

江梅：青马，我把会长的红包抢回来了！

小练：海文，还是咱会长懂女校友。

江梅：练建峰，你要多学习！

海文：遗憾，你们就要节日会餐了，海文却不得不离开！

海韵：天意，三八！海文，吃了会长精心准备的食品。

Lin ping：太美了。海文，你带的东西我们吃了。

海文：和你们精心准备的差远了，看着你们林冰会长带来的一大袋优质可口的食品，真的不想与你们告别！

小敏：花儿美，春光媚！

海韵：今天这地点选得太美了。

茉莉：送给春天的热情。

张航：春天的芭蕾！

欧如蓉：收到，拍得真好！

欧如蓉：谢谢叶会长，大爱满满！全部收入写真集。

黄花菜：厦大女生，妖娆！

小练：厦大女校友气质颜值高高的，会长摄影技术也是杠杠的。

李英：海文，您的摄影技巧已达到专业水平！谢谢会长的倾情付出！

江梅：是的，海文，您的摄影技巧已达到专业水平！张张照片都是佳作！姐妹们太美啦！欧姐婀娜多姿！

张航：颜值高、拍摄水平高、快乐指数高，三高！

Lin ping：叶老师，要含情脉脉对视的这张。

黄花菜：美女帅哥，和谐！

江梅：非常般配！

江梅：海文，会长镜头中的欧姐，像一个羞答答的小姑娘！

海文：是的，心存爱意的女性都这样！

Lin ping：还有一张三男八女的。

Lin ping：海文，最后一张好美，不过没发全，可否再发一遍？

海文：遗憾江梅不能和大家同乐！

李英：江梅，下次一定要忙里偷闲，抽空来哦！

江梅：一定的！现在羡慕嫉妒恨呐。

海韵：江梅，大家都念叨你，今天特适合拍照。

小练：江梅，花送去公证处要不要收费？

江梅：今天加班，无法同游，也觉得遗憾呢！羡慕你们美丽的身影！

欧如蓉：江梅，真的好想你。

Lin ping：江梅，尤其拍照时大家就想你。

福州校友江梅：我也很想念大家呢！

海文：江梅校友周末加班，不能参加今天的三八节主题活动，代表今天所有参加活动的三八校友向你致意，也向所有周末还在工作的女校友致以亲切的问候！

江梅：海文，谢谢会长关心，虽然没能参加，美照欣赏了，关心收到了，依然好开心！

海文：大家都平安回到家了吧！谢谢闽水绿洲见证了我们用三八性别组合同庆伟大的妇女节，并借日月廊桥表达我们对女校友的敬意，你们辛苦了！让我们用春意、春光和春花衷心地祝福你们节日快乐、美丽与安康！

李英：海文，谢谢您这么美的祝福！

思锦：我也到家啦，谢谢众位师兄师姐们的安排，今天过得棒棒哒。

海韵：三八节活动虽短暂，但幸福是满满的。

牛：羡慕茉莉花厦大女校友，祝福你们，三八节快乐！

Lin ping：打球归来，回忆美好。再次谢谢各位红花和绿叶。

牛：宋玉，今天我有活动，下次有机会一定参加。你们在叶会长的带领下，提前过了一个让人羡慕的三八节。美女们幸福满满！

欧如蓉：相聚是缘分，珍惜每一次的欢乐时光。

Lin ping：期待下一次聚会。

谨以这一次活动的纪实，献给猴年的三八妇女节，献给福州的女校友们！恭祝你们与春天一样充满生命的活力、拥抱生活的美好！

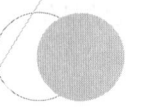

闽江之夜

发源于建宁均口、汇聚闽北三溪，倾情融入朱子文化、八闽地灵，不远562公里的一路奔走，只是为了流入东海之前，把自己最美丽的芳华永久地留在有福之州——这就是福建的母亲河闽江，这就是闽江流域中最令人惊艳和感动的北江滨。

2018年9月15日，从这一天的下午5点开始，美丽的闽江在她的北江滨把一个特殊的人群拥入怀中，用她生命之水承载的"三坊七巷号"游轮搭起一个逐浪跃动的平台，以"月夕闽江叙当年、榕城40载赏新颜"为主旨的"2018年厦大外文福州院友会年会暨中秋迎新会"在这里深情款款地拉开。

成立两年多的厦门大学福州校友会外文分会一直保持着自己的独特会风，用一次又一次别具一格的、仪式感强烈的、意义超然的活动，展示着居住在闽水之滨的我们厦大外文人的情怀、品位和不同寻常的凝聚力！

我和我的母校
—— 献给厦门大学百年华诞

　　就拿今晚的活动来说，游轮停靠的码头上朝江竖起一面高大的背景墙，满天闪烁的星光中，左侧是厦大芙蓉湖畔灯光通亮的嘉庚楼群，右侧是被一轮满月照亮的福州CBD高层建筑，静好的闽江水像一条飘带把它们紧紧地维系在一起……当你面对这样的月满福厦，能不油然而生对别离多年母校的无限思念吗？能不情不自禁地带着闽水滋养的一往情深投入母校的那一片海，还有早就放在心里的那一个湖吗？！还未登上游轮，还未进入活动过程，你的激情就已经被点燃了，你的诗意就已经被唤起了，这就是福州外文校友的魅力啊！

　　踏上游轮，你的情怀被继续充满、你的诗意被进一步激活。主席台上还有一面一样的背景墙，伴随着5人乐队演奏出来的旋律似乎有了更加激越的动感；那悬挂着长长两排国画纸球、五色气球，以及用红线系牵的红色谜语又添加了一份月满人欢的气氛；还有围着布置雅致的中间长桌和靠窗小桌面对面地随意落座和不时跳出一两句外语，更是洋溢着外文人集中外之文明的浪漫！这就是福州外文校友的品位啊！

　　随着节目单议程的陆续铺开，分会会长陈纪钰如数珍珠一样地对建会以来工作和收获的深情回放，敬业"财长"对分会年度收支资金流的详细报告，众多校友一起为当天正好是生日的学长唱起生日快乐之歌，还有丰盛晚餐的分享、两岸夜火的观赏、中秋博饼的聚趣，特别是来自福州校友会艺术团歌手的《我爱你中国》的高歌、《好一朵美丽的茉莉花》的浅唱，让整个闽江游程都流淌着南强学子对母校的一辈子感恩、洋溢着身为外文人的集体荣誉感、抒发着厦大人一家亲的芙蓉湖情结，这就是福州外文校友的风貌啊！

　　写到这里，我们不约而同地都会好奇，为什么外文分会会拥有如此魅力、品位和风貌啊？依我之见，她首先得益于有一个好会长。陈纪钰会长生长于平潭岛，学成于厦门岛，乐业于闽江之滨，是海水、湖水、江水的常年浸泡让他集聚了一个非常饱满的情怀，如同流归大海的一滴水永不会干枯一样，转化为他对校友事业持之以恒的热爱和投入，不论是每一次高品位的活动策划和自掏腰包贴补开支缺口，还是对每一位校友的以诚相待和友好合作，他把外文分会带进凝聚力和生命力不断增长的一个良性自循环中。

另外，不把校友会当作名利场的一个实干型的工作班子也是动力之源。这个班子建立在知恩图报和外院荣誉感基础上的个人素养禀赋、分工责任意识、认真做事和追求完美的务实精神都在书写着校友事业的传奇，班子成员都能自觉地把校友会的繁荣和发展作为最大的利益来守护，把吸引更多的校友参加活动，并让他们从活动中获得充分满足作为自己最大的快乐来追求，更让大家心存一份钦佩和感激。

在这里，我们还感受到由母校湖海、榕城江海汇合而成的，由中西文明合流、世界文学兼容聚集而成的外文特有文化的重要渲染，这种影响波及越来越多的外文校友，扩散到外文校友个体与校友会集体彼此互动的方方面面，它改变了每一位校友对校友会活动的态度，那就是不再单纯为了同学叙旧、闲趣分享，更多地把活动参与看成是身为厦大人的光荣和外文人的骄傲，更多的是一种感恩情怀的表达和一种社会身份的认同！它还改变了越来越多校友参与的方式，大家自愿的众筹力度加大了，大家分担组织工作的积极性提高了，大家你我之间的工作衔接、善始善终的各尽所能都呈现出越发高效优质的态势。

亲爱的外文校友，请接受我们的致意和祝福吧！福州校友会外文分会一定会越办越好，芙蓉挚爱、闽江恋情也将在外文校友会的发展中得到更加完美地展现、交融和延伸！

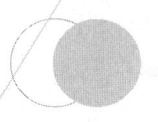 ## 外文德贞

2017 年的母亲节，大地扬绿、长天呈蓝、夏阳柔和、闽水轻盈，送入我们视野的是一个被勤劳母亲认真洗刷过非常舒服的清爽而温暖的家园！

下午如约而至的校友们一下子也在太阳座的室内营造起过节的氛围，她们伴手

带来的瓜果、普茶,还有精致的蛋糕,如同和母亲在一起那样应有尽有、周到入微!对闽都大庄园留有许多兄妹情记忆的德贞同学,还携夫君成双入对,一位健壮的高个头,一头茂盛的白发,一开始还误认为这是德贞同学的涉外先生,差一点想用英语向他表示欢迎。真没想到,他也是正宗的厦大校友,而且和德贞、海文都是1977级的,是一个理工男,读的是化学系!更让人不可思议的是,应该活跃在球场或运动场上的德贞先生,当年居然还是母校艺术团舞蹈队的,他和舞伴们在母校60年校庆时创作献演的集体伞舞,又以《我们正青春——伞舞》的不变情怀和舞姿,登上了35年后的全球校友共庆母校95岁华诞专场文艺晚会的舞台!

在大家的快乐分享中,今年的母亲节还呈现出意想不到的仪式感,成为一次感恩母爱、感谢母校、推进性别平等互爱的别具风格的校友聚会!

我们把一束束鲜花送到身为母亲的女校友手中,给她们一一拍照,集体留影,以表达对她们辛苦履职全心奉献的饱满母爱的敬意与感谢!我们陪着她们登上顶楼,以青山绿水做背景,留下风采依旧的母亲倩影,也留下我们对母亲的美好祝福!我们端上蛋糕,德贞一句,这是我最爱吃的蛋糕,似乎她们又回到还是小姑娘的时候,成为集母亲万般宠爱的掌上明珠!海峰博士的《凤凰梦回、茉莉梦香、华夏梦圆》自创散文的深情朗诵,又把大家都带回到当年的求学路上,再现和我们一路相随的母亲牵挂、老师教诲、母校厚望,还有海文落空的校园爱情,德贞学业和姻缘兼收的芙蓉青春!

德贞校友从外文系毕业后在世界跑了一圈,而今又把事业和生活重心放在当年出发的地方——厦门,甚至还要把常年居住在福州的母亲也请到鹭岛共享母女情深,自然成为这次母亲节校友聚会的一道风景线!从这道风景线,我们领略到福州女性和厦大外文完美融合后,所洋溢出来的执着进取、过人胆识与不忘反哺的性别美感,还有认准目标、主动出击、积极跨越的南强风格!

主动出击,德贞把建南大会堂舞台上的高大上发展为和谐婚姻的合作伙伴。积极跨越,她跨越了性别、年龄和身份,在年近30岁之际,告别丈夫和孩子,告别中海油国企,只身前往美国留学;她还从外文学科跨越到经济学、金融学领域,从大学课堂初学女生跨越到华尔街资深金融女杰,又从海外金融市场一枝独秀跨越到国内金融业界一方霸主。更令人钦佩的是她饱满的反哺伦理,如果孝顺父母顾念娘家是福州女的集体特征的话,那么一直心系母校、捐资助学的感恩举动则是超越地域文化、体现国际升华的一种大爱。她捐设的"德贞社会课堂基金"年年给即将毕业的厦大本科学弟学妹所注入的,更多的是把母亲和母校的厚爱与期盼,融入人生进取的全过程,以提炼出一种自强不息、与人共荣的精神与态度!

母亲节的聚会,在依依惜别、彼此祝福当中成为一个美好的记忆。德贞校友在离开闽都大庄园的时候,给我微信发来好几张她先生35年前跳舞时的黑白剧照,我突然意识到,当年在学时,尽管校园恋情是禁止的,但年轻学子特别是女同学的情感流向还是很明显的,即其他学科女生向中文和外文两个高地集结,从而推高了这两个系男生的情感行情;而中文外文女生则把她们的眼光聚焦在体育竞技的球场和田径运动场,特别是建南大会堂舞台上,能歌善舞能编演话剧的学校艺术团的文艺男生上,使他们成为骄傲的校园恋情的一代王子!

德贞同学能够一路辛苦不懈、成就高扬、幸福无限,离不开与生俱伴的母亲慈爱、离不开读书时节有幸相遇的母校厚爱、离不开那位会跳舞的化学系男生制造的贯穿德贞一生的情感化学反应!

 ## 纯真年代

她被业界誉为杭城民间的文化地标,她也被市民昵称为西子湖畔的文化客厅,但我更喜欢把她视为西子湖里的一片绿波、保俶塔上的一块砌砖、宝石山间的一枚红叶……这就是整个杭城耳熟能详的"纯真年代书吧"!

这片西湖绿波,连接着厦门大学芙蓉湖的水脉,把一段校园恋情变成永远都在抒写的人间真爱，就如同书吧在西湖中，西湖又在书吧里，真爱让我们一手相牵、身心同体，真爱又让我们跨越时空来到这里再也不分离。

这块保俶砌砖，紧贴着闽南的花岗岩石，不仅深深地融入南强的那座知识大厦，还悄悄地变成一本本图书、一次次沙龙，进行持续不断的历史和空间的延伸，把与保俶塔一样引人入胜的知识院落构筑在每一个来者的心里。

这枚宝石红叶，与天地共生、与日月同辉，既根植自然，又浪漫时空，那种的释怀、那种的惬意、那种的随和、那种的质朴、那种的洒脱、那种的诗情……都让人放下功利、远离世俗、返璞归真、简约人生。

这就是你在保俶塔下前山路攀登236个台阶后，在那里静静迎候你的"纯真年代书吧"！

这就是厦大学妹朱锦绣用生命和爱情、用知识和感恩倾情经营的"纯真年代书吧"！

这就是学妹锦绣和学弟子潮爱情结晶的"80后"儿子——盛厦，也愿意与之忘年相伴的"纯真年代书吧"！

这更是在物欲不断膨胀、身心越发不单纯的今天，我们要一起走进的纯真年代！

老校友

今天是霜降，但我们却给厦门大学福州老校友（70岁及以上）添加一份温馨，给学长学姐们过重阳节！

原定上午11点才开始的重阳节联谊会，一些老校友居然8点多就来了，还有一些是在家人陪同下，也欢欣而至，看着这些老学长在那里认真地办理登记手续，尤其是对有误的、过时的联系地址进行细致的修正和更新，那握笔的手在微微地颤抖着，我的心被感动了，这是一份对母校多深的情感啊，又是一种对自己作为厦大人的身份多高的认同啊!

在我看来,今天是一个展示风采的日子,老校友不老啊!这个学姐告诉我,她们更像幼儿园的小朋友,今天都打扮得漂漂亮亮来了;那个学长送我一本新著,满脸洋溢着笔耕的快乐与满足;更让大家掌声响起来的是一位90岁高龄的学长,居然在现场给我们做诗歌吟唱的学术推介,而且声音洪亮,底气十足,被诗意充满的人生和苍天一样难老啊!

今天还是一个述说感恩的日子。没有母校当年的录取,哪有今天多少代的校友欢聚一堂啊!我们还要感谢所有的老校友,他们热爱母校支持校友会工作,为年轻的校友们做出良好的示范!感谢每一位老学长的家属,没有你们的精心照顾,哪有我们老校友今天的幸福与风采啊!当然,我们更要感谢余秘书长和福州校友会秘书处的各位年轻校友,因为你们一个个电话和信件通知,因为你们发自对母校热爱对老校友敬重的志愿服务,我们今天才能分享到近200位老学长学姐团聚重阳的欢歌笑语啊!

今天更是一个表达祝福的日子!从医学角度来看,我们每一人的自然生命是120岁;另外,积极心理学实验也证明,如果我们都能保持年轻20岁的心理暗示和生活方式,那么我们就真的可以比实际年龄年轻20岁,所以让我们衷心地祝福老校友们,健康长寿,永远年轻!

亲爱的老学长们,请带上我们的祝福吧,我们明年再相会,一起祝贺母校95岁华诞!

附录1:老学姐的会后絮语

会长:您好!

寄上即兴而作的会后絮语,由于才疏学浅,劣文拙字在所难免,见笑!见谅!

我们看着参与会场布置的您,不少老同学误把会长视同员工,可敬可笑!

翘首以待的重阳节庆,接到通知互相转告,终于在换届后的厦大福州校友会隆重举办了庆祝盛会。为了参加重阳盛会,老年校友有的鸡鸣即起盼天明、有的乔装

打扮把镜照、有的借助拐杖，还有的靠子女陪伴，虽举步维艰、鹤发鸡皮、老态龙钟，但待大家都莅临会场后，却构成了一道千姿百态的夕阳红！

光阴似箭、日月如梭。想当年风华正茂，刹那瞬间，不是耄耋亦已古稀，聚首倾谈，感慨万千，感谢校友会为我们老校友提供了这个平台，但愿年年有今天，"今天"尚有几人来？！

长江后浪逐前浪，世上新人赶旧人，这是不可抗拒的生命规律。善待生命，来日方长，阿Q自慰自陶醉！以上见笑。

照片上几位老顽童，有的是副厅长、处长，有的是教授、老师、一般干部，虽然岗位级别不同，但他（她）们都一样遵纪守法、勤勤恳恳、默默奉献青春直至年老退休，因为大家都是厦大人！

寄上照片请查收。

老年校友林星 谨上
2015年老年节

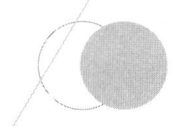

重阳节

由于国庆节的假期调整，一直到昨天，才给厦门大学福州校友会70岁及以上的老学长过一个重阳节，给他们送去生命晚年的最美好祝福：岁月静好，一生安康！

还是和去年一样，老学长聚会的积极性非常高昂，不仅有年轻的"70后"，还有90岁高龄的老学长；不仅自己踊跃而至，还有请家人陪同过来的；不仅早早就来报到，还有不少是盛装或化妆出席的……

我们请福建省社科院文学所研究员、89岁高龄的蔡厚示学长代表老校友讲话，他含着热泪的一句话，我们都是厦大人，要为厦大的发展努力，把到场的老校友的心都紧紧地叠加到了一起，感恩母校、祝福母校、和母校齐发展共存荣，永远是每次校友，哪怕是老校友的聚会的鲜明主题！蔡学长还带来30本诗作与校友分享，瞬间被大家"抢"光了！

参加聚会的三位90岁高龄同班同学，1952级农学系朱、卢和林学长，特别引人注目，他们围坐在同一个圆桌，虽然老同学之间交谈的话语不多，但那60多年前的同学情有多少欢乐与温馨可以回味啊，加总起来近300岁的年华，又有多少是和母校书脉相牵、光荣与共啊！

很高兴，老学姐林星这次又来聚会了。看到学姐的刹那，我记起来，去年的重阳节是请她致辞的，她没有想到会请她，讲话时不很流畅但朴实情深，过后还给我寄来一封手写的亲笔信，更直接具体地表达对当年的感怀和对母校的感恩！我特别邀请她一起合影，她一直交代要把照片洗一张寄给她，学姐的款款深情至今还感动着我！

短暂的聚会很快过去，但不少老校友迟迟不愿离开。有些老学长身子不那么敏捷了，一起合影留念却不想错过；有些老校友思路不那么清晰了，对同班同系的同学要表达的心情还是要说出来；尽管还有一些老校友回去后还要面对疾病和行动不便，但此时纯真回归、年华回流、一展当年的青春，还是非常可爱、认真与执着的！

亲爱的老学长们，衷心地祝福你们快乐安康，明年的重阳节我们一定还会再见的。我们期待着，在你们布满岁月痕迹的脸上依然再现当年的风采；聚会时看到也已经年迈的女同学，学兄有点弯着的身子还会悄悄地尽可能挺直了；我们还会和老学长一起，为我们都是厦大人而感到骄傲，为母校又一年的进步而拍手喝彩！

敬爱的老学长，请好好保重！

与凤凰花一起盛开

窗外的春雨还在静静飘落，端坐书桌前的我却一头扎进去年的5月，与久别的

青春再逢、与亲爱的母校拥抱……也是厦大校友的我,被海峡文艺出版社不久推出的《再逢青春——厦门大学1986级入校30周年返校活动纪实》(以下简称《再逢青春》)深深地吸引与感动了。

《再逢青春》以300页的长幅,用四篇分叙的结构,图文并茂地抒发了厦大一代人在30年的岁月转换中,对正值95岁华诞母校的一往情深、对留在芙蓉湖边书香青春的集体回忆、对和母校一起走向未来的南强壮志。

感怀、再现、致意和厚存青春,是本书跃然纸上的饱满主题。封面上紧依凤凰树冠与古老校门的"86"两个数字是厦大1986级同学青春之旅的集体起点,此后的每一页我们都可以看到五六位他们入学照的青春个像,还有怀旧舞会大厅的墙上投影着同学们学生时代的照片和耳边响起30年前熟悉的舞曲……正如入校30周年聚会公告第一号所发出的呼唤一样:两张机票、两天时间,换回一生的记忆;一个拥抱、一声问候,致意远去的青春!

显然,让1600多位1986级同学如此眷念和珍重青春,是因为他们的青春深深地刻上厦门大学的光荣标记,满满地融入白城海边的浪花、五老峰上的云彩、建南大会堂的钟声、凤凰花开时的殷红和母校老师止于至善的教诲与厚爱。所以追忆和再现青春是为了唤起对母校对老师的敬重和热爱,致意和厚存青春是为了不忘对母校对老师的感恩与报答。本书把厦门大学1986级尊师爱校、知恩图报的集体美德和时代创意书写得细致而感人,可以说每一页的字里行间、图中照里,都流淌着同学们用30年的时光珍存下来的对母校、对老师的无限思念与感恩:这里有每一个校友接受的、刻着厦门大学校名校徽和他们名字学号的纪念戒指;这里有他们发起成立筹资规模为5亿元的厦门凤凰花季大学生创业投资基金,为在校的学弟学妹创新创业提供资金帮扶的感人过程;这里还有1986级张曦同学独自出资千万元,以"再逢青春"为主题打造的一场具有厦大特点、时代特征、同窗特色的1986级校友返校晚会中的台上台下真情交汇、全场无不泪水涌动的感恩场景!

值得一提的是,《再逢青春》不仅让我们走进和领略在厦门大学这片海泡出来的 1986 级这一代学子的美丽青春,以及带着情怀与感恩的青春所激发出来的情感分量、文化创意与经济价值,更为重要的是,她还引发我们沉入许多与现代高等教育事业发展有关的思考。为什么厦门大学会有如此的魅力与风采把分布在全球各地的 30 多万校友紧紧地汇聚到鹭岛那一片海和芙蓉那一个湖?厦门大学在 95 年的发展历程中都建构出什么样的育人文化与校友文化,这些文化又是在怎样的办学实践中加以动态传承与发扬光大?为什么厦门大学 1986 级就能够用这样的方式和力度来表达他们对青春的感怀和对母校的感恩?他们的返校行动与影响又给我们建立新型的师生关系和学校与校友关系、培育先进的同学会校友会组织文化、向全社会倡导高尚的重情重义和感恩美德,带来什么样的思维变革和实践突破?

《再逢青春》这本书值得一读,相信大家读后也能够拥有厦大 1986 级校友那样的情怀,因为那里有一所离海最近的美丽学府——厦门大学,她正致力于把校主陈嘉庚先生倾其一生之力捐资办学、回报祖国的道义与理想转化为我国高等教育的一片蓝色之海、一座五老之峰!

再逢青春

去年四月春浓的时候,厦门大学 1986 级校友从世界各地相约回到芙蓉园,用一场盛大的《再逢青春》返校晚会、一只旨在支持学弟学妹创业的凤凰花季基金、一本图文并茂的"再逢青春"返校活动纪实,向母校表达了入学 30 年的无限感怀与集体感恩。

今晚,这场影响广大的返校活动主创校友来到有福之州,与厦门大学福州校友分享他们的南强情怀……

在林冰会长和单士勇校友的策划下,在各位校友尤其是茉莉花开女校友的齐心协力下,我们在这里温馨推出"86 情怀"的分享活动,一起迎接又一个新春的到来。刚才1986级校友的感怀与演唱已经把我们带回到白城海边、芙蓉湖畔，与我们的青春再逢，和我们的母校拥抱。让我们一起用热烈的掌声欢迎和感谢1986级校友从外地赶来，用30年的时空穿越，让我们有幸感受去年5月那场温暖的1986级校友返校感恩晚会；用热烈的掌声致意和祝福在座的石慧霞副秘书长、许丽莹学妹和各位女校友，恭祝你们三八妇女节快乐美丽！

因为厦大1986级的情怀与青春的感染，我也情不自禁地沉浸在自己与母校的个人情感互动中，并在这样的互动中寻找已经逝去的青春的位置和作用。我是母校的学子、毕业后留校任教，后来又到福州来转身成为一位校友，在这样的变化中，我才发现，时间空间距离拉开之时，也是思念和感恩母校的情感越发浓重之日。

我以为，青春是一种特殊的乡愁，只有在那特定的时间和地点，才能找到人在花季时的我们，才能看到把第一封求爱信投入邮筒的我们当中的勇敢男生，才能听到接受女生欢呼的我们校园乐队的边弹边唱。母校是我们青春的故乡，只有回到那里，才能和我们的青春牵手，我们多彩的青春才能再现激活！

我以为，青春还是一种集体的意识，我们都在母校的那一片海泡过，都在母校的那一排山喊过，因为海味、山味，还有凤凰花香的多味熏陶，我们的青春就有一个与众不同的集体经历与沉淀，就有一个感到无限荣光的集体品牌与称号，也因为这种集体经历与称号，不论何时何地，我们都会在母校的旗帜下聚集，分享作为厦大人的光荣与梦想、责任与担当。

我还以为，青春更是一种无限的感恩，母校给我们的青春注入什么，我们也会在青春延续下来的生命周期中加倍回报。所以当年通信极其不便还可以在楼道里等待电话的惊喜，就转化为林冰学妹领军大型通信国企的昂扬激情；当年赋予学子跨专业跨院系寻找爱情的自由，就转化为张学弟万般珍惜中文外文芙蓉情缘的出色表现；当年默许校园学生乐队周末弹唱的风尚，就转化为张学弟今天独资千万元举办大型校友晚会的集体放歌……也就是在这样日益放大的感恩中，我们持续不断地与青春拥抱再逢，我们也就有了四季不老的青春。

再一次感谢1986级校友,感谢你们绵长的情怀和如歌的青春,感谢你们创造了校友史上一个温暖的奇迹!让我们的青春永远充满情怀和感恩,让我们的青春与母校那片海那座山一样浪漫与高扬!

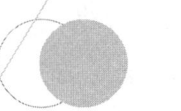

难忘 2016

看了刚才播放的年会专题视频,那场景、那深情、那旋律、那欢乐,又把我们带回即将告别的 2016。在这个极其难忘的、对母校爱的分量很重的年度里,我们福州校友会在母校领导和校友总会的引领下,从榕城带着感恩出发、一头扑进母校的怀抱、在建南大会堂唱响《情系南强、花开四海》、在澳门接过第五届厦门大学全球优秀校友会的奖牌……被母校亲、校友爱再次充满的我,现在想要和大家深情叙说、敞怀分享的,不是年度工作报告,而是我的,也是我们的,一直存留下来的青春谢意与岁月感恩!

我们要把最热烈的掌声献给张彦书记、献给母校与校友总会的各位老师!感谢张彦书记一直厚爱和鼓励福州校友会,不仅在榕开会期间拨冗接见福州校友和接受视屏访谈,而且还亲临今天的年会现场热情致辞和亲切看望大家,我们为书记给予福州校友会 "你们的努力和付出是此次校庆成功的重要保证" 的肯定感到光荣,为书记给予福州校友会呈现 "厦门大学校友会和福州校友会双重特色" 的勉励深受鼓舞。我们还要感谢书记和校长领导的校友总会、各二级学院在我们福州校友事业的一年发展中所给予的充分信任、细心指导和大力支持!

今天和福州校友一起同庆同乐的还有部分远道而来的兄弟校友会代表,请接受我们的热烈欢迎和深深谢意,你们开放式的校友事业追求,给了我们借鉴和学习你们办会理念和组织经验的最好机会,你们的到来拉近了我们一起感恩和服务母校的情感联盟,放大了我们都是厦大人的自豪与幸福。

我和我的母校
——献给厦门大学百年华诞

当然,我还要把我个人和第六届理事会集体的谢意献给今天到场和不到场的全体福州校友,谢谢你们对母校的一往情深,对校友事业的一路同行,和你们共同拥有厦门大学福州校友这个光荣称号是我的一生荣幸,和你们一起投身厦门大学校友工作这个美丽事业是我的一生快乐。不论是成功承办母校95岁华诞全球校友专场文艺晚会,还是全球首创校友会艺术团和特色女校友分会;不论是法律分会成立时创造了"三个第一"(即成立大会的规模最大,有近500位校友来到现场同庆;参与捐赠文化建设的校友最多,长长的捐赠清单上留下662位校友的芳名;对属地校友的统计入册工作推进得最快,已经给1352位法律校友系统建档),还是艺术分会成立、电子信息分会换届和女校友分会授牌的三会结伴、三喜同庆,以及在短短的一个月里连续举办包括年会在内的三场大型校友活动,都是你们一起把母校浇灌给我们的热情、智慧、奉献和敬业的厦大人精神的充分释放,也是福州校友会越发强劲的活力和越发蓬勃的创意的全面展示。让我们一起把祝贺的掌声送给将要荣获"优秀分会""优秀社团""优秀校友"的分会、社团和校友,以及将要接受授旗的四支活动团队;把赞美的掌声送给歌美舞美人更美的艺术团、茉莉花开旗袍秀雅的女校友分会;把感谢的掌声送给承办和协办福州校友会2016年会的外文分会和中文分会,送给捐赠长卷书画的陈章汉先生和提供主要赞助的福建中华技师学院!

尊敬的张彦书记、亲爱的母校老师,我们福州校友会将会继续强化和全球各地校友会的情感与工作联系,齐心协力、创新驱动,一起把对母校的一生感恩与祝福,融入我们共同追求的更加美丽的校友事业,融入我们共同书写的更加辉煌的南强未来!

最后谨代表福州校友会,恭祝张彦书记和母校老师、恭祝在座的各位校友以及你们的家人,圣诞喜乐、新年快意、春节美好、一生幸福!谢谢大家!

第六章 我的校友

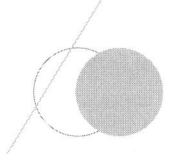 **握别 2018**

在回望改革开放 40 年伟大历程的豪迈中,在年轮转换、辞旧迎新的喜悦里,我们今天在这里隆重举行厦门大学福州校友会 2018 年年会,一起握别 2018,一起拥抱 2019,一起感念母校培育之恩!

我们感谢张荣校长亲临年会现场,给广大福州校友带来母校的厚爱与问候,这是福州校友的莫大荣幸!感谢校友总会和法学院、嘉庚学院老师也来到年会,让我们如同回到母校一样倍感亲切!感谢浙江校友会、漳州校友会代表和我们分享一年的收获,放大作为厦大人的光荣和骄傲!感谢省委统战部、省民政厅领导一直以来的爱护和指导,引领着福州校友会的健康成长!

当然,我还要感谢广大福州校友,特别是年会筹办工作组的每一位成员,还有热烈向年会捐赠的每一位校友,是你们用一个多月的辛勤劳作和爱心奉献,把这样一个美丽而温暖的年会呈现给敬爱的校长和亲爱的老师,充分展示出我们 3 万多福州校友的芙蓉情怀和举事能力!

即使我们已经走进 2019,但仍然情不自禁地站立在 2018,回望 40 年前的那一场考试和收到母校录取书的那一个瞬间,它改变了多少厦大学子的生命历程,改写了与他们血脉相连的家族历史啊!就我个人而言,我非常幸运地成为 1977 级经济系计划统计专业的一名大学生,从此结束了我那从来没有过大学生的家族史,随后毕业留校、留学美国、回校任教、最后履职福州高校,和大家一样成为一名光荣的厦大校友。我想,在座的新老校友一定都拥有比我还丰富多彩、重塑人生的芙蓉情缘和南强恩爱!我提议,让我们用最热烈的掌声向改革开放事业致敬,向母校厦门大学致敬!

乡愁的最好形式是跳上回家的动车,感恩的最好表现是推出爱校的行动。等下我们还要向校长、向老师汇报福州校友会的一年工作情况,敬请张荣校长为我们精心创建的校友之家揭牌,表彰2018年的优秀校友分会、优秀校友俱乐部和校友工作积极分子。我们还要把年会办成一个动员大会,不仅一生情系南强还要用实际行动迎接母校百年华诞。在去年的上海校友工作会议上,我已经代表福州校友会提出一些动议,今天在这里,我还想再说一遍,我们期待和全球校友一起,共同推出喜迎母校百年校庆的"六个一"行动计划,即一台百年校庆全球校友晚会、一座校友史展馆、一首南强校友之歌、一套我与百年厦大系列丛书、一批百名校友风采影像,还有一份百年校庆文创产品。我们还特别希望,这个行动计划能够纳入母校百年校庆的整体部署。

最后,让我们一起把有福之州的最美好祝福献给我们深深爱着的母校,恭祝母校在张彦书记和张荣校长的领导下,越办越好、越办越强!谢谢大家!

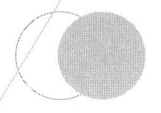

全球同庆

2016年4月6日晚上10点左右,厦门大学95岁华诞全球校友专场文艺晚会终于在一片热烈的掌声中徐徐落下了帷幕。作为承办单位的福州校友会的主创校友们为自己没有辜负全校师生和全球校友的信任和期望,圆满地完成母校重托的光荣任务,也感到特别兴奋与满足,整整3个多月来的压力和劳累一下子都得到全部释放。尤其是朱崇实校长的高度评价,更让大家倍感欢欣和骄傲。

朱校长是这样评价这台有史以来第一次由校友主办主演的校庆晚会的:

"亲爱的校友们、亲爱的老师们、亲爱的同学们、亲爱的朋友们,大家晚上好!

受张彦书记的委托,我代表他,代表厦门大学,代表厦门大学的全体师生员工,向我们的校友表示由衷的感谢!感谢你们送给母校95周年校庆这样一份厚礼!情系南强、花开四海,这是对厦门大学30多万校友此刻心情的最好描述。

看了你们的表演,我的心里有两个要告诉你们的秘密,或者我的想法:一是,我感觉到，厦大的校友都是金庸笔下的大侠，每个人都有一门绝技；第二个想法是，我想请厦大的人大代表、政协委员提一个提案，今后的春晚改一个方式，让每一个大学送一个优秀的曲目去参加春晚，我想厦大一定会入选。

校友们、老师们、同学们、朋友们，这是厦大的校友第一次以这样的一种方式相聚。确确实实，我和张书记，边看边感动，我们觉得，这就是一个大家庭的聚会，是厦门大学大家庭的一个聚会。我由衷地希望，这样的一种聚会方式能够永远保留下去。

今晚的演出也是对厦门大学教学成果、人才培养成果的检验，在舞台上，我充分地领略了厦大学子、厦大毕业生、厦大校友们的风采。我看到舞台上有一些校友，我曾经认识他们，熟悉他们，但没有想到，他们还有这么一招，真是了不得啊！我想，我确确实实地希望，这样的一个相聚方式能够成为我们厦门大学的保留方式。

在这里，我要祝愿，祝愿我们的校友，你们常常想着母校，常常念着母校，常常回到母校来走一走，在我们这亲切的建南大会堂多多相聚，祝你们身体健康、工作顺利、事业发达、合家幸福、万事如意！"

校长热情洋溢的一席话又把我们带回到为这一台晚会所投入的情感、汗水和时光：

2015年12月13日上午，在福州百家会举办的"厦门大学福州校友会双迎新（迎新春和新校友）联欢会"上，我在会长致辞中，提出为母校95周年校庆承办一台校友文艺晚会的动议，希望以这种方式为母校生日献礼。我的提议得到亲临联欢会指导的校友总会副秘书长石慧霞博士的附议，表示回校后会立即向分管校领导汇报。

2015年12月18日下午2点10分，坐余少谦秘书长的车去三坊七巷的觅境，在那里主持召开承办校庆晚会的第一次策划会，李式耀、刘淘、肖文、小白和幼专校友张含弓应邀出席会议，我还请小白记录，并形成策划工作的第一号纪要。我建议，以"情系南强、花开四海"为晚会主题，以三个篇章为内容结构，第一篇为"芙蓉情深"、第二篇为"凤凰花开"、第三篇为"南强梦圆"。

我和我的母校
——献给厦门大学百年华诞

2015年12月22日下午4点,给母校林东伟副书记发送了一条微信:

东伟副书记您好!

这次福州校友会的双迎新活动办得很成功,谢谢慧霞副秘书长代表母校校友总会莅临现场指导,给福州校友带来鼓舞与欢乐!

在活动中和慧霞副秘书长交换意见,明确表示福州校友会希望给母校95岁华诞送去一个文化贺礼,即一台校友专场晚会,刚好与校友总会也要在校庆期间举办一台校友庆典不谋而合,我当即提出,这台晚会就交给福州校友会和刚成立的福州校友会艺术团承办(福州校友会艺术团集结了分布在福建省级文艺团体和福州高校艺术学院等机构的厦门大学艺术学院历届毕业生),由福州校友会策划、监制和献演主要节目,另外动员各地校友会按照主创设计选送节目协办,我们用一周的时间,已经给校友总会提交了一个承办校庆晚会的申请与策划书。

用这种校友总会委托,一个有实力的地方校友会承办,其他各地校友会协办的方式,可以减轻校友总会的负担,强化承办校友会的责任感和贯穿到底的全力以赴,保证任务完成的质量和水平,而且还能带动承办校友会的组织建设和全员参与,推动各地校友会的跨会合作。另外,建议每年都可以以招标的形式,邀约各地校友会用策划书来应标,在综合比较中选定最合适的承办校友会,确保每年校庆校友晚会能够可持续高水平地办下去!最为关键的是,由某一地区校友会承办,最能把校友的思念和感恩融入校庆晚会中去,从而更好地连接校友和母校的感情血脉!

在这里,谨让我代表拥有3万多名校友的福州校友会,再一次向校友总会提出承办校友专场文艺晚会的请求,我们一定会举福州校友会全会之力,同时牵手其他各地校友会,在校友总会的指导下,办好这台全球校友共庆母校95岁华诞的专场晚会!

2016年1月25日上午8点20分,少谦秘书长来接我。我们7人(叶文振、余少谦、李式耀、张含弓、刘淘，后来又来了海峰、肖文）一起坐动车前往厦门，11 点多坐上来接站的校车，到演武小学对面的千尊比萨店吃午饭，5 人吃了 160 元，还被刘淘的好运气刮了 100 元大奖回来。

午餐后到经济学院的三味咖啡屋参观，随后就到南七的校友总会办公区，国斌秘书长接待了我们，接着林东伟副书记和詹心丽副校长来到，和我们面对面就校友晚会的策划方案进行第一次对接和讨论，福州校友会的总体思路得到充分肯定和进一步的完善。会后，我们还在南七校友总会门口合影留念。晚上 7 点我们离开厦大，坐 8 点 30 分的动车返回福州，到福州时已是夜里 10 点 47 分，谢谢海峰先生开车来接我们回家。

2016 年 2 月 4 日晚上，在电话里，和含弓校友商谈校庆晚会方案的进一步修改和提高。

2016 年 2 月 18 日晚上 7 点，在三坊七巷小黄楼召开母校 95 岁华诞校友专场晚会第二次工作会议，参会校友包括文振、少谦、式耀、含弓、刘淘、海峰，以及肖文和朝霞等。

2016 年 2 月 24 日晚上，还是在三坊七巷的小黄楼，召开詹心丽副校长、校友总会其他负责人与福州校友会母校 95 岁华诞全球校友专场晚会主创校友的见面会，对晚会的主题、内容结构和具体节目，还有两边的有效对接，再次进行深入坦诚的交流和碰撞，一直到夜深人静的时候。最后先驾车送詹副校长一行去酒店，送这些天都在加班写晚会主持词脚本的海峰回家，才返回到清晨就离开的闽都大庄园！

2016 年 2 月 28 日，李式耀带着刘淘、海峰、肖文等 6 人回母校，参加第二天上午召开的校庆晚会筹办工作的第三次对接会。

2016 年 3 月 9 日晚上，在三坊七巷小黄楼主持校庆晚会筹办工作第三次碰头会，母校派过来的黄建珍老师也应邀参会。

2016 年 3 月 16 日，詹副校长来信，临时又加了两个校友会的节目，我花了一点时间写个再动员令，为正忙着排练节目的大家鼓劲。

2016年3月21日接到慧霞副秘书长的电话，传达下午校长办公会的主要精神，包括：①晚会时长可以延长到2点半，放松一点，不要让校友太紧张；②主持人比较多，所以一定要简约、精练，不能耗时太多，避免拖拉；③还要加几个节目进去，特别是几位有代表性的校友也要上台表演，请满足他们的请求；④调整晚会工作人员的组织架构和分工职责，叶会长从原来的策划改为第一个总监制，李式耀改为艺术监制。

我当即表示，非常感谢母校领导的亲切指导，并请慧霞副秘书长亲自在晚会工作群里报告校长办公会的精神，以便更好地对接母校对校庆晚会提出的新要求。

2016年3月25日下午，海峰和晓咏前往厦大，26日上午8点30分在校友总会参加面对面的关于晚会脚本修改的讨论。

2016年3月28日晚上7点，在西湖广场主持校庆晚会导演组的协调会。

2016年3月30日中午，进城参加在三坊七巷小黄楼航拍福州校友会远祝母校生日快乐的视频。为了看一看晚会视频组去厦大拍摄的视频，我穿过西湖栈道，来到含弓校友的工作室。没想到视频组拍摄制作的脚本还需要比较大的修改，最后请张航他们都留下来，由含弓校友一个节目一个节目地给予视频拍摄指导与对接，力争达到所期待的最好水平。

2016年4月1日，一早接到校党委宣传部楼红英副部长的电话，谈及采访校长的事宜，她还表态，会尽可能协调舞台资源，以便提供更多的时间给校友在现场排练。上午还把写进校庆晚会节目单上的福州校友会演职人员名单列出来，发给慧霞副秘书长。

2016年4月3日，坐55路公交车，12点就到福州火车站北站。等待大家一起坐2点多的动车前往厦门。校友总会的小崔来接站，住进厦禾路上的夏商–（怡翔）大酒店，我入住的房间是702。随后就去学校逸夫楼吃饭，一共三桌，雪玲和慧霞，还有建珍、小崔一起过来为大家接风。

饭后直接去建南大会堂，晚上先一起观看《嘉庚颂》，直接获取现场感受，演

第六章
我的校友

出结束后,赖虹凯副书记、林东伟副书记和詹心丽副校长都来到福州校友当中,亲切表示对大家到来的欢迎。接着就开始主持人的串词和走台,一直忙到深夜,后来还和大家一起边吃个简单夜宵,边开个短会,对第二天的排练再做一个统筹安排和提出要求。

2016年4月4日,一天都在艺术学院音乐厅排练,回到酒店后,对晚会的整套视频又做一次调整和修改,一直忙到下半夜3点多。

2016年4月5日,等到下午4点多,我们终于进入建南大会堂登台实地排练,一直持续到深夜,回到酒店还召集开会,做最后的总动员,含弓校友接着还和视频组一起工作到凌晨5点多。

2016年4月6日,一早来不及吃饭,就坐7点30分的酒店专车,在少谦秘书长陪同下赶往建南大会堂,参加"厦门大学建校95周年庆祝大会"。庆祝大会结束后又转到克立楼三楼的学术报告厅,参加厦门大学校友总会第一次理事会,并在互动阶段做最后一个发言。会议一结束,立即赶回建南大会堂,在那里边吃午饭边接受《厦门大学报》记者的采访,并催促含弓和晓咏尽快开始彩排。中间还陪红英和雪玲前往艺术学院排练厅,去和导演李卫校友协商,把歌剧这个节目的对话部分做一些修改,谢谢李导接受了我们的建议。然后又立即回到建南大会堂,一直忙到晚上正式演出的圆满结束。

真的非常幸运,整台晚会没有出现任何意外,而且相当流畅精彩,不仅朱崇实校长给予很高的评价,一样兴奋的詹副校长还给我一个亲切的拥抱,表示祝贺和感谢。

演出谢场后,一部车把大家拉到海沧大桥附近建群学长开的餐厅,给大家举办隆重的庆功宴!我和大家说了三句话:

首先,能有机会承办母校95岁华诞全球校友专场文艺晚会是一个非常难得的生命机缘,是母校对我们福州校友会的巨大信任和厚爱,也是全体福州校友的集体感恩和共同荣耀;今晚专场晚会能够如此顺利和成功,是和大家在校学习期间打下

坚实的专业功底,以及接受任务以后的通力合作与全力以赴分不开的,在这里我要向大家表示特别的敬意与感谢;最后,让我们一起举杯,把有福之州的最美好祝福献给敬爱的厦门大学,也献给美丽的校友事业!

附录1:厦门大学95岁华诞全球校友专场文艺晚会策划书(初稿)

主　题:情系南强、花开四海

活动内容:全球校友与全校师生大联欢,携手共庆母校第95个生日

时　间:2016年4月6日晚上8点

地　点:厦门大学建南大会堂

主办单位:厦门大学校友总会

承办单位:厦门大学福州校友会、厦门大学福州校友会艺术团

协办单位:全世界各地校友会、中共厦门大学党委宣传部、厦门大学艺术学院、厦门大学团委、厦门大学艺术团,以及各赞助单位

第一板块:晚会构想

该文艺晚会分为三个篇章,每个篇章约6个作品,总时长约2小时。

每个篇章前,由乐队演奏一个音乐片段,并配上原创诗歌朗诵,构成一条主线,串起一个个关于厦大的故事,同时由于乐队演奏的介入也提升了晚会的品格。章节结束,LED屏幕滚动播放相关篇章照片(如校友在校历史照片、恩师教导照片、校友在世界各地发展的照片、厦大现在成就与未来展望照片,以及马来西亚分校照片等)。

一、引子:由乐队演奏一个欢快的序曲,如庆典序曲(器乐演奏,20人)营造母校生日同庆的喜乐氛围,邀请福州校友会会长做简短的开场致辞,接着巧妙地开启晚会(LED展示各地校友会的生日祝福与现场实况)

二、主持人介绍重要来宾和晚会制作背景(可以展示晚会制作的主要过程和重要场景)

三、第一篇章《芙蓉情深》

这一篇章主要以追忆和表现为主，回味书香青春、回想师生情缘、回望母校丽影，以表达对受益终生的芙蓉湖畔读书岁月的深沉记忆，对老师、对母校培育之恩的浓浓思念和一生谢意，体现芙蓉绿波荡漾、四海情归母校的主题。乐队在这一篇章做一个开启和回忆似的音乐演奏，可以选择一些经典的名曲，也可以选择一段原创的音乐片段加以改编。

主要节目风格：青春、淡雅、梦幻（以回想、追忆为主），形式可以多样，但必须注重时尚感和互动感，要选择一个可以唤起大家共同回忆的人或事，作为载体，并由此选择节目，围绕这一主题展开。

四、第二篇章《凤凰花开》

这一篇章主要陈述学子们在母校的培养下学成毕业，带着校训闯四方、谋发展，把厦大精神传遍四方，以及他们取得成就后，载誉归来，与母校共荣的情景。这一篇章的乐队选曲要注意选择多元的音乐元素加以铺垫，或厚实，或丰富，或优美，或阳光，或大气，以此概括"花开"的意象，铺垫"繁花似锦"的景致，表达各地校友所取得的辉煌成就。同时既要选择一些优秀校友的故事，以诗意的手法进行讲述；又要高度概括地展现四面八方、五湖四海校友的集体风采。所以本篇章的朗诵很重要，必须能够串起本篇章所突出的主题，又紧紧围绕着晚会的大主题。

主要节目风格：丰富、阳光、大气（以展现、表达为主），注重前沿性和互动感，同样要选择一个足以代表厦大人的精神和励志的故事开场。

五、第三篇章《南强梦圆》

这一篇章的乐器选曲和朗诵要注意把握希望和祝愿的色彩，主要描绘母校更加美好的明天及校友更充满期待的未来发展。当今所面临的时代，对于母校和校友个人来说，都是一个全新的发展机遇，我们要在一个新的起点上再次起航，继续飞越。这才契合厦大人"自强不息、止于至善"的本色精神。以一个诗意的画面来营造故事感，可以是一个老校长的托付，也可以是一个师长的祝福，总之要用舞蹈来表达这种托付和厚望。

主要节目风格：希望、祝福、祝愿。节目形式多样，从乐队演奏、朗诵到短剧到歌唱，全方位表达我们厦大人自强不息、勇于开创、拥抱世界、再创辉煌的精神风貌。

第二板块：节目策划

一、主线部分设想

1. 引子：《庆典序曲》

2. 三个篇章的乐队演奏曲目（略）

3. 三个篇章的配乐朗诵词撰稿

在整个节目的策划中，乐队是一个亮点，它必须担得起线索的作用，串起所有节目，同时又必须能够提升晚会的品格，所以选曲非常重要（乐队要什么档次、选多少人，要什么曲目，还要进一步认真研究）。与此同时，配合乐队演奏的朗诵也至关重要，它是厦大历史和未来的递进、价值和精神的引领，所以要高度凝练和富有感染力。

二、各个篇章节目设想

第一篇章可以考虑：

1. 合唱：《校友情》、《老师我想你》（合唱人员由第一届，以及逢五逢十的各届校友组成）

2. 群舞：《映雪时光》

3. 男高音独唱：《想家的时候》（周建坤演唱）

4. 情景诗朗诵：《南强——我的爱》

5. 联唱：《生日欢歌》

第二篇章可以考虑：

1. 女高音独唱：《春天的芭蕾》（刘淘演唱）

2. 二胡齐奏：《赛马》

3. 古筝齐奏：曲目待定

4.其他校友会选送的节目

第三篇章可以考虑：

1.女生小组唱：《青春风》

2.小提琴齐奏：《步步高》

3.男女生小组唱：《厦门大学校歌》

4.其他校友会选送的节目

总之，各个篇章可以充分发挥想象，以感恩的主题和"剧"的概念来构思舞蹈、音乐和器乐节目，以上节目可以再斟酌一下，形式也可以更自由多样，原则是加强互动性。待节目确定后再添加或补充主要演员的背景说明，请总会协调挖掘有雄厚背景、业界声誉及特色校友元素的人才和节目，以便于排入整场晚会中，以体现音乐会参与的全球性；在三个篇章中聘请全球著名校友歌唱家来友情演出。

第三板块：时间进度

1.2015年12月底至2016年1月初：前往厦大收集材料、整合各方资源

2.2016年2月：外地校友节目沟通、筛选

3.2016年2—3月：安排各选中节目的创作、分工和排练

4.2016年4月3—5日在厦门大学建南大会堂串排、彩排

5.2016年4月6日在厦门大学建南大会堂正式演出

第四板块：资料收集与资源整合

以校友总会的名义进行外联，争取多媒体直播宣传和推广来扩大影响；向各地校友分会发出通知，发动校友行动起来，给予校友专场文艺晚会力所能及的支持与赞助，尤其是把好选送节目的质量关。

前往母校与相关部门、院系面对面交流探讨，整合厦门大学艺术学院、艺术团、校团委的演艺力量和舞台资源，如请母校艺术学院和团委协助解决伴唱和伴舞问题，整合有故事的校友人物和师生情缘，以便加以创作构思，转化为专场晚会的重要资源。

福州省市的相关资源也要就近加大力度去有效整合和利用，以便更好地服务于校友专场文艺晚会的成功举办。

第五板块：部分经费预算（略）

第六板块：需要校友总会的支持

1. 向各地校友会发出通知，为晚会贡献智慧和经验，尽快选送好节目，还有为被选中的节目自行解决道具、服装，以及排练和演出费用

2. 发现和邀约全球知名校友歌唱家友情出场、唱响校庆晚会

3. 厦大艺术学院及团委伴舞、伴唱的人员组织与联合排练的落实

4. 厦大排练和最后演出现场彩排的场地协调和相关支持

5. 参加校庆文艺晚会的福州校友演员及工作人员约70人的住宿安排

6. 其他未尽事宜

厦门大学福州校友会
厦门大学福州校友会艺术团
2015年12月20日

后 记

从 1978 年的春天只身前往厦门大学报到，到 2020 年的春天在福州完成《我和我的母校》的写作，厦门大学赐予我的知遇之恩、培育之爱已经整整 42 年了。能够用这种方式，让自己再次走过这段生命历程，再次沉浸在这样的福分当中，真的是我的一生荣幸，翻腾在心中的都是对母校厦门大学的无限感恩和美好祝福！

我曾经多次想过，如果当年没有在福州的三叉街公交站偶遇也是厦大校友的远房舅舅，没有享受到从福建省计委争取到的留校指标而去最初分配的北京大学任教，没有在美国学成后最终还是决定回国回校工作，没有在几次可能发生工作变动的时候依然留恋白城那一片海……是不是一切都要改写呢？又会改写成什么样的人生呢？其实，可能也就是这些接二连三的有与没有、变与不变，决定了我这一生一定要投入母校的怀抱，结下影响我一生的情缘。

与母校的情缘拉开了我生命当中的许多第一个或者第一次。我代表养育我的一个人口众多的家族，第一个上了大学；我改变了家族成员持续已久的职业结构，叶家终于有了第一个大学教师；我在母校芙蓉园里平生第一次向异性表达自己的爱慕，同时也第一次经历了求爱被拒的那种失落；我在厦大人口研究所的图书资料储藏间有了第一个独立拥有的居住空间，铺开了一直延伸到美国的生育经历，分享了两个女儿分别入读厦大幼儿园和演武小学的美好时光，还有她们在美国宾夕法尼亚大学毕业典礼上学有所成的性别光荣；我在《厦门大学报》发表了第一篇纪实文章《我的好班长》、在《中国经济问题》发表了第一篇学术论文《以农村为重点进一步控制我国人口增长》，从此开启了再也没有离开过的写作人生；甚至我还带领福州校友会承办了厦门大学 95 岁华诞全球校友专场文艺晚会，第一次担任这样大型晚会的总监制……所有这些第一次或第一个在构成我至今的人生的同时，也建构了让我一辈子都感恩母校厦门大学如同思源谷一样的情感湖泊。母校对我的厚爱与提携是不断注入这个情感湖泊的源流，而我每一次的人生进取和对校友工作的投入，又是

我和我的母校
——献给厦门大学百年华诞

情感湖泊漫溢出来的对母校的思念和感恩。

在这里推出的《我和我的母校》就是通过对以往岁月记录和书写的方式,来回望有幸和母校结成的跨世纪情缘,以及随着时间推移而不断深化的爱生如子和感恩母校之间的情感对流。总字数为20多万字的全书,分成6个章节,从美丽校园重要景点的情感漫游开始,再次一一走进当年为人师表、育人有方的我的老师这个集体,手足情深、美美与共的我的同学这个班级,和睦相处、快乐共事的我的同事这群伙伴,师生互爱、教学相长的我的学生这批弟子,还有心系南强、花开榕城的我的校友这支队伍,以表达我对母校的热爱、思念、敬意和感恩!

《我的校园》是全国大学里最美的。我以为,她美在沉淀了厦大人百年爱与被爱的纯真与执着、珍藏了近40万学子一生中最美好的青春与梦想,还孕育了最具有大学文化价值的"四种精神"。所以,我步入《情人谷》,就想到以爱作为深厚根基的厦大人文情怀;走进《西村》,就会为和陈景润院士一样一生持守师表勤勉治学的厦大老师们肃然起敬;再落座《建南大会堂》,就想起在2016届毕业典礼致辞中所尽情讴歌的厦门大学幸福学。所以,在我的校园里,一草一木都含着灵性,一砖一瓦皆有情感,一山一水尽显精神。我感谢母校给我书写《我和我的母校》的人生际遇和情感涌动。

老师的成功在于他永远留在学生的温暖记忆里,而老师的光荣则体现在学生成才成就的路途上有他脚印的映照。在《我的老师》这一章,我把如同同桌的你一样亲切的《班主任》徐兰芳老师,一生都温和笑对学生、学科和学术的《布衣教授》黄良文老师,让我第一次感受中秋博饼圆满喜乐的《创所所长》黄志贤老师,党委书记办公室里都可以感受秋高气爽、情深意切的《一片红叶》叶品樵老师,以及被学术氛围和人文关怀环绕的《经济研究所》陈蕙华、谢佑权和胡培兆等老师隆重推介给大家,因为在我的生命体验里,爱的意识和能力兼具的老师这个集体是一个大学和她的学子被爱充满的最重要力量。我感谢老师给我书写《我和我的母校》的人生际遇和情感涌动。

后记

四年同窗、一生情谊。《我的同学》是一幅母校送给我们的青春水彩画，她首先让我们情不自禁地把班级的集体感恩献给母校，没有母校当年同时选择了我们，并把我们放在一个班级，你我可能一辈子都不认识，更谈不上还能以同学相称、以同桌相爱！这幅水彩画还是我们青春不老的历史印记，不管过了多少年，你我都还能叫出当年的雅号，记起依然可爱的"糗事"，常说常新的校园初爱的慌乱。这幅水彩画更是你我一生都在为之珍惜和努力的共同符号，为我们都是厦大人、都是1977级计统一分子而有所成功与成就，始终是从这幅画读出来的母校呼唤和南强激励！我感谢同学给我书写《我和我的母校》的人生际遇和情感涌动。

随着时间的推移，《我的同事》规模和结构都在不断地发生变化，从当初一起留校任教的经济系原1977级同学的同事，一下子扩展到人口研究所、经济研究所和经济系原来都是我老师辈的同事，后来再增加到新成立的公共事务学院、社会与人类学院的政治学、行政管理、社会学和人类学专业的同事，福建女性发展研究中心和全国妇联厦门大学妇女/性别研究与培训基地从事女性研究与教学的同事，以及学校党校同期学习、留学生同学会同届班子，还有2004年秋天跨海和嘉庚学院学子对话的10位不同国家不同学科的归国博士的同事等。同事关系是一条纽带，既牵着同样隶属厦大的这份感情，又在不同的学科领域放飞着厦大的品牌效应；同事关系还是一个平台，在这里我们可以分享不同的人生故事、教学经历和学术资源，可以优势互补或者强强联手实施学术和学科的合作攻关，还可以优化和美化我们的业余生活、增加厦大带给我们的幸福感。我感谢同事给我书写《我和我的母校》的人生际遇和情感涌动。

就像我在《我的学生》这一章写道："在教和学的互动中，我们为学生付出辛劳与汗水，学生也给老师带来快乐与光荣；我们为国家培育了有用人才，学生也成就了老师的事业追求；我们给每一个学生送去一个有爱有格调的精神家园，你们也用年轻、纯真、热情与创意更新和充实着老师的形象与心灵。"所以，"没有你们书香结缘、一路相伴，也就没有老师幸福的教育人生"。实际上，师生关系的内涵

是很丰富的，仅从老师的职责来看，一方面代表着国家和学校，去提供各种约定的高等教育服务；另一方面接受父母的重托，去照看好远离家乡的年轻学子，还有一个方面是来自为人师表的伦理自觉，去实现立德树人的崇高职业理想。在我的个人体验里，所有这些内涵都体现在我们要用爱和责任去建构一个平等的、双向的、互为成长和完善的师生关系。我感谢学生给我书写《我和我的母校》的人生际遇和情感涌动。

归因于福州地区高等院校发展需要和母校的热情举荐，我又回到当年为求学而离开的家乡福州，在闽侯县上街镇的福州大学城安家、在福建江夏学院立业，一下子从母校老师转身为异地校友，所以也就有了《我的校友》这一章。特别是在2015年接棒福州校友会会长以后，我才发现，置身有福之州远望母校，参与校友工作服务母校，似乎更加强烈地体会到厦大爱与被爱的校园文化和止于至善的育人理念对毕业后校友的精神塑造和职业推动，更加深切地感受到作为厦大人的公共品质和集体光荣，更加深刻地理解到感恩和回报母校的历史意义、时代价值和地方特色。在很多时候，我都被广大福州校友所自然流露出来的爱校意识、厦大情结和感恩表现深深地感动和激励着。我感谢校友给我书写《我和我的母校》的人生际遇和情感涌动。

《我和我的母校》一书的写作和出版有幸得到厦门大学党委张彦书记的大力支持和亲切指导，张书记不仅多次鼓励我尽快成书，而且还在百忙中拨冗为本书亲自作序，甚至还通过长达近20分钟的电话交谈，指导我要上升到如何对大学教育质量和社会贡献进行科学评估的高度，来理解和提高这本书写作的价值。再联系到这次疫情阻击战，张彦书记带领学校教职员工为武汉捐款，代表学校给湖北校友送去慰问信，更让我心存温暖与感恩。这种"一届学习一生呵护""天下厦大人一家亲"的爱与被爱的大学文化，尤其让我们各地校友倍感作为厦大人的幸运、光荣和幸福。在本书就要付梓之际，我要把崇高的敬意和真诚的谢意献给张彦书记，是您的厚爱和引领放大了这本书写作的意义和快乐！

在这里还要向厦门大学邓朝晖副校长表达我的谢意，诚挚感谢您对本书的出版所给予关心和助力，也让校友书写母校多了一份美好。熟悉的厦门大学校友总会曾国斌秘书长、王智兰副秘书长，还有厦门大学档案馆石慧霞馆长，也都在出版本书的推进中给予帮助，请接受我的一并感激！

值得一提的是，这本书的出版融入了厦门大学出版社宋文艳总编辑的爱护，由衷感谢文艳给予热情的支持，为成书过程带来更多的温馨。在此还要感谢责任编辑刘璐所付出的辛勤劳动，有你共书香真好！

最后，敬请校友们和我一起，把《我和我的母校》这本书献给即将到来的厦门大学百年华诞，把有福之州的最美好祝福献给母校厦门大学更为辉煌的又一个百年！

厦门大学1977级校友叶文振

2020年3月26日于福州